AU PAYS DES VIVANTS

Du même auteur

Memory Game, Flammarion, 1997.
Jeux de dupes, Flammarion, 1998.
Feu de glace, Flammarion Québec, 2000.
Dans la peau, Flammarion Québec, 2002.
La Chambre écarlate, Flammarion Québec, 2003.

NICCI FRENCH

AU PAYS DES VIVANTS

traduit de l'anglais
par François Rosso

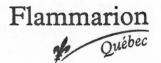
Flammarion Québec

Catalogage avant publication de la Bibliothèque nationale du Canada

French, Nicci

    Au pays des vivants

    Traduction de : Land of the livings.

    ISBN 2-89077-261-6

    I. Rosso, François. II. Titre.

PR6056.R456L3514 2004   823'.914   C2003-942028-0

Titre original : *Land of the Livings*
Éditeur original : Michael Joseph
© Joined-Up Writing, 2002
© 2004, Flammarion Québec pour l'édition canadienne
ISBN : 2-89077-261-6
Dépôt légal : 1er trimestre 2004
Imprimé en France

PREMIÈRE PARTIE

L'obscurité. Une longue, longue obscurité. Ouvrir les yeux et les fermer. Ouvrir, fermer. Rien ne change. L'obscurité dedans, l'obscurité dehors.

J'ai rêvé. J'ai rêvé que j'étais ballottée sur une mer noire comme l'encre. Exposée sur une montagne en pleine nuit. Un animal invisible grommelait autour de moi, il me flairait. Je sentais un museau mouillé sur ma peau. Quand on a rêvé, on se réveille. Parfois, on se réveille dans un autre rêve. Mais quand on se réveille et que rien ne change, ce n'est plus un autre rêve : c'est la réalité.

L'obscurité, des choses obscures près de moi. La douleur. Elle était loin, la douleur, se tenait à l'écart, et puis elle s'est rapprochée de ce corps, s'est intégrée à ce corps de femme. Au mien. J'étais comme une cuve remplie jusqu'au bord d'une lave rougeoyante de souffrance. Malgré l'obscurité, la douleur m'était visible : des éclairs de jaune, d'écarlate et de bleu, des feux d'artifice éclatant silencieusement derrière mes yeux.

Je commençai à chercher quelque chose, sans vraiment savoir ce que c'était. Ni où le chercher. Quoi ? Escarbille. Hannibal. Alguazil. Non, Abigail. Ce fut un effort, comme si je tirais un lourd paquet hors de l'eau sombre d'un lac. Mais c'était bien cela. Abigail. Je reconnaissais. Mon prénom était Abigail. Abbie. Abbie comme Arabie. Abbie et ses lubies, Abbie tout ébaubie. Le nom de famille était plus compliqué. Des petits morceaux étaient tombés de ma tête, ma pensée était tombée parmi les petits morceaux. Et mon nom avec elle. J'essayai de me remémorer une liste d'appel, au temps du collège. Auster, Bishop, Browne, Byrne, Cassini, Cole, Daley, Devereaux, Emerson, Finch, Fry... Non. Trop loin. Il fallait revenir en arrière. Fry, et avant Fry, Finch... Non. Devereaux. Cette fois, je l'avais retrouvé. Une rime me revint. Une rime qui datait de très, très longtemps. Pas Deverox comme boxe. Pas Deveroo comme roux. Devereaux comme carreau. Abbie Devereaux. Je m'agrippai à ce nom comme à une bouée dans une mer en tempête. Mais la mer en tempête était surtout dans ma tête. Vague par vague, une houle de douleur y déferlait avant de se briser contre ma boîte crânienne.

Je fermai de nouveau les yeux et laissai mon nom partir à la dérive.

Tout se mêlait, tout était une partie d'autre chose. Tout existait avec et dans le reste, à l'intérieur du même instant. Depuis combien de temps en allait-il ainsi ? Quelques minutes. Ou des heures. Et puis, pareilles à des silhouettes émergeant du brouillard, les choses se séparèrent, s'isolèrent. J'avais dans la bouche un goût de métal, dans les narines une odeur de métal, mais l'odeur changea et devint un relent de moisissure qui me fit penser à une vieille remise au fond d'un jardin, à des tunnels, des sous-sols, des caves. À des lieux humides, sales et abandonnés.

J'écoutai, mais n'entendis que le bruit de ma respiration, bizarrement sonore. Je retins mon souffle. Plus rien. Rien que le battement de mon cœur. Était-ce un vrai bruit ou seulement une sensation, celle du sang pulsant d'artère en artère et cognant à mes oreilles ?

Tout mon corps était en souffrance. J'avais mal au creux des reins, mal aux os du bassin, aux épaules, aux jambes. Je me retournai. Non. Je ne me retournai pas. Je ne pouvais pas. Je levai les bras comme pour me protéger d'un coup. Non. Mes bras restèrent immobiles. Impossible de bouger. Étais-je paralysée ? Mes jambes étaient engourdies, je ne sentais pas mes pieds. Mes orteils. Je me concentrai au maximum sur mes orteils. Mon gros orteil gauche frottant contre l'orteil suivant. Même chose pour mon gros orteil droit. Pas de problème, j'y arrivais. Mes pieds étaient vivants dans leurs chaussettes. Non dans leurs chaussures : je n'avais pas de chaussures.

Et mes doigts ? J'essayai de les remuer, de tapoter. Ils touchèrent quelque chose de dur, du ciment ou de la brique. Étais-je à l'hôpital ? Non. À l'hôpital, il y a des lits, des draps. Blessée dans un accident, peut-être, gisant Dieu sait où et attendant qu'on me secourût. Un accident de chemin de fer. Un déraillement. J'étais coincée dans un wagon renversé, ou sous un wagon renversé, avec de la ferraille entassée sur moi. J'imaginai : un déraillement dans un tunnel, les secours qui s'approchaient, avec leurs chiens et leurs appareils thermosensibles. J'essayai de me souvenir du train. Impossible. Un avion, alors ? Ou une voiture ? Une voiture, c'était plus probable. Un trajet trop tard dans la nuit, des phares qui m'éblouissent, ou le sommeil qui vient... Je connaissais cette sensation : rouler en étant obligée de me pincer, de me donner des claques pour rester éveillée. De crier, d'ouvrir la fenêtre pour être revigorée par l'air froid sur mon visage, sur mes yeux. Peut-être que cette fois le sommeil m'avait surprise. Ma voiture avait quitté la route, dégringolé dans un talus, fait plusieurs tonneaux, s'était perdue dans un sous-bois. Quand signalerait-on ma disparition ? Et comment recherche-t-on une voiture disparue ?

Inutile d'attendre des secours. Je risquais de mourir de déshydratation, ou de perdre tout mon sang, à quelques enjambées seulement de la voie qu'empruntaient des automobilistes en route pour leur travail. Il fallait que je bouge. Mais comment ? Je ne distinguais ni lune ni étoiles. Peut-être me trouvais-je à une quinzaine de mètres de la chaussée et de gens qui pourraient m'aider. Il suffisait de me hisser en haut du talus. Si je sentais mes orteils, cela voulait dire que je pouvais bouger. D'abord, me retourner. Ignorer la douleur. Mon corps se souleva un peu, mais cette fois, je sentis que quelque chose le retenait. Je fléchis les jambes, les bras, durcis mes muscles et les relâchai. Mes membres étaient entravés, attachés au sol. Quelque chose me serrait aux poignets, et juste en dessous du coude. Et sur le ventre, et aux chevilles, et aux cuisses. Je parvins à soulever ma tête, dans une faible tentative pour me redresser, puis je retombai. Et puis, je perçus qu'il faisait noir, sans doute, mais pas seulement. Si je n'y voyais rien, c'était parce que j'avais la tête recouverte.

Réfléchir, maintenant. Tout cela devait avoir une raison. Réfléchir clairement. Les bagnards étaient entravés. Aucun rapport avec moi. Qui d'autre ? Certains patients dans les hôpitaux sont attachés à leur lit pour éviter qu'ils se fassent mal. À leur lit ou sur une table roulante, avant d'être conduits au bloc opératoire. J'ai eu un accident. Un accident de voiture, c'est le plus plausible. Statistiquement, du moins. Grave, mais ma vie n'est pas en danger. Tout mouvement brusque pourrait causer (la phrase me vint de je ne sais où) une grave hémorragie interne. La patiente pourrait tomber de son lit, l'important est d'attendre l'infirmière ou l'anesthésiste. Peut-être m'avait-on déjà injecté l'anesthésique. Ou un pré-anes-thésique. D'où les vides dans mon cerveau. C'était curieux, un tel silence juste avant une opération ; mais cela arrive, paraît-il, que certains malades ou accidentés attendent des heures dans un couloir à l'écart qu'une salle d'opération se libère.

Il n'empêche. Cette théorie n'était pas très crédible : je n'avais pas l'impression d'être allongée sur une table roulante, et l'odeur n'était pas celle d'un couloir d'hôpital. Cela puait la cave humide, le mildiou, les vieilles choses pourrissantes. Tout ce que mes doigts sentaient était une surface en pierre ou en ciment. Mon corps était allongé sur quelque chose de dur. Je cherchai d'autres possibilités. Après une catastrophe, il arrive que les corps soient déposés dans des morgues impro-visées, des gymnases, des salles paroissiales... J'avais peut-être été victime d'une catastrophe. Il y avait beaucoup de blessés, installés partout où l'on avait trouvé de la place. Attachés pour qu'ils n'aggravent pas leurs blessures. Mais leur aurait-on mis une cagoule sans trous pour les yeux ? Qui était cagoulé ? Les chirurgiens portaient un masque, mais pas sur les yeux. C'était peut-être pour prévenir une infection.

De nouveau, je soulevai la tête. Avec mon menton, je sentis le col d'une chemise. J'étais donc habillée. Oui, je sentais des vêtements sur ma peau. Une chemise, un pantalon, des chaus-settes. Mais pas de chaussures.

Aux lisières de ma conscience, cependant, d'autres éventuali-tés réclamaient d'être prises en compte. Des éventualités qui n'avaient rien pour me plaire. J'étais attachée dans le noir. Et cagoulée. Cela n'avait aucun sens. Pouvait-il s'agir d'une farce ? Je me rappelai de sinistres canulars d'étudiants qu'on m'avait rapportés. Ils faisaient boire leur victime, la portaient ivre morte dans un train, et le lendemain elle se réveillait à Inverness, en slip, avec une pièce de cinquante pence dans la main. Une farce. Dans quelques instants, j'entendrai des gens bondir vers moi, on m'ôtera ma cagoule et on criera « Poisson d'avril ! » Ensuite, tout le monde rira de bon cœur, et moi aussi. Seulement, était-on en avril ? Je me rappelai vaguement le froid dans les rues. En était-ce fini de l'été, ou allait-il venir ? Drôle de question. On est toujours entre un été achevé et un autre été à venir.

J'explorai d'autres voies possibles, mais toutes se finissaient en impasse et je ne trouvai rien. Il s'était passé quelque chose. Je le savais. Quelque chose de drôle, peut-être ; mais mon instinct me disait que non. Autre hypothèse : on allait s'occuper de moi d'une minute à l'autre. Mais pourquoi cette cagoule – ou ce bandage ? Oui, un bandage, c'était plus vraisemblable. Voilà exactement ce qui s'était produit : j'avais reçu une blessure à l'œil ou à l'oreille et on m'avait bandé entièrement la tête, pour mon bien. Mais cela n'allait pas durer : on m'enlèverait ce bandage protecteur, les yeux me piqueraient un peu, puis je distinguerais le visage enjoué d'une infirmière et celui, plus sérieux, d'un docteur qui me dirait de ne pas m'inquiéter. Parce qu'il n'y avait aucune raison de s'inquiéter. Oui, c'était cela qu'ils me diraient. En m'appelant « mon petit ».

Seulement, il pouvait y avoir d'autres explications. Beaucoup moins rassurantes. Cette surface dure sous mes doigts, cet air humide comme dans une cave – ou un caveau... Jusqu'à présent, seuls m'avaient tourmentée la douleur et le désordre de mes pensées, mais tout à coup, autre chose était apparu. La peur dans ma poitrine, comme une vase qui remonte des profondeurs. Je tâchai d'émettre un son, et ma bouche produisit un grognement sourd. Donc, je pouvais parler. Je ne savais que dire, ni qui appeler à l'aide, mais je criai plus fort. J'espérais que l'écho ou la sécheresse du son me révélerait dans quel genre d'endroit je me trouvais, mais il fut étouffé par la cagoule. Je criai de nouveau, avec tant de force que j'en eus mal à la gorge.

13

Soudain, je perçus un mouvement non loin de moi. Puis une odeur, de sueur et de parfum mêlés. Et le bruit d'une respiration. Quelqu'un se rua sur moi et ma bouche fut brusquement remplie de tissu. Je ne pouvais plus respirer que par le nez. Une haleine sur moi, chaude sur ma joue – et enfin, sortant des ténèbres, une voix, à peine plus qu'un murmure, rauque, étranglée, articulant si mal que j'eus peine à distinguer ce qu'elle disait.

« La ferme ! Sinon, je te bouche le nez aussi. »

Le chiffon dans ma bouche m'étouffait. Il la remplissait complètement, gonflait mes joues, frottait contre mes gencives. Un goût de graisse et de chou rance envahissait ma gorge. Mon corps fut secoué d'un spasme, et la nausée monta en moi comme une crue d'eau sale. Il ne fallait pas que je vomisse. Je m'efforçai d'aspirer de l'air à travers le chiffon, mais en vain. Je n'y arrivais pas. Il obstruait ma bouche. Je tentai d'agiter les bras et les jambes pour me dégager de leurs entraves, et surtout, surtout de respirer ; mais l'instant d'après, ce fut comme si mon corps tout entier tremblait et se convulsait sur la pierre, privé d'air, et il n'y eut plus en moi qu'un vide rouge et affolant, des fleuves de sang derrière mes yeux exorbités et les coups de mon cœur qui remontait dans ma gorge. Je m'entendis émettre un son étrange, sec, comme une toux qui n'arrive pas à sortir. J'étais un poisson qui suffoquait, se tordait sur le sol avant de mourir. Mon corps était attaché, mais à l'intérieur je me défaisais, me délitais, mes entrailles se lacéraient. C'était donc cela, mourir ? Savoir qu'on est enterrée vivante ?

Il fallait que je respire. Comment fait-on pour respirer ? Par le nez. C'est ce qu'avait dit la voix. Qu'à la prochaine tentative pour crier, mon nez serait bouché aussi. Respire par le nez, Abbie. Tout de suite. Mais je n'arrivais pas à aspirer assez d'air, et ne pouvais m'empêcher de hoqueter pour remplir mes poumons. L'immonde chiffon ne laissait pas de place à ma langue, qui se contractait pour l'expulser. De nouveau, je sentis mon corps s'arc-bouter et trembler. Respire lentement. Calmement. Inspire, expire, inspire, expire. Jusqu'à n'avoir plus conscience de rien, hormis cette sensation de l'air qui entre et qui sort. Ainsi resteras-tu en vie. L'air épais et moisi dans mes narines, la pourriture graisseuse dans ma gorge. J'essayais de ne pas avaler, mais c'était impossible, et de nouveau je sentis de la bile monter jusqu'à ma bouche. Je ne pouvais pas endurer ça. Si, je pouvais. Je pouvais, je pouvais, je pouvais.

Inspire et expire, Abbie ! Je m'appelle Abbie. Abigail Devereaux. Ne pense pas, Abbie ! Respire ! Tu es vivante.

La douleur dans mon crâne reflua et je relevai la tête, mais elle resurgit au fond de mes orbites. Je clignai des paupières, mais l'obscurité était la même, que j'eusse les yeux ouverts ou fermés. Mes cils frottaient contre la cagoule. J'avais froid, je le sentais maintenant. Mes pieds étaient glacés dans mes chaussettes. Étaient-ce bien mes chaussettes ? Elles me semblaient trop grandes et rêches, ma peau ne les connaissait pas. Un muscle de mon mollet droit me faisait mal, et je m'efforçai alors de bouger ma jambe pour empêcher la crampe de s'installer. Sous la cagoule, j'avais une vive démangeaison à la joue. J'inclinai la tête d'un côté et la massai avec mon épaule. Cela ne servait à rien. La démangeaison se fit plus forte, et je me démenai jusqu'à pouvoir me frotter la joue contre le sol.

Un instant plus tard, je pris soudain conscience que j'étais mouillée : entre mes jambes et sous mes cuisses, une humidité me piquait la peau sous mon pantalon. Était-il à moi, ce pantalon ? Je ne savais. Ce qui était sûr, c'est que je gisais dans ma propre urine. Cagoulée, attachée et bâillonnée dans le noir. Inspire et expire, me répétai-je. Laisse tes pensées s'écouler hors de toi tout doucement, goutte à goutte, pour ne pas te noyer en elles. Je sentais en moi la pression de la peur – des peurs – endiguée tant bien que mal comme un fleuve en crue par un barrage, et mon corps était une coquille fragile et déjà craquelée où s'agitaient des flots affolés. Je m'obligeai à ne penser qu'à ma respiration, à l'air qui entrait et sortait par mes narines.

Quelqu'un m'avait amenée ici. Un homme, celui qui avait enfoncé le chiffon dans ma bouche. Il m'avait attaquée, transportée, attachée au sol. J'étais sa prisonnière. Pourquoi ? Il était trop tôt pour y réfléchir, j'en étais bien incapable. Je tendis l'oreille, m'efforçant de distinguer un son, n'importe quel son, hors celui de ma respiration et des battements de mon

15

cœur et, quand je bougeais, le frottement de mes mains et de mes pieds contre le sol dur. Peut-être était-il là, près de moi, tapi dans un coin. Mais je n'entendis rien. Pour le moment, j'étais seule. Couchée sans pouvoir me relever. J'écoutai mon cœur, et le silence m'oppressa encore davantage.

Une image flotta tout à coup dans ma conscience, celle d'un papillon jaune sur une feuille, aux ailes tremblantes. Ce fut comme un rayon de soleil. Était-ce une image que je me rappelais, un instant sauvé du passé après un long ensevelissement au tréfonds de ma mémoire ? Ou mon cerveau avait-il craché une forme et des couleurs illusoires, par réflexe ou sous l'effet d'on ne sait quel court-circuit ?

Un homme m'avait attachée dans une espèce de cave noire. Sans doute m'avait-il agressée, enlevée avant de m'amener ici. Mais je n'en avais aucun souvenir. Je fouillai mon cerveau, en vain : il était pareil à une ardoise effacée, à une pièce vide, à une maison abandonnée et sans échos. Rien, je ne me rappelais rien. Un sanglot monta jusqu'à ma gorge, que je réprimai. Il ne fallait pas que je pleure. Mieux valait réfléchir à présent – mais avec précaution, en contenant la peur. Me garder d'explorer les profondeurs, rester à la surface. Ne considérer que ce dont j'étais sûre. Les faits. Petit à petit, j'essaierais de recréer un tableau, et ensuite, seulement ensuite, je pourrais le regarder.

Je m'appelle Abigail, mais tout le monde m'appelle Abbie. J'ai vingt-sept ans, et je vis avec mon compagnon, Terry – Terence Wilmott – dans un petit appartement de Westcott Road, au nord-ouest de Londres. Terry. Mais oui ! Terry va s'inquiéter, forcément. Il préviendra la police, signalera que j'ai disparu. Et bientôt des voitures de police arriveront à toute allure, avec leurs gyrophares et leurs sirènes, j'entendrai qu'on fracasse la porte, et la lumière et l'air entreront à flots. Non, non. Les faits, rien que les faits. Je travaille pour la société Jay & Joiner, qui s'occupe de la décoration intérieure de bureaux. J'ai moi-même un bureau avec une grande table de travail, un ordinateur bleu et blanc, un petit téléphone gris, une pile de papiers, un cendrier ovale plein de trombones et d'élastiques. Quand y suis-je allée pour la dernière fois ? Cela me semblait enfoui dans un passé incroyablement lointain, insaisissable, tel un rêve qui s'enfuit et disparaît quand on essaie de le retenir. Je ne pouvais pas m'en souvenir. Depuis combien de temps étais-je étendue sur cette surface dure ? Une heure, une semaine, un mois ? On était en janvier : cela au moins, je le savais – ou du moins, je croyais le savoir. Dehors, il faisait froid et les journées étaient courtes. Peut-être avait-il neigé. Non, il ne fallait pas que je pense à des choses comme la neige, le soleil ou la ville embellie par le blanc. M'en tenir aux faits. On était en janvier, donc, mais j'ignorais si c'était le jour ou la nuit. À moins qu'on ne fût déjà en février. J'essayai de me remémorer clairement le dernier jour conservé par ma mémoire, mais j'eus l'impression de scruter un épais brouillard enveloppant des formes indéfinissables.

Commençons par la soirée du 31 décembre, décidai-je. Je me revis dansant avec des amis, je revis une foule de gens qui s'embrassaient alors que l'horloge sonnait minuit. Moi aussi, j'embrassais des gens, sur les deux joues, des gens que je connaissais bien, d'autres que j'avais rencontrés deux ou trois fois, d'autres encore que je n'avais jamais vus : des étrangers qui s'avançaient en ouvrant les bras, avec un sourire avenant, parce que c'est l'usage de s'embrasser pour la nouvelle année. Inutile de penser à tout cela. Après le jour de l'an, certains faits étaient encore présents dans mon esprit. Le bureau, les téléphones qui sonnaient, des devis qui m'arrivaient par courrier ou par fax. Des tasses de café très fort et refroidi. Mais peut-être était-ce avant, non après le jour de l'an. Ou peut-être avant et après, tous les jours. Tout était brouillé et dépourvu de sens.

Une fois de plus, j'essayai de remuer. Mes orteils étaient engourdis par le froid, ma nuque raidie et crispée, ma tête résonnait des coups de boutoir de la douleur. J'avais dans la bouche le goût infect du chiffon. Pourquoi étais-je ici et qu'allait-il m'arriver ? J'étais allongée sur le dos comme une victime sacrificielle, bras et jambes fixés au sol. L'effroi s'empara de moi et courut dans tout mon corps. Il pouvait me laisser mourir de faim. Ou me violer. Ou me torturer. Il pouvait me tuer. Peut-être m'avait-il déjà violée. Je me pressai contre le sol et poussai un gémissement assourdi. Deux larmes brûlantes

17

s'échappèrent de mes yeux et je les sentis rouler vers mes oreilles.

Ne pleure pas, Abbie ! Il ne faut pas que tu pleures.

Pense au papillon, qui ne signifie rien mais qui est si joli. Je me représentai le papillon jaune sur sa feuille, le laissai emplir ma conscience. Il était si léger qu'un souffle de vent pouvait l'emporter au loin comme une plume...

Et puis, j'entendis des pas. À peine perceptibles, comme si l'homme marchait pieds nus. Ils se rapprochèrent, puis s'arrêtèrent. Je perçus le bruit d'une respiration, lourde, presque haletante, comme s'il marchait à quatre pattes vers moi, ou montait un escalier raide. Je restai étendue, en silence, raide. Il était debout près de moi. J'entendis un déclic, et, même sous la cagoule sans trous, je me rendis compte qu'il avait allumé une torche électrique. Je ne distinguais rien, mais au moins la texture du tissu me laissait-elle voir que l'obscurité n'était plus totale. Il devait être penché sur moi et m'éclairer avec sa torche.

« Tu t'es pissé dessus », murmura-t-il – ou peut-être sa voix me semblait-elle un murmure à cause de la cagoule. « Idiote, va ! »

Je sentis qu'il se penchait davantage. Je l'entendis respirer, j'entendis ma propre respiration devenir plus rapide et plus bruyante. Il releva un peu la cagoule et, très doucement, ôta le chiffon de ma bouche. Il posa un doigt sur ma lèvre inférieure, et je frémis – mais pendant quelques secondes, je haletai de soulagement, aspirant l'air dans mes poumons. Je m'entendis articuler : « Merci. » Ma voix était faible et déformée. « De l'eau », dis-je encore.

Il défit les liens qui m'attachaient au sol, du moins autour de mes bras et de mon ventre, si bien que seules mes jambes demeurèrent entravées. Il glissa un bras sous ma nuque et me releva pour que je m'asseye. Un nouveau genre de douleur s'éveilla dans mon crâne. Je n'osais pas faire le moindre mouvement toute seule. Je restai assise passivement, le laissant tirer mes bras derrière mon dos et me ligoter les poignets, très fort : la corde entrait dans ma chair. Était-ce bien une corde ? Cela me semblait plus fin et plus tranchant, comme du fil de pêche ou du fil de fer.

18

« Ouvre la bouche », me dit-il de sa voix basse et étouffée. J'obéis, et il glissa une paille entre mes lèvres. « Bois. »

L'eau n'était pas fraîche et me laissa un goût de légumes pourris.

Il détacha aussi mes jambes, puis toucha de nouveau ma nuque et la massa. Je restai immobile, plus raide que jamais. Il ne fallait pas que je crie. Il ne fallait pas que je fasse le moindre bruit. Ni que je vomisse, même si mon estomac se soulevait en sentant ses doigts presser ma peau.

« Où as-tu mal ? demanda-t-il.

— Nulle part. (Ma voix n'était qu'un chuchotement.)

— Nulle part ? Tu n'as pas l'intention de me mentir, j'espère ? »

La fureur emplit ma tête comme une bourrasque dévastatrice et glorieuse, elle fut plus forte encore que la peur.

« Ordure ! hurlai-je d'une voix curieusement haut perchée – une voix de folle. Laisse-moi partir, laisse-moi partir, parce que je vais te tuer, tu sais ?... »

Le chiffon s'enfonça de nouveau dans ma bouche.

« Toi, tu vas me tuer ? Ça, c'est drôle. »

Pendant un long moment, je me concentrai sur ma seule respiration. J'avais entendu parler de gens qui se sentent captifs de leur propre corps, comme s'ils y étaient séquestrés ou emmurés, au point d'avoir de violentes crises de claustrophobie. L'idée qu'ils ne pourront jamais s'en échapper leur est un supplice. Ma vie à moi se réduisait aux infimes quantités d'air qui entraient et sortaient par mes narines. Si elles se bouchaient, je mourrais. Ce sont des choses qui arrivent. Des gens se retrouvent attachés et bâillonnés, mais sans qu'on veuille les tuer. Seulement une petite erreur – le bâillon serré trop près du nez, par exemple – suffit pour qu'ils étouffent et meurent.

Je m'obligeai à respirer par séquences de trois : inspirer, bloquer, expirer. Un, deux, trois, un deux, trois. J'avais vu un film dans le temps, une espèce de film de guerre, où un soldat héroïque se cachait de ses ennemis en disparaissant dans une rivière et en respirant à travers un bout de roseau creux. J'étais dans la même situation, et cette seule idée me fit mal dans la poitrine, car tout d'un coup je ne respirai plus que par spasmes. Il fallait que je me calme. Au lieu de penser au soldat, à son roseau et à ce qu'il adviendrait s'il se bouchait, je m'efforçai de penser à l'eau claire de la rivière, fraîche, calme, à peine remuée de quelques rides. Belle sous les rayons du soleil adoucis par les arbres...

Et puis, dans mon imagination, le courant ralentit, ralentit encore, et l'eau s'immobilisa. Je la vis qui commençait à geler, se couvrait silencieusement d'une surface dure comme le verre, et si transparente qu'on voyait les poissons nager en dessous. Je ne pus m'en empêcher. Et je me vis tomber à travers la glace, sans pouvoir remonter, prise au piège. J'avais entendu dire, ou peut-être lu quelque part, que si l'on tombe dans une rivière gelée sans pouvoir retrouver le trou, il existe une mince couche d'air entre l'eau et la glace et que l'on peut survivre en se tenant juste au-dessous de la plaque gelée. Mais ensuite ? Mieux valait sans doute se noyer immédiatement. J'ai toujours été terrifiée par l'idée de noyade, mais on dit que se noyer est une forme de mort plutôt agréable. Je veux bien le croire : ce qui est effrayant, ce sont les efforts désespérés pour éviter la noyade. La peur naît de ce qu'on veut éviter la mort. S'y abandonner doit être comme s'abandonner au sommeil.

Un, deux, trois. Un, deux, trois. Voilà, j'étais plus calme à présent. Nul doute que certaines personnes, une minorité significative de la population, seraient déjà mortes de panique ou d'asphyxie à ma place. Donc, je résistais mieux que d'autres. Je respirais. J'étais vivante.

J'étais de nouveau allongée, jambes liées, poignets liés, un chiffon crasseux dans la bouche et une cagoule sans trous sur la tête. Mais je n'étais plus attachée au sol. Avec difficulté, je réussis à m'asseoir, puis à m'accroupir. Enfin, je me mis debout. Ou plutôt, j'essayai de me mettre debout, car ma tête heurta un plafond. L'endroit où j'étais enfermée ne devait guère avoir plus d'un mètre cinquante de hauteur. Je me rassis, pantelante, épuisée par l'effort.

Au moins, je pouvais bouger mon corps. Me tortiller, ramper, comme un serpent dans la poussière. Mais je ne m'y risquais guère. Je ne sais pourquoi, j'avais la sensation d'être en hauteur. Quand il était entré dans la pièce, il m'avait semblé qu'il était au-dessous de moi. Les bruits de pas, la voix, m'étaient parvenus de plus bas. Il m'avait semblé aussi qu'il gravissait un escalier, ou une échelle, pour arriver jusqu'à moi.

Je tendis les jambes, mais ne sentis que le sol. Non sans peine, je pivotai d'un quart de tour sur moi-même. Ma chemise se retroussa et je me griffai la peau du dos. Je tâtonnai avec mes pieds. Le sol, rien que le sol. Je me traînai vers l'avant, très lentement. Bientôt, mes pieds ne sentirent plus rien : il n'y avait plus de surface dure et rugueuse, mais un vide. Je me couchai sur le dos et avançai davantage, de quelques centimètres à la fois. Mes jambes ployées aux genoux pendaient au-dessus d'un trou. Si je me relevais, j'allais me retrouver assise au bord d'une falaise, d'un précipice. Mon souffle se bloqua sous l'effet de la panique, et je reculai aussi vite que je pus. Mon dos me faisait mal, je me cognais la tête contre le sol à chaque mouvement, mais continuai quand même à reculer, si bien qu'à force de gigoter et de m'écorcher le dos je finis par sentir un mur derrière moi.

Je m'assis et m'y appuyai, tâtai cette paroi avec mes mains liées. Mes doigts touchèrent une surface humide et irrégulière, de la brique crue, ou un enduit écroûté.

Je me déplaçai vers la droite et rencontrai un autre mur, en angle. Puis vers la gauche, mes muscles crispés par l'effort. Pas de mur, mais du vide. La plate-forme où j'étais perchée devait avoir environ trois mètres de long. Trois mètres de long et un peu plus d'un mètre de large.

Il m'était difficile de réfléchir, car la douleur dans ma tête se mettait sans cesse en travers de ma pensée. Était-ce une plaie ? Avais-je reçu un coup ? Ou mon cerveau était-il malade ?

Je tremblais de froid. Il fallait que je réfléchisse, que ma tête demeurât active, que ma pensée me protégeât. Même si les circonstances me restaient obscures, j'avais de toute évidence été kidnappée. J'étais retenue ici par la violence. Pourquoi kidnappait-on les gens ? Pour obtenir une rançon, ou pour des raisons politiques. Une rançon ? Toute ma fortune s'élevait à deux ou trois mille livres, à condition d'inclure le prix de ma vieille guimbarde. Mes parents étaient des préretraités qui vivaient modestement dans une maisonnette à la campagne.

Quant à la politique, j'étais consultante en équipement et décoration de bureaux, non ministre ou ambassadrice. Il est vrai que je ne me souvenais de rien. Il était donc possible que j'eusse été pris en otage quelque part au Moyen-Orient, ou en Amérique latine. Au demeurant, la voix de mon geôlier était sans discussion possible celle d'un Anglais. Certainement un Anglais du Sud, pour autant que son murmure étouffé me permît de le deviner.

Pour quelle autre raison, alors ? Mes pensées m'avaient entraînée vers des solutions qui ne me rassuraient pas, mais alors pas du tout. Je sentis mes yeux se remplir de larmes. Du calme. Surtout, du calme. Si je pleurais, je risquais d'avoir le nez bouché.

Il ne m'avait pas tuée. C'était un signe encourageant. Encourageant ? Non, pas nécessairement. Cela pouvait même se révéler un très mauvais signe à court ou moyen terme, si mauvais que la seule idée de ce qui m'attendait peut-être me donnait une terrible envie de vomir. Pourtant, il me fallait continuer d'explorer toutes les éventualités : je n'avais pas d'autre choix. Je tendis et détendis mes muscles, précautionneusement. Je ne pouvais pas bouger. J'ignorais où j'étais, j'ignorais où, quand et comment on m'avait capturée. J'ignorais aussi pourquoi. Je n'y voyais rien, je ne savais même pas ce qu'était cette pièce où j'étais prisonnière. Elle était sombre et humide. Une remise, probablement, ou une cave. Je ne savais rien de cet homme. Ou de ces hommes. Ou de ces gens. Il n'était sûrement pas loin. Le connaissais-je ? Et à quoi ressemblait-il ?

Cela pouvait m'être utile de ne pas le savoir. Si j'étais capable de l'identifier, il pourrait... Enfin, la situation pourrait être pire. Les kidnappeurs professionnels portent souvent des cagoules pour éviter que leurs otages puissent les reconnaître plus tard. M'en mettre une revenait peut-être au même. En outre, il déguisait sa voix, la rendait sourde et sans timbre, en faisait un son à peine humain. Il était possible qu'il voulût seulement me garder prisonnière quelque temps avant de me relâcher. Rien ne l'empêchait de me conduire dans une banlieue lointaine, de sorte que je ne pusse jamais le retrouver. Je ne saurais rien, rien du tout. C'était le premier fait vraiment réconfortant auquel je songeais.

Quant au temps que j'avais passé dans ce cachot, il m'était impossible de l'évaluer, mais il me semblait peu vraisemblable que je fusse prisonnière depuis plus de trois jours, ou même deux. Je me sentais mal en point, mais pas particulièrement affaiblie. J'avais faim, mais je n'étais pas au bord de l'inanition. Oui, sans doute deux jours. Terry devait avoir signalé ma disparition. On ne m'avait pas vue à mon travail. Mes collègues avaient certainement téléphoné à Terry, qui avait dû passer rapidement de l'étonnement à l'anxiété. Il avait probablement essayé de me joindre sur mon portable, sans succès. Au fait, où était-il, mon portable ? Aucune idée, évidemment. En tout cas, la police avait forcément été prévenue au bout de quelques heures. En ce moment devait se dérouler une gigantesque opération de recherche. Tous les congés suspendus, des rangées d'hommes faisant des battues dans les sous-bois et les terrains vagues, des chiens policiers, des hélicoptères... C'était une autre pensée rassurante. On ne peut pas enlever une femme adulte en pleine rue et la cacher dans un cul de basse-fosse sans éveiller les soupçons. Les policiers étaient sûrement sur les dents : je les imaginai frappant aux portes, fouillant les maisons, braquant leurs torches dans les recoins obscurs. D'un moment à l'autre, j'allais les entendre arriver, les voir. Tout ce que j'avais à faire, c'était rester en vie jusqu'à ce que... Jusqu'à. Rester en vie, point à la ligne.

Je l'avais injurié. Je lui avais dit que je le tuerais. C'était la seule chose que je me rappelais lui avoir dite, excepté le « merci » qui m'avait échappé lorsqu'il avait enlevé cet affreux chiffon de ma bouche. J'étais furieuse de lui avoir dit merci. Mais quand je l'avais injurié, il s'était fâché. Qu'avait-il répondu au juste ? Ah, oui. « Toi, tu vas me tuer ? Ça, c'est drôle. » Ou quelque chose dans ce genre. Ce n'était pas rassurant. « Toi, tu vas me tuer ? » Cela lui semblait drôle parce que j'inversais les rôles.

Je cherchai dans ma tête un autre réconfort. Peut-être trouvait-il cela drôle parce que j'étais complètement à sa merci et que l'idée que je puisse me rebeller lui semblait ridicule. Quoi qu'il en fût, j'avais pris un risque en l'invectivant. Je l'avais mis en colère. Il aurait pu me frapper, me torturer, me faire n'importe quoi. Pourtant, il n'avait rien fait. C'était bon à savoir. Il m'avait kidnappée, attachée, mais moi, je l'avais injurié et menacé et il n'avait pas réagi. Il se pouvait que, si je lui tenais tête, il se sentît soudain faible et incapable de me faire du mal. Que lui tenir tête fût le meilleur moyen de le déstabiliser. Peut-être avait-il kidnappé une femme parce que les femmes lui faisaient peur et que c'était le seul moyen d'en plier une à son autorité. Auquel cas, il espérait que je le supplierais de me laisser en vie, que je sangloterais ou me traînerais à ses pieds : ainsi éprouverait-il la sensation de puissance absolue qu'il recherchait. Mais si je ne me laissais pas faire, si je lui résistais, il se rendrait compte qu'il avait fait tout cela pour rien...

Ou alors, mes invectives avaient eu l'effet exactement opposé. Il avait eu la confirmation de son pouvoir. Au fond, peu lui importait ce que je disais : il trouvait drôle de m'entendre, point. Ma fureur impuissante était conforme à ses désirs, à son plan – quel qu'il fût. L'important, c'était de rester autant que possible une personne de chair et de sang, si forte et si vivante qu'il lui serait difficile de me faire du mal. Mais si je l'insultais, si je le menaçais, c'était sa fureur à lui que je risquais de déclencher. Je ne pouvais rien contre lui : ni contre-attaquer, ni m'enfuir. Seulement gagner du temps.

Seulement, quel était le meilleur moyen de gagner du temps ? Le mettre en colère ? L'amadouer ? L'effrayer ? Je m'allongeai de nouveau et fixai longuement les ténèbres.

La nature de l'obscurité changea. Je perçus du bruit, une odeur. Et de nouveau, ce murmure rauque et croassant : « Je vais t'enlever ton bâillon. Si tu cries, je te saigne comme une truie. Fais oui avec la tête si tu m'as compris. »

Je hochai la tête frénétiquement. Une de ses mains, large et chaude, me souleva par la nuque tandis que l'autre arrachait le chiffon. Aussitôt, je fus prise d'une longue quinte de toux. Il inclina ma tête et je sentis la paille se glisser entre mes lèvres. J'aspirai l'eau jusqu'à ce qu'un bruit de succion me prévînt qu'il n'y en avait plus.

« J'ai mis un seau par terre, dit-il. Tu en as besoin ? »

Il fallait le faire parler davantage.

« Un seau pour quoi faire ?

— C'est évident, non ? Pour, euh... Comme les toilettes. »

Il était gêné. Était-ce bon signe ? « Je veux de vraies toilettes.

— Ce sera le seau, ou alors tu peux baigner dans ta pisse, ma jolie.

— Bon.

— Je vais te laisser à côté du seau et reculer. Tu n'as qu'à tâtonner avec tes pieds. Si tu essaies de faire la maligne, je te saigne. Compris ?

— Oui. »

Je l'entendis approcher davantage, puis je sentis ses mains sous mes aisselles. Je glissai vers le bas et tombai presque dans ses bras. Ses mains et ses bras étaient durs, puissants. Je me retrouvai serrée contre lui. Une odeur animale, de sueur et d'autre chose. Un after-shave ? Il passa un bras sous mes cuisses et de nouveau, j'eus envie de vomir. Puis il me posa légèrement sur un sol inégal, peut-être en terre battue. Je chancelai, puis me redressai. Mes jambes, mon dos étaient affreusement endoloris. Une main me saisit les cheveux et je sentis quelque chose de dur sous mon menton.

« Tu sais ce que c'est ?

— Non.

— Un couteau. Je vais te détacher les mains. Si tu fais l'idiote, je te l'enfonce dans la gorge.

— Je ne veux pas de votre seau. Sauf si je suis seule.

— Je vais reculer. De toute façon, il fait noir. »

Je le sentis défaire des nœuds derrière mon dos. Puis il s'écarta. Un bref instant, je fus tentée de lui sauter dessus, d'essayer de fuir, mais l'absurdité de cette idée m'apparut aussitôt. J'étais dans une pièce plongée dans l'obscurité, partiellement ligotée, seule face à un homme armé d'un couteau.

« Vas-y. Dépêche-toi », dit-il.

Je n'en avais pas envie. Je voulais seulement bouger, ne fût-ce qu'un peu. Je tâtai ma chemise, mon pantalon. Non, je ne pouvais pas.

« Je ne rapporterai pas le seau avant demain matin. »

Demain matin. Bon, c'était une information. Après tout, il avait dit qu'il faisait noir. Je baissai mon pantalon et ma culotte et m'assis sur le seau. Quelques gouttes seulement, puis je me relevai et me reculottai.

« Je peux dire quelque chose ?

— Quoi ?

— Je ne sais pas pourquoi vous m'avez amenée ici, mais

25

vous faites une énorme bêtise. Vous ne vous en tirerez pas. Peut-être que vous ne vous en rendez pas compte, mais quand on me trouvera, vous aurez de gros ennuis. Vous feriez beaucoup mieux de me laisser partir. Conduisez-moi quelque part, libérez-moi et c'en sera fini. On a sûrement signalé ma disparition et la police doit être à ma recherche. Je sais parfaitement que je suis en votre pouvoir et que vous pouvez faire de moi ce que vous voulez, mais vous serez arrêté et mis en prison pour longtemps. Si vous me laissez partir, je reprendrai ma vie et vous la vôtre. Sinon, tant pis pour vous.

— C'est ce qu'elles disent toutes. Quand elles disent quelque chose.

— Quoi ?

— Ne bouge plus.

— Qui, toutes ? »

Je sentis qu'il refaisait les nœuds. Qu'il me soulevait, très haut, puis qu'il me déposait comme un enfant qu'on hisse sur une couchette de train. Ou une poupée. Une bête morte.

« Ne bouge plus, je t'ai dit. »

Je m'immobilisai, croyant qu'il allait partir, maintenant.

« Ouvre la bouche. »

Il était tout près de moi. Il enfonça le chiffon dans ma bouche, puis, comme si cela ne suffisait pas, il noua une bande de tissu autour de ma tête. Je l'entendis remuer, puis je sentis quelque chose de dur autour de mon cou. De dur et de mince, qui serrait. Il me tira en arrière et m'appuya au mur.

« Écoute bien. Ce que je t'ai mis autour du cou, c'est un nœud coulant en fil de fer. Le fil est fixé à un crochet dans le mur. Tu as compris ? Fais oui avec la tête. »

J'obtempérai.

« Tu es sur une plate-forme en ciment, très haut au-dessus du sol. Compris ? »

De nouveau, je hochai la tête.

« Si tu t'agites, tu vas glisser du bord et tu t'étrangleras avec le nœud coulant. Compris ? Bon. »

Ensuite, ce fut le silence. Rien que le silence. Et mon cœur, battant lourdement comme une mer. Le fil de fer me blessait le cou. Je respirai. Un, deux, un, deux, un, deux...

Je me tenais au bout d'une jetée en bois, et le lac autour de moi était lisse comme un miroir. Pas un souffle de vent. Au fond de l'eau claire, je distinguais de petits cailloux polis, roses, bruns ou gris. Je fléchis un peu les genoux et tendis les bras pour plonger dans cette eau, si paisible et si fraîche, mais soudain quelque chose me serra la gorge et je me sentis tomber, le cœur sur les lèvres, dans une longue chute vertigineuse. Je tombais, et pourtant j'étais retenue en arrière. Le lac disparut, l'eau claire céda la place aux ténèbres. Le nœud coulant m'enserrait le cou. Je me redressai d'une secousse, et pendant un moment ma tête resta vide de toute pensée, je fus pareille à une feuille blanche. Puis la peur déferla, envahit tous les recoins de mon corps. Mon cœur battait à tout rompre et j'avais la bouche sèche. Des rigoles de sueur coulaient sur mon front, détrempaient mon visage sous la cagoule, et je sentais des mèches de cheveux collées à mes joues. Je suintais de peur, et toute ma personne était poisseuse, aigre, souillée. Ma peur était si forte qu'on aurait pu la sentir.

Je m'étais endormie. Comment était-ce possible ? Comment avais-je pu dormir alors que j'étais comme une volaille qu'on a troussée avant de la mettre au four ? Je m'étais toujours demandé comment les condamnés pouvaient dormir la nuit précédant leur exécution, et pourtant, j'avais dormi. Combien de temps ? Je n'en avais aucune idée. Peut-être quelques minutes, tombant de fatigue sur cette plate-forme jusqu'à ce que le nœud coulant me réveillât. Ou peut-être plusieurs heures, ou davantage. Je ne savais pas si c'était la nuit, ou le matin, ou le soir. Le temps s'était arrêté.

En réalité, non. Le temps ne s'était pas arrêté du tout. Il courait, il s'épuisait. Le silence rugissait dans mes oreilles. Quelque chose allait se passer, forcément. Je ne savais pas quoi, je ne savais pas quand, mais je savais que quelque chose allait se passer. Ce pouvait être tout de suite, aussitôt que je m'éloignerais de cette pensée, ou bien dans longtemps, très longtemps, au fond de la vase des jours. Ses mots me revinrent à l'esprit, et je ressentis une brûlure au ventre. C'était comme si un animal rôdait en moi, un dégoûtant rongeur aux dents jaunes et acérées qui me dévorait les entrailles. « C'est ce qu'elles disent toutes. » Que devais-je comprendre ? Je le savais très bien, ce que je devais comprendre. Je n'étais pas la première. Il avait fait subir la même chose à d'autres femmes avant moi. Des femmes qui étaient mortes, à présent. Et moi, j'étais sur cette plate-forme, un nœud coulant autour du cou, et ensuite, oui, ensuite, après moi...

Respirer. Respirer et penser calmement. Envisager la suite. Les projets d'évasion étaient absurdes. Mes seules armes étaient ma tête et les mots que je lui disais, du moins quand il enlevait ce chiffon infect de ma bouche. Je décidai de compter mentalement : les secondes, puis les minutes, puis les heures. Au bout d'un moment, j'eus l'impression de compter trop vite et ralentis. J'avais soif, et l'intérieur de ma bouche était pareil à une viande molle et pourrissante. Je devais avoir l'haleine puante. J'avais besoin d'eau, d'une grande cruche d'eau glacée. De litres d'eau pure tirés d'un puits très profond. En revanche, je n'avais plus faim du tout : manger m'eût fait l'effet d'avaler de la paille ou du gravier. Mais de l'eau, oh ! oui, de l'eau à volonté, dans de grands verres cliquetants de glaçons... Je continuai à compter. Il ne fallait pas que je m'arrête.

Une heure, vingt-huit minutes, trente-trois secondes. Combien de secondes cela faisait-il en tout ? Je m'efforçai de faire le calcul sans cesser de compter en même temps, mais tout se mélangea dans ma tête. Je perdis le fil des secondes et des minutes, je perdis le fil de mon calcul. Des larmes roulaient le long de mes joues.

Je glissai péniblement vers l'avant et tendis mon corps autant que je le pouvais, renversant le cou jusqu'à ce que le fil de fer s'enfonçât sous mon menton. Je me balançai sur le bord de la plate-forme, le bas de mon corps en suspens, l'arête de ciment sous mes fesses. Le fil devait avoir un bon mètre de long. J'étais comme un objet en équilibre instable : je pouvais reculer, me rasseoir et continuer à compter les minutes et les heures, ou bien basculer vers l'avant et tomber dans le noir. Il me retrouverait pendue, le nœud coulant autour du cou. Ce serait une façon de gagner la bataille, sur lui et sur le temps. Tellement facile, de surcroît.

Je reculai. Tout mon corps tremblait après cet effort. Je me concentrai sur ma respiration : un, deux, un, deux. Je songeai au lac dans mon rêve, avec ses eaux immobiles. À la rivière et aux poissons. Au papillon jaune sur sa feuille. Il frémissait, presque aussi léger que l'air qui l'environnait. La plus légère brise le ferait s'envoler. La vie est ainsi, pensai-je, ou du moins la mienne : aussi faible, aussi fragile.

Je m'appelle Abbie. Abigail Devereaux. Abbie. Je me répétai mon nom, essayai d'entendre le son qu'il rendait quand on le prononçait à voix haute. Mais ce son n'eut bientôt plus grand sens. Qu'est-ce que cela signifiait de s'appeler Abbie ? Rien. Rien qu'une série de syllabes. Pas une série : deux syllabes. Deux minuscules bouffées d'air.

« J'ai rêvé », dis-je. Ma voix était faible et enrouée, comme si le nœud coulant avait déjà endommagé ma trachée artère. « Je me suis endormie et j'ai rêvé. Et vous, vous avez rêvé ? Vous rêvez quelquefois ? » J'avais répété cette phrase en l'attendant ; je ne voulais rien lui dire de personnel me concernant, car cela me semblait dangereux, même si j'eusse été incapable de dire pourquoi. Et je ne voulais pas qu'il me parlât de lui, parce que si je savais quelque détail que ce fût, il ne me laisserait jamais partir. J'avais donc résolu de l'interroger sur ses rêves : les rêves sont une chose intime, mais abstraite ; on sent au fond de soi qu'ils sont importants, mais leur signification est vague et sans substance. Cependant, maintenant que je prononçais ma question à voix haute, elle me semblait niaise.

« Quelquefois. Finis de boire ton eau. Ensuite, je te donnerai le seau.

— Avez-vous rêvé la nuit dernière ? » insistai-je, tout en sachant que cela ne mènerait à rien. Il était à vingt ou trente de centimètres de moi. En tendant la main, j'aurais pu le toucher. Je résistai à l'impulsion qui me saisit alors de le prendre par le col et de supplier, pleurer, hurler.

« Quand on ne dort pas, on ne rêve pas.

— Vous n'avez pas dormi ?

— Bois. Dépêche-toi. »

J'avalai les dernières gorgées, lentement pour faire durer le soulagement que m'apportait cette eau au goût déplaisant. J'avais mal à la gorge. Une nuit s'était écoulée, et pourtant il n'avait pas dormi. À quoi l'avait-il passée ? « Vous êtes insomniaque ? » Je m'efforçai de prendre un ton compatissant, mais le résultat fut horriblement artificiel.

« Des conneries, tout ça, marmonna-t-il. On travaille, et puis on dort quand on a besoin de dormir. Le jour ou la nuit. C'est tout. »

J'apercevais une vague clarté granuleuse à travers la cagoule. Si je levais la tête et regardais vers le bas, peut-être distinguerais-je quelque chose : ses jambes étendues près des miennes, sa main sur le rebord. Mais il ne fallait pas que je regarde. Il ne fallait pas que je voie. Il ne fallait surtout pas que je sache la moindre chose. Pour survivre, je devais rester dans la nuit.

Pour dégourdir mes muscles, je décidai de faire un peu d'exercice. Je levai les genoux et les laissai retomber lentement, cinquante fois. Puis je m'étendis sur le dos et tentai de m'asseoir. Mais je n'y réussis pas, même une seule fois.

Les prisonniers isolés de force sombrent souvent dans la folie, avais-je lu. Et sans doute, en lisant, avais-je brièvement imaginé ce qu'on éprouvait quand on était enfermé sans voir personne. Quelquefois, ils se récitaient des poèmes ; mais je n'en connaissais aucun, ou du moins je n'en savais aucun par cœur. Je me rappelais des comptines : « Une souris verte qui courait dans l'herbe », « Un deux trois nous irons au bois », « Une poule sur un mur... ». Leur rythme allègre et insistant me parut atroce, affolant, comme si un odieux petit diable dans ma tête cognait contre ma boîte crânienne. J'aurais pu inventer un poème. Qu'est-ce qui rimait avec « noir » ? Manoir, promenoir, peignoir, tamanoir, entonnoir. J'étais incapable d'inventer un poème, je l'avais toujours été.

Une fois de plus, je tentai de rassembler mes souvenirs. Non mes souvenirs lointains, de ma vie, de ma famille, de mes amis, non les événements qui avaient fait de moi la femme que j'étais, le passage du temps tels les cercles concentriques d'un tronc d'arbre coupé, rien de tout cela. Mes souvenirs récents, les petits faits qui pourraient m'indiquer comment j'étais arrivée ici. Mais il n'y avait rien. Un grand mur s'était dressé entre moi « avant » et moi « maintenant ».

Je me récitai les tables de multiplication. La table de deux ne me posa aucun problème, non plus que les tables de trois, quatre et cinq, mais ensuite je m'embrouillai. Les chiffres tournoyèrent dans ma tête, et le chaos s'installa. De nouveau, je me mis à pleurer en silence.

Je m'avançai vers le bord de la plate-forme jusqu'au moment où je rencontrai le vide, puis je réussis à m'asseoir. Je ne devais pas être tellement haut : il lui avait suffi de se placer au-dessous de moi pour me faire descendre. Un mètre cinquante, peut-être. Sûrement pas plus. J'agitai mes pieds attachés, respirai profondément et m'avançai encore un peu. Une nouvelle fois, j'étais en équilibre sur le bord. J'allais compter jusqu'à cinq, et ensuite, advienne que pourra, je sauterais. Un, deux, trois, quatre...

Un bruit. Il venait de l'autre bout de la pièce. Un rire rauque. Il me regardait. Accroupi dans le noir comme un crapaud, il m'espionnait tandis que je me tortillais désespérément sur la plate-forme. Je ravalai un sanglot.

« Vas-y. Saute. »

Je reculai.

« Quand tu tomberas, tu verras ce qui va se passer. »

Je reculai davantage et ramenai mes jambes sur la plate-forme. Encore quelques mouvements et je m'adossai au mur, m'écroulai contre lui, plutôt. Sous la cagoule, mon visage était mouillé de larmes.

« Quelquefois, ça me plaît de te regarder, dit-il. Tu n'en savais rien, pas vrai ? Tu ne peux pas savoir si je suis là ou non. Je suis du genre qui ne fait pas de bruit. »

Des yeux dans les ténèbres, qui me fixaient.

« Quelle heure est-il ?

— Bois ton eau.

— S'il vous plaît. Est-ce que c'est le matin ou l'après-midi ?

— Ça n'a plus d'importance.

— Est-ce que je peux...

— Quoi ? »

Quoi, en effet ? Je ne savais pas. Qu'aurais-je pu lui demander ?

« Je suis une fille comme les autres, dis-je. Pas meilleure, mais pas plus mauvaise.

— Tout le monde a son point de rupture, murmura-t-il. C'est justement ça qui m'intéresse. »

31

Personne ne sait de quoi il est capable en dernière extré-mité. Personne. Je pensai au lac, à la rivière, au papillon jaune sur sa feuille. Je me représentai un arbre à l'écorce argentée et au feuillage gris vert. Un bouleau. Je le plaçai au sommet d'une colline aux flancs couverts d'herbe fraîche. Puis je fis souffler une légère brise dans ses branches, qui agitait douce-ment son feuillage pour que les feuilles brillent dans la lumière. Juste au-dessus, j'accrochai un petit nuage. Avais-je vu un jour un arbre comme celui-là ? Je ne m'en souvenais plus.

« J'ai très froid.

— Je sais.

— Je peux avoir une couverture ?

— S'il vous plaît.

— Pardon ?

— Avant de demander, il faut dire s'il vous plaît.

— S'il vous plaît. Donnez-moi une couverture.

— Non. »

De nouveau, une rage folle s'empara de moi, si violente qu'elle aurait pu m'étouffer. Je déglutis avec peine. Sous la cagoule, je scrutai les ténèbres et je l'imaginai qui me regar-dait, assise avec les bras liés derrière le dos et un nœud en fil de fer autour du cou. J'étais comme ces gens qu'on voit dans les journaux, photographiés au moment où on les conduit vers le peloton d'exécution. Mais il ne pouvait voir l'expression de mon visage sous la cagoule. Il ne savait pas ce que je pensais. Je rendis ma voix le plus inexpressive possible.

« Comme vous voudrez. »

Le moment venu, est-ce qu'il me ferait souffrir ? Ou allait-il seulement me laisser mourir à petit feu ? Face à la souffrance physique, je n'étais pas très courageuse. Sous la torture, j'au-rais cédé et trahi n'importe quel secret, j'en étais sûre. Mais avec lui, c'était pire, car il me torturerait et je n'aurais rien à lui dire pour qu'il s'arrête, aucun secret à trahir. À moins que ce ne fût le sexe qui l'intéressait. Je l'imaginai couché sur moi dans le noir, décidé à me prendre de force. Arrachant la cagoule, dénudant mon visage, arrachant le chiffon de ma bouche, enfonçant sa langue, enfonçant son... Je secouai violemment la tête, et les élancements dans tout mon crâne furent presque un soulagement.

Une fois, j'avais lu que les soldats désireux de s'engager dans les commandos d'élite recevaient l'ordre de parcourir une longue distance à la course avec un énorme poids sur le dos. Ils couraient, couraient, et quand ils arrivaient au terme de leur course, ils étaient au bord de l'épuisement. Alors, on leur ordonnait de faire demi-tour et de refaire le même trajet en sens inverse. On croit qu'on ne pourra pas en supporter davantage, et pourtant on peut.

Il y a toujours plus de ressources en soi qu'on ne l'imagine. Des profondeurs ignorées recèlent des capacités de résistance dont on n'a pas idée. C'est ce que je me répétai. Mais où était mon point de rupture ? Et qu'adviendrait-il quand je l'aurais atteint ?

Je fus réveillée par des claques sur mon visage. Mais je ne voulais pas me réveiller. À quoi bon ? Me recroqueviller sur moi-même, et puis dormir, dormir... Je sentis d'autres claques. La cagoule fut soulevée, le chiffon ôté de ma bouche.

« Tu es réveillée ?

— Oui. Arrêtez.

— Je t'ai apporté à manger. Ouvre la bouche.

— Qu'est-ce que c'est ?

— Qu'est-ce que ça peut te faire, ce que c'est ? Allez, ouvre la bouche.

— À boire, d'abord. J'ai la bouche sèche. »

Je l'entendis grommeler dans l'obscurité. Un bruit de pas qui descendaient de la plate-forme. J'avais remporté une minuscule victoire. Repris une parcelle de contrôle. Des pas de nouveau, qui montaient cette fois. La paille dans ma bouche. J'avais horriblement soif, mais j'avais aussi besoin de me rincer la bouche : l'immonde vieux chiffon qui m'étouffait avait laissé des bribes de peluche collées à mes muqueuses.

« Mange. »

Une cuiller métallique se glissa entre mes lèvres, remplie d'une matière molle. Soudain, l'idée de manger quelque chose que je ne voyais même pas et que cet homme qui allait me tuer me fourrait dans la bouche me parut si répugnante

33

que j'eus l'impression de mâcher de la chair humaine. Je suffoquai, je crachai. Il lâcha un juron.

« Mange ! Sinon, tu n'auras pas d'eau jusqu'à demain. »

Demain. Bonne nouvelle. Il ne comptait pas me tuer aujourd'hui.

« Attendez un peu », dis-je. Je respirai profondément, plusieurs fois. « Bon, allez-y. » La cuiller racla un récipient, puis s'approcha de mes lèvres. J'ouvris la bouche et avalai. C'était une espèce de porridge, en plus fade et plus liquide, légèrement sucré. Comme de la bouillie pour bébé. Ou une de ces préparations qu'on donne aux convalescents. Je pensai à ces vieillards bredouillants qu'on voit dans les hôpitaux, qui vous regardent sans vous voir de leurs yeux vitreux et sont assis dans leur lit pour que les infirmières les nourrissent à la cuiller. Je déglutis et il me glissa dans la bouche une autre cuillerée. Puis une troisième et une quatrième. Ce fut tout. Il ne cherchait pas à m'engraisser, mais seulement à me maintenir en vie. Ensuite, j'aspirai encore un peu d'eau avec la paille.

« C'est du pudding ? demandai-je.

— Non. »

Une idée me vint, une idée importante.

« Où m'avez-vous rencontrée ?

— Quoi ?

— Depuis que je me suis réveillée dans cet endroit, j'ai affreusement mal à la tête. C'est vous qui m'avez frappée ?

— Qu'est-ce que tu cherches, hein ? Tu veux faire la maligne ? N'essaie pas. Je pourrais mal le prendre, et alors...

— Je n'essaie rien du tout. La dernière chose dont je me souviens... Je ne suis même pas sûre. Tout est tellement flou ! Je me revois à mon travail, je me revois... » J'allais dire « avec mon ami », mais je pensai que si cela le rendait jaloux, je risquais d'en subir les conséquences. « Je me revois dans mon appartement. Occupée à quelque chose. Et puis, je me suis réveillée ici et je ne sais absolument pas comment j'y suis arrivée, ni quand nous nous sommes vus pour la première fois. Je voulais que vous me le disiez. »

Un très long silence. Je finis par me demander s'il était parti, mais j'entendis une espèce de hennissement éraillé. Je frémis en comprenant que c'était son rire.

« Quoi ? demandai-je. Qu'est-ce que j'ai dit de drôle ? »

34

Continuer à parler. Maintenir la communication. Je réfléchissais, je réfléchissais sans répit. Au meilleur moyen de rester en vie, et au meilleur moyen de me rendre insensible, car je savais au fond de moi que si je m'abandonnais aux émotions, cela reviendrait à me jeter en pleine nuit du haut d'une falaise.

« Raté, dit-il.

— Pardon ?

— Tu as une cagoule sur la tête et tu ne vois pas mon visage. Alors, tu fais la maligne. Tu crois que si tu peux me persuader que tu ne m'as jamais vu, je te laisserai partir. Mais c'est raté. » Un autre rire éraillé. « C'est à ça que tu penses, hein ? toute seule dans le noir. Tu voudrais bien revoir le reste du monde, pas vrai ? »

Je sentis au creux de ma poitrine une crispation de douleur qui me fit presque hurler. Elle me donna également à penser. Si je comprenais bien, il n'y avait pas eu de « première rencontre ». Il avait surgi pour me sauter dessus dans une rue sombre et m'avait donné un grand coup sur la tête. Est-ce que je le connaissais auparavant ? Si je voyais son visage, me dirait-il quelque chose ? S'il cessait de déguiser sa voix, me serait-elle familière ?

« Si vous ne me croyez pas, ça n'a pas d'importance que vous me rappeliez comment les choses se sont passées », hasardai-je.

Le chiffon s'enfonça dans ma bouche. Je me sentis soulevée et portée jusqu'au seau. Puis saisie de nouveau et déposée sur la plate-forme. Pas de fil de fer, cette fois. J'en conclus qu'il ne comptait pas sortir du bâtiment. Je sentis son haleine tout près de moi – cette odeur...

« Tu passes ton temps à chercher comment t'en sortir. Ça m'amuse, tu sais ? Tu te dis que si tu arrives à me convaincre que tu ne peux pas me reconnaître, je vais faire joujou avec toi un petit moment, et qu'ensuite je te laisserai partir comme si de rien n'était. Seulement, tu n'as rien compris du tout. Tu es complètement à côté de la plaque. Continue quand même : je t'assure que ça m'amuse ! » J'écoutais attentivement sa voix croassante, cherchant à y repérer des accents qui me rappelleraient quelqu'un. « Vous êtes toutes différentes. C'est ce qui me plaît. Prends Kelly, par exemple. » Il prononça ce nom d'un ton gourmand, comme s'il savourait une friandise. « Elle, c'était le genre pleurnichard. Elle pleurait et elle braillait tout le temps ! À la fin, ça me tapait sur les nerfs. Des pleurs et encore de pleurs. Quand je l'ai fait taire une fois pour toutes, ça m'a soulagé. »

Ne pleure pas, Abbie. Ne l'énerve pas. Ne l'ennuie pas.

Une pensée surgit de l'obscurité. Il me maintenait en vie, mais cela ne voulait pas dire qu'il ne m'avait pas tuée. J'étais dans cette geôle depuis deux, trois ou quatre jours, peut-être plus. Un être humain peut survivre plusieurs semaines sans nourriture, mais sans eau ? S'il m'avait enfermée sans s'occuper de rien, je serais déjà morte, ou mourante. Or, l'eau que je buvais avidement était celle qu'il voulait bien m'apporter, de même que la nourriture. J'étais comme une bête qu'il avait mise en cage. J'étais sa propriété. Je ne savais rien de lui. Quand il quittait cette pièce et regagnait le monde extérieur, cet homme était probablement stupide, affreux, répugnant. Un bon à rien, trop timide pour aborder les femmes, tyrannisé par son patron, ses collègues. Le tordu qu'on laisse dans son coin et qui ne dit pas un mot.

Mais ici, je lui appartenais. C'était mon amant, mon père, mon Dieu. S'il lui prenait envie de m'étrangler tranquillement, rien ne l'en empêchait. S'il préférait me brûler à petit feu, rien ne l'en empêchait non plus. Il fallait que je consacre tous mes instants de veille à composer avec lui. À faire en sorte qu'il m'aime, ou me trouve touchante, ou effrayante. Si son plaisir était de transformer une femme en loque humaine avant de la tuer, il fallait que je reste forte. S'il haïssait les femmes parce qu'elles lui semblaient hostiles, il fallait que je le rassure. S'il torturait celles qui le repoussaient, il fallait... Quoi ? Accepter de coucher avec lui ? Quel était le meilleur parti ? Je n'en savais rien.

Surtout, surtout, il fallait que je cesse de croire que mes paroles n'avaient aucune importance.

Je ne comptai pas les minutes où il me laissait sans nœud coulant autour du cou. Je n'en voyais pas la nécessité. Au bout d'un moment, il revint – sans rien dire, mais je sentis sa présence. Une main sur mon épaule me fit sursauter. Vérifiait-il que j'étais toujours vivante ?

Deux possibilités. Je pouvais m'évader mentalement. Le papillon jaune, le lac transparent, de l'eau fraîche à boire et où plonger. J'essayai de reconstituer mon univers dans ma tête. L'appartement. Je marchai d'une pièce à l'autre, regardai les reproductions de tableaux sur les murs, touchai la moquette, nommai les objets sur les meubles. Puis j'arpentai la maison de mes parents, mais certains éléments me restèrent insaisissables, comme s'il y avait des « blancs » dans mon souvenir. La remise où mon père rangeait ses outils de jardin, les tiroirs du bureau de Terry... Il y avait beaucoup de choses dans ma tête, un nombre énorme d'images, et pourtant, alors que je circulais dans ces pièces surgies de ma mémoire ou de mon imagination, il arrivait que le sol disparût sous mes pieds, et j'avais l'impression de tomber. Ces jeux intellectuels pouvaient peut-être me préserver de la folie, mais rester saine d'esprit ne suffisait pas. Avant tout, il me fallait rester en vie. Trouver comment le manœuvrer. J'avais envie de le tuer, de lui faire mal, de lui crever les yeux, de le réduire en bouillie. Tout ce qu'il me fallait, c'était saisir une occasion. Mais je ne voyais pas comment la moindre occasion pourrait se présenter.

Je me forçai à imaginer qu'il n'avait en réalité tué personne. Il se pouvait qu'il mentît pour me faire peur. Mais je ne pus m'obliger à le croire. Il n'était pas comme ces gens qui se bornent à passer des coups de fil obscènes. J'étais là, dans cette pièce où il m'avait enfermée, et il n'avait aucun besoin d'inventer des histoires. Je ne savais rien de cet homme, mais je savais que je n'étais pas sa première victime. Il avait de l'expérience, il contrôlait la situation. Contre lui, mes chances étaient donc très faibles, elles n'auraient guère pu être plus faibles. Si bien qu'après tout, il n'était pas nécessaire que les plans que j'échafauderais eussent une chance de succès. Seulement, aucun plan ne me venait à l'esprit, qu'il eût une chance de succès ou non. La seule défense possible consistait à gagner du temps, mais je ne savais même pas si j'en gagnais. J'avais l'horrible impression – une de plus, mais à la vérité toutes mes impressions étaient horribles – que tout cela était prévu, attendu, faisait partie de son plan à lui. Tout ce que je lui disais, toutes mes misérables stratégies étaient comme le bruit d'un moustique bourdonnant près de son oreille. Quand il se sentirait prêt, il l'écraserait.

« Pourquoi faites-vous ça ?

— Hein ?

— Pourquoi moi ? Qu'est-ce que je vous ai fait ? »

Son rire rauque. Le chiffon enfoncé dans ma bouche.

Encore un peu d'exercice pour me dégourdir. Mais je ne pus lever les genoux que seize fois. Mon état d'épuisement s'aggravait. J'avais de plus en plus mal aux jambes, mal aux bras, mal partout.

Pourquoi moi ? J'aurais voulu cesser de me poser cette question, mais c'était impossible. J'avais vu des images de femmes assassinées, dans les journaux ou à la télévision, mais jamais après l'assassinat. C'étaient des photos prises au temps où elles menaient une vie normale. Quand les familles fournissent des photos aux chaînes de télévision, je suppose qu'elles choisissent les plus jolies, les plus souriantes. Probablement ces photos sont-elles le plus souvent extraites d'albums de vacances, ou de fêtes au lycée. Mais elles sont très agrandies sur l'écran, et c'est ce qui leur donne cet aspect flou, angoissant. Les femmes qui nous apparaissent ne savent pas encore ce qui les attend, mais nous, nous le savons. Et nous savons aussi que nous ne sommes pas menacés comme elle.

Je n'arrivais pas à croire que j'allais devenir une de ces femmes. Terry fouillerait dans mes affaires, en quête d'une bonne photo. Il choisirait peut-être cet affreux portrait où j'ai l'air tout à la fois d'avoir quelque chose dans l'œil et de sentir une mauvaise odeur. Ensuite, il remettrait la photo aux autorités, qui l'agrandiraient tellement que mon image serait complètement floue, et je deviendrais célèbre parce que je suis morte. Quelle atroce injustice.

Je me remémorai les femmes que je connaissais et que la malchance avait durement frappées. Il y avait Sandy, que son compagnon avait plaquée un mois avant Noël alors qu'elle était enceinte de presque huit mois. Mary, qui faisait des allers et retours à l'hôpital pour subir une chimiothérapie et devait porter une perruque. Pauline et Liz, licenciées de la boîte où nous travaillions ensemble quand Lawrence avait décidé une compression de personnel l'année dernière. Il le leur avait annoncé un vendredi soir, après le départ de tout le monde, et quand nous étions revenus le lundi matin, elles n'étaient plus là. Six mois après, Liz en pleurait encore. Mais toutes ces femmes avaient beaucoup plus de chance que moi, et un jour prochain elles en auraient conscience. Elles apprendraient ce qui m'était arrivé, et chacune se verrait gratifiée d'une période de mini vedettariat. Elles pourraient dire à leurs amis, à leurs connaissances, à leurs collègues de travail, avec une excitation cachée par une couche de profonde compassion : « Vous savez, cette jeune femme dans les journaux, Abbie Devereaux ? Je l'ai bien connue. Je n'arrive pas à croire qu'elle s'est fait assassiner. Quelle horreur ! » Ce serait un choc, sans doute, mais elles se diraient secrètement qu'elles avaient connu des choses dures, mais qu'au moins elles n'étaient pas Abbie Devereaux. Dieu merci, c'était Abbie que le sort avait frappée. Abbie, et non pas elles.

Mais moi, je suis Abbie Devereaux, et c'est injuste.

Il entra et passa le fil de fer autour de mon cou. Je recommençai à compter le temps. J'y avais réfléchi dans l'intervalle : comment éviter de m'emmêler dans les chiffres ? J'avais trouvé un truc. Il y avait soixante secondes dans une minute et soixante minutes dans une heure, soit trois mille six cents secondes. Mon truc consistait à imaginer que je montais une rue en pente dans une ville commençant par un A. Une rue avec trois mille six cents maisons. Je compterais les maisons au passage. Quelle ville avait un nom commençant par un A ? Ah, oui, Aberdeen. Je montai donc une rue en pente à Aberdeen. Arrivée en haut, je recommençai avec Bristol. Puis Cardiff, Dublin, Edimbourg, Folkestone, et soudain, alors que j'étais presque à mi-pente d'une rue de Glasgow, je sentis sa présence dans la pièce. Il retira le nœud coulant de mon cou. Six heures et vingt-huit minutes.

Quand le vin est tiré, il faut le boire. Qui va à la chasse perd sa place. Noël au balcon, Pâques aux tisons. Chat échaudé craint l'eau froide. Quand le chat n'est pas là, les souris dansent. Pouvait-il s'agir du même chat ? Peu importait. Quoi d'autre ? Pense, pense, pense, rappelle-toi des choses, n'importe quoi, mais pense sans jamais t'arrêter. Un tiens vaut mieux que deux tu l'auras. Les chiens aboient, la caravane passe. Qui rit vendredi dimanche pleurera, et qui vole un œuf vole un bœuf, et tant va la cruche à l'eau qu'à la fin elle se brise, et une hirondelle ne fait pas le printemps. Araignée du soir, espoir. Mon espoir. Mais araignée du matin, chagrin. Petit tambour s'en revenait de guerre, et... Non, ça n'allait pas. Qu'est-ce que c'était donc, « Petit tambour » ? Une chanson, pas un proverbe. J'essayai de me rappeler la mélodie, de faire résonner la musique dans ma tête et de l'entendre dans ces ténèbres denses et silencieuses. En vain.

C'était plus facile avec les images. Un papillon jaune sur une feuille. Ne t'envole pas, ne t'envole pas ! Une rivière avec des poissons. Un lac à l'eau claire et fraîche. Un bouleau en haut d'une colline, son feuillage tremblant sous la brise. Quoi d'autre ? Rien. Rien d'autre. J'avais trop froid.

« J'espérais que vous n'alliez pas tarder.

— Tu n'as pas fini ton eau.

— Ce n'est pas pressé, si ? Il y a tant de choses que je voudrais vous demander. »

Il poussa un grognement assourdi. Je tremblais, mais c'était peut-être de froid. Je ne pouvais imaginer qu'un jour j'aurais chaud de nouveau. Ou que je serais propre. Ou libre.

« Vous comprenez, repris-je hardiment, nous sommes deux personnes isolées ici. Nous devrions apprendre à mieux nous connaître. Nous parler. » Il ne dit rien. Je ne savais même pas s'il m'écoutait. Je pris mon souffle et poursuivis : « Après tout, si vous m'avez choisie, il doit y avoir une raison. Vous me faites l'effet d'un homme qui raisonne. Je me trompe ? Non, sûrement pas. Vous avez un esprit logique. C'est une chose que j'apprécie, la logique. » Ce que je disais avait-il un sens ? J'avais l'impression de proférer des mots sans queue ni tête.

« Continue », dit-il.

Continue. Très bien. Mais que dire ensuite ? Ma lèvre supérieure était enflée et douloureuse. Quand je la touchais du bout de ma langue, je sentais une excroissance, comme un bouton de fièvre. Peut-être tout mon corps était-il couvert de boutons et de cloques. « Oui, vous êtes logique. Et réflexif. » Non, ça n'allait pas du tout. Réflexif ? Drôle de mot. Il fallait recommencer. « Réfléchi, plutôt. Vous êtes un homme qui réfléchit. Et qui a de la force de caractère. Je me trompe ? »

Silence. Je l'entendais respirer péniblement.

« Non, je ne crois pas me tromper. C'est le rôle d'un homme d'avoir de la force de caractère, mais beaucoup sont des faibles. Beaucoup, répétai-je. Je crois aussi que vous êtes trop seul. Les gens ne reconnaissent pas votre espoir. Votre force, plutôt. Je voulais dire force, pas espoir. Est-ce que vous vous sentez seul ? »

Aucune réaction. C'était comme jeter des pierres au fond d'un puits. Je prononçais des mots stupides et ils disparaissaient dans le noir.

« Mais peut-être que vous préférez être seul. C'est ça ?

— Peut-être.

— Pourtant, nous avons tous besoin de gens qui nous aiment, dis-je. Personne ne peut rester complètement seul. »

J'aurais fait n'importe quoi pour survivre, pensai-je. Je l'aurais laissé me prendre, me posséder, et j'aurais même fait semblant d'aimer ça. N'importe quoi, pourvu que je vive.

« De toute façon, il doit y avoir une raison pour que vous m'ayez choisie plutôt qu'une autre.

— Tu veux savoir ce que je pense, hein ? Tu veux ? » Il posa une main sur ma cuisse, la caressa dans un sens, puis dans l'autre.

« Oui. Dites-le moi. »

Oh, pourvu que je puisse me retenir de vomir, me retenir de hurler !

« Je pense que tu ne t'imagines pas de quoi tu as l'air en ce moment. Tu n'en as pas la moindre idée. » Il partit de son rire éraillé. « Tu crois pouvoir me faire du charme, hein ? C'est ça ? C'est comme ça que tu comptes me piéger, comme un idiot ? Seulement, tu ne sais pas de quoi tu as l'air, mon cœur. On ne croirait jamais que tu es un être humain. Tu n'as même pas de visage. On dirait une... une chose. Une saleté. Ou une bête, une bête à moitié morte. En plus, tu pues. Tu pues la pisse et la merde. » De nouveau, il se mit à rire, et sa main sur ma cuisse serra ma peau, me pinça si fort que je criai de douleur et d'humiliation.

« Abbie, qui essayait de me charmer pour m'endormir, murmura-t-il. C'est toujours mieux que Kelly, avec ses gémissements qui n'arrêtaient pas. Kelly la pleureuse et Abbie la charmeuse. Ça rime. Gémir, endormir, mourir. Pour moi, ça revient toujours au même. »

Gémir, endormir, mourir. À nouveau, des mots qui rimaient dans le noir. Le temps filait, je sentais qu'il ne m'en restait plus beaucoup. J'imaginai un sablier, le sable qui s'écoulait en un flux régulier et inexorable. Quand on regarde bien, le sable paraît toujours couler plus vite vers la fin.

Une fois de plus, il me soulevait et me posait sur le sol. Mes pieds étaient transpercés d'une multitude d'aiguilles, mes jambes semblaient ne plus m'appartenir, c'étaient deux bâtons complètement raides. Ou plutôt non, pas deux bâtons, deux minces branchages qui pouvaient se briser d'un instant à l'autre. Je vacillai, titubai comme une femme saoule, et il me tint par le bras pour m'empêcher de tomber. Ses doigts s'enfoncèrent dans ma chair. Peut-être y laissaient-ils des bleus, quatre au-dessus et un en dessous. Je devinais vaguement de la lumière : sous la cagoule, le noir était moins total, plutôt gris très foncé. Sa torche, sans doute. Il me poussa, me traîna et me dit :
« Tu peux t'asseoir. Sur le seau. »
Il ne prit pas la peine de détacher mes poignets et baissa mon pantalon lui-même. Je sentis ses mains sur ma peau, mais ça m'était égal à présent. Je m'assis et sentis le rebord métallique sous mes fesses. Je m'y agrippai avec mes doigts crispés et m'efforçai de respirer calmement. Quand j'eus terminé, je me levai et il remonta mon pantalon. Il était trop large pour moi, maintenant. Je donnai un coup de pied dans le seau et l'envoyai valdinguer dans sa direction. Je l'entendis buter contre ses jambes et rouler par terre. Il poussa un grognement hargneux et je m'élançai aveuglément vers ce son, criant aussi fort que je pouvais à travers l'affreux chiffon qui m'obstruait la bouche, mais ce qui résonna fut moins un cri qu'une misérable plainte enrouée. Je heurtai son corps à toute force avec mon épaule, mais ce fut comme si je me cognais contre un mur. Il tendit les bras pour m'immobiliser. Alors, je lui donnai un violent coup de tête dans le menton, qui lança des fusées

de douleur rouge partout dans mon crâne. Un incendie s'alluma derrière mes yeux.

« Oh », marmonna-t-il. Puis il me frappa. Et me frappa encore. Et encore. Pour finir, il me prit par les cheveux et me donna un grand coup de poing au creux de l'estomac.

« Oh, Abbie, vilaine fille », dit-il.

J'étais assise au bord de la plate-forme. Où avais-je mal ? Partout. Je ne distinguais plus les parties de mon corps. Je ne savais plus où finissait mon mal de tête et où commençait ma douleur à la nuque ; où le froid dans mes jambes devenait le froid dans mon corps ; où le goût fétide dans ma bouche ulcérée le cédait à la bile remontant dans ma gorge et aux crispations acides de mon estomac ; où le sifflement dans mes oreilles se muait en ce silence opaque amassé autour de moi. J'essayai de remuer les orteils – en vain. Je croisai mes doigts gourds et les serrai avec ce qui me restait de force, mais quels étaient les doigts de ma main droite et ceux de ma main gauche ?

De nouveau, je voulus me réciter les tables de multiplication, mais je ne pus arriver au bout de la table de deux. Comment était-ce possible ? De tout jeunes enfants connaissaient la table de deux, ils la chantaient en classe. La petite mélopée répétitive résonna dans ma tête, mais elle n'avait aucun sens.

Que savais-je encore ? Je savais que je m'appelais Abbie et que j'avais vingt-sept ans. Que dehors, c'était l'hiver. Je savais aussi d'autres choses. Le bleu mélangé au jaune donne du vert, comme la mer bleue en été sur le sable couleur de paille. Ce sont de petits débris de roche et de coquillages broyés qui forment le sable des plages. Avec le sable, on fabrique du verre. Oh, oui ! De grands verres remplis d'eau fraîche, avec des glaçons qui tintent, des verres grands comme des arbres. C'est avec les arbres qu'on fait du papier. Papier, caillou, ciseaux. On dit *des* ciseaux et non *un* ciseau. Quoi encore ? Il y a huit notes dans une octave. Soixante secondes dans une minute. Soixante minutes dans une heure, et vingt-quatre heures dans une journée, et sept jours dans la semaine, et cinquante-deux semaines dans une année. Les mois de trente jours sont avril, juin, septembre... Je ne pus finir la liste.

Il ne fallait pas que je dorme, et pourtant j'avais dormi, d'un sommeil pareil à une chute dans un rêve creux et murmurant. Je m'étais réveillée en sursaut, parce que je l'avais senti près de moi. Cette fois, il n'avait pas de torche. Ni d'eau. D'abord, il ne dit rien, mais je l'entendis respirer. Ensuite, sa voix étouffée chuinta dans l'obscurité.

« Kelly. Frances. Katherine. Gail. Lauren. »

Je restai complètement immobile.

« Kelly. Frances. Katherine. Gail. Lauren. »

Plusieurs fois, il répéta ces cinq prénoms. C'était comme une sourde psalmodie, le ronronnement obsédant d'une machine. Je l'écoutai, appuyée au mur et la tête baissée comme si je dormais encore. Des larmes baignaient mes joues, mais il ne pouvait pas le voir. Elles étaient brûlantes, presque corrosives, et il me semblait qu'elles laissaient des sillons sur ma peau. Des rigoles gluantes, comme les traces argentées d'un escargot.

Puis il se leva et partit. Je continuai à pleurer silencieusement dans le noir.

« Bois. »

J'obéis.

« Mange. »

J'obéis. Quatre autres cuillerées de bouillie douceâtre.

« Le seau. »

Je m'appelle Abbie. Abigail Devereaux. Je vous en prie, aidez-moi, quelqu'un. Je vous en prie.

Personne ne viendra à mon secours. Personne.

Papillon jaune. Feuille verte. Je t'en supplie, ne t'envole pas...

Il glissa le nœud coulant autour de mon cou, avec un geste presque tendre. Était-ce la troisième fois ou la quatrième ?

Je sentis ses doigts sur mon cou, qui vérifiaient que le fil de fer était bien en place. Puisque je pensais à lui tout le temps, la réciproque devait être vraie. Que ressentait-il pour moi ? Était-ce une forme d'amour ? Ou était-il comme un fermier qui enferme et nourrit son cochon avant de l'égorger ? Je me représentai la scène qui arriverait dans un jour ou deux, plus tôt peut-être : il monterait sur la plate-forme et serrerait le nœud autour de mon cou ou me trancherait la gorge, comme une corvée inévitable.

Quand il partit, je recommençai à compter. Cette fois, je remplaçai les villes par des pays. Je comptai les maisons le long d'une rue fleurie en Autriche. Il pleuvait tandis que je gravissais une ruelle médiévale en Belgique. Au Cameroun, il faisait très chaud, mais au Danemark, très froid. En Équateur, je voyais de grands pics rocheux. Et puis, au moment où j'atteignais le numéro 2351 d'une longue avenue bordée d'arbres en France, j'entendis une porte se fermer et des pas se rapprocher. Il était parti depuis cinq heures et quarante-deux minutes. Moins longtemps que d'habitude. Peut-être s'inquiétait-il de mon état, à moins que le temps de ses absences ne fût complètement aléatoire. Quelle importance ?

De nouveau, des cuillerées de bouillie dans ma bouche. Moins que les fois précédentes. Non seulement il ne m'engraissait pas, mais il me sous-alimentait tout en me gardant en vie. Ensuite, le seau. Ses mains sous mes cuisses, et le retour sur la plate-forme.

« Tu es fatiguée, dit-il.

— Qu'est-ce qui vous fait dire ça ?

— Tu parles moins. »

Je décidai de faire une fois encore l'effort de me montrer charmeuse – charmeuse et forte. Ce fut comme si je traînais un énorme sac de pierres en haut d'une côte.

« Ça vous manque que je ne parle pas ? » Ma voix semblait venir de très loin.

Au lieu de répondre, il murmura :

« Tu faiblis.

— Non. Je ne me sens pas faible. J'ai seulement sommeil. Je suis fatiguée, c'est vrai. Vous devez savoir ce que c'est quand on a tellement sommeil qu'on entend des échos dans sa tête. » J'essayais de me concentrer sur ce que je disais, mais les paroles que je prononçais ne semblaient plus s'assembler de manière cohérente. « Vous arrivez à supporter ça ? demandai-je sans bien comprendre pourquoi.

— Tu n'as pas idée de ce que j'arrive à supporter. Tu ne sais rien de moi.

— Si, je sais quelques petites choses. Il y en a beaucoup

que je ne sais pas, bien sûr. Beaucoup plus. Mais par exemple, je sais que vous m'avez kidnappée. Ça, j'en suis sûre. Seulement, pourquoi moi ? Je n'en sais rien et je voudrais bien le savoir. Vous savez, bientôt on viendra vous arrêter. Très bientôt. Je tends l'oreille sans cesse, parce que je sais que je vais entendre des gens arriver. Des gens qui viendront me secourir. »

Son horrible rire éraillé dans le noir, tout près de moi. Je frissonnai. Oh, que j'avais froid dans tout le corps ! J'avais froid et j'étais sale, endolorie, égarée, terrorisée.

« Je ne plaisante pas, me forçai-je à poursuivre. Ils arriveront bientôt et ils me sauveront. Un tas de gens. Terry, pour commencer. C'est le garçon avec qui je vis. Vous ne saviez pas que je vivais avec quelqu'un ? Terence Wilmott. Terry. Eh bien, il va venir ! Et puis, je travaille. Pour une boîte qui s'appelle Jay & Joiner. Je dis aux gens... Je dis aux gens tout ce qu'ils doivent faire dans leurs bureaux. Vous imaginez qu'ils ne réagiront pas en voyant que j'ai disparu ? » Je parlais à tort et à travers, comme une très vieille femme qui perd la boule. Tout de même, j'eus conscience que je commettais une grave imprudence en lui révélant des réalités de ma vie. Je m'efforçai de diriger mes propos dans un autre sens. Ma langue était comme épaissie, ma bouche affreusement sèche. « Sans compter la police, bien sûr. La police va me retrouver. Vous feriez mieux de me laisser partir avant qu'elle me retrouve. Je ne dirai rien. De toute façon, il n'y a rien à dire, et... »

Il soupira.

« Tu parles trop, dit-il entre ses dents.

— Alors, vous n'avez qu'à parler vous-même. Allez-y, parlez-moi. » La seule chose qui m'importait à cet instant, c'est que je ne voulais plus de ce chiffon sale dans ma bouche, ni de ce nœud autour de ma gorge. En tout cas, pas tout de suite, non, pas tout de suite.

« À quoi pensez-vous ? demandai-je.

— Même si je te le disais, tu n'y comprendrais rien.

— Essayez. Mettez-moi à l'épreuve et vous verrez. Parlez-moi. Nous pouvons très bien nous parler. Trouver une issue. Un moyen pour que vous me libériez. »

Non, idiote ! Tu fais complètement fausse route. Ne dis pas ce que tu penses, surtout pas. Concentre-toi.

Un long silence dans l'obscurité. J'essayai de l'imaginer, assis à cinquante centimètres de moi – une créature immonde, une immondice qui croassait.

« Tu veux que je te parle ?

— Oui. Si vous me disiez votre nom ? Bien sûr, pas votre vrai nom. Un autre, par lequel je pourrais vous appeler.

— Je sais ce que tu mijotes. Tu veux que je te le dise ?

— Je veux seulement que nous parlions.

— Non, ma jolie. Ce que tu veux, c'est ruser. Faire la maligne. Parce que tu te crois très psychologue.

— Non. Non, pas du tout.

— Oh, que si ! Tu t'imagines que nous pourrions faire ami-ami, pas vrai ? » Il ricana entre ses dents. « Tu es ligotée et tu sais que tu ne peux pas t'enfuir. Que tu ne peux pas me résister. Parce que c'est moi le maître ! Si tu es encore en vie à l'heure qu'il est, c'est seulement parce que je le veux bien. Alors, tu te demandes comment t'en sortir. Et tu te dis que je suis certainement un pauvre type triste et solitaire, qui a peur des femmes. Qu'il suffit que tu te montres gentille et charmante avec moi pour que je te laisse partir. Mais tu vois, tu ne comprends rien du tout.

— J'ai envie de parler, rien d'autre. C'est trop silencieux, ici.

— Tu sais, il y en a qui rampent par terre, en braillant comme des gamines qu'on a battues. Elles font penser à un animal à moitié écrabouillé qui se débat sur le bord de la route. Un animal qui se tord en hurlant et qui n'attend qu'une chose : crever pour ne plus souffrir. Avoir la chance que quelqu'un passe et l'écrase pour de bon. D'autres essaient de marchander. Comme Frances. Elle me disait qu'elle ferait tout ce que je voulais, pourvu qu'ensuite je la laisse partir. Comme si elle avait quelque chose à m'offrir en échange ! Qu'est-ce que tu penses de ça ? »

Je ne pensais rien. Je me retenais de vomir. Il reprit :

« Gail, c'était encore autre chose. Elle priait. Je l'entendais marmonner ses prières quand j'arrivais pour lui enlever le bâillon. Ça ne l'a pas avancée à grand-chose.

— Comment pouvez-vous le savoir ?

— Savoir quoi ?

— Comment pouvez-vous savoir que ça ne lui a pas servi à grand-chose ? Vous n'en savez rien du tout.

— Oh ! si, je le sais. Je suis bien placé pour le savoir, crois-moi. C'est marrant, non ? Il y a celles qui pleurent et qui deviennent hystériques, comme Kelly. Ou Katherine. Il y a celles qui jouent la séduction. Tu as essayé ça, un peu. Et puis celles qui prient. Lauren, c'était encore une autre histoire. Elle ne disait presque rien, mais chaque fois que je la détachais, elle frappait, elle cognait, elle se débattait comme une diablesse. Elle n'a jamais voulu s'avouer vaincue. Jusqu'à la fin, elle m'a résisté. Elle est vite venue, la fin, parce qu'il a fallu que je la liquide vite fait. Je te l'ai dit : pour moi, ça revient toujours au même. »

J'avais envie de pleurer, de sangloter, sangloter à n'en plus finir, et qu'une personne amie me prît dans ses bras pour me réconforter, me dire qu'elle m'aimait. Mais s'il y avait une chose que je ne pouvais en aucun cas me permettre, c'était bien celle-là – et je le savais. Si je pleurais devant lui, je serais l'animal blessé qui se tord de douleur au bord de la route, et il m'écraserait.

« Tout ça est vrai ? demandai-je.

— Quoi ?

— Ces femmes dont vous parlez. »

Cet horrible rire comme une toux.

« Tu les rejoindras dans quelques jours. Pose-leur la question ! »

Il partit sans en dire davantage, après m'avoir enfoncé le chiffon dans la bouche ; mais quelque chose avait apparemment changé : au bout de quelques minutes, il était de retour, comme s'il ne pouvait pas rester éloigné. Il devait avoir pensé à autre chose, car il retira le chiffon et je sentis ses lèvres près de mon oreille. Je sentis aussi une odeur de laine mouillée, et son haleine aux relents de viande et d'oignon.

« Un jour prochain, dit-il, un jour que je ne t'annoncerai pas à l'avance, je t'apporterai une feuille de papier et un stylo pour que tu puisses écrire une lettre. Une lettre d'adieu. Je la mettrai à la poste. Tu pourras écrire à qui tu veux, ce que tu veux, sauf si ça ne me plaît pas, bien sûr. Pas de pleurnicheries ! Mais ça peut être une espèce de testament. Tu pourras léguer ton ours en peluche à quelqu'un, et ton fric, et tes robes, et tout le tintouin. Ensuite, quand tu auras écrit la lettre, je ferai ce que j'ai à faire. Tu as entendu ce que j'ai dit ? Réponds. Oui ou non ?

— Oui.

— Bon. »

Il poussa le chiffon dans ma bouche et, l'instant d'après, il n'était plus là.

Je pensai à Gail et me demandai quel avait été l'objet de ses prières. Aimais-je la vie autant que ces cinq autres femmes ? Kelly, qui pleurait sans fin à l'idée de la perdre. Frances, que le désespoir avait poussée à s'offrir. Lauren, qui s'était débattue jusqu'à la fin. Gail, qui priait. Pour quoi avait-elle prié ? Simplement pour trouver la paix, peut-être, et pour que vînt la délivrance. Je n'étais pas d'un tempérament aussi doux. Si je priais, ce ne serait pas pour trouver la paix. Ce serait pour avoir les mains libres et tenir un fusil. Ou un couteau, ou une pierre, ou un poinçon. Un clou, même. N'importe quoi pour détruire, déchirer, faire mal, mal, mal...

Une dernière lettre. Non un dernier repas, mais une dernière lettre. À qui l'adresserais-je ? À Terry ? Mais que lui dirais-je ? Si tu choisis de vivre avec une autre femme, sois plus gentil avec elle que tu l'as été avec moi. Non, ce serait mal venu. À mes parents ? Je m'imaginai en train d'écrire une lettre très noble, pleine de sages pensées qui réconforteraient tout le monde. Quand quelqu'un meurt, il est important que ses proches trouvent des motifs de consolation. Elle n'a pas souffert. Ou bien : elle a souffert, mais par bonheur c'est fini, maintenant elle repose en paix. Ou encore : elle a montré son courage jusqu'à la fin. Voilà qui pourrait réconforter beaucoup de gens. Chère vieille Abbie, elle a trouvé moyen d'écrire quelques traits d'humour alors même qu'on allait l'assassiner. Quelle leçon pour nous tous. Ça, oui alors ! Quelle grandiose leçon sur la manière de se comporter quand on va être assassiné. Écoutez bien, les enfants : si jamais vous tombez entre les griffes d'un psychopathe et qu'il s'apprête à vous tuer, voici la lettre d'Abbie Devereaux. C'est exactement dans cet

49

esprit qu'il convient de se faire assassiner. Aussi stoïque que bonne et indulgente, et tout cela sans se prendre au sérieux.

Seulement, je ne suis ni sage, ni indulgente, ni stoïque, et tout ce que je voulais, c'était sortir de cette prison. Il arrive que des gens vous demandent ce que vous aimeriez manger pour votre dernier repas, comme si c'était un petit jeu, une question pour rire, du genre « Quels disques emporteriez-vous sur une île déserte ? » Si l'on me servait mon dernier repas, je serais incapable de l'avaler. Et quand on m'apportera de quoi écrire ma dernière lettre, un brillant morceau de littérature pour résumer ma vie, je serai tout aussi incapable de l'écrire. Un hurlement dans le noir ne s'écrit pas.

Quand j'ai repris conscience dans cette geôle – il y a long-temps, si longtemps –, j'étais tourmentée par l'idée que je gisais peut-être à quelques dizaines ou centaines de mètres de passants qui auraient pu me secourir. Des gens en voiture ou à pied, qui se hâtaient vers un quelconque rendez-vous, se demandaient s'il y avait un bon film à la télévision ce soir-là, tâtaient la monnaie dans leur poche, hésitaient sur le vin qu'ils devaient servir à leurs invités. Tout cela me semble très loin, maintenant. Désormais, je n'appartiens plus à ce monde-là. Je vis au tréfonds de la terre, dans une caverne où la lumière n'a jamais pénétré.

Je me souviens aussi d'un terrible rêve, où j'étais enterrée vivante. Il me semblait que rien ne pouvait se concevoir de plus terrifiant. J'étais enfermée dans les ténèbres d'un cer-cueil, et je poussais de toutes mes forces pour en soulever le couvercle, mais le couvercle ne s'ouvrait pas : il était cloué, fait de bois épais, et sur lui pesaient les lourdes pelletées de terre qu'on avait jetées dans la tombe. Par-dessus la terre, il y avait une longue dalle de marbre. C'était cela, la terreur à l'état pur, avais-je pensé à mon réveil. Mais aujourd'hui que je me remémore ce rêve, il ne me paraît plus si effrayant, parce que je suis déjà dans ma tombe. Mon cœur bat, mes poumons aspirent l'air, mais cela n'a plus vraiment d'importance. Je suis morte. Je suis au tombeau.

« Est-ce que j'ai résisté ?

— Qu'est-ce que tu racontes encore ?

« — Je ne me souviens de rien. Et je voudrais que vous me rafraîchissiez la mémoire. Est-ce que je vous ai suivi sans protester ? Ou avez-vous dû m'emmener de force ? J'ai reçu un coup sur la tête et je ne me souviens plus. »

Ce rire, encore.

« Tu n'as pas renoncé, hein ? Mais c'est trop tard. » Il hésita, puis reprit :

« Bon, si tu veux encore jouer à ce petit jeu, je veux bien te le dire. Oui, tu as pas mal résisté. Plus que toutes les autres, même. J'ai été obligé de t'abîmer un peu. Quelques bons coups sur le crâne, pour te faire tenir tranquille.

— Tant mieux, murmurai-je.

— Quoi ?

— Rien, rien. »

Haut les genoux. Ne te laisse pas aller, Abbie. Un, deux, trois, quatre, cinq. Il faut tenir bon jusqu'à dix. Force-toi. Force-toi davantage. Six, sept, huit, neuf. Encore un. Dix. La nausée me prend à la gorge. Ne te laisse pas aller. Respire : un, deux, un, deux. Ne pas succomber. Jamais.

Bon, ma dernière lettre. Elle ne s'adressera à personne – ou alors, peut-être à quelqu'un que j'aurais pu rencontrer dans le futur. Ce sera comme écrire un journal. J'en tenais un quand j'étais adolescente, mais cela me mettait souvent mal à l'aise : le ton que j'employais faisait de moi une étrangère, et une étrangère qui ne m'était pas particulièrement sympathique. Je n'ai jamais su pourquoi je l'écrivais, encore moins pour qui.

Où en étais-je ? Ah, oui, ma lettre. Quelle est la dernière personne à qui j'ai écrit une lettre ? Je ne m'en souviens pas. J'envoie beaucoup d'e-mails, quelques cartes postales à l'occasion – du genre « la pluie pleut », ou « le soleil ensoleille », et puis « je pense à toi de loin », etc., etc. Mais une vraie lettre ? Cela doit faire une éternité. Après ses études, Sheena, une de mes meilleures amies, a pris une année sabbatique pour aller vivre au Kenya, où elle participait à une mission humanitaire et habitait une hutte au toit de paille. Je lui écrivais de temps à autre, mais sans jamais savoir si mes lettres lui parvenaient ; et à son retour, j'ai compris qu'elle n'en avait reçu que deux. C'est un étrange sentiment d'écrire à quelqu'un sans savoir s'il vous lira un jour. Comme lorsqu'on s'adresse à une personne, qu'on lui dit des choses très sérieuses, et qu'on se retourne pour découvrir qu'elle n'est plus dans la pièce. Qu'est-il advenu de ces mots, de ces pensées ? Ils sont perdus, et leur destinataire n'en saura jamais rien.

Ma bouche était dans un état épouvantable, pleine d'aphtes et de plaies. Mes gencives étaient molles et enflées. Quand j'avalais, j'avais l'impression d'avaler du poison : ma salive avait le goût du vieux chiffon et celui de mon propre pourrissement. Aussi essayais-je de m'en empêcher, mais c'était très difficile.

Assise dans l'obscurité, je croisai les mains. Mes ongles s'étaient allongés. Tout le monde sait ou croit savoir que les ongles et les cheveux continuent à pousser après la mort, mais j'ai lu ou entendu dire que c'est une légende. L'illusion vient de ce que la peau se rétracte, ou je ne sais quoi dans ce genre. Qui m'avait expliqué cela ? J'avais oublié. Il y avait beaucoup, beaucoup de choses que j'avais oubliées. Comme si tout ce qui faisait ma vie et me reliait au monde s'était effrité, bribe par bribe.

À qui léguerais-je mes biens ? Mais qu'avais-je à léguer ? Je ne possédais ni maison ni appartement. Ma vieille voiture était un peu rouillée sur les bords. Terry fronçait les sourcils avec désapprobation quand il la regardait, mais d'une façon plutôt amusée, comme pour dire : « Ah ! les femmes ! » À part cela, j'avais quelques vêtements de bonne qualité, mais pas beaucoup. Sandy pourrait les porter, même si elle est plus forte que moi depuis la naissance de son bébé. Des livres. Un petit assortiment de bijoux, des bijoux de fantaisie pour la plupart. C'est peu de chose. Deux heures suffiraient pour trier le tout.

Quel temps faisait-il dehors ? me demandai-je. C'était peut-être une journée ensoleillée. Je tâchai de me représenter les rayons du soleil tombant sur les rues et les maisons, mais en vain. Les images – le papillon, le lac, la rivière, le bouleau – s'étaient effacées. Je tentai de les faire resurgir dans mon imagination, mais elles se dissolvaient aussitôt, refusaient de garder la moindre consistance. Peut-être la ville était-elle recouverte d'un brouillard qui noyait les formes et les enveloppait d'un linceul. Je savais qu'il ne faisait pas encore nuit.

La nuit – pendant six heures, cinq heures –, il glissait le nœud coulant autour de mon cou avant de disparaître.

Je crus avoir entendu un bruit. Était-ce lui ? Lui qui s'approchait de son pas feutré ? Était-ce la fin, dans ce cas ? Je retins mon souffle, mais mon cœur battait à grands coups et mon sang rugissait dans ma tête, si bien que pendant un moment je n'entendis rien d'autre que ces pulsations précipitées dans mon corps. Pouvait-on mourir de peur ? Non, il n'y avait personne. J'étais seule dans le noir. Le moment n'était pas encore venu, mais je savais qu'il n'y en avait plus pour longtemps. Il m'observait, il savait que je m'effondrais, me désagrégeais. C'était ce qu'il voulait, j'en avais parfaitement conscience. Il voulait que je cesse d'être moi, et quand ce serait chose faite, il me tuerait.

Dans les ténèbres, je regardai aveuglément ce que j'étais devenue. Comment le cerveau peut-il savoir qu'il perd pied, l'esprit qu'il se délite ? Est-ce que c'est cela, devenir fou ? Y a-t-il un laps de temps où l'on sait, où la partie de soi qui n'a pas encore sombré se rend compte que la folie s'installe ? À quel moment se laisse-t-on partir à la dérive ? Quand, avec un atroce soulagement, se laisse-t-on choir dans l'abîme ? J'imaginai deux mains agrippées à un rebord, un corps en suspens – et puis, très lentement, les doigts qui cessaient de serrer, se détendaient, lâchaient prise. On tombe au fond de l'espace et rien ne peut vous arrêter.

La lettre. Cher quelqu'un, aidez-moi, aidez-moi, aidez-moi, je n'en peux plus. Mon Dieu, je vous en prie, je vous en prie, aidez-moi.

Mes yeux piquaient et brûlaient. Ma gorge était douloureuse, plus encore que d'habitude. Comme si elle était remplie de gravillons. Ou d'éclats de verre. Peut-être avais-je pris froid, peut-être souffrais-je d'une infection. Alors, progressivement, j'allais cesser de pouvoir respirer. Tout serait obstrué.

« Bois. »

Je bus, par petites gorgées.

« Mange. »

Quatre cuillerées de bouillie. C'est à peine si je pouvais avaler.

« Le seau. »

53

Portée jusqu'au sol, hissée sur la plate-forme. Je me sentais comme une vieille poupée en plastique. Un instant, je fus tentée de me débattre, de donner des coups de pied, mais je savais qu'il pouvait écraser ma gorge pour me faire cracher ma vie. Je sentis ses mains sur ma cage thoracique. Il aurait pu me briser.

« Le nœud.

— Salaud, dis-je.

— Quoi ?

— Salaud. Ordure. »

Son poing s'abattit sur ma bouche. Mon sang avait un goût douceâtre et métallique.

« Porc ! » criai-je faiblement.

Il fourra le chiffon dans ma bouche.

Cinq heures peut-être, ou un peu plus. Combien de temps s'était-il écoulé la dernière fois que j'avais compté les minutes ? Je ne m'en souvenais plus. Cinq heures, et il reviendrait, peut-être avec une feuille de papier et un stylo. Dehors, il devait faire nuit. Il faisait certainement nuit depuis longtemps. Peut-être la lune brillait-elle dans le ciel. Et les étoiles. J'imaginai des piqûres de lumière perçant la voûte noire.

Mais j'étais là, seule sous ma cagoule, seule dans ma tête, et plus rien ne me semblait réel. D'abord, je m'étais interdit de penser à la vie qui suivait son cours hors de cette pièce, à la vie telle que je l'avais connue. J'avais cru que cela me mettrait au supplice, que j'en deviendrais folle. Mais à présent que je voulais m'en souvenir, je ne pouvais plus : ce que je m'en rappelais m'apparaissait factice et disloqué. C'était comme si le soleil avait disparu, qu'un orage grondait au fond des ténèbres. Et les ténèbres allaient tout envahir.

J'essayai de me revoir dans mon appartement. En vain. De me revoir à mon travail. En vain. Les souvenirs gisaient dans le noir comme des cadavres. Quelque chose, pourtant, resurgit clairement dans ma mémoire : un jour, j'avais nagé dans un loch écossais, je ne me rappelais pas quand, mais il y avait des années de cela. L'eau était si trouble et si sombre qu'on ne voyait pas au travers. Même mes mains étaient invisibles quand je les tendais sous la surface. Mais quand j'avais nagé le crawl, j'avais vu des bulles d'air dans l'eau glauque, des cascades de petites bulles argentées.

Pourquoi ce souvenir remontait-il en moi alors que tous les autres étaient ensevelis ? Les lumières s'éteignaient, une par une. Bientôt, il n'en resterait plus. Il ne resterait rien, et il aurait gagné.

Alors, je sus ce que je devais faire. Je n'écrirais pas de lettre. Je n'attendrais pas qu'il revînt avec sa feuille de papier. C'était le seul pouvoir dont je disposais encore. Le pouvoir de ne pas attendre qu'il me tue. Ce n'était pas grand-chose, mais je n'avais rien d'autre désormais. Plus de souvenirs. Plus d'espoir. Rien que cela. Et c'était tellement simple ! Si j'attendais encore, tôt ou tard – très vite sans doute, car je sentais que le moment était proche –, il entrerait pour m'assassiner. De cela, je n'avais plus le moindre doute. J'étais tout à fait sûre qu'il avait tué les cinq femmes dont il m'avait parlé, et que le même sort m'était réservé. Il était vain de croire que je pouvais le circonvenir, vain de croire que je pouvais lui échapper. Jamais je ne le convaincrais qu'il ferait mieux de me libérer. Et jamais la police ne viendrait à ma rescousse. Ni Terry. Ni personne. Je n'allais pas me réveiller et découvrir que j'avais fait un cauchemar. Non. J'allais mourir.

Enfin, j'en prenais acte. Si j'attendais davantage, il me tuerait, j'en avais l'absolue certitude. La certitude que tout espoir était futile. Mes pitoyables tentatives pour changer le cours des choses n'avaient pas produit plus d'effet que si je m'étais jetée contre un mur de pierre. Mais si je sautais de cette plate-forme, le nœud coulant m'étranglerait. Il me l'avait dit, et je sentais le fil de fer s'enfoncer dans mon cou chaque fois que je me penchais. Il avait dû penser que je ne le ferais jamais. Aucune personne saine d'esprit ne se tuerait pour ne pas mourir.

Et pourtant, c'était exactement ce que j'allais faire. Sauter de la plate-forme. Parce que je n'avais plus aucune autre issue, que c'était ma dernière chance de rester Abbie.

Je n'avais pas beaucoup de temps. Il fallait que je meure avant son retour, tant que je le pouvais encore. Tant que j'en avais encore la volonté.

Je respirai et retins mon souffle. Pourquoi pas tout de suite, avant de perdre courage ? Mais je laissai mes poumons se vider. Parce que c'était impossible, voilà tout. On se dit : encore une minute, une seconde de vie. Pas maintenant. N'importe quand, mais pas maintenant. Car on se dit que si l'on saute, on ne respirera plus et on ne pensera plus, on ne connaîtra plus ni le sommeil ni le réveil, ni la crainte ni l'espoir. Et bien sûr, on hésite, comme lorsqu'on monte sur le grand plongeoir et qu'on se dit que l'on osera, pourquoi pas ? Oui, on osera – jusqu'au moment où l'on gravit le dernier échelon et qu'on s'avance sur la planche souple en regardant en bas l'eau turquoise, qui semble si loin, si effroyablement loin qu'on sait tout à coup que l'on ne pourra pas. Parce que c'est impossible.

Et pourtant, c'est à ce moment-là qu'on plonge. Presque sans le savoir à l'avance, alors qu'en esprit on a déjà fait volte-face, on plonge, et on tombe. Plus d'attente, plus de terreur. Plus rien, parce que, de toute façon il vaut peut-être mieux mourir. Puisque je dois mourir, mieux vaut le décider moi-même.

Je fis à cet instant ce dont je me savais incapable. Je plongeai. Et je tombai.

Une terrible douleur autour de mon cou. Des éclairs colorés derrière mes yeux. Un petit coin intrigué de mon cerveau observait et se disait : voilà ce que c'est, mourir. La dernière bouffée d'air, les dernières pulsations du sang avant l'extinction dans la mort et l'inexistence.

Les éclairs dans ma tête s'éteignirent en effet, mais la douleur se fit plus aiguë et plus localisée. Mon cou. Une sensation de griffure à la joue, de torsion dans une jambe. Mon visage, mon ventre, mes seins avaient heurté si violemment le sol que pendant un moment, je crus que j'avais entraîné le mur avec moi et qu'il m'écrasait.

Je n'étais pas morte. Je vivais.

Alors, une pensée traversa ma tête comme si un javelot d'acier la transperçait. Je n'étais plus attachée. Il n'était pas là. Depuis combien de temps était-il parti ? Réfléchis, Abbie, réfléchis bien. Cette fois, je n'avais pas compté. Pendant long-temps, certainement. Mes poignets étaient toujours liés der-rière mon dos. Je tentai de les dégager, mais en vain. Je faillis éclater en sanglots. Avais-je affronté la mort pour me retrouver couchée par terre et impuissante ? Je me jurai que si c'était le cas, je me tuerais en me fracassant la tête contre le mur. Si ce seul pouvoir me restait, je ne lui laisserais pas le plaisir de m'assassiner. Mon corps n'était que souffrance des pieds à la tête, et les privations l'avaient épuisé. Une nouvelle angoisse monta en moi : je m'étais résignée à la mort, et cette résignation m'avait apaisée, ou insensibilisée comme un anesthésique. Mais à présent, j'avais une chance de survie, et le savoir me rendait soudain la capacité d'éprouver les peurs les plus horribles. Je me retournai d'une secousse. À présent, j'étais appuyée sur mes coudes. Si je pouvais passer mes bras attachés sous mes pieds, pour qu'ils ne soient plus derrière mon dos... C'était une prouesse de gymnaste, ce que je ne suis pas, loin s'en faut. Je ramenai mes pieds vers moi, comme si je voulais qu'ils touchent le sol par-dessus ma tête ; puis, j'essayai de glisser mes bras sous mes fesses. Sans succès. Je tirai et poussai aussi fort que je pus – en vain. Un gémissement m'échappa. Alors, je me parlai en silence. Bientôt, me dis-je, dans une minute, dans une heure, dans cinq heures, il reviendra et il te tuera. C'est ta toute, toute dernière chance de vivre. Après cela, il n'y en aura plus aucune, pas la plus infime, jamais. Et tu sais que c'est possible. Tu as vu des enfants le faire, simplement pour jouer. Tu l'as probablement fait toi-même quand tu étais petite. Tu serais prête à te couper une main pour te débarrasser de ces nœuds. Mais ce n'est pas nécessaire. Il suffit que tu ramènes tes mains devant toi. S'il faut pour cela te disloquer les épaules, tant pis. Prends courage. Prépare-toi. Cinq, quatre, trois, deux, un... Je tirai avec toute la force de mon corps et toutes les ressources de ma volonté. Je crus que mes bras allaient se détacher de mon torse, mais je tirai plus fort et, soudain, je sentis mes poings sous mes cuisses. Si mes chevilles n'avaient pas été attachées, ç'aurait été plus facile. Maintenant, j'étais immobilisée comme un cochon prêt pour l'abattage. Je m'obligeai à y penser tout en hissant mes genoux contre ma poitrine, avec toute l'énergie dont j'étais encore capable, et en m'efforçant de faire passer mes mains liées par-dessous mes pieds. Les muscles de mon cou, de mon dos et de mes membres étaient au supplice, mes épaules à moitié déboîtées, mais bientôt mes mains furent devant moi. J'étais pantelante et sentais la sueur ruisseler sur tout mon corps. Je m'assis et arrachai la cagoule, pensant tout à coup qu'il était peut-être revenu, qu'à cet instant il m'observait en se retenant de ricaner. J'arrachai aussi le chiffon de ma bouche et bus de grandes goulées d'air comme si c'était de l'eau glacée. Autour de moi, tout était plongé dans l'obscurité. Non, pas totalement : au bout d'un moment, je perçus qu'une très légère clarté arrivait de quelque part, et je pus distinguer mes poignets. Ils étaient attachés par une espèce de fil métallique, mais le fil n'était pas noué : les deux bouts étaient entortillés l'un avec l'autre. Il me fut presque facile de les libérer avec mes dents, mais cela prit du temps : quatre ou cinq terribles minutes, au terme desquelles j'avais les lèvres en sang. Mais, finalement, j'eus les mains libres. Un moment plus tard, mes chevilles l'étaient aussi. Je me levai et tombai aussitôt, hurlant de douleur. Il me semblait que mes pieds étaient gonflés au point d'éclater. Je les frictionnai, me massai les chevilles, et enfin je pus me tenir debout. Je regardai autour de moi. Mes yeux étaient complètement accoutumés à la pénombre, et je distinguai des murs de brique et un sol en ciment crasseux. Dans un coin s'entassaient des planches, dans un autre plusieurs vieilles paillasses. Je levai les yeux et regardai la plate-forme qui avait failli être mon lit de mort. Alors, je compris. En dégageant ma tête du nœud coulant, je vis que l'extrémité du fil était attachée à un crochet fiché dans le mur, que ma chute avait arraché. Incrédule devant ma chance, je me frottai le cou avec mes doigts. Je scrutai le bout de la pièce d'où j'avais toujours entendu l'homme arriver. Il y avait là une porte en bois, sans poignée à l'intérieur. J'essayai de l'ouvrir en glissant le bout de mes doigts dans l'encadrement, mais sans succès. Il fallait trouver une sortie, et sans tarder. De l'autre côté de la pièce partait ce qui ressemblait à un couloir obscur. Je m'approchai pour tenter de voir où il menait, mais il me fut impossible de distinguer quoi que ce fût. L'idée de marcher dans le noir me terrifiait. Au reste, ce couloir menait-il quelque part ? La seule issue dont j'étais sûre était la porte fermée. Peut-être était-ce la seule. Ne serait-ce pas une terrible sottise de m'en éloigner ? J'étais haletante, tremblante, ruisselante de sueur. Les battements de mon cœur résonnaient dans mes oreilles. Mais je me forçai à réfléchir calmement. Que faire ? Je pouvais me cacher quelque part dans le noir. Il me croirait enfuie et se lancerait à ma poursuite, laissant la porte ouverte. Non, c'était idiot. Le plus probable était qu'il allumerait sa torche et me trouverait dans les secondes qui suivraient. Trouver une arme, peut-être, un objet lourd, et me poster près de la porte pour le frapper de toutes mes forces quand il entrerait. L'assommer. C'était extrêmement tentant. Même si j'échouais, et j'étais presque sûre d'échouer, au moins aurais-je eu la possibilité de le blesser, de lui faire du mal – et rien au monde n'eût surpassé ce plaisir. J'aurais voulu le déchiqueter, arracher la chair de ses os. Non, le mieux était de profiter de son absence pour essayer d'ouvrir cette porte. J'ignorais si elle était verrouillée. Je me penchai et me mis en quête d'un objet qui pût me servir de levier, mais ne trouvai que des morceaux de planche inutilisables. J'allais renoncer, quand mes mains rencontrèrent une bande de métal. Si j'arrivais à la glisser contre le chambranle, je pourrais forcer la porte, et s'il y avait un loquet de l'autre côté, je le soulèverais sans grande difficulté. Je m'approchai, tâtonnai et réussis à introduire la bande métallique – mais c'est alors que j'entendis un bruit. Je retins mon souffle et tendis l'oreille. Aucun doute. Je reconnus le grincement d'une porte qu'on fermait, puis des pas. Je faillis m'écrouler sur le sol en sanglotant.

L'idée de le guetter près de la porte pour me battre avec lui était stupide, évidemment. Je traversai la pièce sur la pointe des pieds et m'engageai dans l'effrayante obscurité. Si le couloir donnait sur un débarras sans porte ni fenêtre, je serais prise au piège comme un animal. Mais il semblait assez long et deux autres portes s'ouvraient de part et d'autre. Plus vite, plus vite. Il fallait gagner du temps. S'il y avait d'autres pièces le long du couloir, il commencerait peut-être par les fouiller. Au bout du couloir, un mur, et de nouveau une porte de chaque côté. Je regardai celle de gauche, mais ne vis que du noir. À droite, en revanche, je distinguai une pièce vide éclairée d'un peu de lumière. Elle venait d'une espèce de vasistas percé dans le mur du fond. Derrière moi, loin derrière moi dans l'obscurité, j'entendis un bruit, un cri, une porte qui claquait, des pas – et à partir de ce moment, tout ressembla à un de ces cauchemars où les événements se produisent dans le désordre, où l'on court de toutes ses forces mais en sentant le sol devenir mou et collant, si bien qu'on n'arrive nulle part, qu'on est poursuivi sans parvenir à s'enfuir. Je laissai à la part la plus primitive, la plus instinctive de mon cerveau la responsabilité de prendre des décisions et de me sauver la vie. Je me rappelle avoir saisi un objet dur ; ensuite, un bruit de verre brisé, et les contorsions de mon corps pour passer par une ouverture qui semblait trop petite pour moi, mais un instant plus tard j'étais de l'autre côté. Une douleur aiguë le long de mon torse, un liquide épais mouillant mes vêtements. Quelque part, le son d'un coup violent, un poing contre du bois, me sembla-t-il. Il était à mes trousses. Et il hurlait.

Je montai une volée de marches et je sentis le vent. L'air. Le monde extérieur. Au loin, des lumières. Je courus, courus dans leur direction. Je courais dans un rêve, sans voir ce qui m'entourait, sans rien penser ni savoir. Je courus parce que si je m'arrêtais, j'étais morte. Mes pieds, dans leurs chaussettes, heurtaient le sol froid, des objets, trébuchaient. Des cailloux, des choses pointues les blessaient, mais pas question de ralentir ne fût-ce qu'une seconde. Il courait sûrement très vite. Il fallait que je me rue au hasard dans différentes directions, c'était le seul moyen de le semer. Mes yeux me trahissaient après tous ces jours sous terre, je ne voyais qu'à travers une brume les formes qui m'environnaient, les lumières me faisaient mal comme des fusées à travers du verre gelé. J'entendais le bruit de mes pas, étrangement sonore. Cours, cours encore, sans te demander où tu as mal, sans penser à rien. Cours.

Quelque part en moi, une voix me disait que je devais trouver une chose mobile, une voiture, une personne. Il ne fallait pas que je coure vers un endroit désert. Des gens. Trouver des gens. Mais je ne pouvais pas courir et me concentrer en même temps. Ne pas s'arrêter, ne pas s'arrêter. Et puis, brusquement, une lumière derrière une fenêtre. J'étais dans une rue bordée de maisons. La plupart étaient condamnées, les portes et les fenêtres barrées par des planches clouées, ou même par d'épais grillages métalliques. Mais j'avais vu une lumière. J'eus un moment de grande lucidité. Ma première impulsion avait été de me précipiter pour tambouriner à la porte en criant. Mais je craignis, parmi cent autres craintes, que les gens à l'intérieur ne prissent peur. Ils refuseraient de m'ouvrir, augmenteraient le volume de la télévision pour ne pas m'entendre, et il me rattraperait, me trouverait ici et me ramènerait d'où je venais.

Affolée à cette idée, je pressai longuement la sonnette et entendis le son lointain d'un carillon. Répondez, répondez, répondez, répondez, répondez... Le silence, puis des bruits de pas. Lents et traînants. Enfin, après un million d'années, la porte s'ouvrit et je tombai en avant, heurtant violemment le sol.

« La police. Je vous en prie. La police. Vite. Je vous en prie. »

Ensuite, toujours allongée sur le tapis du vestibule de je ne savais qui, je ne pus que répéter comme une longue plainte horrifiée : « Je vous en prie je vous en prie je vous en prie je vous en prie je vous en prie... »

DEUXIÈME PARTIE

« Avez-vous besoin d'une déposition en bonne et due forme ?

— Plus tard, dit mon visiteur. Pour le moment, je voudrais simplement que nous parlions. »

D'abord, je ne l'avais pas bien vu. Il n'était qu'une silhouette dans ma chambre d'hôpital, car mes yeux étaient encore sensibles à la lumière vive et j'avais dû détourner le regard. Quand il s'approcha du lit, je distinguai mieux ses traits, ses cheveux bruns coupés courts, ses yeux sombres. L'inspecteur Jack Cross était l'homme qui devait se charger de mon affaire ; mais, pour commencer, il fallait évidemment tout lui expliquer dans le détail. Et « tout », c'était beaucoup.

« J'ai déjà parlé à une de vos collègues. Une femme en uniforme. Le sergent Jackson, je crois.

— Jackman. Je sais. Mais je voudrais entendre votre récit de votre bouche. De quoi vous souvenez-vous en premier lieu ? »

C'est ainsi que je lui racontai mon histoire. Il me posa plusieurs questions auxquelles je m'efforçai de répondre, et après plus d'une heure j'eus le sentiment d'avoir dit tout ce que je pouvais dire. Il resta silencieux quelques minutes, sans sourire ni même me regarder. Je vis différentes expressions se succéder sur son visage : la confusion, la frustration, la perplexité. Il se frotta les yeux.

« Deux choses encore, dit-il enfin. Je m'interroge sur votre perte de mémoire. Quelle est la dernière chose dont vous vous

65

souveniez ? Avant d'être attaquée par cet homme, s'entend. Vous étiez chez vous ? Ou à votre travail ?

— Malheureusement, je ne peux pas répondre. Tout cela est complètement flou. J'ai passé des jours et des jours à y réfléchir. Je me revois à mon travail, je revois des parties de mon appartement, mais je n'ai pas de "dernier souvenir" à proprement parler.

— Donc, vous ne vous rappelez pas avoir rencontré cet homme.

— Non. »

Il tira de sa poche un petit calepin et un stylo.

« Ensuite, il y a ces prénoms.

— Kelly. Frances. Katherine. Gail. Lauren. »

Il en prit note.

« Vous rappelez-vous quoi que ce soit au sujet de ces personnes ? Un nom de famille ? L'endroit où il a pu les rencontrer, ou ce qu'il a fait d'elles ?

— Je vous ai tout dit. »

Il referma son calepin en soupirant et se leva.

« Je reviens dans un instant », dit-il avant de sortir de la chambre.

J'étais déjà accoutumée au rythme de la vie à l'hôpital, à ses mouvements lents alternant avec de longues pauses où il ne se passait rien, en sorte que je fus surprise de le voir reparaître moins de cinq minutes plus tard, accompagné d'un homme plus âgé vêtu d'un impeccable costume rayé, dont l'austère couleur anthracite était égayée par une pochette en soie blanche. Il ne me demanda pas comment je me sentais, mais se contenta de prendre le clip-board accroché au bout de mon lit comme si c'était un devoir un peu ennuyeux. Après quoi, il me regarda comme un objet sur lequel il aurait trébuché.

« Je vous présente le docteur Richard Burns, dit l'inspecteur Cross. C'est lui qui s'occupe de votre cas. On va vous déplacer. Vous aurez une chambre particulière, avec la télévision. »

Le docteur Burns remit le clip-board à sa place. Puis il ôta ses lunettes.

« Miss Devereaux, dit-il, nous allons avoir pas mal de pain sur la planche pour vous remettre en état. »

L'air froid me frappa au visage comme si quelqu'un m'avait giflée. J'inspirai et expirai profondément, et mon souffle s'éleva en une mince volute blanche. La lumière vive du matin me brûlait les yeux.

« Vous pouvez remonter en voiture si vous ne vous sentez pas bien, dit Jack Cross.

— Non, au contraire. C'est délicieux d'être en plein air. » Je renversai la tête en arrière et, de nouveau, je me remplis les poumons avec délice. Le ciel était parfaitement bleu, sans la moindre trace de nuage, et le soleil pareil à un disque blanchi, aux rayons purs et froids. Tout autour de moi étincelait de givre. Ce cher vieux Londres poussiéreux était merveilleux.

Cross s'était garé dans une rue bordée de pavillons côte à côte. Beaucoup étaient condamnés, les ouvertures fermées par des planches. Certains étaient même protégés par des grillages, à l'entrée et sur les fenêtres. Devant les maisons, ronces et mauvaises herbes avaient envahi les jardinets, parfois même des piles de détritus.

« C'était ici, n'est-ce pas ?

— Au numéro 42, confirma Cross, en me désignant une maisonnette de l'autre côté de la rue. C'est là que vous vous êtes retrouvée et que vous avez tiré du lit le bon vieil Anthony Russell et que vous lui avez fait la peur de sa vie. Ça, au moins, vous vous en souvenez ?

— Oui, même si c'est un peu brouillé dans ma tête, répondis-je. Vous savez, j'étais dans un état de panique épouvantable. Je croyais qu'il était sur mes talons, prêt à me tuer. Je courais dans tous les sens pour le semer. »

J'observai plus attentivement le pavillon. Il semblait à peine moins abandonné que les autres. Cross se pencha dans la voiture pour y prendre un anorak. J'étais affublée d'un étrange assortiment de vêtements disparates qu'on avait trouvés pour moi à l'hôpital, des vêtements oubliés par des patientes ou des visiteuses. J'essayais de ne pas penser aux femmes qui les avaient portés avant moi. Cross se montrait affable et détendu. En nous voyant, on aurait pu croire que nous allions prendre un verre au pub du coin.

« Je vous ai conduite ici dans l'espoir que vous pourriez refaire le chemin que vous avez parcouru en vous enfuyant, dit-il. De quel côté veniez-vous ? »

C'était facile. Je tendis la main vers l'autre bout de la rue.

« Oui, cela paraît cohérent, dit-il. Allons voir. »

Nous descendîmes la rue à pied.

« Ce monsieur chez qui j'ai sonné, commençai-je. Celui qui habite au 42... Comment s'appelle-t-il, déjà ?

— Mr Russell. Anthony Russell.

— Est-ce qu'il a vu l'homme qui me poursuivait ?

— Non, malheureusement, dit Cross. C'est un très vieil homme et il s'est un peu affolé en vous voyant. Comme témoin, on peut rêver mieux. Il a refermé la porte à clef et il a appelé Police secours. »

En atteignant le bout de la rue, je m'attendais à trouver d'autres rangées de pavillons, mais nous nous trouvâmes à l'angle d'une énorme cité HLM, complètement délabrée. Là aussi, la plupart des fenêtres étaient condamnées. Les autres étaient fracassées, les murs couverts de tags. Presque en face de nous s'ouvraient deux hautes arches qui devaient mener à une cour intérieure. J'en aperçus d'autres un peu plus loin.

« Qu'est-ce que c'est ? demandai-je.

— La cité Browning, répondit Cross.

— Est-ce que des gens habitent ici ?

— Non. Elle doit être démolie. Cela fait bientôt vingt ans qu'elle doit être démolie.

— Pourquoi ?

— Parce que c'est un taudis géant, dit-il avec un sourire vaguement amer.

— C'est sûrement là que j'étais enfermée.

— Vous vous en souvenez ?

— Je sais que je suis venue de cette direction. » Je levai les yeux et considérai les hauts murs noircis, cherchant de toute mon attention à reconnaître quelque chose. « Je me souviens que je suis passée sous une de ces arches. Donc, je devais être enfermée dans les sous-sols d'un des bâtiments.

— Vous êtes sûre ?

— Sûre, non. Mais ça paraît un endroit tout indiqué pour séquestrer quelqu'un.

— Sous laquelle des deux arches êtes-vous passée ? » interrogea-t-il.

Je traversai la chaussée et regardai si intensément que j'eus de nouveau mal aux yeux.

« Elles sont très semblables. C'était en pleine nuit et je courais comme une folle. Je suis désolée, mais vous savez, j'ai passé plusieurs jours avec une cagoule sur la tête et j'ai vécu cette fuite comme une espèce d'hallucination. J'étais tellement terrorisée ! »

Cross respira profondément. Visiblement, il était déçu.

« Essayons de réduire le champ des possibilités », dit-il.

Nous parcourûmes la rue dans un sens, puis dans l'autre. Après quoi, nous passâmes sous une des arches pour pénétrer dans la cour – les cours, plutôt, car il y en avait plusieurs, de tailles différentes, qui communiquaient. À l'intérieur, l'endroit était sinistre. Je devinais à peu près quelle avait été l'idée de l'architecte qui avait dessiné les plans. Sans doute avait-il voulu créer une espèce de village italien, avec des piazzas, des espaces ouverts où les gens pourraient s'asseoir sur des bancs, se promener, se rencontrer pour bavarder. Et une foule de petits passages couverts, que les habitants emprunteraient pour aller d'un immeuble à l'autre, d'une cour à l'autre. Mais de toute évidence, l'endroit avait été construit à la va-vite, avec de mauvais matériaux qui étaient vite tombés en ruine, si bien que le résultat était désastreux. Cross me fit observer combien les nombreux passages constituaient des cachettes idéales pour tous les trafics possibles et imaginables, pour les tireurs embusqués, pour les voleurs à la tire. Un jour, on avait découvert un cadavre dans un conteneur à ordures.

J'étais de plus en plus abattue. Toutes ces cours, ces arcades, ces galeries avaient le même aspect. Et en plein jour, elles ne me rappelaient absolument rien. Cross fit preuve d'une grande patience. Les mains dans les poches de son anorak, son haleine formant de légères colonnes de vapeur, il attendit que j'eusse fini ma vaine exploration. Puis il me posa des questions, non plus sur les lieux mais sur le temps. Me rappelais-je combien de temps il m'avait fallu pour courir de ma prison à la maison d'Anthony Russell ? J'essayai de me souvenir, mais c'était très difficile à dire. Il insista. Cinq minutes ? Je ne savais pas. Plus ? Moins ? Je ne savais pas. Avais-je couru tout le temps ? Oui, évidemment. Aussi vite que je pouvais ? Oui, je croyais que mon tortionnaire allait me rattraper d'une seconde à l'autre. J'avais couru si vite que j'avais mal rien que d'y penser. Sur quelle distance étais-je normalement capable de courir à ma vitesse maximale ? Je ne savais pas. Combien de temps, alors ? Quelques minutes ? Impossible à dire. De toute façon, il n'y avait pas de « normalement » qui tienne. La situation était tout sauf normale. Je courais pour ne pas mourir.

Peu à peu, le jour me sembla plus gris, plus froid.

« Je ne vous aide pas beaucoup, n'est-ce pas ? »

Jack Cross semblait distrait et m'écoutait à peine.

« Pardon ?

— J'espérais mieux faire, dis-je.

— Prenez votre temps. »

Ce fut à peine s'il ouvrit la bouche au cours du bref trajet jusqu'à l'hôpital. Il regardait par la fenêtre et murmurait quelques instructions de routine au chauffeur.

« Allez-vous fouiller la cité ? demandai-je.

— Je ne saurais pas par où commencer. Il y a plus de mille appartements.

— J'étais dans un sous-sol, j'en suis presque sûre, insistai-je. Ou une pièce à moitié enterrée.

— Miss Devereaux, la cité Browning a une superficie de cinquante hectares, sinon davantage. Je n'ai pas les effectifs nécessaires. »

Il me raccompagna jusqu'à ma nouvelle chambre. Une chambre à moi, c'était déjà quelque chose. Il s'arrêta sur le seuil.

« Je suis vraiment désolée, soupirai-je. J'espérais vraiment que je reconnaîtrais quelque chose.

— Ne vous inquiétez pas, dit-il avec un sourire qui s'effaça très vite. Il n'empêche que nous comptons sur vous. Nous n'avons pas d'autre source d'informations. Si jamais vous vous rappelez quelque chose...

— Il y a ces autres femmes, interrompis-je. Kelly, Frances, Katherine, Gail et Lauren. Ne pouvez-vous faire des recherches pour savoir qui elles sont ? »

Soudain, Jack Cross eut l'air très las.

« J'ai chargé un de mes adjoints de s'en occuper. À tout hasard. Mais très franchement, ce n'est pas aussi simple que vous croyez.

— Pas aussi simple ? Pourquoi ?

70

— D'abord parce que plusieurs milliers de personnes disparaissent chaque année sans laisser de traces. Et puis, comment voulez-vous que j'enquête sur ces femmes ? Nous n'avons ni noms de famille, ni indications de lieu, ni dates, même approximatives. Nous n'avons rien. Rien qu'une liste de prénoms très répandus.

— Alors, que pouvez-vous faire ? »

Il haussa les épaules.

Une infirmière m'apporta un téléphone sur roulettes et me donna une petite poignée de monnaie. J'attendis qu'elle fût sortie de la chambre, puis glissai dans la fente une pièce de vingt pence.

« Allô, maman ?

— Abigail ! C'est toi ?

— Oui. Bonjour.

— Tout va bien, ma petite fille ?

— Maman, il faut que je te dise...

— Moi, j'ai été très mal en point, tu sais ?

— Maman, il faut que je te parle. J'ai des choses à te dire.

— Ce sont mes crampes d'estomac, une fois de plus. Impossible de dormir tellement j'avais mal ! »

Je me tus quelques secondes et respirai profondément.

« C'est bien ennuyeux, dis-je. Tu es allée chez le docteur ?

— Je passe mon temps à aller chez le docteur ! Il m'a donné je ne sais quelles pilules, mais il refuse de me prendre au sérieux. Pendant ce temps-là, moi, je ne dors pas !

— Je suis vraiment désolée pour toi. » Ma main serra plus fort le combiné. « Dis-moi, pourrais-tu venir à Londres pour la journée ?

— À Londres ?

— Oui.

— Pas en ce moment, Abigail. Je suis trop patraque. Je ne peux pas faire de voyages.

— Ça prend moins d'une heure en train.

— Sans compter que ton père n'est pas bien non plus.

— Qu'est-ce qu'il a ?

— Oh, comme d'habitude. Si tu venais nous voir, plutôt ? Ça fait des mois que tu n'es pas venue !

— Oui, mais vois-tu...

71

— Seulement, préviens-nous à l'avance.

— D'accord.

— Excuse-moi, mais il faut que je te laisse, maintenant, dit-elle. J'ai un gâteau dans le four.

— Bon.

— Et téléphone-nous bientôt.

— D'accord.

— Au revoir, ma chérie.

— Au revoir, dis-je. Au revoir, maman. »

Je fus réveillée par une grosse machine verticale qu'un employé d'entretien poussait à grand-peine par la porte de ma chambre. C'était un monstrueux engin censé nettoyer les sols, avec une brosse circulaire et plusieurs petits robinets d'où coulait de l'eau savonneuse. De toute évidence, il aurait été beaucoup plus pratique d'utiliser un seau et une serpillière, et ce gros truc était particulièrement inefficace dans l'espace exigu de ma chambre : il n'allait pas dans les coins, ni sous le lit, et comme il n'aimait pas beaucoup les tables, l'homme qui le manœuvrait devait se contenter de le pousser sur les rares surfaces inoccupées. Un autre homme entra à sa suite, qui n'avait l'air ni d'un employé d'entretien, ni d'un docteur, ni d'un infirmier. Il était vêtu d'une veste bleu marine qui semblait taillée dans de la toile à sac, d'une chemise à carreaux sans cravate, d'un pantalon marron beaucoup trop large et portait de grosses chaussures noires. Sa chevelure était une tignasse grise complètement ébouriffée. Il essayait de parler, car je voyais ses lèvres bouger ; mais le bruit de la machine à nettoyer les sols couvrait complètement sa voix, si bien qu'il attendit, appuyé au mur d'un air un peu gauche, jusqu'à ce que la machine fût passée devant lui et eût repris ses pérégrinations de chambre en chambre. Il la regarda s'éloigner d'un œil dubitatif.

« Un jour, peut-être va-t-on enfin s'apercevoir que ces ridicules appareils ne nettoient rien du tout, dit-il.

— Puis-je savoir qui vous êtes ?

— Je m'appelle Mulligan, répondit-il. Charles Mulligan. Je suis venu parce que j'aimerais avoir un petit entretien avec vous. »

Je me levai de mon lit.

« Je voudrais une preuve de votre identité. Une carte, ou autre chose.

— Pardon ? »

Je passai devant lui, sortis dans le couloir, et appelai une infirmière qui se trouvait là. Elle parut d'abord réticente à s'occuper de moi, mais comprit que c'était important. Je lui dis qu'un inconnu venait d'entrer dans ma chambre ; elle lui parla quelques instants, puis l'emmena vers le téléphone. Je me recouchai. Deux ou trois minutes plus tard, la porte s'ouvrit de nouveau sur l'homme, escorté d'une des surveillantes.

« Ce monsieur est autorisé par l'hôpital à vous rendre visite, annonça-t-elle. Il ne restera pas longtemps. »

Elle ressortit, non sans jeter à Charles Mulligan un regard soupçonneux. Il prit dans sa poche des lunettes cerclées d'écaille et les chaussa.

« C'était probablement une sage précaution de votre part, dit-il. Ennuyeuse pour moi, mais sage. Je m'apprêtais à vous dire que le docteur Burns m'a téléphoné pour me demander de passer un moment avec vous.

— Vous êtes médecin ? »

Il posa son paquet de dossiers sur la table et approcha une chaise de mon lit.

« Vous permettez que je m'asseye ?

— Oui.

— Je suis médecin, effectivement. Du moins, j'en ai le titre. Mais je passe peu de temps dans les hôpitaux.

— Vous êtes psychiatre ? Psychologue ? »

Il eut un petit rire nerveux et saccadé.

« Non. Pour être exact, je suis neurologue, mais plus chercheur que praticien. J'étudie le cerveau, un peu comme si c'était une machine dont il faut décrypter le fonctionnement et les dysfonctionnements. J'utilise l'informatique, je découpe des cerveaux de souris, ce genre de choses. Je parle aussi avec des humains, bien sûr. Quand c'est nécessaire

— Excusez-moi, dis-je. Mais que faites-vous ici ?

— Je vous l'ai dit. Richard Burns est un ami, et il m'a téléphoné. Vous êtes un cas passionnant. » Une expression alarmée apparut sur son visage. « Pardon d'être aussi maladroit, je sais que ce que vous avez vécu est horrible. Mais Richard m'a demandé de vous tester. Vous êtes d'accord ?

73

— Pour quoi faire ? »

Il se frotta vigoureusement les joues et le menton et me regarda d'un air presque trop compatissant.

« Richard m'a raconté ce que vous aviez enduré. C'est affreux. Je présume que quelqu'un va venir s'entretenir avec vous des effets psychologiques d'une telle expérience. Du traumatisme que cela a forcément représenté, et... et ainsi de suite. » Il avait eu du mal à conclure sa phrase et semblait un peu perdu. Il passa longuement ses mains dans sa tignasse, ce qui n'arrangea guère sa coiffure. « Maintenant, Abigail...Vous permettez que je vous appelle par votre prénom ? » Je fis oui de la tête. « Et vous, appelez-moi Charlie. J'aimerais m'entretenir avec vous de votre perte de mémoire.

— Si vous voulez.

— Parfait », dit-il avec un léger sourire.

Il en était arrivé au sujet qui l'intéressait et ses propos, comme toute son attitude, parurent tout à coup plus assurés. Je me sentis plus à l'aise.

« C'est le seul moment où je vais me comporter comme un vrai docteur, mais je voudrais jeter un coup d'œil à votre tête. D'accord ? »

De nouveau, j'acquiesçai.

« J'ai regardé votre dossier. Vous êtes contusionnée un peu partout, mais on ne parle pas de migraines ou de douleurs dans la tête. Est-ce exact ?

— Non. Au contraire. C'est mon tout premier souvenir après que j'ai repris conscience, après le "blanc", si vous voyez ce que je veux dire. Je me suis réveillée et j'avais une terrible douleur à la tête.

— Je vois. Si vous voulez bien, je vais prendre quelques notes. » Il tira d'une poche un calepin fatigué et commença d'écrire. Puis il le posa sur le lit et se pencha vers moi. « On va venir vous chercher un peu plus tard et vous faire passer un scanner pour voir si vous n'avez pas de lésions cérébrales. Mais je vais vous examiner selon une autre méthode, si vous n'y voyez pas d'inconvénient. » Ce disant, il se pencha davantage et palpa très doucement le contour de mon visage, puis tout mon crâne. J'adore qu'on touche ma tête, c'est mon petit fétichisme secret. Ce que je préfère chez le coiffeur, c'est qu'un inconnu me lave les cheveux, la sensation de ses doigts massant mon cuir chevelu. J'aime aussi que ce soit Terry, bien sûr. Parfois, nous nous installons tous les deux dans la baignoire et il me lave longuement les cheveux. Si l'on vit avec quelqu'un, c'est aussi pour satisfaire ce genre de petites fantaisies sensuelles. Charles Mulligan murmurait vaguement entre ses dents tandis que ses doigts tapotaient toute la surface de mon crâne. Je poussai un petit cri quand ils touchèrent la zone au-dessus de mon oreille droite.

« Ça vous fait mal ?

— C'est encore très sensible », dis-je. Il observa l'endroit en question plus attentivement. « Quelque chose ne va pas ?

— C'est enflé et tuméfié, mais je ne vois rien de très révélateur », répondit-il. Il se rassit. « Voilà. J'ai terminé. » Il tendit le bras pour saisir un de ses dossiers, et fourgonna quelques instants à l'intérieur avant de trouver ce qu'il cherchait. « À présent, je vais vous poser certaines questions. Cela prendra un moment et elles vous sembleront peut-être assez bêtes, mais soyez patiente. Vous vous sentez prête ? Je peux revenir plus tard ou demain si vous préférez vous reposer. Je sais que la journée a été dure. »

Je secouai la tête.

« Je préfère en finir avec tous les examens le plus vite possible.

— Tant mieux. » Il ouvrit un grand livre à couverture colorée. « Nous y allons ?

— Nous y allons.

— Comment vous appelez-vous ?

— Ça fait partie du test ?

— Appelons cela une question identitaire. Vous voulez bien répondre ?

— Abigail Elizabeth Devereaux.

— Votre date de naissance ?

— Le 21 août 1973.

— Comment s'appelle le Premier ministre ?

— Vous êtes sérieux ? Mon cerveau n'est pas délabré à ce point !

— Je teste plusieurs formes de mémoire. Tout à l'heure, ce sera plus compliqué. »

Aussi lui dis-je le nom du Premier ministre. Je lui dis également quel jour de la semaine nous étions, et que cet hôpital s'appelait St Anthony's. Je comptai à l'envers de vingt à un. Puis à l'endroit de trois en trois. Puis à l'envers de sept en sept. J'étais assez fière de moi. Ensuite, les choses se compliquèrent. Il me montra une page où étaient dessinées des taches de formes différentes, puis me parla un moment de la pluie et du beau temps et me montra une autre feuille avec d'autres taches, et je dus me rappeler lesquelles se trouvaient sur la feuille numéro un et la feuille numéro deux. Il me raconta avec un peu d'embarras l'histoire assez embrouillée d'un jeune garçon qui emmenait un cochon au marché, après quoi je dus la lui répéter sans oublier aucun détail. Il me montra des étoiles et des triangles associés à des couleurs, puis des listes de mots groupés par deux. Puis quatre formes de plus en plus compliquées, en me demandant de les dessiner ensuite. La dernière ressemblait à un pylône électrique détruit par des vandales. La regarder me faisait tourner la tête, et quant à la dessiner de mémoire, n'en parlons pas.

« Bon sang, tout ça me fiche une de ces migraines ! marmonnai-je en m'escrimant avec mon crayon.

— Vous ne vous sentez pas bien ? demanda-t-il d'un air soucieux.

— J'ai la tête qui tourne, c'est tout.

— Je vous comprends, dit-il. Moi, je ne vais pas plus loin que les comptes à l'envers. Ne vous inquiétez pas, c'est presque terminé. »

Il commença de me réciter des listes de nombres. Les groupes de trois ne me posèrent pas de problème. Il s'arrêta aux groupes de huit, que je lui répétai avec pas mal d'hésitations. Ensuite, je dus répéter d'autres groupes en commençant par le dernier nombre, ce qui me donna un vrai mal de tête. Puis il me montra une feuille couverte de carrés colorés, qu'il désigna du doigt dans un ordre qu'il me fallut retrouver ensuite. De nouveau, jusqu'à huit. Puis dans l'ordre inverse.

« Zut, zut et zut, grognai-je quand il retira la page.

— Très juste, dit-il. Voilà, c'est fini.

— Alors, je suis reçue ? Ou ai-je le cerveau en marmelade ? »

Il sourit gaiement.

« Je ne sais pas. Je n'ai pas de tests datant de la période de prémorbidité. Désolé, c'est un mot sinistre. Je veux dire la période d'avant votre amnésie. Mais je doute qu'il ait pu être en meilleur état qu'aujourd'hui. Vous avez une mémoire remarquable, notamment du placement dans l'espace. J'échangerais volontiers la mienne contre la vôtre. »

Je ne pus m'empêcher de rougir.

« Merci beaucoup, euh, Charlie, mais... »

Son expression se fit sérieuse quelques instants, et il se pencha pour me demander :

« Et vous, qu'en pensez-vous ?

— J'ai l'impression que tout va bien. Non. En réalité, non, tout ne va pas bien. Je fais des cauchemars et je n'arrête pas de revivre dans ma tête tout ce que j'ai enduré. Mais j'ai les idées claires. Le seul problème, c'est ce grand blanc dans mes souvenirs. Je m'efforce tout le temps de me rappeler, mais c'est comme si j'essayais d'y voir dans l'obscurité totale. »

Il replaça ses feuilles dans son dossier.

« Concentrez-vous sur les frontières, conseilla-t-il. Reprenons votre image d'une zone d'obscurité. Vous dites qu'il y a dans votre esprit une zone complètement noire et une autre complètement éclairée. Tâchez de vous focaliser sur l'endroit où les deux se rencontrent.

— Je l'ai fait, Charlie. Je ne sais combien de fois ! Pour ce qui s'est passé après ma reprise de conscience, je n'ai aucune difficulté. Je me suis réveillée et j'étais dans cette espèce de cave, sans savoir comment j'y étais arrivée, dans quelles circonstances j'avais été attaquée. En revanche, avant... Impossible de me remémorer ce que j'ai fait en dernier, ou quoi que ce soit. Il n'y a pas de rupture claire. J'ai seulement quelques vagues souvenirs mêlés de mon travail et de mon appartement. Comme si j'étais mollement tombée dans un puits d'ombre, sans même m'en apercevoir.

— Je vois, dit Charlie en gribouillant quelque chose sur son vieux calepin – ce qui me rendait nerveuse.

— Tout ça est terriblement frustrant. La seule chose dont j'aie besoin de me souvenir est effacée. Je me fiche de savoir le nom du Premier ministre. Ce dont je veux me souvenir, c'est comment j'ai été attaquée et enlevée et à quoi ressemble ce fou sadique. Je me pose la question suivante : s'est-il passé quelque chose de tellement perturbant que ma mémoire l'a occulté ? »

Il referma son stylo. Quand il me répondit, j'eus l'impression qu'il dissimulait un léger sourire.

« Et vous vous dites que peut-être je pourrais vous hypnotiser en balançant un pendule devant vos yeux et que tout vous reviendrait d'un coup ?

— Voilà qui me rendrait bien service.

— C'est possible, dit-il. Mais je suis certain que votre amnésie n'a aucun caractère post-traumatique, ou psychologique d'une manière ou d'une autre.

— Quand je parle à Jack Cross, à la police, je veux dire, je me sens tellement bête !

— C'est fâcheux, frustrant, comme vous dites, mais ça n'a rien de bête. Une importante perte de mémoire après un traumatisme n'a rien d'extraordinaire ni de rare. C'est très fréquent après un accident de voiture, par exemple. Les gens reçoivent un choc violent sur la tête au moment de l'accident, et quand ils reviennent à eux, ils ne se le rappellent même plus. Non seulement l'accident lui-même, mais parfois les heures et les jours qui l'ont précédé. »

De nouveau, il me toucha la tête avec douceur, et je me sentis soudain terriblement vulnérable.

« Après un traumatisme ? répétai-je. Mais vous venez de dire que ce qui m'arrive n'est pas d'origine psychologique.

— Effectivement. Je parlais d'un traumatisme strictement physique. L'amnésie psychogénique, je veux dire l'amnésie induite par des causes psychologiques et non par un traumatisme crânien, est beaucoup plus rare dans des cas comme le vôtre. Plus rare et... Comment dire ? Souvent sujette à caution.

— Qu'entendez-vous par "sujette à caution" ? »

Il eut une petite toux gênée.

« Je ne suis ni psychologue ni psychiatre, donc il est possible que certaines choses m'échappent en ce domaine. Mais, par exemple, de nombreux meurtriers affirment n'avoir aucun souvenir d'avoir commis leurs meurtres. Ils ne souffrent pas de traumatisme crânien, pourtant. On peut envisager beaucoup d'explications. Souvent, ils ont agi en état d'ivresse, et tout le monde sait que l'alcool provoque de gros trous de mémoire. Et puis, commettre un meurtre est probablement un acte extrêmement stressant, plus stressant que tout ce

78

qu'on peut imaginer. Un stress très fort peut affecter la mémoire. D'autre part, quand je disais "douteux", c'était parce que certains sceptiques tels que moi n'oublient pas qu'il est tentant pour un criminel de prétendre ne rien se rappeler de ce qu'il a fait.

— Mais être enlevée, séquestrée et menacée de mort est aussi un stress très violent. Est-ce que cela n'a pas pu me faire oublier pour des raisons psychologiques ?

— Selon moi, non. Mais si je témoignais devant un tribunal, un bon avocat pourrait me faire admettre que ce n'est pas impossible. Je crains que plusieurs autres personnes ne viennent bientôt vous observer comme un rat de laboratoire pour avoir la réponse à ce genre de questions. »

Il se leva et fourra ses dossiers sous son bras avec quelque difficulté.

« Eh bien, Abigail..., commença-t-il.

— Abbie.

— Abbie. Vous êtes un cas d'école absolument passionnant. Je crois que je ne vais pas pouvoir résister à l'envie de revenir vous voir.

— Je n'ai rien contre. Apparemment, j'ai pas mal de temps à ma disposition. Mais avant que vous ne partiez, j'ai une question à vous poser : y a-t-il une chance pour que ma mémoire revienne ? »

Il garda le silence quelques instants et fit une drôle de grimace, sans doute révélatrice du fait qu'il réfléchissait.

« Oui, c'est possible, répondit-il enfin.

— Sous hypnose, peut-être ? »

Tout à coup, il parut scandalisé et fouilla dans sa poche, ce qui était une opération assez délicate car il avait grand mal à contenir sa brassée de dossiers de façon qu'ils ne se répandent par terre. Il en tira une carte en bristol et me la tendit.

« Là-dessus, vous avez mes différents numéros de téléphone. Si jamais quelqu'un vient vous trouver et se permet de vous balancer des machins devant le nez en vous parlant d'une voix doucereuse, appelez-moi tout de suite. »

Sur ces mots, il partit et je m'allongeai de nouveau, posant sur l'oreiller ma tête fragile et douloureuse. Ma tête qui avait un grand trou noir à l'intérieur.

« Avez-vous parlé à votre compagnon ? »

Je ne réussis qu'à murmurer quelque chose d'inintelligible. Je n'étais pas complètement réveillée et l'inspecteur Cross se pencha davantage vers moi, inquiet.

« Voulez-vous que j'appelle quelqu'un ?

— Non. Et la réponse à votre question est également non.

— Nous cherchons à le joindre, mais ce n'est pas facile.

— Moi aussi, dis-je. J'ai laissé trois messages sur le répondeur. Il doit être pris par son travail.

— Est-ce qu'il s'absente souvent ?

— Il est consultant en technologies de l'information. Il s'envole régulièrement pour la Belgique, ou l'Australie, ou ailleurs, pour s'occuper de tel ou tel projet particulier.

— Mais vous n'arrivez pas à vous rappeler la dernière fois que vous l'avez vu ?

— Non.

— Souhaitez-vous parler à vos parents ?

— Non ! Non, surtout pas. »

Un silence. J'étais désespérante, vraiment. Je m'efforçai de trouver quelque chose qui pût aider le pauvre inspecteur.

« Est-ce que cela pourrait vous être utile de jeter un coup d'œil à notre appartement ? Je suppose que j'y retournerai dans un jour ou deux, mais il peut s'y trouver quelque chose de révélateur. C'est peut-être chez moi que j'ai été enlevée. Peut-être ai-je même laissé un message. »

L'expression neutre de Cross changea à peine.

« Avez-vous la clef ?

— Comme vous le savez, je n'ai rien du tout excepté les vêtements que je portais quand je me suis enfuie. Mais dans le petit jardin devant l'immeuble, à gauche de l'entrée, vous trouverez deux objets qui ressemblent à des pierres. La plus grosse est un de ces trucs creux pour déposer les colis, et à l'intérieur, il y a une clef de secours. Prenez-la et entrez pour voir s'il y a quelque chose d'intéressant. »

« Souffrez-vous d'allergies, Miss Devereaux ?

— Je ne crois pas. Une fois, j'ai eu une vilaine éruption parce que j'avais mangé des fruits de mer.

— Et d'épilepsie ?

— Non.

80

— Êtes-vous enceinte ? »

Je secouai la tête, si fort qu'elle me fit mal.

« Ne vous alarmez pas, mais nous sommes tenus de vous avertir qu'une imagerie par résonance magnétique nucléaire peut entraîner des effets secondaires. Cela se produit dans un nombre de cas tellement minime qu'il en est quasiment négligeable. Voulez-vous bien signer ce formulaire d'acceptation ? Là, et là. »

L'infirmière me faisait l'effet d'une hôtesse de l'air annonçant les risques d'un voyage en avion et faisant l'incontournable démonstration de l'utilisation des gilets de sauvetage, dans la très improbable éventualité d'une chute en mer.

« Je n'ai pas la plus petite idée de ce qu'est l'imagerie par résonance je-ne-sais-quoi, dis-je en signant.

— Soyez sans crainte. La spécialiste va tout vous expliquer dans une minute. »

Elle me fit entrer dans une pièce spacieuse et violemment éclairée. J'aperçus la couchette très high-tech sur laquelle j'étais censée m'étendre, rembourrée et concave au milieu, et, derrière, un tunnel métallique dans le cœur de la machine. On aurait dit une cuvette de toilettes renversée sur le côté.

« Bonjour, Miss Devereaux. Je m'appelle Jane Carlton. Voulez-vous vous asseoir un instant ? »

C'était une femme de haute taille, aux bras et aux jambes maigres, vêtue d'une sorte de bleu de travail – à ceci près qu'il était blanc.

« Savez-vous ce que c'est qu'une imagerie par résonance magnétique nucléaire ?

— J'ai déjà entendu l'expression, répondis-je prudemment.

— J'aime autant que vous sachiez ce qui vous attend. Avez-vous des incertitudes à propos de quoi que ce soit ?

— À propos de tout, franchement.

— En fait, il s'agit simplement d'une sorte de radiographie perfectionnée par l'informatique. L'ordinateur est dans la pièce à côté. Pensez à votre corps comme si c'était une grosse miche de pain.

— Une miche de pain ?

— Oui. Voyez-vous, les rayons vont en explorer une partie en la découpant en tranches, puis regrouper les tranches pour en donner une image en trois dimensions.

— Une miche de pain coupée en tranches, alors ?

— Ce n'est qu'une comparaison.

— Je croyais que ce genre de procédé servait à détecter les tumeurs cancéreuses.

— Entre autres. C'est un moyen de sonder l'intérieur du corps. On l'utilise de façon très courante pour les personnes souffrant d'un traumatisme crânien, avec de violents maux de tête, pour repérer d'éventuelles lésions cérébrales.

— Que dois-je faire ?

— Rien, à part vous coucher sur cette table. Nous allons vous glisser dans ce cylindre qui ressemble à un trou dans un beignet géant. Vous entendrez une espèce de ronronnement, et vous verrez des lignes colorées se dessiner autour de vous. Cela ne durera pas longtemps. Tout ce que je vous demande, c'est de rester complètement immobile. »

Je dus enfiler une combinaison en coton. Puis je m'étendis sur la table et fixai le plafond.

« Ce produit est un peu froid », annonça-t-elle.

Elle fit couler un gel sur mes tempes, l'étalant sur mes cheveux fraîchement lavés, puis posa sur mon crâne un casque métallique.

« Je suis obligée de serrer ces vis. Cela risque de vous sembler un peu étroit. »

Ensuite, elle plaça des bandes adhésives sur mes épaules, mes bras et mon ventre, en les tendant au maximum.

« Maintenant, la table va se mettre en mouvement.

— La table ? » répétai-je faiblement, en me sentant glisser tout en douceur loin d'elle et entrer dans le tunnel.

J'étais à l'intérieur d'une cavité en métal, et, en effet, j'entendais un ronronnement. Je déglutis avec difficulté. l'obscurité n'était pas complète : je voyais des lignes colorées se mouvoir autour de moi. Dehors, à quelques dizaines de centimètres, il y avait une pièce éclairée où se tenait une femme sympathique et compétente, veillant à ce que tout se passât comme il se devait. Au-delà, une autre pièce avec un ordinateur qui enregistrait des images de mon cerveau. Aux étages supérieurs, des salles et des couloirs occupés par des patients, des infirmières, des médecins, des agents d'entretien, des gardiens, des visiteurs, une foule de gens poussant des chariots ou consultant des fiches. Et hors de l'hôpital, un vent d'est qui, peut-être, apportait la neige. Moi, j'étais couchée dans un tube de métal qui faisait un bruit rassurant d'aspirateur.

Je songeai que d'autres personnes, ayant vécu ce que j'avais vécu, pourraient trouver angoissant d'être ainsi enfermées. Pourtant, je gardais les yeux clos, revoyant en esprit le ciel clair que j'avais contemplé ce matin, son bleu intense et lumineux qui s'étendait d'un bout à l'autre de l'horizon. J'imaginais la neige tombant doucement du ciel plus bas de la fin d'après-midi et recouvrant les toits, les voitures, les arbres dénudés. Mais vint un moment où le son de l'appareil me parut changer de nature. Ce n'était plus un aspirateur que j'entendais, mais une respiration, rauque. Et des bruits de pas s'y mêlaient. Des pas qui approchaient de moi. Des pas dans l'obscurité. J'ouvris la bouche pour appeler, mais je ne pouvais articuler un mot ou même crier, et de ma gorge ne sortit qu'une plainte étranglée.

Que se passait-il ? Je tentai de nouveau d'appeler, mais quelque chose serrait ma gorge. Je ne pouvais plus respirer, ma bouche était obturée. Je hoquetais, mais en vain. J'allais étouffer dans ce tube. Mes poumons brûlaient. Impossible d'aspirer de l'air, ou à peine. Ce n'étaient que de courtes bouffées saccadées, qui ne me soulageaient en rien. Le bruit de pas se rapprochait. J'étais prise au piège et je me noyais. Je me noyais dans l'air. Un rugissement enfla soudain dans ma tête, et j'ouvris les yeux. Le noir. Je les refermai et vis du rouge, rouge sang, rouge brûlure. Mes yeux brûlaient dans mes orbites. Le rugissement se sépara en deux sons distincts, comme si ma tête s'était ouverte en deux pour déverser toute l'horreur qu'elle avait amassée.

Enfin, je hurlais. Le cylindre était plein du bruit de mes hurlements. Mes oreilles se déchiraient, ma gorge aussi, et j'étais incapable de m'arrêter. J'essayai de transformer mes cris en mots, d'articuler « au secours », ou « je vous en prie », n'importe quoi, mais tous les sons s'écrasaient, éclataient comme des bulles, se mélangeaient en une seule onde d'effroi. Je sentis un tremblement, une lumière forte, des mains sur moi. Des mains qui me soulevaient, qui m'agrippaient. De nouveau, je hurlai de toutes mes forces. Un sanglot infini, des cris sauvages qui se répandaient de ma bouche. La lumière était trop forte pour qu'il me fût possible de distinguer quoi que ce fût. Tout brûlait, tout me suffoquait, tout m'écrasait. Puis je perçus d'autres sons, des voix quelque part, quelqu'un qui m'appelait par mon nom. Dans la lumière aveuglante, des yeux m'observaient, me fixaient, et je n'avais nulle part où me cacher car j'étais incapable de bouger. Des doigts sur ma peau. Du métal froid sur ma peau. Une sensation humide sur mon bras, une pointe acérée qui le perçait.

Et soudain, le calme s'installa : tout devint tranquille, apaisé, et ce fut comme si la lumière qui me blessait, les voix terribles alentour, s'éloignaient progressivement. Tout s'éloignait, s'évanouissait dans un gris uniforme et intangible, une nuit qui tombait, préludant à l'attente du jour. À l'attente de la neige...

Quand je me réveillai, je ne savais pas si c'était le lendemain matin ou si plusieurs jours et nuits s'étaient écoulés. Le monde était en noir et blanc, mais je savais que ce n'était pas le monde. C'était moi. J'avais la sensation d'un filtre gris devant mes yeux, qui éliminait les couleurs. Ma langue était sèche et pâteuse, et je me sentais agitée, irritable. J'avais envie de griffer ma peau, ou celle de quelqu'un d'autre. Et surtout de me lever, de faire quelque chose. Mais je ne savais quoi. Quand on m'apporta mon petit-déjeuner, je lui trouvai un goût de carton et de ouate. Chaque bruit me faisait tressaillir.

Je restai couchée, l'esprit traversé de pensées sombres et déprimantes, puis j'échafaudai des projets dont le premier pas consistait à trouver quelqu'un, n'importe qui pourvu qu'il fût en position d'autorité, pour lui dire haut et clair qu'il était temps de me laisser rentrer chez moi. Le deuxième pas serait d'aller trouver l'inspecteur Cross pour lui demander si oui ou non il allait se décider à enquêter sérieusement. Alors que j'étais plongée dans ce tohu-bohu d'idées floues et impatientes, une femme entra. Une femme d'une cinquantaine d'années, qui ne ressemblait pas à une infirmière et ne portait pas de blouse blanche. Elle était rousse, avec une peau pâle et constellée de taches de rousseur, vêtue d'un élégant chandail couleur feuille morte et d'un pantalon gris. Elle me regarda à travers ses fines lunettes sans monture en me souriant.

«Je suis le docteur Beddoes», dit-elle. Puis, après un

silence : « Irene Beddoes. Je suis venue vous voir hier soir. Vous rappelez-vous notre conversation ?

— Non.

— C'est parce que vous étiez très somnolente. Je n'étais pas sûre que vous compreniez ce que je vous disais. »

J'avais beaucoup dormi, et pourtant j'étais encore fatiguée. Fatiguée et toute grise à l'intérieur.

« J'ai déjà vu un neurologue, maugréai-je. Il a testé ma mémoire. On m'a explorée de fond en comble pour trouver toutes mes lésions physiques et on m'a rafistolée tant bien que mal. On m'a scannée. On a examiné mon cerveau en me fourrant dans une machine à résonance magnétique nucléaire comme une dinde de Noël dans un four. Après tout ça, qu'est-ce que vous comptez me faire encore ? »

Son sourire compatissant ne s'effaça qu'un bref instant.

« Nous avons pensé que cela vous aiderait de parler à quelqu'un.

— J'ai longuement parlé à la police.

— Je sais.

— Vous êtes psychiatre ?

— Entre autres choses. » Elle fit un geste vers la chaise. « Vous permettez que je m'asseye ?

— Bien sûr. »

Elle approcha la chaise et s'assit à mon chevet. Elle sentait bon, un parfum léger et délicat qui me rappela les premières fleurs du printemps.

« Je me suis entretenue avec l'inspecteur Jack Cross, dit-elle. Il m'a répété votre histoire. Vous avez subi une épreuve terrible.

— La seule chose qui compte maintenant est que je suis heureuse d'en avoir réchappé. Je n'ai aucune envie de me considérer comme une victime permanente. Il me semble que je ne m'en sors pas si mal, vous savez.

« Pendant plusieurs jours, j'ai été morte. Cela peut paraître une phrase absurde, mais c'est la vérité. Je n'étais pas enterrée, je respirais, je mangeais, mais je savais que j'étais morte. Je n'habitais plus le monde où sont les autres. Je n'étais plus au pays des vivants. Là où les gens se soucient d'argent, d'amour, de problèmes quotidiens. Si j'ai réussi à m'enfuir et à revivre, c'est grâce à un coup de chance, et je vois chaque nouveau jour comme un temps auquel je n'étais pas censée avoir droit.

— Je comprends, dit le docteur Beddoes, l'air toujours préoccupé.

— Et puis, je ne suis pas malade. Je sais que j'ai été bringuebalée comme un vieux sac. Et j'ai un problème de mémoire parce que j'ai reçu un grand coup sur la tête. Mais à part cela, je me sens bien. Même si tout me semble encore un peu irréel, peut-être. Et si j'imaginais les choses différemment.

— Quelles choses ?

— Le retour à la liberté. Je me morfonds sur un lit d'hôpital dans une vieille chemise de nuit oubliée par je ne sais qui et qui gratte, et tout ce que je vois, ce sont des gens qui entrent en poussant un chariot pour m'apporter des repas infects, et puis d'autres qui s'assoient à côté de moi en me regardant d'un air apitoyé et qui me parlent d'une voix trop douce comme si j'étais montée sur le toit et qu'ils voulaient me persuader de ne pas sauter ! Alors que mon seul désir, c'est de rentrer chez moi et reprendre une vie normale. Voir mes amis. Aller boire un verre au pub, manger chez le Chinois du coin, remettre mes vêtements et marcher dans les rues, sortir en boîte le samedi, faire la grasse matinée le dimanche en regardant le soleil par la fenêtre, manger ce dont j'ai envie quand j'en ai envie, aller me promener le soir sur les quais... Mais voilà, lui est toujours quelque part, là, dehors, dans ce monde que je veux recommencer à habiter. Et c'est cela, voyez-vous, que je n'arrive pas à chasser de mon esprit. L'idée que cet homme court toujours et qu'il peut frapper à n'importe quel moment. »

Je me tus, un peu gênée par cette explosion verbale, et le silence s'installa quelques instants. Mais Irene Beddoes ne semblait aucunement déconcertée.

« Où est-ce, chez vous ? demanda-t-elle.

— Ce n'est pas chez moi à proprement parler, dis-je. J'habite l'appartement de... du garçon avec qui je vis depuis deux ans. Terry.

— Est-il venu vous voir ?

— Il n'est pas à Londres. J'ai essayé de le joindre, mais

apparemment il s'est absenté pour son travail. Il voyage beaucoup.

— Avez-vous reçu d'autres visites ? Des parents ? Des amis ?

— Non. Je veux d'abord partir de cet hôpital. Ensuite, je les appellerai. » Elle me regarda avec une expression un peu perplexe, et je tâchai de m'expliquer. « Je crois que je recule le moment de raconter mon histoire, admis-je. Vous comprenez, c'est difficile. Je ne sais pas par où commencer, et je ne sais pas non plus comment la raconter parce qu'elle n'est pas finie. Je voudrais qu'elle soit conclue pour de bon avant de commencer à en parler.

— Vous voulez dire qu'elle ne vous semblera pas finie tant que cet homme ne sera pas arrêté ?

— Oui.

— Mais peut-être pourriez-vous me parler de tout cela en attendant.

— Peut-être, dis-je prudemment. Mais ce que je veux vraiment, la seule chose dont j'ai vraiment besoin, c'est partir d'ici. J'ai l'impression que cette chambre est à mi-chemin entre l'enfermement et la liberté. Je suis comme dans les limbes. »

Le docteur Beddoes m'observa un moment.

« Il vous est arrivé quelque chose d'affreusement pénible, Abbie. Des spécialistes de quatre ou cinq disciplines s'occupent de vous ici, sans parler de la police. C'est un vrai casse-tête logistique de faire en sorte que tous ces gens communiquent entre eux, mais d'après ce que j'ai compris, ils estiment que vous devriez rester à l'hôpital encore deux ou trois jours, peut-être plus. L'homme qui vous a séquestrée est sans doute un criminel très dangereux, et on préfère vous savoir dans un lieu protégé avant de prendre certaines décisions.

— Est-ce que la police et les médecins considèrent que je suis en danger ?

— Je ne peux pas parler à leur place, mais à mon avis, c'est très difficile à déterminer. Ce qui, d'ailleurs, constitue une partie du problème. Ce que je suis venue vous dire, c'est qu'avant votre départ nous pourrions passer quelques heures à converser ensemble. Évidemment, c'est à vous de décider si je peux vous apporter une aide. Et pas seulement. Il se peut qu'en parlant calmement de ce qui vous est arrivé, nous songions à tel ou tel détail qui mettrait la police sur la voie. Mais cela, c'est accessoire. Vous dites que votre seul désir est de retrouver une vie normale. »

Elle marqua une pause assez longue, que je trouvai déconcertante.

« Je cherche en quels termes vous formuler ce que je pense, reprit-elle enfin. Il est possible que vous trouviez ce retour à la normalité moins facile que vous ne pensiez. Qu'après avoir enduré ce que vous avez enduré, il en reste certaines séquelles pendant quelque temps.

— Comme si la folie meurtrière de cet homme m'avait contaminée ?

— Contaminée ? » Elle resta immobile un instant, comme si elle cherchait à renifler la source de contamination. « Non, certainement pas. Mais vous meniez une vie normale, ou du moins la jugiez-vous telle, et vous vous êtes trouvée plongée dans l'horreur complètement à l'improviste. Maintenant, vous devez retourner à cette normalité. Et il vous faut décider de ce que vous allez faire de ce sinistre épisode. Nous avons tous besoin de trouver comment nous accommoder des événements imprévus de notre vie, surtout les plus pénibles. Je crois que si nous parlions toutes les deux, je pourrais vous y aider. »

Je détournai les yeux et, de nouveau, je ne vis plus du monde que grisaille. Quand je répondis, c'était à moi-même autant qu'à elle que je m'adressai.

« Je ne sais pas comment je peux m'accommoder d'une interminable séquestration dans le noir avec la mort qui m'attendait au bout. C'est le premier point. Le second, c'est que ma vie "normale" n'était pas aussi lisse qu'on pourrait le croire, même avant cette expérience épouvantable. Mais je veux bien que vous m'aidiez.

— Nous pourrions commencer par bavarder un moment demain en fin de matinée, dit-elle. Soyez tranquille, je ne vous demanderai pas de vous allonger sur un divan. Si vous voulez, rencontrons-nous dans un endroit un peu plus gai que cette chambre.

— Avec plaisir !

— Peut-être même réussirai-je à nous trouver du bon café.

— Ce serait la meilleure des thérapies. »

Elle me sourit, se leva et me serra la main avant de partir. Quand elle était entrée, ma seule envie avait été de lui tourner le dos et de fermer les yeux. Maintenant qu'elle n'était plus là, je pris conscience avec étonnement qu'elle me manquait déjà.

« Allô, Sandy ?

— Abbie ! » Sa voix était claire et chaleureuse, et un sentiment de soulagement m'envahit. « D'où m'appelles-tu ? demanda-t-elle. Tu es encore en vacances ?

— En vacances ? Non. Non, je suis à l'hôpital, Sandy.

— Mon Dieu ! Qu'est-ce qui t'est arrivé ?

— Pourrais-tu venir me voir ? Je ne peux pas te l'expliquer au téléphone. »

« Comment puis-je être sûre qu'il ne m'a pas violée ? »

Jack Cross était assis sur la chaise à côté de mon lit, tripotant le nœud trop serré de sa cravate. Il leva la tête, puis répondit :

« Personne ne peut en être sûr, mais rien ne l'indique.

— Comment le savez-vous ?

— Rappelez-vous. Quand vous êtes arrivée à l'hôpital, on vous a fait toutes sortes d'examens.

— Et ?

— Et rien ne donnait à penser que vous ayez subi une agression sexuelle.

— Bon. C'est déjà quelque chose », soupirai-je. Je me sentais curieusement sans émotion. « À part cela, quoi de nouveau ?

— Nous essayons de nous faire une image plus détaillée des événements, dit-il prudemment.

— Mais...

— Naturellement, une des personnes que nous souhaitons rencontrer le plus vite possible est votre compagnon, Terence Wilmott.

— Ah oui ? Pourquoi ?

— Comment décririez-vous votre relation ?

— Pourquoi diable devrais-je la décrire ? Et qu'est-ce que Terry vient faire dans tout ça ?

— Je vous l'ai dit, nous essayons de nous faire une image.

89

— Eh bien, c'est une relation qui fonctionne normalement, dis-je, sur la défensive. Avec des hauts et des bas, forcément.

— Quel genre de bas ?

— Ce n'est pas Terry qui a fait ça, si c'est ce que vous pensez.

— Pardon ?

— L'homme qui m'a séquestrée n'était pas Terry. Je sais qu'il a déguisé sa voix et que je n'ai jamais vu à quoi il ressemblait, mais ce n'était pas Terry. Je connais Terry comme si je l'avais fait. Je connais ses mains, son odeur. Je ne sais pas où il est, mais il sera de retour d'un jour à l'autre et vous pourrez lui parler.

— Il n'est pas à l'étranger.

— Ah ? » Je le regardai, un peu surprise. « Qu'est-ce qui vous fait croire ça ?

— Son passeport est encore dans votre appartement.

— Eh bien, il doit être en déplacement quelque part en province.

— Oui. Quelque part. »

Je me regardai dans le miroir et vis une étrangère. Je n'étais plus moi, j'étais devenue quelqu'un d'autre. Une fille maigre aux cheveux emmêlés, au visage blafard et contusionné. Une fille couleur de craie. Osseuse, avec un regard craintif, presque vitreux. J'avais l'air d'une morte.

Mon premier entretien avec le docteur Beddoes eut lieu dans une des cours de l'hôpital, car, malgré le froid, je mourais d'envie de me trouver en plein air. Les infirmières m'avaient déniché un énorme manteau, aussi épais qu'une couette, d'un rouge fraise éclatant. De toute évidence, cette cour était destinée à apaiser les patients aux nerfs malades ou malmenés. Elle était trop ombreuse pour que l'herbe pût y pousser, mais de hautes plantes en pot abondamment feuillues étaient disposées un peu partout et une petite fontaine coulait doucement au milieu : un bassin rond, où l'eau ruisselait d'une imposante cuve en bronze. J'arrivai la première, et m'approchai pour l'observer de plus près en attendant Irene Beddoes. La fontaine faisait l'effet d'une machine à gaspiller de l'eau, mais je remarquai une ouverture à la base de la cuve :

sans doute était-elle aspirée vers le haut avant de couler de nouveau. À l'infini. Toujours le même trajet – comme les pensées d'un fou...

Irene Beddoes sortit d'un bâtiment avec deux grandes tasses de café et une assiette de biscuits recouverts de Cellophane. Nous nous assîmes sur un banc légèrement humide, devant lequel était placée une petite table de jardin. Elle me désigna la fontaine.

« Ils l'ont installée à ma demande, dit-elle. Je me suis dit que cela pourrait relaxer les patients, dans un esprit un peu japonais, ou zen. Mais je trouve le résultat un peu sinistre.

— Pourquoi ?

— À cause des Danaïdes. Vous vous souvenez ? Elles avaient assassiné leurs maris et leur châtiment en Enfer était de remplir éternellement une cuve sans fond. Cette fontaine m'y fait penser.

— Je ne suis pas très experte en mythologie, répondis-je.

— Alors, je n'aurais pas dû vous le dire. Maintenant, elle va vous sembler sinistre aussi ! dit-elle en riant.

— Non. Elle me plaît. Son bruit, surtout. C'est un bruit joyeux, paisible.

— Dans ce cas, le but est atteint. »

C'était une sensation délicieuse, mais un peu étrange aussi d'être assise dehors par un jour d'hiver ensoleillé. Je ne bus que quelques gorgées de café, par prudence : j'étais très tendue et trop de caféine risquait de me transformer en boule de nerfs.

« Comment allez-vous ? » me demanda-t-elle.

L'entrée en matière me parut assez sotte.

« Savez-vous ce que je déteste à l'hôpital ? Tout le monde est très gentil, j'ai une chambre individuelle avec la télévision et tout et tout, mais je ne supporte pas d'être dans une chambre où les gens ne se sentent pas obligés de frapper avant d'entrer. Des personnes que je n'ai jamais vues de ma vie font irruption sans crier gare pour faire le ménage, ou m'apporter mes repas, ou je ne sais quoi. Les plus aimables me disent bonjour, mais ceux qui sont grincheux me regardent à peine.

— Est-ce que vous avez peur ? »

Je réfléchis un moment avant de répondre, en mâchonnant un biscuit, puis lâchai :

« Oui, bien sûr. De différentes façons. J'ai peur en repensant à ce que j'ai vécu, en me rappelant ces jours terrifiants presque comme si je les vivais encore, comme si je ne m'étais jamais enfuie. Tout cela me fait l'effet d'une sorte de nuit qui se referme sur moi et qui m'étouffe, comme si j'étais sous l'eau et incapable de remonter à la surface. Oui, une espèce de noyade. La plupart du temps, j'essaie de m'empêcher d'y penser. De repousser ces souvenirs très loin de moi. Mais j'ai peut-être tort. À votre avis, est-ce que je m'en sortirais mieux en les affrontant délibérément ? » Je ne lui laissai pas le temps de répondre. « Une autre chose qui m'effraie est l'idée qu'il n'a pas été arrêté. Et qu'il attend peut-être que je sorte d'ici pour s'attaquer à moi de nouveau. Quand j'y pense, je suis tellement angoissée que j'ai du mal à respirer. J'ai la sensation que tout mon corps est empoisonné par l'angoisse. Alors oui, j'ai peur, très peur. Mais pas en permanence. Quelquefois, je me dis au contraire que j'ai beaucoup, beaucoup de chance d'être en vie. Seulement, je ne serai vraiment rassurée que lorsqu'on l'aura arrêté. D'ici là, je crois que j'aurai toujours l'impression qu'il me guette. »

Depuis mon évasion, Irene Beddoes était la première personne avec qui j'avais enfin le sentiment de pouvoir parler en toute liberté de ce qui m'était arrivé, de ce que j'avais ressenti dans cette chambre d'horreur. Et ce n'était pas une amie. Je pouvais lui décrire la sensation que j'avais eue de me perdre progressivement, de me transformer en bête, ou en objet. Je lui parlai du rire de cet homme, de son murmure à mon oreille, du seau. Je lui avouai que j'avais fait sous moi. Et que j'aurais tout accepté, tout, que je l'aurais laissé me faire tout ce qu'il voulait pour avoir la vie sauve. Elle m'écoutait, sans rien dire. Je parlai, parlai encore, jusqu'à ce que ma voix s'enrouât de fatigue. Enfin, je m'interrompis et me penchai vers elle.

« Pensez-vous que je puisse me rappeler tous ces jours que ma mémoire a perdus ? Ne serait-ce que pour aider la police.

— Ma préoccupation, mon travail de thérapeute, portent davantage sur ce qui se passe dans votre tête, sur ce que vous avez vécu et vivez encore. S'il en résulte quelque chose qui puisse faire avancer l'enquête, tant mieux. Mais vous savez, Abbie, la police fait son possible.

« — Je n'ai pas pu leur apprendre grand-chose.

— La seule chose qui doit compter pour vous, c'est d'aller mieux. »

Je m'appuyai pensivement au dossier du banc, puis levai les yeux vers les étages des bâtiments qui nous entouraient. Au premier, un petit garçon au front haut et au regard solennel nous observait par la fenêtre. Les bruits de la rue me parvenaient étouffés : des moteurs, quelques coups de klaxon...

« Puis-je vous parler d'un de mes cauchemars récurrents ? dis-je.

— Lequel ?

— J'en fais beaucoup, vous savez. Je rêve que je suis de nouveau ligotée et cagoulée dans cette cave, prise au piège. Et c'est atroce. Mais quelquefois, je rêve aussi que je quitte l'hôpital et que le monde extérieur est tout vide et tout noir. Je crois que ma grande peur, c'est de devoir reprendre ma vie habituelle alors que cet homme est toujours en liberté, qu'on ne l'attrapera jamais, et que la seule trace qui restera de ce qui m'est arrivé sera quelques bribes du souvenir que j'ai de lui, comme un ver qui rampera dans ma tête en me rongeant petit à petit jusqu'à ce que je perde la raison. »

Irene me regarda, très attentivement.

« Vous n'aimiez pas votre vie d'avant ? demanda-t-elle. Cela vous déplaît de la retrouver ?

— Ce n'est pas ce que je veux dire, protestai-je avec un peu trop d'empressement. Ce que j'ai du mal à supporter, c'est l'idée que toute cette horrible histoire puisse se terminer par un dossier classé au fond d'un tiroir. Et si ce tortionnaire n'est pas arrêté, elle me poursuivra jusqu'à mon dernier jour. Comme ces gens qui ont des hallucinations auditives, vous savez ? Ils sont sourds, mais ce n'est pas le silence dans leurs oreilles. C'est un son qui ne s'arrête jamais, jusqu'au jour où ils deviennent fous ou se tuent parce que c'est le seul moyen pour que cela cesse.

— Pourriez-vous me parler de vous, Abbie ? De vous avant que cet homme ne vous séquestre. »

Je bus une gorgée de café. Tout à l'heure, il était trop chaud mais maintenant il était froid.

« Par où commencer ? J'ai vingt-sept ans, et, euh... »

Je m'interrompis, ne sachant que dire.

« Quelle est votre profession ?

— Depuis deux ans, je travaille comme une dingue pour une société qui équipe des bureaux.

— Pouvez-vous être plus précise ?

— Si une firme ouvre de nouveaux bureaux, la société qui m'emploie, Joiners & Jay, se charge de la décoration, de l'ameublement, des systèmes de classement, etc., etc. Quelquefois, il s'agit seulement de refaire les peintures. Mais plus souvent, nous sommes chargés de tout faire : de la forme des presse-papiers à l'équipement informatique.

— Et cela vous plaît ?

— Plus ou moins. Je ne me vois pas faisant la même chose dans dix ans. Ou même dans deux ans, si j'y réfléchis. Je suis tombée sur ce job par hasard, et je me suis rendu compte que j'étais plutôt douée. Il y a des périodes relativement calmes, ennuyeuses même, mais le plus souvent tout le monde est sous pression et nous travaillons jusqu'à des heures indues. Nous sommes payés pour ça.

— Vous habitez avec un compagnon, si j'ai bien compris ?

— Oui. J'ai rencontré Terry par mon travail. Comme la plupart des gens, non ? Je ne vois pas d'autre endroit où j'aurais pu rencontrer quelqu'un. Sa spécialité, ce sont les nouvelles technologies de l'information, les systèmes d'intranet et ainsi de suite. Je vis avec lui depuis environ dix-huit mois. »

Elle ne fit aucun commentaire, se contentant d'attendre que je poursuive – ce que je fis, naturellement, car j'ai toujours tendance à trop parler, surtout lorsque le silence s'installe, et aussi parce qu'aujourd'hui j'avais terriblement envie de parler, d'exprimer des pensées et des émotions que je n'avais pas encore réussi à formuler par des mots. Ce fut alors une bousculade de phrases précipitées.

« Ces derniers mois, nos rapports n'ont pas été au beau fixe, c'est le moins qu'on puisse dire. Ils ont même été très pénibles sur pas mal de plans. J'étais surmenée, lui aussi, et quand il travaille trop, il boit sec. Je ne crois pas qu'il soit alcoolique à proprement parler, il boit quand il est stressé. Il croit que l'alcool va le détendre, mais le problème, c'est que cela ne le détend pas du tout, ou pas pour longtemps. Ou il commence à larmoyer, ou il entre en fureur.

— En fureur contre quoi ?

— Je ne sais pas exactement. Contre tout. La vie comme elle va. Ou moi. Souvent contre moi. Uniquement parce que je suis là, je crois. Et dans ces moments-là, il... » Je m'interrompis. C'était une confidence très difficile.

« Est-ce qu'il devient violent ? demanda Irene Beddoes.

— Quelquefois, murmurai-je.

— Il vous frappe ?

— C'est arrivé. Oui. J'ai toujours cru que j'étais le genre de fille qui ne se laisserait jamais frapper plus d'une fois. Si vous m'aviez posé la question il y a quelques mois, j'aurais répondu que si jamais un homme levait la main sur moi, je le plaquerais aussitôt. Mais je ne l'ai pas fait, je ne sais pas pourquoi. Il était chaque fois tellement malheureux ensuite ! Je crois que je le plaignais. Cela vous paraît stupide ? J'avais le sentiment qu'il se faisait beaucoup plus de mal qu'à moi. Quand j'en parle... En réalité, je n'en ai jamais vraiment parlé à qui que ce soit, mais quand j'en parle maintenant, j'ai l'impression que ce n'est pas moi que je décris. Je ne me vois pas comme une femme capable de supporter un homme qui la maltraite. Il me semble que je suis davantage... davantage celle qui a réussi à s'échapper de cette cave et n'a maintenant qu'une envie, c'est de revivre.

— Vous avez été formidablement courageuse, dit-elle chaleureusement.

— Je ne trouve pas. J'ai fait ce que je pouvais, c'est tout.

— D'après ce que je sais, vous vous êtes comportée de façon remarquable, insista-t-elle. Je suis l'auteur d'une étude sur ce genre de psychopathes...

— Je ne savais pas, dis-je, prise au dépourvu. Je croyais que vous étiez simplement psychiatre et que l'aspect criminel des choses ne vous intéressait pas.

— Vous avez montré une capacité de résilience hors du commun, uniquement pour survivre. Ensuite, il y a eu votre incroyable évasion. C'est presque sans précédent.

— Vous ne connaissez que ma version. J'ai peut-être exagéré pour me croire plus héroïque.

— Je ne vois pas comment ce serait possible, protesta-t-elle. La meilleure preuve, c'est que vous êtes ici. Bien vivante.

— C'est vrai, soupirai-je. Quoi qu'il en soit, je crois que vous savez tout de moi, maintenant.

— Je ne dirais pas cela. Peut-être pourrions-nous avoir un autre entretien, demain ou après-demain.

— Volontiers.

— Je vais nous chercher de quoi déjeuner, dit-elle. Vous devez être affamée. Mais d'abord, j'ai une faveur à vous demander.

— Laquelle ? »

Elle ne répondit pas et se mit à fouiller dans son sac en bandoulière. Cependant, je réfléchissais à la femme qu'elle était et ne pouvais m'empêcher de voir en elle le genre de mère que j'aurais aimé avoir : attentive, chaleureuse, alors que ma mère à moi était détachée et presque indifférente ; calme et assurée, alors que ma mère s'énervait pour un rien ; intelligente, alors que ma mère était, comment dire, assez éloignée d'Einstein... Plus généralement, on sentait en elle une profondeur, une complexité, une richesse.

Elle tira de son sac une petite chemise cartonnée, la posa sur la table et en sortit un feuillet. C'était un formulaire imprimé, qu'elle plaça devant moi.

« Qu'est-ce que c'est ? demandai-je. Vous essayez de me fourguer une police d'assurance ? »

Elle ne sourit pas.

« Ma volonté est de vous aider, dit-elle, et pour cela, il me faut évaluer votre état le plus précisément possible. Psychiquement et physiquement. C'est pourquoi j'ai besoin d'avoir accès à votre dossier médical, et pour que les services de santé publique me le communiquent, il me faut votre accord écrit.

— Vous êtes sérieuse ? Tout ce que vous allez trouver, ce sont quelques vaccins avant de partir en vacances et des antibiotiques pour une ou deux grippes.

— Cela me serait utile quand même », insista-t-elle en me tendant un stylo.

Je haussai les épaules et obtempérai.

« Je crois que vous vous imposez une corvée pour rien, remarquai-je. Bon, qu'allons-nous faire maintenant ?

— J'aimerais simplement que nous continuions à parler, répondit-elle. Ou plutôt que vous me parliez. Histoire de voir où cela nous mènera. »

J'acceptai, de grand cœur et en pleine confiance. Irene Beddoes rentra dans le bâtiment et revint bientôt avec des sandwiches, de la salade, une bouteille d'eau gazeuse, du thé et des biscuits. Et, tandis que le soleil se déplaçait lentement dans le ciel, je parlai et parlai encore. Deux ou trois fois, en songeant à toute la lassitude accumulée depuis plusieurs mois, je pleurai ; mais surtout je parlai, presque sans répit, presque jusqu'à l'épuisement. Quand enfin je me tus, la petite cour était plongée dans l'ombre. Elle me reconduisit par les couloirs pleins d'échos jusqu'au seuil de ma chambre.

Sur mon lit, je découvris un gros bouquet de jonquilles et un mot griffonné au dos d'une vieille enveloppe. « Désolée de t'avoir manquée. J'ai attendu aussi longtemps que j'ai pu. Je reviendrai dès que possible. Je pense à toi et je t'embrasse. Sandy. »

Je m'assis, amèrement déçue et me sentant toute faible, soudain.

« Comment avance l'enquête ?
— Nous n'avons guère d'éléments pour nous guider.
— Il y a ces autres femmes, quand même.
— Cinq prénoms féminins. Rien d'autre.
— Six, en comptant le mien.
— Si vous... »
Cross s'interrompit, l'air embarrassé.
« Si je me rappelle quoi que ce soit, complétai-je d'un ton agacé, vous serez le premier à le savoir. »

« Voici votre cerveau.
— Mon cerveau ? » J'observai la radiographie fixée sur l'écran lumineux, puis je touchai mes tempes. « Ça fait un drôle d'effet de regarder son propre cerveau. Alors, dans quel état est-il ? »
Charles Mulligan se tourna vers moi avec un grand sourire.
« Pas mauvais du tout, il me semble.
— C'est bizarre, toutes ces ombres noirâtres...
— C'est à cela que ressemble un cerveau normal.
— Normal peut-être, mais la mémoire ne me revient toujours pas. Il y a un trou dans ma vie.

— Il se peut qu'il ne soit jamais comblé. Ce n'est pas si grave.

— Si, parce que c'est un trou comme en laissent les bombes.

— Il se peut aussi que les souvenirs vous reviennent peu à peu et remplissent le trou.

— Que faut-il faire pour ça ?

— Rien. Éviter d'en faire une fixation. Vous détendre.

— Me détendre ? Vous me connaissez mal.

— Il y a des choses bien pires que d'oublier quelques jours de sa vie, dit-il avec douceur. Excusez-moi, je dois vous laisser.

— Pour retourner à vos souris ?

— Exactement », dit-il en me tendant la main. Je la serrai. Elle était ferme et tiède. « Mais si vous avez besoin de quoi que ce soit, appelez-moi. »

Si j'ai besoin de quoi que ce soit, à condition que vous y puissiez quelque chose, pensai-je. Mais je me contentai de faire oui de la tête, en me forçant à sourire.

« J'ai lu quelque part qu'on ne peut tomber amoureux, vraiment amoureux, que deux fois dans sa vie, trois au maximum.

— Et vous, qu'en pensez-vous ? demanda Irene Beddoes.

— Je ne sais pas. Ou bien je suis tombée amoureuse de nombreuses fois, ou bien jamais. Évidemment, j'ai connu ces périodes où l'on n'arrive pas à dormir ni à manger, où l'on a l'impression d'être malade et de ne pas pouvoir respirer, sans savoir si l'on est merveilleusement heureux ou complètement abattu. Tout ce qu'on veut, c'est être avec l'autre et le monde entier peut aller au diable.

— Oui.

— Ça m'est arrivé plusieurs fois. Mais ça ne dure pas long-temps. Parfois, c'est fini au bout de quelques jours. Parfois jusqu'à la première nuit ensemble. Ensuite, on redescend de son nuage et on prend conscience de ce qui vous reste. Géné-ralement, pas grand-chose. Comme des cendres après que le feu s'est éteint. On se dit : "Mon Dieu, toute cette histoire pour si peu ?" Pourtant, on garde souvent de la tendresse, de l'affection, du désir. Mais est-ce que c'est cela, aimer ? Mon plus grand souvenir amoureux date du temps où j'étais étudiante. C'était un Français. Je crois que je l'ai aimé à la folie. Mais ça n'a pas duré.

— Il vous a quittée ?

— Oui. J'ai pleuré pendant des semaines. Je croyais que je ne m'en remettrais jamais.

— Parlez-moi de Terry. Est-ce une relation plus intense que les autres ?

— Plus longue, en tout cas. Cela doit vouloir dire quelque chose, un authentique attachement. Ou alors, c'est une preuve d'endurance ! » Je ris, d'un rire qui n'était pas vraiment naturel. « J'ai le sentiment de le connaître vraiment très bien, maintenant. Mieux que toute autre personne dans ma vie présente ou passée. Une foule de petits détails intimes, qu'il cache aux autres... Et plus je le connais, plus je me rends compte que je ferais mieux de le quitter, et en même temps plus c'est difficile de le quitter. Cela vous semble absurde ?

— Vous en parlez comme si vous étiez prise dans un piège.

— Beaucoup de gens ont parfois le sentiment d'être piégés par leur vie de couple, vous ne croyez pas ?

— Donc, vous vous sentez piégée par votre vie professionnelle et piégée par votre vie de couple.

— Je ne crois pas qu'il faille dramatiser à ce point. Je me suis laissée glisser dans une ornière, c'est tout.

— Une ornière dont vous avez voulu sortir ?

— On y glisse progressivement, sans en avoir conscience. Jusqu'à ce qu'une crise se produise et que, soudain, on voie la réalité en face.

— Et vous considérez que...

— Après ce qui m'est arrivé, la crise est là. »

Le lendemain, quand Irene apparut dans ma chambre... Ma chambre, pourquoi cette expression ? Comme si j'allais y passer le reste de ma vie ! Comme si j'allais me découvrir incapable de me réadapter au monde extérieur, où je devrai faire mes courses moi-même, prendre toute seule des décisions.

Elle était calme et pleine d'assurance, comme toujours. Elle me sourit et me demanda comment j'avais dormi. Dans le monde « normal », les gens vous demandent souvent comment vous allez, mais ils n'ont pas spécialement envie d'entendre la réponse. On est censé répondre « Bien », un point c'est tout.

Ils ne vous demandent pas comment vous dormez, comment va votre appétit ou comment vous vous sentez, en désirant vraiment le savoir. Mais Irene Beddoes s'intéressait vraiment à mon état, à mon bien-être. Elle me regardait avec ses yeux intelligents et attendait que je lui réponde. Aussi lui dis-je que j'avais bien dormi, mais ce n'était pas vrai. Un séjour à l'hôpital présente toutes sortes d'inconvénients – notamment sonores ; et quand bien même on dispose d'une chambre individuelle, à moins qu'elle ne se trouve sur un atoll au milieu du Pacifique, impossible de ne pas être réveillé en pleine nuit par un malade qui crie quelque part. Quelqu'un accourt pour s'occuper de lui (grands claquements de semelles dans les couloirs), mais moi, je restais éveillée pendant des heures, les yeux grands ouverts dans l'obscurité en pensant à la mort, au sentiment d'être un animal mort, et à la cave, au fil de fer, à la voix dans mon oreille.

« Bien, dis-je.

— J'ai reçu votre dossier.

— Quel dossier ?

— Vos antécédents médicaux.

— Oh ! J'avais complètement oublié, dis-je en souriant. Je suppose qu'il est rempli d'abominations qui vont être retenues contre moi.

— Pourquoi dites-vous ça ?

— C'était juste une plaisanterie. Mais en tant que psychiatre, vous allez me faire observer que rien n'est jamais "juste une plaisanterie".

— Vous ne m'aviez pas dit que vous aviez été traitée pour une dépression nerveuse.

— Moi ? ? ? »

Elle ouvrit son calepin.

« On vous a prescrit du Ludiomil en novembre 1994.

— Qu'est-ce que c'est ?

— Un antidépresseur.

— Je ne m'en souviens pas.

— Essayez tout de même. »

Je réfléchis un moment. Novembre 1995. L'université. Et le fameux désastre.

« Ce doit être au moment où Jean-Marc a rompu avec moi. Le Français dont j'étais tombée amoureuse. Je vous en ai parlé

100

avant-hier. J'étais désespérée, je croyais que je ne retrouverais jamais goût à la vie. Je pleurais tout le temps, sans pouvoir m'arrêter. Incroyable ce qu'un corps humain peut contenir de liquide ! Je me souviens qu'en me voyant dans cet état, une amie m'a traînée chez le médecin de l'université. Il m'a prescrit des comprimés, mais je ne me rappelle plus leur nom, ni même si je les ai pris. » Je me mis à rire et précisai : « Mais dans ce cas, il ne s'agit pas d'amnésie. Je n'y pense plus parce qu'à mes yeux, cette visite chez le médecin était sans importance.

— Pourquoi ne pas m'en avoir parlé plus tôt ?

— Parce que c'est une très vieille histoire. À huit ans, un oncle m'a offert un couteau de poche pour mon anniversaire, croyez-le ou non. Dix minutes plus tard, j'ai essayé de graver mon nom sur un bout de bois dans le jardin, et bien entendu je me suis enfoncé la pointe dans le doigt. » Je levai la main pour lui montrer. « Vous voyez ? Il y a encore une cicatrice. J'ai saigné comme un cochon. C'est peut-être mon imagination, mais chaque fois que je regarde cette cicatrice, j'ai l'impression de ressentir la douleur du couteau se plantant dans mon doigt. Pourtant, je ne vous en ai pas parlé non plus.

— Abbie, nos entretiens portent sur votre état mental. Vos réactions face au stress. Mais vous n'avez pas parlé de cette dépression.

— Voulez-vous dire que je l'ai oubliée, comme j'ai oublié le moment où cet homme m'a attaquée et enlevée ? Non. Je vous ai dit que ma rupture avec Jean-Marc m'avait fait beaucoup souffrir.

— Oui, mais vous ne m'avez pas dit que vous aviez reçu un traitement médical.

— Je vous l'ai dit, je n'y ai pas pensé. Le fait que j'aie eu un gros chagrin d'amour quand j'étais une petite étudiante de vingt ans n'a aucun rapport avec ce que je vis maintenant, il me semble. Ou peut-être que si. Psychologiquement, tout est en rapport avec tout, je suppose. Peut-être que je n'y ai pas pensé parce que c'est un épisode trop triste, que je me suis sentie terriblement seule et abandonnée.

— Abandonnée ?

— Oui. Naturellement. J'étais très amoureuse de lui, mais la réciproque n'était pas vraie.

— Ce qui m'intéressait dans votre dossier médical, c'était de voir comment vous avez réagi dans d'autres circonstances pénibles de votre vie, observa Irene d'une voix douce.

— Si vous voulez comparer mon interminable séquestration aux mains d'un homme décidé à me tuer avec d'autres mauvais moments de ma vie, comme une rupture avec un petit ami ou la période où j'avais une espèce d'eczéma qui a mis presque deux ans à disparaître, ce que vous avez sûrement trouvé dans le dossier, eh bien ! tout ce que je peux vous dire, c'est qu'il n'y a aucune comparaison possible.

— Voyez-vous, Abbie, ces événements ont quand même une chose en commun : c'est que vous les avez vécus. Vous. Je ne peux vous aider qu'en cernant le mieux possible votre personnalité, donc en recherchant des tropismes, des analogies. Ce qui vous est arrivé est devenu un épisode parmi d'autres dans votre vie, et comme tout autre, il affectera votre psychisme d'une manière ou d'une autre. Mon rôle est de faire en sorte qu'il ne vous affecte pas en mal.

— Mais il y a des épisodes de la vie qui sont un mal, qu'on le veuille ou non, et celui-là en est un. Ce sera toujours un mal. Je ne peux pas le transformer en un bien ! La seule chose qui me semble importante, maintenant, c'est que cet homme effroyablement dangereux doit être rattrapé et enfermé de manière à ce qu'il ne fasse pas subir ce que j'ai subi à d'autres personnes. » Je regardai par la fenêtre. Par-dessus les bâtiments de l'hôpital, je voyais un grand ciel bleu très pur. Je ne sentais pas le froid qu'il faisait dehors, mais, d'une certaine façon, je le voyais. Et le seul fait de regarder tout cela me rendait cette détestable petite chambre insupportablement étriquée. « Autre chose..., commençai-je.

— Oui ?

— Je voudrais partir d'ici. Ce n'est pas une envie, c'est un besoin. Sinon, je n'y arriverai plus. J'ai besoin de retrouver une vie ordinaire. Je suppose que je ne peux pas prendre la porte et m'en aller tout simplement dans ces vêtements d'emprunt, encore qu'à la réflexion je ne vois pas pourquoi, mais je vais me lancer à la recherche du docteur Burns, ou laisser un message à sa secrétaire pour le prévenir que je m'en vais demain. Si l'on veut me joindre, je laisserai une adresse à Jack Cross. Et si vous jugez utile que nous ayons d'autres entretiens, je viendrai vous rejoindre où vous voudrez. Mais je ne peux pas rester ici plus longtemps. »

Irene Beddoes réagissait toujours comme si ce que je disais était exactement ce qu'elle avait prévu, et qu'elle me comprenait très bien.

« Vous avez peut-être raison, dit-elle. Puis-je seulement vous demander un tout petit peu de patience ? Je regrette que les choses n'aillent pas plus vite, mais comme je vous l'ai déjà dit, vous êtes traitée par des spécialistes de plusieurs services, et c'est la croix et la bannière pour rassembler tout le monde et discuter ensemble de votre cas. On m'a annoncé tout à l'heure qu'une réunion générale aura lieu demain matin, avec toutes les personnes qui se sont occupées de vous. Nous allons parler de la suite de votre traitement, et, bien entendu, de votre départ de l'hôpital.

— Puis-je venir ?

— Pardon ?

— Puis-je être présente à la réunion ? »

Pour la toute première fois depuis que je l'avais rencontrée, Irene parut désarçonnée.

« Je suis désolée, mais c'est impossible.

— Pourquoi ? Il y a des choses que je ne suis pas censée entendre ? »

Elle me sourit, d'un sourire rassurant.

« Pas du tout. Mais les patients n'assistent pas aux réunions entre soignants. Question de déontologie.

— Voyez-vous, j'ai le sentiment qu'il s'agit moins d'un problème médical que d'une affaire criminelle dont je suis partie prenante, expliquai-je.

— Soyez tranquille, ce ne sera pas une réunion de conspirateurs ! Je viendrai vous voir aussitôt après. »

J'avais détourné les yeux et regardais de nouveau par la fenêtre.

« Je serai prête », dis-je fermement.

Il me fut impossible de joindre Jack Cross cet après-midi-là. Il était trop pris. Mais je reçus la visite d'un de ces adjoints, le sergent Lavis : un de ces hommes tellement grands qu'ils gardent tout le temps la tête penchée comme par crainte de heurter le plafond – bien que celui de ma chambre fût très haut. De toute évidence, c'était un sous-fifre, mais il se montra très gentil, comme si nous étions deux alliés contre l'autoritarisme des autres. La chaise sur laquelle il s'assit ressemblait à un siège pour enfant sous sa grande carcasse.

« J'ai essayé d'avoir Cross au téléphone, dis-je.

— Il n'est pas au commissariat cet après-midi.

— C'est ce qu'on m'a dit. J'espère qu'il me rappellera.

— Il est très occupé et il m'a demandé de passer, expliqua Lavis.

— Je voulais lui dire que je m'apprêtais à quitter l'hôpital.

— Bon », murmura-t-il comme s'il m'avait à peine entendue. Puis, plus distinctement : « Je lui transmettrai le message. Il m'a envoyé pour vous annoncer une nouvelle.

— Bonne ou mauvaise ?

— Bonne, dit-il avec un bref éclair de jovialité. Il s'agit de votre ami, Terry Wilmott. Vous savez, tout le monde commençait à s'inquiéter de son absence. Mais il a réapparu.

— Il travaillait quelque part ou il faisait la bringue ?

— Il boit trop, c'est ça ? s'enquit Lavis.

— Quelquefois.

— Je l'ai vu hier. Il avait le teint un peu terreux, mais il était en bonne santé.

— Il vous a dit où il était passé ?

— Il a été un peu malade. Enfin, c'est le mot qu'il a employé. Il est allé passer quelques jours dans une vieille ferme au pays de Galles, qui appartient à un de ses amis.

— C'est du Terry pur jus, maugréai-je. À part ça, il vous a appris quelque chose ?

— Non. Je crois qu'il n'avait pas grand-chose à nous apprendre.

— Donc, le mystère est éclairci, dis-je en soupirant. Quel idiot ! Je lui passerai un coup de fil tout à l'heure.

— Alors, il ne vous a pas appelée ?

— Vous voyez bien que non. »

Lavis semblait mal à l'aise. Il me rappelait ces adolescents qui rougissent pour peu qu'on leur demande l'heure.

« Le chef m'a chargé de prendre quelques renseignements, dit-il. Je suis passé à la boîte où vous travaillez, Jay & Joiners. Des gens très sympa.

— Puisque vous le dites.

104

— Nous tâchons d'établir vers quelle date vous avez disparu.

— Et alors ? Vous y êtes arrivés ?

— Mmm... Plus ou moins. » Il renifla et regarda autour de lui comme s'il cherchait une sortie de secours. « Et maintenant, quels sont vos projets ? demanda-t-il.

— Je vous l'ai dit. Je compte sortir de l'hôpital demain.

— Et pour votre travail ?

— Eux aussi, il faut que je les appelle. Jusqu'ici, je n'avais pas vraiment l'esprit à ça, mais je pense que je reprendrai la semaine prochaine ou la suivante.

— Vous allez reprendre votre boulot ? » Il paraissait très étonné.

« Que voulez-vous que je fasse d'autre ? rétorquai-je. Il faut bien que je gagne ma vie. Et puis, ce n'est pas seulement une question d'argent. J'ai besoin de retrouver une vie normale tant que c'est encore possible.

— Je comprends, dit Lavis.

— Excusez-moi de vous ennuyer. Je suppose que mes problèmes personnels ne sont pas de votre ressort.

— Oh, ne vous excusez pas, articula-t-il.

— Vous devez avoir beaucoup à faire avec l'enquête.

— Euh... oui.

— Malheureusement, je ne vous ai pas fourni beaucoup d'éléments.

— Nous faisons ce que nous pouvons. »

Difficile d'être moins explicite. Pourtant, j'insistai.

« Je suis vraiment désolée de ne pas avoir retrouvé l'endroit où j'étais prisonnière. Comme témoin, on fait mieux ! Seulement, je suis toujours autant dans le noir. Est-ce que vous avez découvert quelque chose ? J'imagine qu'on a dû procéder à des recherches sur les noms que j'ai donnés à Cross. Ceux des autres victimes. J'espérais qu'ils pourraient servir de fil conducteur. A-t-on trouvé qui sont ces femmes ? Non, je suppose que non : on m'aurait mise au courant. Mais voilà, personne ne me dit rien. D'ailleurs, c'est une des raisons pour lesquelles j'en ai franchement assez d'être coincée dans cet hôpital. À défaut d'autre chose, je comprends mieux ce que c'est que d'être vieux et malade ! Tout le monde vous traite comme si vous étiez à moitié débile mental. Vous voyez ? Les gens entrent dans ma chambre et me parlent tous un peu trop lentement, ils me posent des questions extrêmement simples, pour ne pas dire stupides, comme si j'étais plus ou moins sénile. Et ils estiment qu'il est inutile de m'informer de quoi que ce soit. Je crois que si je ne piquais pas une colère de temps en temps, ils finiraient par oublier que j'existe. »

La raison de mon babillage ininterrompu était le mutisme de Lavis, qui remuait sur sa chaise avec l'expression d'un animal pris au piège. Plus je babillais, plus il avait l'air terrorisé. J'avais l'impression d'être comme ces gens qu'on croise parfois dans la rue et qui marmonnent tout seuls à voix haute, jusqu'au moment où ils réussissent à arrêter un passant et lui font le récit de leurs malheurs.

« Je suis dans l'incapacité de vous dire quoi que ce soit, repris-je. Ou plutôt, je vous ai raconté un tas de choses, mais qui ne servent à rien.

— Ne vous inquiétez pas », dit Lavis en se levant. Enfin, il allait pouvoir partir. « Comme je vous l'ai dit, je suis seulement venu pour vous parler de votre ami.

— Excusez-moi d'avoir été si bavarde. Je crois que je suis un peu surexcitée.

— Inutile de vous excuser », répondit-il. Déjà, il ouvrait la porte donnant sur le couloir et la tranquillité retrouvée. Il partit sans me contredire.

MINISTÈRE DE LA SANTÉ

HÔPITAL PUBLIC ST ANTHONY

Compte rendu de réunion

Date : 28 janvier 2001
Patient(e) : Abigail Elizabeth Devereaux, chambre 4E, aile Barrington, service de traumatologie
Date d'admission : 22 janvier 2001
No d'admission : 923903

Cc. : Pr Ian Burke (directeur général de l'hôpital), Lorraine Falkner (directrice administrative), Commissaire Gordon Lovell
Rapport rédigé par : Susan Barton, assistante administrative

N. B. : STRICTEMENT CONFIDENTIEL

Participants : Dr Richard Burns (chef du service de traumatologie), Dr Irene Beddoes (psychiatrie), Pr Charles Mulligan (neurologie), commissaire Lovell, inspecteur Cross

L'inspecteur Cross a entamé la réunion par un résumé de l'affaire et des investigations policières auxquelles elle a donné lieu. Le 22 janvier, Miss Devereaux a été transportée en ambulance de Ferdinand Road, Londres E10, à St Anthony. Entendue par la police le lendemain matin, elle a déclaré avoir été kidnappée, séquestrée et menacée de mort. L'enquête est rendue particulièrement difficile par l'absence de preuves indépendantes. Miss Devereaux est dans l'incapacité de se rappeler les circonstances de son enlèvement. Elle affirme avoir été attachée et cagoulée pendant plusieurs jours. Son seul souvenir significatif est une liste de prénoms féminins, dont son ravisseur a déclaré qu'ils étaient ceux de ses précédentes victimes.

Miss Devereaux a pu s'enfuir du lieu où elle était séquestrée, mais, ramenée dans le quartier de Ferdinand Road, elle n'a malheureusement pas été capable de le localiser.

Le Dr Beddoes a demandé si ce genre d'évasions était fréquent, à quoi l'inspecteur Cross a répondu que son expérience en matière de kidnappings était très limitée. Elle a également demandé si l'enquête avait avancé. L'inspecteur Cross a répondu qu'elle en était encore au stade des préliminaires.

107

Le Dr Burns a décrit l'état de la patiente à son arrivée. Elle présentait des signes évidents de sous-alimentation et de déshydratation, sans risque de séquelles, et une trace de coup violent sur un côté du crâne, ainsi que de nombreuses contusions, pour la plupart superficielles, confirmant qu'elle a bien été victime de mauvais traitements.

Le Dr Beddoes a demandé si l'on avait trouvé la preuve physique que Miss Devereaux avait subi des actes de violence ou de torture, à quoi le Dr Burns a répondu que les contusions autour du cou et des poignets indiquaient qu'elle avait été physiquement entravée.

Le Dr Burns a précisé que l'imagerie par résonance magnétique nucléaire n'avait révélé aucune lésion cérébrale détectable.

Le Pr Mulligan a rendu compte des tests qu'il a fait passer à Miss Devereaux, dont il a conclu qu'ils confirmaient les déclarations de la patiente concernant son amnésie post-traumatique, précisant qu'il s'agissait d'une amnésie à caractère non psychologique mais physique et mécanique.

Le Dr Beddoes a demandé au Pr Mulligan s'il avait trouvé une preuve objective et physiologique du traumatisme et de l'amnésie. Le Pr Mulligan a répondu que la recherche d'une telle preuve aurait été sans objet. Une vive discussion a suivi, trop longue pour être détaillée ici.

Le Dr Beddoes a présenté son évaluation de l'état mental de Miss Devereaux : sujet intelligent, s'exprimant avec clarté, vive sensibilité, personnalité séduisante. Son récit de l'épreuve qu'elle dit avoir subie était convaincant et émouvant. Mais au cours des entretiens, il est apparu que la patiente avait été soumise à une tension nerveuse considérable au cours des mois précédant son enlèvement supposé. Elle était sous pression à son travail, au point de réclamer un long congé sans salaire pour cause de surmenage et de stress excessif. Ce congé a commencé peu de temps avant les événements relatés par Miss Devereaux. Grosses difficultés aussi dans sa vie de couple, en raison des tendances alcooliques de son concubin et de ses accès de violence.

Par la suite, a poursuivi le Dr Beddoes, d'autres faits significatifs sont apparus. Contrairement à ses affirmations, Miss Devereaux a un passé d'instabilité psychologique. Elle a même été médicalement traitée pour une dépression nerveuse il y a quelques années, ce qu'elle a omis de mentionner au cours des premiers entretiens. Il est d'autre part avéré qu'elle s'est déjà plainte de violences : les mains courantes du commissariat de son quartier ont révélé qu'en une occasion au moins, elle a appelé la police pour cause de violences domestiques, à la suite d'une dispute avec son concubin qui avait dégénéré.

Elle a manifesté certaines difficultés à se rappeler ces événements, ce qui est de toute évidence à rapprocher de l'amnésie dont elle prétend souffrir actuellement. Le Dr Beddoes a précisé que lorsque ces doutes ont commencé à surgir dans son esprit, elle a longuement discuté avec les autres médecins qui soignent Miss Devereaux pour savoir s'il existait une preuve indépendante et objective de la véracité de son récit. Elle n'en a découvert aucune. La conclusion du Dr Beddoes est que les problèmes de la patiente sont de nature purement psychologique. En conséquence, le meilleur traitement dans son cas serait une psychothérapie associée à la prescription d'antidépresseurs à dose modérée.

Le Pr Mulligan s'est interrogé sur les marques de brutalités relevées sur le corps de Miss Devereaux et sur le fait qu'elle a été retrouvée dans un état de grande faiblesse et de sous-alimentation dans un quartier de Londres très éloigné de son domicile et de son lieu de travail. Le Dr Beddoes a répondu que le Pr Mulligan était présent à la réunion en tant qu'expert en affections neurologiques et non en tant que psychologue ou psychiatre.

Le commissaire Lovell a demandé au Dr Beddoes si elle avait la certitude que Miss Devereaux n'avait subi aucune violence de nature criminelle. Le Dr Beddoes a répondu qu'elle ne pouvait être certaine de ce qui s'était passé ou non entre Miss Devereaux et son concubin. Mais elle s'est déclarée convaincue que l'enlèvement et la séquestration relevaient du délire mythomaniaque, en précisant qu'à son avis il ne s'agissait pas d'une affabulation gratuite, mais d'un appel au secours.

Le commissaire Lovell a déclaré que la question qui se posait maintenant était de savoir si Miss Devereaux devait être poursuivie pour déclarations mensongères.

Les désaccords se sont ensuite exprimés avec force. L'inspecteur Cross a estimé qu'il était prématuré de réfuter les déclarations de Miss Devereaux. Le Pr Mulligan a demandé au Dr Beddoes si elle avait conscience qu'en cas d'erreur de diagnostic, Miss Devereaux serait exposée à un danger mortel dès sa sortie de l'hôpital. D'autres arguments ont été échangés, qui ne sont pas consignés dans le présent rapport.

Le Pr Mulligan a exigé que le rapport fasse explicitement mention de sa totale opposition à la décision prise. Il a déclaré que s'il arrivait quoi que ce soit à Miss Devereaux, tous les participants en seraient moralement responsables. (À l'exception de Susan Barton, la rédactrice. Précision ajoutée à la demande du Pr Mulligan.) Il a ensuite quitté la salle.

La fin de la réunion a été consacrée aux mesures à prendre dans l'immédiat. Le commissaire Lovell a donné instruction à l'inspecteur Cross de mettre un terme à l'enquête et de classer l'affaire. Le Dr Beddoes a déclaré qu'elle comptait rendre visite ce matin même à Miss Devereaux pour s'entretenir avec elle des modalités d'une thérapie.

Le Dr Beddoes a également remercié les autres participants pour leur coopération, qu'elle a qualifié de modèle de collaboration entre les services de police et de santé publique. Le Dr Burns a demandé quand la chambre de Miss Devereaux serait libérée.

TROISIÈME PARTIE

1

Marcher. Simplement marcher. Un pied devant l'autre. Ne pas s'arrêter, ne pas ralentir, ne pas détourner les yeux. Garder la tête droite et le regard fixe. Laisser les visages se brouiller. Faire comme si l'on savait où l'on va. Des gens te disent au revoir, t'appellent par ton nom, mais c'est l'écho d'un écho qui rebondit sur les murs blancs. C'est une étrangère dont ils prononcent le nom. Ne pas écouter. Parce qu'écouter, répondre, faire ce qu'on te dit, obéir, tout cela est fini maintenant. Continuer à marcher. Sans courir. Franchir cette porte en verre à deux battants, qui s'ouvre toute seule en coulissant quand tu approches. Pas de larmes, pas maintenant en tout cas. Ne pleure pas. Tu n'es pas folle, Abbie. Tu n'es pas folle. Dépasser les ambulances, les voitures, les aides-soignantes avec leurs chariots. Ne pas s'arrêter. Rentrer dans le vaste monde. C'est la liberté – sauf que tu n'es pas libre. Ni libre ni en sécurité. Mais pas folle. Tu n'es pas folle. Et tu es vivante. Respire, respire profondément et marche, marche...

Le ciel était d'un bleu éclatant et la terre craquante de givre. Le monde étincelait de froid. Mes joues en étaient brûlantes, mes yeux piquaient, mes doigts s'engourdissaient autour du sac que je transportais. Mes pieds, dans leurs affreuses chaussures abîmées, crissèrent sur le gravier. Je m'arrêtai devant la grande maison victorienne au deuxième étage de laquelle se trouvait notre appartement. En fait, c'était celui de Terry, mais j'y habitais depuis plus d'un an et demi maintenant.

C'était moi qui avais repeint notre chambre, remis la cheminée en état de marche, acheté des meubles dans les brocantes, et de grands miroirs, des peintures, des vases, des tapis, le fouillis familier qui fait de quelques pièces banales un chez-soi.

Je levai précautionneusement la tête pour regarder vers le haut, et ce simple mouvement répandit aussitôt une vive douleur dans tout mon crâne. En fait de chez-soi, ce que je vis ne me sembla pas particulièrement accueillant : de l'extérieur, l'appartement semblait vide et glacé. La fenêtre de la salle de bains était encore fêlée, on ne distinguait aucune lumière et les rideaux de notre chambre étaient tirés – ce qui signifiait que Terry soignait encore la gueule de bois qui lui avait donné le teint terreux, ou qu'il n'avait pas pris la peine de les ouvrir quand il s'était levé ce matin, probablement chancelant et en retard pour son travail. J'espérai que la seconde hypothèse était la bonne.

Je pressai quand même la sonnette. En appuyant mon oreille à la porte, je pouvais l'entendre au premier – un grésillement aigre, car la pile était presque à plat. Il y avait des mois qu'elle faiblissait, sans que nous pensions jamais à la remplacer. J'attendis et essayai de nouveau. Je regardai par la fente de la boîte aux lettres si quelqu'un descendait l'escalier, mais ne vis qu'une bande de moquette brune.

Je pris la clef de secours sous la pierre factice, mais la laissai tomber deux fois avant de réussir à l'introduire dans la serrure tant mes doigts étaient gourds. J'espérais que Terry avait laissé le chauffage allumé, ou qu'au moins il restait assez d'eau dans le cumulus pour un bain bien chaud. Je me sentais sale et complètement gelée, et j'avais l'impression que mon corps n'était qu'un sac plein d'organes en vrac. Triste retour. Le plus triste que j'aurais pu imaginer.

Monter l'escalier me coûta un effort. Je dépassai l'appartement du premier, où j'entendis un téléviseur en marche. Mes jambes étaient lourdes, et quand j'atteignis le palier du deuxième, j'étais pantelante. J'ouvris la porte en appelant :

« Terry ? C'est moi. Je suis rentrée. » Pas de réponse. « Terry ? Tu es là ? »

Silence complet, excepté le bruit d'un robinet qui fuyait dans la salle de bains. Soudain, sans aucun signe avant-coureur, une peur irraisonnée m'envahit et je m'immobilisai, forcée de me tenir à la porte tant je me sentais les jambes molles. Je respirai profondément, plusieurs fois, jusqu'à ce que la vague d'effroi refluât. Puis je franchis le seuil et refermai la porte derrière moi.

Je ne sais ce qui me frappa d'abord. Probablement le désordre : les chaussures boueuses sur le parquet du salon, la pile d'assiettes sales dans l'évier, les tulipes fanées perdant leurs pétales sur la table de la cuisine, à côté de plusieurs bouteilles vides et d'un cendrier qui débordait. Les meubles étaient poussiéreux, l'air sentait le renfermé. Mais ensuite, je remarquai des vides ici et là, à des endroits où auraient dû se trouver des objets. Ma chaîne hi-fi, pour commencer, qui était normalement sur un vieux meuble court sur pattes près du petit téléviseur. Lui-même avait cédé la place à un grand téléviseur tout neuf. Je tournai automatiquement le regard vers la porte ouverte de la pièce qui me servait de bureau, cherchant mon ordinateur portable sur ma table de travail, mais il n'était plus là. C'était une vieille machine, un dinosaure en termes d'informatique, mais je ne pus m'empêcher de gémir en pensant à tous les fichiers qu'il contenait – à commencer par les dizaines d'adresses électroniques, dont je n'avais pas de copie.

Je me laissai tomber sur le sofa, sur lequel gisaient de vieux journaux éparpillés et le manteau de Terry. Avions-nous été cambriolés ? En regardant autour de moi, je m'aperçus que pas mal de livres avaient également disparu, car il y avait des espaces vides dans les rayonnages. Je tâchai de me rappeler ce qui s'y trouvait naguère : une encyclopédie sur l'étagère du bas ; plusieurs romans dans celles du dessus ; une anthologie poétique ; le guide des meilleurs pubs et restaurants d'Angleterre, peut-être, et sûrement quelques livres de cuisine.

Je me levai avec peine et passai dans notre chambre. Le lit n'était pas fait, et la couette à peine repoussée avait encore la forme du corps de Terry. Sur le sol, une pile de linge sale et deux bouteilles de vin, vides. J'ouvris les rideaux pour laisser entrer le soleil, la fenêtre pour sentir l'air propre, durci de froid, se déverser dans la pièce, et inspectai ce qui m'entourait. Il est toujours difficile de repérer ce qui manque, de cerner l'absence. Mais je ne tardai pas à remarquer que le gros réveil ancien n'était plus sur la table de chevet, de mon côté du lit. Le coffret en bois peint contenant mes bijoux avait quitté le dessus de la commode. Il ne contenait rien de précieux : des boucles d'oreilles, des bracelets, quelques pendentifs et colliers de fantaisie accumulés au fil des ans ; mais la plupart étaient des cadeaux, des souvenirs que je ne pourrais jamais remplacer.

J'ouvris les tiroirs. Mes sous-vêtements étaient partis, à part une vieille culotte noire tout au fond. Plusieurs tee-shirts aussi, des jeans et des pantalons plus habillés, et au moins trois pull-overs, dont un cachemire très beau et très cher auquel je n'avais pas résisté au moment des soldes d'après les fêtes. Dans la penderie, toutes les affaires de Terry étaient à leur place, si je me souvenais bien, mais de mon côté plusieurs cintres étaient vides. Deux ou trois robes manquaient, de même que mon manteau noir et ma veste en cuir. Et pas trace de mes chaussures, hormis une paire de sandales d'été et des tennis usagées. En revanche, les ensembles que j'avais l'habitude de porter pour aller travailler semblaient n'avoir pas bougé. Une fois de plus, je regardai autour de moi, déroutée, quand soudain mes yeux se posèrent sur un grand sac poubelle au pied du lit, où étaient entassés certains des vêtements disparus.

« Terry ! Espèce de salaud ! » prononçai-je tout fort.

J'allai dans la salle de bains. La lunette des toilettes était relevée et je la claquai violemment. Plus de produits de maquillage, plus de crèmes, plus de parfum, plus de tampons, plus de déodorant. J'avais été évacuée. Même ma brosse à dents s'était envolée. J'ouvris l'armoire à pharmacie : les pansements, l'alcool à 90° et le reste étaient bien là. J'ouvris le flacon de paracétamol et fis tomber deux comprimés dans ma main, que j'avalai sans eau. Ma tête semblait près d'exploser.

Je devais rêver, pensai-je. être plongée dans un cauchemar où l'on me dépouillait de ma propre vie. Bientôt, je me réveillerais. Le problème était de savoir à quel moment le cauchemar avait commencé, et ce qui adviendrait à mon réveil. Me retrouverais-je dans mon ancienne vie, consciente soudain qu'il ne m'était rien arrivé et que toutes mes épreuves n'avaient existé que dans un sommeil fiévreux ? Sur la planche, un chiffon dans la bouche, sentant mon esprit s'embrumer et attendant la mort ? Ou à l'hôpital, croyant toujours que les médecins allaient me soigner et la police me protéger ?

Je retournai dans la cuisine et branchai la bouilloire. Pendant que l'eau chauffait, j'ouvris le réfrigérateur, car j'avais brusquement si faim que la tête me tournait. Je n'y trouvai pas grand-chose, à part des canettes de bière et une petite pile de plats préparés à mettre au four. Avec une laitue fanée, un reste de fromage et deux tranches de pain industriel encore plus mou qu'à l'hôpital, je me fis un sandwich plutôt déprimant et versai de l'eau sur un sachet de thé.

Mais après quelques bouchées, debout près du réfrigérateur, et un morceau de laitue pendant au coin des lèvres, une pensée me vint. Où était mon sac, avec mon portefeuille, mon argent, mon chéquier, mes cartes de crédit et mes clefs ? Je soulevai des coussins, regardai derrière des vêtements sur leurs cintres, ouvris des tiroirs. Je fouillai des endroits où il ne pouvait se trouver, puis des endroits où j'avais déjà fouillé.

Je devais l'avoir sur moi quand j'avais été attaquée. Ce qui signifiait que cet homme avait mon adresse, mes clefs, toutes mes affaires. Alors que moi, je n'avais rien. Rien du tout. Pas un penny. Si grandes avaient été mon humiliation et ma fureur quand le docteur Beddoes m'avait parlé du « traitement » qui m'aiderait à « aller de l'avant » que je lui avais crié deux ou trois phrases sans queue ni tête avant de la faire sortir de ma chambre en lui lançant que si elle ou toute personne liée à cet hôpital voulait entendre un seul mot de ma bouche, il faudrait d'abord me mettre une camisole de force. Ensuite, j'avais enfilé les vêtements – lavés, mais non repassés – dans lesquels on m'avait trouvée et j'étais partie aussitôt, m'efforçant d'empêcher mes genoux de trembler, me retenant de pleurer, de hurler, de supplier. J'avais refusé qu'on me raccompagnât en voiture, refusé de l'argent pour un taxi, refusé des explications plus précises, une rencontre avec un autre psychiatre, et toute forme d'aide. Je n'avais pas besoin d'aide. Tout ce que je voulais, c'était que cet homme fût arrêté pour me sentir en sécurité. Et donner un coup de poing dans la figure d'Irene Beddoes, avec son sourire suffisant. Je n'avais pas dit un mot de plus. Les mots me semblaient des pièges tout prêts à se refermer perversement sur moi. Tous ceux que j'avais prononcés en présence de la police, des médecins et de

119

cette abominable conne d'Irene Beddoes s'étaient retournés contre moi. Tout de même, j'aurais dû accepter l'argent.

Je n'avais plus envie de mon sandwich et je le jetai à la poubelle, qui semblait ne pas avoir été vidée depuis plusieurs jours, et bus une gorgée de thé refroidi. Puis je me dirigeai vers la fenêtre et appuyai mon front contre la vitre, m'attendant presque à voir l'homme debout sur le trottoir, levant les yeux vers moi et ricanant.

Mais je ne saurais pas si c'était vraiment lui. Il pouvait être n'importe qui. Ce vieil homme qui tirait sur la laisse d'un teckel récalcitrant, ou ce jeune cycliste à queue de cheval, ou ce père jovial en bonnet à pompon tenant par la main un enfant aux joues rouges. Une mince couche de neige blanchissait les arbres, les toits et les voitures, et les passants emmitouflés dans de gros manteaux et des écharpes baissaient la tête pour se protéger du froid.

Personne ne leva les yeux vers moi. Je me sentais complètement perdue. Des pensées sans suite se bousculaient dans ma tête et je ne savais que faire maintenant, ni vers qui me tourner pour demander de l'aide. Quelle aide, d'ailleurs ? Dites-moi ce qui m'est arrivé, dites-moi ce que je dois faire, dites-moi qui je suis, dites-moi où aller, dites-moi...

Je fermai les yeux et m'efforçai pour la millième fois de me rappeler quelque chose, n'importe quoi. La moindre lueur dans les ténèbres. Mais je ne vis aucune lueur, et quand je rouvris les yeux je scrutai de nouveau la rue, presque méconnaissable dans le froid de l'hiver.

Je marchai jusqu'au téléphone et composai le numéro de Terry à son travail. Je laissai sonner longtemps, en vain. J'essayai son portable et tombai sur la messagerie.

« Terry, dis-je, c'est moi. Abbie. J'ai besoin de te parler le plus vite possible. »

Ensuite, je fis le numéro de Sandy. C'était le répondeur, et je n'avais pas envie de laisser de message. Je songeai à appeler Sheena et Guy, mais s'ils étaient chez eux, je devrais tout expliquer et je ne m'en sentais pas le courage, pas maintenant.

J'avais imaginé qu'en rentrant je raconterais mon histoire. Mes amis seraient assis autour de moi, ouvrant de grands yeux, m'écoutant sans m'interrompre. Ç'aurait été un récit d'épouvante avec une fin heureuse, de désespérance supplan-

120

tée par l'espoir, de triomphe final. Je serais apparue comme une sorte d'héroïne, parce que j'avais survécu et me retrouvais parmi eux. Le dénouement serait là pour faire oublier l'horreur. Mais que pouvais-je raconter maintenant ? Pour la police, je mentais. J'avais tout inventé. Et le soupçon, je le sais, se répand comme une vilaine tache.

Que faire quand on se sent égaré, abattu, honteux, révolté, apeuré, qu'on est affaibli et qu'on a très froid ? Faute de mieux, je me fis couler un bain et ôtai mes vêtements. Je me regardai dans le grand miroir. Mes joues étaient creuses, mes fesses amaigries. Les os de mon bassin, mes clavicules, mes côtes saillaient sous ma peau. J'étais étrangère à moi-même. Je montai sur la balance et vis que j'avais perdu onze kilos.

Je me laissai glisser dans l'eau très chaude, puis j'inspirai profondément, pinçai mes narines et m'immergeai complètement. Quand je refis surface, crachotant un peu dans l'air envahi de vapeur, quelqu'un criait. Criait je ne sais quoi. Des méchancetés, contre moi. Je clignai des yeux et un visage rageur m'apparut.

« Terry !

— Qu'est-ce que tu fous ici ? Tu es folle ? »

Il portait encore son veston et son visage était rougi par le froid. Je me pinçai de nouveau les narines et m'enfouis sous l'eau, pour ne pas voir ce visage, pour faire taire la voix qui me traitait de folle.

2

Je sortis du bain alors que Terry me fixait avec des yeux furieux, m'enveloppai dans une grande serviette et passai dans la chambre. Je saisis des vêtements où il s'en trouvait : un vieux jean dans le sac poubelle, un pull bleu marine dans le tiroir, la culotte noire roulée en boule, les tennis fatiguées. Au moins, ils étaient propres. Sur l'étagère au-dessus de la baignoire, je trouvai une bande élastique et pus attacher mes cheveux trempés avec mes mains tremblantes.

Terry s'était assis dans le fauteuil en rotin qui occupait un coin du salon. Le fauteuil que j'avais acheté dans une boutique d'occasion à quelques rues d'ici, un dimanche de pluie, et avais rapporté sur ma tête pour qu'il me servît de parapluie. Il se pencha en avant et écrasa sa cigarette dans le cendrier. Celui que j'avais emporté en souvenir d'un café où, au temps lointain de mes études, j'avais travaillé un mois comme serveuse pour payer mes vacances. Il prit une autre cigarette dans son paquet et l'alluma. Avec ses cheveux cuivrés et sa peau pâle, il était très beau, pareil au Terry que j'avais rencontré la première fois. C'est quand il se mettait à parler que les problèmes commençaient. Et cela ne manqua pas.

« Tu n'as pas l'intention de me demander comment je vais ? » dis-je. Évidemment, c'était trop tard. S'il fallait que je le prie de me le demander, ce ne serait guère une marque de sollicitude. Comme lorsqu'on demande à quelqu'un s'il vous aime : si l'on doit poser la question, c'est que la réponse est non. Ou pas assez. Ou pas comme on voudrait.

« Quoi ? marmonna-t-il, plutôt sur le ton d'une fin de non-recevoir que d'une interrogation.

— Qu'est-ce qui se passe ?

— C'est ce que j'aimerais savoir. Tu as une mine affreuse. Une vraie déterrée. Et cette entaille au-dessus de l'oreille... Qu'est-ce que tu as fabriqué ?

— On t'a prévenu que j'étais à l'hôpital ? »

Il tira une longue bouffée de sa cigarette et souffla lentement la fumée, la savourant, comme si cela l'intéressait beaucoup plus que moi. Il y avait deux méchants Terry. Le Terry furieux, braillard, dont j'avais eu un bref aperçu dans la salle de bains. Et le Terry silencieux, froid et sarcastique qui en ce moment se prélassait dans le fauteuil en fumant sa cigarette.

« Oui, je suis au courant, dit-il mollement. La police a fini par venir me trouver. Ici.

— J'ai essayé de te joindre, mais tu n'étais jamais là.

— Je me suis absenté.

— Terry, dis-je, j'ai vécu des moments... des moments terribles, absolument terribles. Je veux... » Mais je m'interrompis. Je ne savais pas ce que je voulais, je ne savais que dire. Ce que je ne voulais certainement pas, c'était rester dans une pièce glacée avec un homme en colère. Quelqu'un pour me serrer dans ses bras, voilà ce que je voudrais, pensai-je. Pour me serrer dans ses bras et me préparer du chocolat chaud, me dire « Quel bonheur que tu sois de retour ! », ou « Tu m'as tellement manqué. » Quelqu'un qui me rassurerait. Voilà ce dont j'avais besoin en cet instant. « Il y a beaucoup de choses que j'ai oubliées, repris-je enfin. Je suis complètement dans le noir et j'ai besoin que tu m'aides à m'y retrouver. » Aucune réaction. « À l'heure qu'il est, je devrais être morte », ajoutai-je.

Il tira une nouvelle bouffée sans fin de sa fichue cigarette. Avait-il pris quelque chose ? Chaque fois qu'il ouvrait la bouche, ses mots semblaient en sortir avec un temps de retard, comme s'il les prononçait avec un sous-entendu ironique qui me restait inintelligible. Certaines personnes disent que même par grand beau temps, elles peuvent sentir un orage qui vient. Leurs vieilles blessures de guerre leur font mal, ou quelque chose dans ce genre. Moi, je n'ai jamais pu. Mes blessures de guerre me font mal tout le temps. Mais quand Terry va piquer une crise, je le sens. Je le sens sur ma peau, sur les poils qui se raidissent au bas de ma nuque, et au frémissement dans mon épine dorsale, à mon estomac qui se noue, à une douleur derrière mes yeux. Je le sens dans l'air. Seulement, en moi aussi je sentais la colère monter.

« Terry, dis-je. Tu as entendu ce que je t'ai dit ?

— Quelque chose m'échappe, peut-être ?

— Comment ?

— Est-ce que c'est une façon tordue d'essayer de revenir ?

— Je suis sortie de l'hôpital, un point c'est tout. Qu'est-ce que les flics t'ont raconté ? Tu ne sais pas ce qui m'est arrivé ? Alors, j'ai beaucoup de choses à t'apprendre. Oh, mon Dieu... Tu ne me croiras jamais. » Je déglutis en m'entendant prononcer ces mots et me corrigeai en toute hâte. « Et pourtant, c'est vrai, bien sûr.

— Tu ne crois pas qu'il est un peu tard pour ça ?

— Quoi ? Pour commencer, je crois que toi aussi, tu as pas mal de choses à m'expliquer. Où avais-tu disparu ? »

Terry partit d'un rire qui ressemblait à un aboiement, puis regarda autour de lui comme s'il craignait que quelqu'un d'autre ne l'observât. Je fermai un instant les yeux, puis les rouvris. Il était toujours là, dans le fauteuil en rotin, fumant, et j'étais toujours debout face à lui.

« Tu es saoul ? demandai-je.

— C'est quoi, ce plan que tu me fais, hein ? Un canular ?

— Qu'est-ce que tu veux dire ?

— Ou un truc pour te venger ? »

Je secouai la tête dans l'espoir de m'éclaircir les idées, et aussitôt mes tempes battirent douloureusement. J'avais l'impression de tout voir à travers une brume grise.

« Terry, vas-tu m'écouter à la fin ? J'ai été attaquée et séquestrée par un fou. Il m'a donné un grand coup sur la tête et c'est la raison pour laquelle je ne me rappelle pas ce qui s'est passé, du moins au début. Mais j'ai failli en mourir. J'étais à deux doigts de mourir ! Je me suis retrouvée à l'hôpital, mais tu étais introuvable. Je t'ai appelé plusieurs fois, mais tu n'as pas répondu. Tu faisais la bringue, c'est ça ? En tout cas, je suis revenue. Enfin. »

L'expression de Terry changea. Il parut soudain perplexe,

désarçonné, même. Sa cigarette brûlait entre ses doigts comme s'il l'avait oubliée.

« Abbie... Écoute, je ne comprends pas. »

Je m'assis sur le sofa. C'était celui de Terry, un cadeau que sa mère lui avait fait des années plus tôt, je crois.

« Je sais que les policiers sont venus te voir », dis-je, méfiante. Je ne voulais pas lui fournir trop d'explications, et c'était une partie du problème. « Qu'est-ce qu'ils t'ont dit ? »

À présent, c'était Terry qui semblait méfiant.

« Ils voulaient savoir quand je t'avais vue pour la dernière fois.

— Et ? »

De nouveau, il tira sur sa cigarette.

« J'ai répondu à leurs questions, c'est tout.

— Ils sont partis satisfaits ?

— Je leur ai dit aussi où je me trouvais depuis quelques jours. Je crois qu'ils ont passé un ou deux coups de fil pour en avoir confirmation, et qu'ils n'en demandaient pas plus.

— Mais sur moi, qu'est-ce qu'ils t'ont dit ?

— Que tu étais blessée.

— "Blessée" ! C'est le mot qu'ils ont employé ? »

Il haussa les épaules.

« Quelque chose dans ce genre.

— J'ai été agressée, dis-je.

— Par qui ?

— Mystère. Je n'ai jamais vu son visage.

— Quoi ? » Il me regarda fixement. « Qu'est-ce qui s'est passé ?

— Je ne sais pas. J'ai un énorme trou de mémoire. Il m'a frappée sur la tête. Très fort. Plusieurs jours sont complètement effacés. »

Enfin, il était attentif. Et il avait de toute évidence tant de questions qui lui venaient à l'esprit qu'il ne savait par où commencer.

« Si tu ne te souviens de rien, comment peux-tu savoir que tu ne t'es pas tout simplement cogné la tête en tombant ?

— Il m'a séquestrée, Terry. Il voulait me tuer. J'ai réussi à m'enfuir. »

Je crois qu'à ce moment je m'attendis, de façon assez pitoyable, à ce qu'il vînt me prendre dans ses bras et s'écriât :

« Quelle horreur ! » Mais Terry continua de me questionner, comme s'il n'avait pas bien entendu mes derniers mots.

« Je croyais que tu ne l'avais pas vu.

— J'avais une cagoule sur la tête, sans trous pour les yeux. Et j'étais tout le temps dans une espèce de cave noire.

— Oh », murmura-t-il. Un long silence. Puis : « Ça alors !

— Tu comprends, maintenant ?

— Je suis désolé pour toi, Abbie », dit-il gauchement.

Désolé ? C'était peu. Trop peu, et de toute manière, cela arrivait trop tard pour signifier quoi que ce fût. Je lus sur son visage qu'il en avait conscience. Ensuite, il demanda :

« Et la police ? Que fait-elle ? »

C'était la question que je redoutais. Pour l'éviter, j'avais jusque-là contourné toute explication détaillée. Même si je savais parfaitement que j'avais raison, que c'était injuste, j'avais honte qu'on m'eût prise pour une affabulatrice, même devant Terry ; mais en même temps, je m'en voulais d'avoir honte.

« Les flics ne me croient pas, fus-je forcée d'admettre. Ils se sont mis en tête que tout ça n'est jamais arrivé.

— Mais alors, tes blessures ? Ces bleus sur ta figure ? »

Je fis la grimace, pour dissimuler que j'étais au bord des larmes. Pas question de pleurer devant cet imbécile de Terry – ce qui était un autre problème.

« À ce que j'ai compris, ceux qui sont de mon côté pensent que tout ça est le produit de mon imagination malade. Ceux qui ne sont pas de mon côté pensent que j'ai seulement voulu me rendre intéressante. Et tout le monde est d'accord pour estimer que j'ai de la chance de ne pas être poursuivie pour déclarations mensongères. En conséquence, on m'a fait partir de l'hôpital et rentrer chez nous sans aucune protection. »

J'attendais qu'il s'approchât enfin de moi, mais il ne bougea pas. Son visage était vide d'expression. Je respirai profondément.

« Puis-je savoir ce qui est arrivé à mes affaires ? Qui les a prises ?

— Toi.

— Comment ça, moi ?

— Tu les as emportées il y a deux semaines.

— Je les ai emportées ?

126

— Oui. » Terry s'agita sur sa chaise. Il me regarda fixement. « C'est la vérité ? Tu ne te rappelles rien ? »

Je secouai la tête.

« Tout est flou. Je vois ces dernières semaines à travers un gros nuage noir. Je me revois vaguement au travail, je me revois vaguement ici, et ensuite tout s'efface. En plus, je ne comprends pas de quoi tu parles. Moi, j'ai emporté mes affaires ? »

Maintenant, c'était Terry qui avait l'air gêné. Ses paupières battaient comme s'il réfléchissait à toute allure pour trouver que répondre. Puis il parut se calmer.

« Tu es partie, dit-il.

— Comment, partie ?

— Comme si tu ne m'avais pas dit mille fois que ça finirait par arriver ! Et s'il te plaît, ne me fixe pas avec ces yeux-là comme si c'était ma faute.

— Je ne te fixe pas. Pas du tout »

Il plissa les paupières.

« Vraiment, tu ne t'en souviens pas ?

— Non. Rien de rien. »

Il alluma une autre cigarette.

« Nous nous sommes disputés, marmonna-t-il.

— Pourquoi ?

— Je ne sais plus. C'était comme toutes les disputes, je suppose. ça commence par une bêtise. Mais c'était peut-être la goutte qui a fait déborder le vase.

— Épargne-moi ce genre de lieu commun !

— Voilà, c'est exactement ce que je veux dire. Peut-être que j'ai utilisé un lieu commun qui t'a agacée. Ou que j'ai tourné mon thé avec une cuiller à dessert. Ça a fini en engueulade. Tu as dit que trop, c'était trop, et que cette fois tu partais. Je ne t'ai pas prise au sérieux et je suis allé faire un tour. Quand je suis revenu, tu étais en train de prendre tes cliques et tes claques. Tu as presque tout emporté. Tout ce qui pouvait rentrer dans ta voiture, je suppose.

— Tu ne me racontes pas d'histoires ?

— Regarde autour de toi, Abbie. Qui voudrait de ta vieille chaîne hi-fi et de ta vieille télé, à part toi ?

— Alors, c'était une de nos disputes habituelles.

— Une des pires. »

127

J'étais démoralisée, j'avais très froid. Il n'y avait plus aucune raison de prendre de gants.

« J'ai oublié beaucoup de choses, dis-je. Mais je n'ai pas oublié que nos pires disputes ont généralement fini par des coups.

— Ce n'est pas vrai.

— Tu m'as frappée ?

— Non », murmura Terry. Mais son visage, à l'expression défiante et honteuse, disait le contraire.

« Tu sais, c'est une des raisons pour lesquelles les policiers ne m'ont pas crue. Pour eux, je suis une victime. J'ai un passé. Un passé de femme maltraitée. J'ai déjà appelé le commissariat. Tu te souviens de ce soir-là ? Peut-être que non, parce que tu étais saoul comme une grive. Et ça s'est terminé en dispute. Celle-là non plus, je ne me rappelle pas comment elle a commencé. Est-ce que c'était la fois où j'avais lavé la chemise que tu voulais justement porter ? Et où je t'ai dit que si tu n'étais pas content tu n'avais qu'à laver tes chemises toi-même ? Ou une des trois ou quatre fois où tu m'as sorti que j'avais gâché ta vie à force d'être toujours sur ton dos ? Des engueulades dans ce genre, il y en a eu tellement que je les mélange ! Mais je sais qu'une fois, tu as fini par attraper le couteau de cuisine et j'ai appelé la police.

— Non. Je ne me rappelle pas ça, protesta Terry. Tu exagères.

— Pas du tout ! Je n'exagère rien, je n'invente rien. Je ne fais que décrire ce qui se passe quand tu bois. Tu commences par être gai, ensuite agressivement gai, ensuite tu pleurniches, et pour finir tu piques une colère. Et si je suis là, tu piques une colère contre moi. Je n'ai pas l'intention de t'énumérer tout ce que je t'ai vu faire quand tu es saoul, comme une bonne femme vindicative. Mais pour une raison que je n'ai jamais comprise, tu bois et ça te rend violent. Et pour une autre raison tout aussi incompréhensible, quand tu te mets à pleurer le lendemain et que tu me jures que ça n'arrivera plus jamais, je te crois. »

Terry écrasa sa cigarette et en alluma une autre. Était-ce la quatrième ou la cinquième d'affilée ?

« Abbie, ton numéro est une excellente imitation de notre dernière engueulade.

128

— Alors, j'aimerais bien m'en souvenir. Parce que je suis contente d'avoir été cette fille qui s'est enfin ressaisie et qui t'a planté là.

— Oui, dit Terry, apparemment aussi fatigué que moi, tout à coup. Moi aussi, elle m'a plu. Tu sais, je m'en veux de ne pas être allé te voir à l'hôpital. Quand on m'a dit que tu étais blessée, je voulais passer. Mais je n'ai pas pu tout de suite, et brusquement tu étais dans la baignoire.

— Peu importe, dis-je. Où sont mes affaires ?

— Je ne sais pas.

— Comment, tu ne sais pas ?

— Je t'ai dit il y a trois minutes que tu m'as quitté !

— Quand ?

— Mmm... Le samedi.

— Quel samedi ? »

Il me jeta un coup d'œil soupçonneux, comme s'il se demandait encore si je le menais en bateau.

« Le samedi 12 janvier. Vers midi, précisa-t-il.

— Alors, ça remonte à... » Je calculai rapidement. « Seize jours ! Je ne me souviens de rien. Rien, rien, rien. » De nouveau, je me sentais prête à pleurer. « Je n'ai pas laissé d'adresse ?

— Tu as parlé d'aller chez Sandy, je crois. Mais seulement pour la nuit.

— Et ensuite ?

— Aucune idée.

— Oh, mon Dieu », murmurai-je en me prenant la tête entre les mains. « Mais alors, où vais-je aller maintenant ?

— Tu pourrais rester ici quelques jours, suggéra-t-il. Ça ne me dérange pas. Le temps de t'organiser. Comme ça, nous pourrions reparler de... Je ne sais pas. Parler. »

J'observai Terry un moment, assis dans son nuage de tabac. Et je pensai à cette femme, cette femme que j'avais oubliée – moi ? –, qui avait pris sa décision et qui était partie seize jours plus tôt.

« Non, dis-je. Non, il y a trop de choses que je dois tirer au clair. Toutes sortes de choses. »

Je regardai autour de moi. Je ne sais plus qui a dit que lorsqu'on laisse un objet à soi quelque part, cela signifie qu'on a le désir de revenir. Aussi décidai-je de faire le contraire et

129

d'emporter quelque chose, n'importe quoi qui m'appartînt. Il y avait un petit globe en jade sur la cheminée, le cadeau de Terry pour mon vingt-septième anniversaire – le seul que nous eussions passé ensemble. Je le pris. Il m'observa d'un air interrogateur.

« Il est à moi, expliquai-je. C'est toi qui me l'as offert pour mon anniversaire. »

Je me dirigeai vers la porte, mais une pensée embarrassante me vint.

« Excuse-moi, Terry, dis-je. Je ne sais pas où est passé mon sac. Je n'ai pas un sou sur moi. Peux-tu me prêter un peu d'argent liquide ? Dix ou vingt livres. Ce que tu as. »

En soupirant, Terry se leva et alla prendre sa veste sur le dossier du sofa. Il fouilla dans son portefeuille.

« Je peux te donner quinze livres, dit-il. Désolé, mais j'ai besoin du reste pour ce soir.

— Ça ira. Merci. »

Il compta soigneusement l'argent comme s'il payait le livreur de journaux. Un billet de dix livres, trois pièces d'une livre et une poignée de ferraille. Je pris le tout.

3

Le ticket de métro pour la lointaine station de Kennington me coûta deux livres quatre-vingts, et je laissai tomber une pièce de vingt pence dans l'étui ouvert d'un violoniste qui jouait *Yesterday* au pied de l'escalier mécanique sans vraiment réussir à attirer l'attention des passagers rentrant de leur travail. Ensuite, je dépensai encore cinq livres pour acheter une bouteille de bourgueil à apporter en arrivant à Kennington. Il me restait exactement sept livres, glissées au fond de ma poche. J'y enfonçais régulièrement la main pour vérifier qu'elles étaient toujours là : un billet plié en quatre et cinq pièces. Je transportais un sac plein de vêtements que je ne connaissais pas, ceux dont j'étais vêtue quand l'ambulance m'avait emmenée à l'hôpital six jours plus tôt. Six jours seulement... À part cela, j'avais un globe en jade. Et en me hâtant le long du trottoir, la tête baissée contre le vent et le nez rouge, je me sentais dangereusement peu encombrée – comme si, dépourvue de tout l'attirail de mon ancienne vie, j'étais devenue ectoplasmique et insignifiante et pouvais être emportée à la dérive comme une plume.

C'était une chose dont j'avais rêvé quand j'étais à l'hôpital : marcher dans une rue froide, une bouteille de vin à la main, pour rendre visite à une vieille amie. Mais à présent, je ne cessais de jeter des coups d'œil de tous côtés pour voir qui était cette personne qui me dépassait, cette autre qui marchait derrière moi. Pourquoi n'avais-je pas remarqué jusqu'alors combien les gens ont une apparence étrange, surtout l'hiver, quand ils sont emmitouflés dans des manteaux et des bonnets et semblent repliés en eux-mêmes ? Mes vieilles chaussures ne cessaient de déraper sur le verglas. Alors que j'étais presque arrivée, un homme avança la main vers moi pour m'aider à traverser la rue luisante, mais je dégageai mon bras avec force et il me regarda, ébahi.

« Sois chez toi, sois chez toi », murmurai-je en appuyant sur la sonnette de Sandy. J'attendis. J'aurais dû téléphoner d'abord. Que ferais-je si elle était sortie, ou absente de Londres ? Mais elle s'éloignait rarement à cette heure. Pippa n'avait que six ou sept semaines et Sandy était devenue bienheureusement casanière. Je sonnai de nouveau.

« J'arrive ! » dit une voix. Je distinguai sa silhouette à travers le verre dépoli de la porte. « Qui est-ce ?

— Abbie, répondis-je.

— Abbie ! Je te croyais encore à l'hôpital ! Une seconde. »

Je l'entendis pousser un juron et se débattre avec les deux serrures, puis la porte s'ouvrit d'un coup et elle apparut, avec Pippa dans les bras dont seule une petite partie du visage, rose et plissé, était visible entre les épaisses serviettes qui l'enveloppaient.

« J'étais en train de lui donner son bain... », commença-t-elle. Elle s'interrompit et ouvrit de grands yeux : « Mon Dieu ! Dans quel état tu es !

— J'aurais dû téléphoner avant de venir. Seulement, je... Excuse-moi. J'avais besoin de te voir.

— Mon Dieu ! » répéta-t-elle en s'écartant pour me laisser entrer.

Lorsqu'elle eut refermé la porte derrière nous, je me retrouvai dans une atmosphère chaude et douceâtre : l'air sentait le talc, le lait, la crème hydratante, le vomi, le savon... Je fermai les yeux et inspirai profondément.

« Quel bonheur ! » dis-je. J'approchai mon visage de celui de Pippa. « Bonjour, petit bout de chou. Tu te souviens de moi ? » Pippa ouvrit la bouche et je vis une minuscule grotte rose et proprette, avec tout au bout une adorable luette. Elle poussa un petit cri perçant. « Non ? Oh, ça ne m'étonne pas beaucoup. Moi non plus, je ne me souviens plus guère de moi.

— Qu'est-ce qui a bien pu t'arriver ? » demanda Sandy,

abasourdie. Elle serra Pippa plus fort contre elle et la secoua très doucement, de ce geste instinctif que semblent avoir toutes les mères. « Tu as l'air...

— Je sais. D'une déterrée. » Je posai le globe en jade sur la table. « C'est pour la chambre de Pippa.

— Qu'est-ce que je peux t'offrir ? Attends, assieds-toi. Pousse ce paquet de couches.

— Est-ce que je peux avoir un biscuit, ou du pain beurré, n'importe quoi ? Je suis un peu flageolante.

— Bien sûr. Mon Dieu, qu'est-ce qui t'a mise dans cet état ? »

Pippa poussa quelques geignements aigus et Sandy la souleva davantage, jusqu'à ce que sa tête touchât son menton. « Chchchut, tout va bien », dit-elle de cette nouvelle voix chantonnante que ni moi ni personne ne lui avait jamais connue jusqu'à la naissance de Pippa. « Calme-toi, calme-toi, mon ange.

— Elle a besoin que tu t'occupes d'elle, et voilà que je débarque au mauvais moment.

— Elle a faim, c'est tout.

— Fais-la manger. Je peux très bien attendre.

— Tu es sûre ? Alors, tu pourrais nous préparer du thé. Tu sais où sont les choses. Il y a des biscuits au chocolat dans le placard, je crois. Sers-toi.

— J'ai apporté une bouteille de vin.

— Je l'allaite. Je ne devrais pas, tu sais ?

— Bois-en un tout petit verre et je finirai le reste !

— Je vais la changer et je lui donnerai le sein ici. Je veux que tu me racontes tout. Mon Dieu, que tu es maigre ! Combien de kilos as-tu perdu ?

— Sandy...

— Oui ? »

Elle se retourna sur le seuil de la pièce.

« Est-ce que je peux rester ici ?

— Rester ?

— Pas pour longtemps.

— Bien sûr. Seulement, je suis surprise que tu me le demandes, répondit-elle. Tu sais que je ne peux t'offrir que le canapé, et les ressorts sont dans un triste état. Sans compter Pippa qui se réveille plusieurs fois dans la nuit.

— Aucune importance.

— C'est ce que tu as dit la dernière fois, objecta-t-elle. Mais après la première nuit...

— La dernière fois ?

— Oui. » Elle me regarda bizarrement.

« Je ne m'en souviens pas, avouai-je.

— Quoi ?

— Je ne m'en souviens pas. J'ai perdu la mémoire. » J'étais si fatiguée que je me sentais prête à tomber. Sandy me fixait avec des yeux ronds.

« Tu vas m'expliquer tout ça, dit-elle enfin. Mets-toi à l'aise, mange, fais ce que tu veux. Je reviens dans cinq minutes, pas plus. »

J'ouvris la bouteille de bourgueil et remplis deux verres, puis je bus une gorgée du mien et la tête me tourna aussitôt. Il fallait absolument que je mange quelque chose. Je fourgonnai dans les placards et trouvai un paquet de chips que je mangeai debout, si voracement que je faillis m'étouffer. Puis je bus précautionneusement une autre gorgée de vin et m'assis de nouveau sur le canapé. Les élancements dans ma tête avaient recommencé, les yeux me brûlaient à force de fatigue et l'entaille près de ma tempe me démangeait très fort. Mais je me sentais merveilleusement au chaud et en sûreté ici, dans ce petit rez-de-chaussée, où des vêtements de bébé séchaient sur les radiateurs et où la table s'ornait d'un grand vase de chrysanthèmes orange sombre, pareils à des flammes.

« Tout va bien ? » Sandy était de retour. Elle s'assit près de moi, déboutonna son corsage et ôta son soutien-gorge. Elle souleva Pippa jusqu'à son sein, puis s'appuya au dossier en soupirant. « Bon, raconte-moi maintenant. C'est cette brute de Terry, je suppose ? Tu es encore couverte de bleus. Tu n'aurais jamais dû retourner là-bas. Et moi qui te croyais partie en vacances !

— En vacances ? répétai-je.

— Tu m'as dit que tu allais t'occuper d'une réservation.

— Je ne suis pas partie en vacances, dis-je.

— Qu'est-ce qu'il t'a fait, cette fois ?

— Qui ?

— Terry, bien sûr. » Elle me dévisagea d'un air inquiet. « Abbie, tu ne te sens pas bien ? »

134

Je ne répondis pas et demandai :

« Qu'est-ce qui te fait croire que c'est Terry ?

— C'est évident. Surtout après la dernière fois. Oh, ma pauvre chérie !

— La dernière fois ? Qu'est-ce que tu veux dire ?

— Quand tu es venue après qu'il t'avait frappée.

— Alors il m'a bel et bien frappée ! murmurai-je.

— Oui. Et violemment. Abbie, tu dois bien t'en souvenir !

— Justement, non. Rafraîchis-moi la mémoire, s'il te plaît. »

Sandy me regarda de nouveau, déroutée, se demandant sans doute si je plaisantais.

« C'est incroyable ! s'exclama-t-elle. Vous vous êtes disputés, il t'a frappée, tu l'as quitté et tu es venue ici. Tu m'as dit que cette fois, c'était fini pour de bon entre vous deux. Tu étais très décidée. Optimiste, même, pour ne pas dire heureuse. Mais si je comprends bien, tu as changé d'avis.

— Non. » Je secouai la tête. « En tout cas, je ne me le rappelle pas. Mais ce n'est pas Terry qui m'a brutalisée.

— Je ne comprends rien à ce que tu racontes. » Encore une fois, elle me regarda fixement, en fronçant les sourcils. Puis elle baissa les yeux vers Pippa.

« J'ai reçu un coup sur la tête, expliquai-je enfin. Maintenant, j'ai un énorme trou de mémoire. Je ne souviens pas d'avoir quitté Terry, ni d'être venue ici, ni de rien. »

Elle poussa un petit sifflement entre ses dents, sans que je pusse déterminer s'il exprimait la stupeur ou l'incrédulité.

« Tu veux dire... une commotion cérébrale ? Qui t'a rendue amnésique ?

— Oui. En gros, c'est ça.

— Alors, tu ne te rappelles vraiment rien ?

— Non. Vraiment rien.

— Tu ne te rappelles même pas que tu as quitté Terry ?

— Non.

— Ni que tu es venue ici ?

— Non.

— Ni ton départ le lendemain ?

— Je suis partie le lendemain ? Oui, je suppose que oui. Je n'ai laissé aucune affaire, n'est-ce pas ? » Je fermai un instant les yeux. « Où suis-je allée ?

— Ça non plus, tu ne t'en souviens pas ?

— Non. » J'étais lasse de répéter toujours la même chose. « Tu es allée chez Sheena et Guy.

— Alors, c'était le dimanche ?

— Je crois. Oui, le dimanche. Ces temps-ci, j'ai tendance à mélanger les jours de la semaine. Avec Pippa, ils se ressemblent beaucoup !

— Et ensuite, tu ne m'as pas revue jusqu'à aujourd'hui ?

— Non. Tu m'as dit que tu voulais partir en vacances. » Pour toute réponse, je poussai un profond soupir. « Abbie, dit Sandy d'un ton pressant, raconte-moi ce qui s'est passé. Toute l'histoire. »

Toute l'histoire... Je bus une gorgée de vin et la regardai, tandis qu'elle murmurait des mots tendres à son bébé. J'avais intensément besoin de me confier à quelqu'un, d'ouvrir les vannes, de laisser se déverser la souffrance de ce qui m'était arrivé : la terreur dans le noir, la honte, l'horrible, vertigineuse solitude, l'impression d'être morte. De confier aussi ce qui s'était passé avec la police, la cruauté de voir toute cette souffrance retournée contre moi. Et il fallait que ce quelqu'un eût en moi une confiance solide comme le roc. Sinon... Je finis mon verre et m'en versai un deuxième. Si ce n'était pas Sandy, alors qui ? Sandy était ma meilleure, ma plus vieille amie. C'était vers moi qu'elle s'était tournée quand Bob l'avait plaquée alors qu'elle était enceinte de huit mois. Si elle ne me croyait pas, qui me croirait ?

J'inspirai profondément. Et je lui racontai tout, la planche, le nœud en fil de fer, la cagoule, le seau, le rire rauque dans l'obscurité. La certitude de mourir. Elle m'écouta sans m'interrompre, hormis quelques petits cris d'effroi et autres exclamations étouffées. Je ne pleurai pas. Je pensais que j'allais pleurer et qu'elle me serrerait dans ses bras, me caresserait les cheveux comme si j'étais Pippa. Mais j'étais sans larmes, dépassionnée, froide, et je lui fis le compte rendu des événements – depuis mon réveil dans la cave jusqu'à mon arrivée chez elle un moment plus tôt – d'un ton calme et presque indifférent.

« À ton avis, est-ce que je suis en train de devenir folle ? demandai-je quand j'eus terminé.

— Ils ne t'ont pas crue ! Comment ont-ils pu ne pas te croire ? Quelles brutes !

— Ils ont pensé que j'étais mentalement fragilisée. Donc, que tout ce que je disais relevait de la mythomanie.

— Comment aurais-tu pu inventer des choses pareilles ? Et dans quel intérêt, d'abord ?

— Je ne sais pas. Une forme de fuite. L'envie d'attirer l'attention. On peut trouver toutes sortes de raisons.

— Mais pourquoi, à la fin ? Pourquoi ne t'ont-ils pas crue ?

— Parce qu'il n'y a aucune preuve, dis-je sombrement.

— Aucune ?

— Pas la moindre.

— Oh. Je vois. » Nous gardâmes le silence quelques instants. « Et maintenant, qu'est-ce que tu vas faire ?

— Ça non plus, je n'en sais rien. Je ne sais pas par où commencer, Sandy. Je n'ai aucune idée de ce que je dois faire. Quand je me lèverai demain matin, je ne sais pas où il faut que j'aille, qui je dois rencontrer, qui je dois être, même ! C'est comme si je recommençais ma vie de zéro. À partir d'un énorme blanc. Je n'ai pas de mots pour te dire à quel point c'est bizarre. À quel point c'est affreux. J'ai l'impression de subir une expérience inventée pour me rendre folle.

— Tu dois être furieuse.

— Oui. C'est le moins qu'on puisse dire.

— Et puis... Tu dois avoir peur, non ?

— Une peur bleue. »

La pièce bien chauffée me sembla tout à coup très froide.

« Parce que, reprit Sandy, suivant le cours de ses pensées, si ce que tu dis est vrai, cet homme peut être n'importe où. Peut-être à ta recherche.

— Exactement. »

Le mal était fait. Nous avions toutes les deux entendu le mot qui était sorti de sa bouche. Si. Si ce que je disais était vrai, si mon récit n'était pas le produit de mon imagination. Je la regardai et elle baissa les yeux vers Pippa, en lui parlant de sa douce voix de maman – bien que Pippa dormît à poings fermés maintenant, la tête penchée d'un côté comme celle d'un ivrogne, sa petite bouche entrouverte, un bouton de lait sur la lèvre.

« Qu'est-ce que tu veux manger ? demanda-t-elle. Tu dois être affamée ! »

Je ne voulais pas faire comme si de rien n'était.

« Tu ne sais pas si tu dois me croire ou non, n'est-ce pas ?

— Ne dis pas de bêtises, Abbie. Bien sûr que je te crois. Évidemment. Je te connais depuis trop longtemps pour... »

Elle s'interrompit.

« Merci », dis-je sans insister.

Mais je savais, et elle savait que je savais, qu'elle n'était pas complètement sûre. Le germe du doute avait été planté, et désormais il allait croître et prospérer. Au reste, comment lui en vouloir ? Mon récit d'épouvante façon roman gothique contre le jugement sain, pondéré, raisonnable de toutes les personnes compétentes que j'avais croisées. À sa place, j'aurais douté aussi.

Je préparai un en-cas pendant que Sandy mettait Pippa au lit. De la soupe et des sandwiches au bacon frit, avec d'épaisses tranches de pain que je trempai d'abord dans la graisse de la poêle. Le tout salé, écœurant, savoureux. Et deux grands bols de thé. L'appartement de Sandy aurait dû m'apparaître comme un paisible refuge après mes épreuves et celles qui m'attendaient peut-être, mais cette nuit-là, sur son canapé fatigué, je dormis d'un sommeil agité et intermittent : plusieurs fois, je me réveillai de cauchemars où je courais, trébuchais, tombais, et me redressai sur ma couche le front baigné de sueur et le cœur battant à toute force. Pour ne rien arranger, Pippa pleura à plusieurs reprises, d'une voix suraiguë et butée. Les murs de l'appartement étaient minces et c'était comme si nous nous trouvions dans la même pièce. Le matin venu, je m'en irais : impossible de passer une deuxième nuit ici.

« C'est exactement ce que tu as dit la dernière fois », observa Sandy d'un ton joyeux quand je le lui annonçai à six heures du matin. Son visage était frais comme une rose sous le flot de ses doux cheveux châtains tout emmêlés.

« Je ne sais pas comment tu tiens le coup, dis-je en bâillant. Moi, j'ai besoin de mes huit heures, dix quand c'est possible, et douze le dimanche matin ! Je vais demander à Sheena et Guy de m'héberger. Ils ont de la place. Juste le temps de reprendre pied...

138

— Ça aussi, tu l'as dit la dernière fois.

— Alors, c'est sûrement une bonne idée. »

Je partis dans le petit matin. Il avait de nouveau neigé pendant la nuit, et tout, jusqu'aux poubelles, jusqu'aux vieilles voitures cabossées, était d'une beauté presque surnaturelle dans la lumière pâle. Je marchai vers la rue toute proche où habitaient Sheena et Guy, mais fis halte en chemin quand je passai devant une boulangerie pour acheter trois croissants, mon offrande propitiatoire, si bien qu'il me resta exactement cinq livres et vingt pence. Il fallait que j'appelle ma banque au plus vite. Quel était mon numéro de compte ? J'eus un instant de panique en pensant que je ne m'en souviendrais peut-être pas, et qu'une foule de détails de ma vie avaient disparu et continuaient de disparaître, comme si mon cerveau était un ordinateur dont un curseur affolé effaçait toutes les données.

Il n'était pas encore sept heures quand je frappai à la porte. Les rideaux au premier étage étaient tous tirés. J'attendis un laps de temps convenable, puis frappai de nouveau, plus longtemps et plus fort. Je reculai et levai les yeux. Un rideau frémit et s'entrouvrit, et je reconnus un visage et des épaules nues derrière la fenêtre.

Sheena, Sandy et moi nous connaissons depuis plus de quinze ans : plus de la moitié de nos vies. À l'école, nous formions un trio plutôt querelleur, qui se séparait et se reformait souvent. Mais nous avons traversé l'adolescence ensemble : les premières règles, les premiers petits amis, et puis les examens, les espoirs... Maintenant, Sandy avait son bébé, Sheena un mari qu'elle adorait, et moi... Moi, je n'avais pas grand-chose, hormis une histoire atroce à raconter. J'agitai la main avec véhémence et l'expression sur le visage de Sheena passa du mécontentement à la surprise teintée d'inquiétude. Elle disparut, et quelques instants plus tard elle m'ouvrit la porte, vêtue d'un volumineux peignoir blanc, ses cheveux noirs en petites nattes autour de son visage mal réveillé. Je lui fourrai dans les mains le sachet de croissants.

« Excuse-moi d'arriver par surprise, dis-je. Il était trop tôt pour téléphoner. Je peux entrer ?

139

— Tu as l'air d'un fantôme ! s'exclama-t-elle. Qu'est-ce que tu as au visage ? »

Cette fois, je donnai de mon récit une version résumée. Je parlai aussi vaguement que possible de la police. À l'évidence, Sheena et Guy trouvèrent mes propos assez confus, mais ils m'accueillirent à bras ouverts et me témoignèrent la plus affectueuse des sollicitudes. Ils s'empressèrent de m'apporter du café, puis me proposèrent un bain, une douche, des vêtements, de l'argent, mirent à ma disposition leur téléphone, leur voiture et leur chambre d'amis pour aussi longtemps que je voudrais.

« Bien sûr, dans la journée, nous serons au travail. Mais fais absolument comme chez toi.

— Ai-je laissé certaines de mes affaires chez vous ?

— Tes affaires ? Non. Peut-être une ou deux bricoles oubliées.

— Combien de temps suis-je restée ? Rien qu'une nuit ?

— Non. Enfin, si, d'une certaine façon.

— Comment ça, d'une certaine façon ?

— Tu as dormi ici la nuit du dimanche au lundi, et le lundi soir tu n'es pas revenue. Tu as laissé un message sur le répondeur où tu disais que tu avais trouvé où te loger. Ensuite, tu es passée prendre tes affaires le mardi, en nous laissant un petit mot. Et deux bouteilles d'un excellent morgon.

— Mais où suis-je allée ensuite ? »

Ils n'en savaient rien. Apparemment, je ne leur en avais rien dit. Tout ce qu'ils pouvaient m'apprendre, c'est que j'étais quelque peu surexcitée ce dimanche-là, que j'avais bavardé jusqu'à une heure très avancée de la soirée, en buvant du vin et en faisant de beaux projets d'avenir, et que le lendemain j'étais partie. En m'expliquant tout cela, ils se jetèrent un ou deux regards furtifs et je me demandai ce qu'ils me cachaient. M'étais-je conduite grossièrement ? Avais-je vomi sur la moquette ? J'allai faire un brin de toilette, et quand je les rejoignis dans la cuisine, ils s'apprêtaient à partir travailler et se parlaient à voix basse, leurs deux visages tout près l'un de l'autre et l'air soucieux ; mais quand ils m'aperçurent, ils se turent et me sourirent, prétendant que leur conversation avait porté sur l'organisation de la soirée.

Eux aussi, pensai-je ; et je détournai les yeux comme si je

n'avais rien remarqué. Il en irait toujours ainsi, surtout quand Sheena et Guy auraient parlé à Sandy, et qu'ils auraient tous les trois parlé à Robin, et à Carla, et à Joey, et à Sam. Je les imaginai se téléphonant les uns aux autres. Tu es au courant, pour Abbie ? C'est terrifiant, non ? Qu'est-ce que tu en penses, je veux dire qu'est-ce que tu en penses vraiment ? Entre nous...

L'amitié est en grande partie affaire de délicatesse et de tact. On ne veut pas savoir ce que nos amis disent de nous à d'autres amis, à leurs femmes ou leurs maris, à leurs amants ou maîtresses. On ne veut pas savoir ce qu'ils pensent réellement, ni sonder jusqu'où va leur confiance. Ou du moins, il faut une certaine témérité pour s'y risquer, car on s'expose à ne pas aimer ce qu'on va découvrir.

4

Je n'avais pas le choix : il me restait à peine plus de cinq livres et il me fallut bien emprunter de l'argent à Sheena et Guy. Ils se montrèrent très gentils. Bien sûr, « être très gentils » impliqua tout un remue-ménage avec ouverture de tiroirs et fouille précipitée de poches, de sac et de portefeuilles, dents serrées d'impatience, et pour finir la promesse de passer à la banque dans la journée. Je fus tentée de leur dire que cela n'avait aucune importance et que je pouvais me débrouiller sans argent – mais ce n'était pas vrai, je ne pouvais pas me débrouiller sans argent. Aussi un assortiment de billets et de pièces tomba-t-il dans mes mains, qui s'élevait à cinquante-deux livres. J'empruntai aussi à Sheena une culotte et un tee-shirt et fourrai les miens dans son panier à linge sale. Elle me demanda si j'avais besoin d'autre chose. Un vieux pull, dis-je, que je lui rendrais dans un jour ou deux. Elle passa dans sa chambre et m'en rapporta un en souriant, très beau et pas vieux du tout. Sheena était plus grande et plus dodue que moi, surtout en ce moment, mais je retroussai les manches et vis dans le miroir que je n'étais pas trop ridicule. Malgré tout, elle ne put garder complètement son sérieux.

« Excuse-moi, dit-elle. Ce rouge te va très bien, mais...

— J'ai l'air d'une fille des rues qui s'est battue avec des voyous. C'est ça ?

— Non, non, protesta-t-elle. Simplement, j'ai l'habitude de te voir avec une allure plus... plus adulte, peut-être. »

Quand ils partirent, j'eus le sentiment qu'ils étaient un peu inquiets de me laisser seule dans leur maison. Je ne sais s'ils craignaient que je fisse le vide dans le réfrigérateur ou le placard aux alcools, ou que je disparusse en leur laissant une note de téléphone à tomber à la renverse. À la vérité, je n'ouvris que l'armoire à pharmacie, en quête de paracétamol pour ma tête douloureuse ; quant aux communications téléphoniques, j'en passai quatre, mais toutes dans Londres. Je commandai un taxi pour neuf heures trente, car il n'était pas question pour moi de déambuler dans les rues toute seule. Puis j'appelai Robin à son travail. Elle ne pourrait pas déjeuner avec moi, me dit-elle. Je répliquai que c'était indispensable. Elle avait déjà rendez-vous avec une autre personne. « Désolée, dis-je, mais il va falloir te décommander. » Un silence, puis elle soupira : « Bon, d'accord. »

Sans souci à l'idée qu'il me faudrait des années pour rendre les faveurs que je réclamais, je dérangeai aussi Carla pour que nous nous rencontrions dans un café une heure après mon rendez-vous avec Robin, puis Sam pour qu'il me retrouvât dans un autre café vers cinq heures. Pas plus que Carla, il ne me demanda pourquoi. Sans doute savaient-ils déjà quelque chose. Sandy les avait-elle appelés ? Ç'aurait été compréhensible : moi aussi, je connaissais cette sensation de fièvre lorsqu'on a une nouvelle ahurissante à communiquer et qu'on passe dix coups de fil pour la répandre comme le virus de la typhoïde. Et je pouvais parfaitement imaginer ce qui s'était dit. Écoutez, tout le monde ! Vous savez ce qui est arrivé à Abbie ? Ou peut-être était-ce beaucoup plus simple. Écoutez, tout le monde, cette pauvre Abbie a perdu la raison. D'ailleurs, faites attention : elle va vous dépouiller de tout l'argent que vous avez sur vous.

Je regardai par la fenêtre, attendant l'arrivée du taxi. Quand il apparut au bout de la rue, je cherchai mon sac et me rappelai que je n'avais plus de sac. Je n'avais rien, excepté l'argent mendié à Sheena et Guy, que j'avais fourré dans ma poche. Je demandai au chauffeur de me conduire à la station Kennington, ce qui ne sembla guère le ravir. Il parut intrigué, aussi : c'était sans doute la première fois de sa carrière qu'il déposait une personne jeune et valide à une station de métro située à quelques rues de là. La course me coûta quand même trois livres cinquante.

Je descendis à Euston et passai sur un autre quai, pour prendre un autre métro jusqu'à Oxford Circus. Je changeai encore et regardai la carte en attendant. Oui, toutes ces lignes conduisaient vers des banlieues lointaines où j'étais sûre de n'avoir jamais mis les pieds. Une rame s'arrêta et j'y montai. Puis, à l'instant où les portes allaient se refermer, je redescendis. La rame se mit en route et pendant un instant, jusqu'à l'arrivée de nouveaux passagers sur le quai, je me retrouvai seule. Toute personne qui m'eût observée m'aurait prise pour une cinglée. Et bien sûr, je savais depuis le début que personne ne me suivait. Ç'aurait été impossible. Mais à présent, j'en avais la certitude absolue et je me sentais mieux. Un peu mieux, du moins. Je changeai encore de quai et pris le métro suivant jusqu'à Tottenham Court Road.

Je marchai jusqu'à l'agence la plus proche de la National Wesminster – ma banque –, et me sentis brusquement très lasse en poussant la porte. Les choses les plus simples de l'existence étaient devenues si compliquées ! Je n'avais plus d'appartement. Plus de vêtements. Plus d'argent. J'étais pareille à Robinson Crusoë, en plein centre de Londres. Et le pire, c'était qu'à toute personne que je rencontrais, j'étais obligée de fournir une version plus ou moins détaillée de mon histoire. Celle dont je gratifiai l'employée qui me reçut était des plus tronquées. Elle m'envoya à la « conseillère financière », une grande femme en tailleur turquoise à boutons dorés, assise à un bureau derrière une porte vitrée. Je dus attendre qu'elle eût fini d'ouvrir un compte à un homme qui semblait ne pas connaître un mot d'anglais. Quand ce fut terminé, elle me fit signe d'entrer avec une expression de soulagement. Elle ne savait pas ce qui l'attendait. J'expliquai que je voulais retirer de l'argent de mon compte, mais que j'avais été victime d'une agression et n'avais plus ni chéquier, ni carte de crédit. « Aucun problème, dit-elle. Tout papier d'identité avec une photographie ferait l'affaire. »

Je respirai profondément. Je n'avais plus non plus de papiers d'identité. D'aucune sorte. Je n'avais plus rien. Elle parut déroutée, presque effrayée.

« Alors, je suis désolée..., commença-t-elle.

— Mais il doit bien exister un moyen d'avoir accès à mon argent, dis-je. De plus, je dois faire opposition sur ma carte et mon chéquier et en commander d'autres. Je signerai tout ce que vous voudrez, je vous donnerai tous les renseignements que vous voudrez. »

Elle semblait toujours aussi dubitative. Plus que dubitative : soupçonneuse, et quasiment paralysée. Alors, je songeai à Jack Cross. De tous ceux qui m'avaient réexpédiée dans le monde sans autre forme de procès, il m'avait paru le plus attristé. Il m'avait même murmuré que si j'avais besoin d'aide, je pouvais m'adresser à lui.

« Un inspecteur de police était chargé de mon affaire, avançai-je. Vous pourriez l'appeler et il vous confirmera ce que je vous dis. »

J'écrivis le numéro sur un papier, et aussitôt l'inquiétude me saisit. Si Cross en disait trop long, je risquais de me trouver en plus fâcheuse posture encore. Elle considéra le numéro en fronçant les sourcils, puis me dit qu'elle devait consulter le directeur adjoint de l'agence. Il arriva au bout de quelques instants : un quinquagénaire très dégarni, portant un complet anthracite très élégant. Lui aussi semblait très ennuyé. Je crois qu'ils auraient été soulagés si j'avais piqué une colère et claqué la porte après les avoir copieusement insultés, mais je ne cédai pas. Il leur incombait de me laisser rentrer dans ma vie.

Cela prit un temps infini. Les coups de téléphone se succédèrent, après quoi ils me posèrent une foule de questions sur mon état civil, ma profession, mon compte, les factures que j'avais payées récemment. Ils me demandèrent le nom de jeune fille de ma mère. Je signai un tas de paperasses, et la femme en tailleur turquoise s'excita interminablement sur le clavier de son ordinateur. Finalement, fort à contrecœur, ils me remirent trois cents livres et me promirent qu'ils m'enverraient une nouvelle carte de crédit et un nouveau chéquier dans les quarante-huit heures, voire dès demain si j'avais de la chance. Je pris soudain conscience qu'ils les enverraient inévitablement chez Terry. J'allais leur dire de les expédier chez Sheena et Guy, mais je me ravisai : si en plus de tout le reste je demandais un changement d'adresse, ils risquaient fort de me jeter dehors. Je partis donc, deux liasses de billets enfoncées dans les poches de mes jeans. J'avais l'impression de sortir d'une maison de jeu.

Dès qu'elle me vit, Robin s'avança pour me serrer très fort dans ses bras ; mais sa sollicitude, je le compris vite, n'allait pas sans une certaine défiance. Il était facile de deviner pourquoi. Nous semblions appartenir à des espèces différentes. Robin est une jeune femme superbe, au beau visage méditerranéen, toujours habillée et maquillée avec le plus grand soin. Et moi, j'avais l'air de ce que j'étais : une pauvre fille larguée, sans domicile fixe, désœuvrée. Nous nous retrouvâmes devant l'agence de voyages qu'elle dirige. Elle n'avait pas réservé de table pour notre déjeuner, s'excusa-t-elle. Je répondis que cela m'était égal, et de fait, je m'en moquais bien. Nous nous contentâmes donc d'un bistro italien qui servait de bons sandwiches et nous assîmes au bar. Je commandai un grand café et un sandwich qui avait l'apparence d'une vitrine de traiteur entre deux très longues tranches de pain. J'avais une faim d'ogre. Robin se contenta d'un café. Elle sortit son portefeuille pour payer, et je ne protestai pas. Pour le moment, il me fallait économiser mon argent. Je ne savais pas ce que me coûterait ma vie de vagabonde.

« Sandy m'a appelée il y a une heure, dit-elle.

— Tant mieux, marmonnai-je, la bouche pleine de pain, de crudités et de charcuterie.

— Ce qui t'est arrivé... J'ai peine à y croire ! Tout le monde est horrifié. Si je peux te rendre service, de n'importe quelle façon...

— Que t'a raconté Sandy ?

— Elle s'est bornée à l'essentiel, je crois. »

Ce fut Robin, cette fois, qui me donna une version de mon histoire. Et c'était un soulagement de l'entendre au lieu de la raconter.

« Est-ce que tu vois quelqu'un ? demanda-t-elle quand elle eut fini.

— Qu'est-ce que tu veux dire ?

— Un docteur.

— Je sors à peine de l'hôpital ! protestai-je.

— Oui, mais Sandy m'a parlé de ta blessure à la tête. »

Je venais de mordre gloutonnement dans mon sandwich et la conversation s'interrompit, le temps pour moi de mâcher et d'avaler.

« Voilà justement de quoi je voulais te parler, Robin. Entre autres. Sandy a raison, j'ai reçu une commotion cérébrale, et c'est en partie ce qui a causé l'incrédulité des médecins et de la police. Une des choses que je m'efforce de faire, c'est reconstruire ce qui s'est passé pendant ces jours qui sont effacés de ma mémoire. Par exemple – et j'ai presque honte de te l'avouer –, j'avais oublié que j'avais quitté Terry. C'est bête, non ? Et rageant. J'arrive enfin à me ressaisir et à prendre la seule décision sensée, et deux semaines après je ne m'en souviens même plus. Mais peu importe. En gros, si j'étais policier et que je te demandais quand tu as vu Abbie Devereaux pour la dernière fois, que répondrais-tu ?

— Pardon ?

— Bon sang, Robin, c'est pourtant simple ! Quand m'as-tu vue pour la dernière fois ?

— Tu as raison, c'est très simple. » Elle se concentra quelques instants. « Je savais que tu avais quitté Terry, parce que tu me l'avais annoncé au téléphone. Nous nous sommes vues le lendemain. Un dimanche, en fin de matinée.

— Attends une seconde. Le dimanche 13 ?

— Oui. Nous avons fait les boutiques de Kensington High Street. Tu dois t'en souvenir.

— Absolument pas. Qu'est-ce que j'ai acheté ? »

Elle me fixa des yeux, ahurie.

« Tu blagues ou quoi ? Moi, j'ai acheté des chaussures fabuleuses. Soldées à trente-cinq livres, alors qu'elles coûtaient un prix exorbitant, cent soixante livres ou quelque chose comme ça.

— Mais moi ? »

Robin sourit.

« Je me souviens très bien, maintenant. Nous avions pris rendez-vous par téléphone la veille au soir. À ce moment-là, tu étais un peu sur les nerfs, mais le matin tout allait bien. Tu étais très en forme, mieux que je ne t'avais vue depuis des lustres. Tu m'as dit que tu te sentais pleine d'optimisme et que tu voulais rénover ta garde-robe pour l'harmoniser à ta nouvelle vie. Tu t'es acheté une superbe robe courte, couleur feuille morte. En velours frappé. Des bas de soie et des sous-vêtements. Des chaussures pour aller avec la robe. Et un manteau. Très spectaculaire, le manteau. Long, bleu nuit. Tu as dépensé une fortune. Mais tu as bien fait, c'était de l'argent

147

dépensé à bon escient. Ensuite, tu as eu un fou rire en pensant que tu venais de claquer tant d'argent juste au moment où tu venais de quitter ton travail.

— Oh, non ! Ne me dis pas que j'ai quitté mon travail en même temps que Terry !

— Si. Tu ne te rappelles pas ? Mais tu semblais en être très contente.

— Alors, je n'ai plus de boulot ? »

Le sol sembla se dérober sous mes pieds. De nouveau, le monde avait changé : il était plus gris, plus froid.

« Abbie ? »

Robin paraissait inquiète. Je cherchai hâtivement quelque chose à dire.

« Quand nous sommes-nous vues pour la dernière fois ?

— Nous avons déjeuné, puis nous avons décidé de nous retrouver pour prendre un verre. Le jeudi suivant, je crois. Mais la veille, tu as téléphoné pour te décommander.

— Pourquoi ?

— Tu m'as parlé d'un imprévu. Et tu t'es excusée.

— Un imprévu heureux ? Comment étais-je ? Gaie ou triste ?

— Difficile à dire. Ta voix était... un peu nerveuse, peut-être. Mais la conversation a été très courte.

— Et ensuite, plus de nouvelles ?

— Non. Plus de nouvelles. » Robin me regarda longuement tandis que je finissais mon sandwich. « Est-ce que tout cela ne pourrait pas être une espèce de malentendu ?

— Tu veux dire mon agression et ma séquestration par un homme qui disait qu'il allait me tuer et qu'il avait déjà tué d'autres femmes ? Cette partie-là de mon histoire ?

— Je ne sais pas.

— Robin, dis-je lentement. Tu es une de mes plus vieilles amies et je veux que tu sois franche avec moi. Est-ce que tu me crois ? »

À ces mots, Robin prit ma tête entre ses longues mains soignées, m'embrassa sur les deux joues, puis m'écarta pour m'observer d'un long regard affectueux.

« Le problème, dit-elle, c'est que si tout ça est vrai – et je ne doute pas que ce soit vrai –, je trouve l'idée complètement insupportable.

148

— Alors, je ne sais pas ce que tu en penserais si tu étais à ma place. »

Ma rencontre avec Carla donna lieu à force effusions, larmes et promesses d'amitié indéfectible, mais ne m'apprit strictement rien. Elle avait été absente de Londres pendant la période qui m'intéressait, et ce qu'elle put me dire se résuma à ceci : j'avais laissé un message sur son répondeur lui demandant de me rappeler ; à son retour, elle m'avait appelée chez Terry et m'avait laissé un message à son tour. C'était tout.

Sam est aussi un ami de très longue date, et je suis toujours un peu éberluée que le garçon inlassablement fêtard que j'ai vu si souvent jadis dans les soirées d'étudiants, un joint à la main et entraînant les filles dans les chambres, soit maintenant avocat, porte complet sombre et cravate, et doive faire semblant d'être un monsieur rangé de neuf heures du matin à six heures du soir. Paradoxalement, il m'arrive aussi d'avoir une sorte de prescience du visage que présentera ce très sexy et très élégant membre du barreau de vingt-huit ans quand il en aura quarante.

« Oui, nous nous sommes vus, me dit-il. Nous avons pris un verre le dimanche 13, dans la soirée. » Il sourit. « Ça me vexe un peu que tu ne te le rappelles pas, ajouta-t-il. Tu t'étais installée chez Sheena et Guy. Tu m'as un peu parlé de Terry. Mais pas beaucoup. Je croyais que tu voulais me voir pour te plaindre de tout ce que tu avais enduré avec ce mufle. Et ingrat, avec ça. Ingrat, parce qu'il n'a pas compris la chance qu'il avait de vivre avec toi. Mais tu m'as surtout paru très joyeuse. Donc, tu ne te souviens vraiment de rien ? »

Oh, si, je me souvenais. Non de notre rencontre, mais d'autres scènes, et je devinais comment les choses avaient dû se passer. Sam et moi avons toujours été bons amis, jamais amants, et j'ai souvent eu l'impression qu'il en éprouvait quelques regrets. Peut-être avait-il vu ma rupture avec Terry comme une occasion qui s'offrait à lui. Moi aussi, l'idée d'une aventure avec Sam m'avait parfois traversé l'esprit. Mais de toute évidence, l'Abbie qui avait pris un verre avec lui ce soir-là avait décidé que non. Que mieux valait rester amis.

Je bus une gorgée de mon quatrième café de l'après-midi.

Ma tête bourdonnait sous l'effet de la caféine et d'un sentiment croissant d'étrangeté. Je n'avais pas découvert grand-chose, mais peut-être était-ce justement cela qui était intéressant. Je savais maintenant que j'avais choisi de ne pas passer les derniers jours avant mon enlèvement avec mes amis les plus proches. Avec qui, alors ? Et pour quoi faire ? Surtout : quelle femme, quelle Abbie avais-je été ?

« Quelles mesures comptes-tu prendre ? demanda Sam, dans son style juridique.

— Quelles mesures ?

— Eh bien, si ce que tu dis... Plus exactement, d'après ce que tu dis, cet homme doit rôder dans Londres, et il sait que tu n'es pas très loin. Alors, quelles mesures comptes-tu prendre pour te protéger ? »

Une autre gorgée de café. C'était la question qui hurlait quelque part dans mon cerveau, et que j'avais essayé d'ignorer.

« Je ne sais pas, répondis-je. Me cacher. Que puis-je faire d'autre ? »

5

Je n'avais pas pris rendez-vous et l'on m'annonça qu'il me faudrait attendre au moins cinquante minutes, mais peu m'importait. Je n'avais de toute façon pas d'autre endroit où aller, et il faisait chaud dans ce salon. Je m'y sentais en sûreté. Je m'installai dans un fauteuil profond et feuilletai des magazines en papier glacé. Au bout d'un moment, Penny, la jeune femme qui devait s'occuper de mes cheveux, vint me chercher pour que je regarde des styles de coiffure qui pourraient me plaire ; aussi observai-je des stars du cinéma et de la pop music, diverses célébrités souriant de toutes leurs cinquante-deux dents, et m'efforçai-je d'imaginer mon visage sous leurs coupes de cheveux. L'ennui, c'est que la personne à qui je ressemblerais le plus, c'était encore et toujours moi.

La nuit commençait à tomber. De l'autre côté de la devanture, des gens marchaient avec effort, enveloppé dans leurs manteaux, leurs chapeaux, leurs écharpes, plissant le visage tant le froid était perçant. Des voitures, des camions passaient, faisant gicler de la neige fondue et boueuse. Mais à l'intérieur, tout était lumineux et tranquille, et l'on n'entendait que le bruit des ciseaux, le chuintement du balai sur le sol, rassemblant des mèches et des boucles en petits tas fragiles, et quelques murmures de conversations. Six personnes, toutes des femmes, étaient déjà entre les mains des coiffeurs. Elles étaient assises très droites, drapées dans de vastes blouses noires, ou appuyées aux lavabos pour se faire masser le cuir chevelu avec du shampooing et des crèmes de soin.

Cela sentait la noix de coco, la pomme, la camomille. Je fermai les yeux. J'aurais pu rester là des jours entiers.

« Vous avez décidé ?

— Très courts », dis-je, ouvrant les paupières.

Elle me conduisit jusqu'à un siège devant un grand miroir et se plaça derrière moi, passant les mains dans mes cheveux, la tête penchée de côté d'un air indécis.

« Très courts ? Vous êtes sûre ?

— Oui. Vraiment très courts. Pas en carré, pas à la Jeanne d'Arc, rien. Presque ras. Sans que ce soit trop agressif, quand même.

— Des mèches irrégulières, peut-être. Ou plutôt ébouriffées, façon néo-punk. Un peu moins ras sur le dessus, peut-être ?

— Oui. Ça me paraît bien. Mais d'abord, je voudrais une couleur.

— Une couleur ? Ça prendra une bonne heure de plus.

— J'ai tout mon temps. Quel genre de couleur me conseillerez-vous ?

— Mais vous avez de si jolis cheveux blonds...

— Merci, mais j'ai envie de changer, dis-je fermement. Je crois que j'aimerais bien une teinture rouge. Un rouge plutôt vif.

— Rouge ? » Elle souleva mes longs cheveux clairs d'un air consterné et les laissa glisser entre ses doigts. « Vous croyez que le rouge irait à votre teint ? Si nous essayions quelque chose de plus doux ? Un roux caramel, peut-être, un peu foncé, avec des mèches plus pâles...

— Est-ce que cela me changerait beaucoup ?

— Certainement ! »

Je n'ai jamais eu les cheveux courts. Petite, je refusais qu'on me les coupât si peu que ce fût : je voulais ressembler à Chen, ma camarade d'école taïwanaise, qui pouvait s'asseoir sur ses cheveux noirs aux reflets bleutés. Elle en faisait une énorme tresse, attachée au bout par un catogan en velours, et ils serpentaient derrière son dos, épais, luisants, comme s'ils étaient vivants. Je levai la main, caressai le dessus de ma tête, jetai un dernier coup d'œil.

« D'accord, dis-je. Allons-y, avant que je ne change d'avis !

— Je reviendrai quand la couleur aura pris. »

Une autre jeune femme s'occupa de me teindre les cheveux. Elle commença par appliquer une pâte épaisse, à l'odeur désagréablement chimique. J'étais assise sous une lampe et grillais de chaleur. Ensuite, elle déposa sur certaines mèches quelques traînées d'une matière moins épaisse et les enveloppa dans des papillotes en feuille d'aluminium. J'avais l'air d'une volaille soigneusement troussée avant de passer au four. De nouveau, je fermai les yeux. Je n'avais pas envie de regarder.

Plus tard, des doigts glissèrent parmi mes cheveux, puis de l'eau chaude coula sur mon crâne. Maintenant, je sentais les fruits, la forêt tropicale. On m'enroula une serviette autour de la tête, comme un turban, et quelqu'un posa une tasse de café devant moi. Dehors, la neige avait recommencé à tomber.

Quand Penny commença à couper, je fermai les yeux une fois de plus. J'entendais ses ciseaux aller bon train, et des mèches tombaient le long de mes joues. Bientôt, je sentis ma nuque bizarrement dénudée, et mes lobes d'oreilles, aussi. Penny vaporisa un peu d'eau sur mes cheveux et continua de couper avec énergie, sans parler, sauf pour me demander d'incliner la tête comme ceci ou comme cela. De temps en temps, elle se penchait pour souffler sur ma joue, où des cheveux s'accrochaient. Je finis par rouvrir les yeux et vis devant moi un petit visage tout pâle et tout nu. Mon nez et ma bouche paraissaient trop gros, mon cou trop maigre. Je les refermai et tâchai de penser à autre chose. Des choses à manger, par exemple. En sortant du salon de coiffure, j'irais m'acheter un gâteau chez le pâtissier que j'avais repéré en bas de la rue, quelque chose de sucré et d'épicé. À la poire et à la muscade, peut-être. Ou une tranche de gâteau à la carotte. Et puis, j'achèterais une pomme chez le fruitier d'à côté. Grosse, très verte, tape à l'œil.

« Voilà, dit Penny. Ça vous plaît ? »

Je me forçai à examiner le résultat. Dans mon visage dénudé, mes yeux paraissaient terriblement cernés, mes lèvres pâles et sèches. Je levai la main et touchai le mince et doux tapis de cheveux bistre rouge qu'avaient épargné les ciseaux.

« Très bien, dis-je. Tout à fait ce que je voulais. »

Penny déplaçait un miroir derrière ma tête pour me montrer ma coupe sous tous les angles. De dos, j'avais l'air d'un jeune collégien.

153

« Et vous, qu'est-ce que vous en pensez ? » demandai-je.

Elle évalua son œuvre.

« Mmm... Très énergique, répondit-elle.

— Alors, c'est parfait. »

Une sorte de gros pinceau balaya les derniers cheveux collés à ma nuque et à mon visage, le miroir s'inclina pour que je puisse apprécier mon nouveau profil, on me tendit ma veste et je me retrouvai dans le monde extérieur, ou de minuscules flocons de neige tourbillonnaient dans la nuit. Ma tête me semblait étrangement légère. Chaque fois que je voyais mon reflet dans une vitrine, je sursautais presque. À la pâtisserie, j'achetai un énorme gâteau aux pépites de chocolat saupoudré de cannelle et le mangeai en me dirigeant vers un grand magasin de vêtements.

Ces dernières années, je me suis toujours habillée de façon assez chic. La présentation faisait partie de mon travail et je suppose que je m'y suis habituée même en dehors. J'ai porté de beaux ensembles stricts, des vestes et des jupes bien coupées, des escarpins, de vrais bas de soie, sans jamais oublier d'en avoir une paire de rechange dans mon sac au cas où je les filerais. Des tenues d'une élégance discrète et raffinée, sans négliger la pointe de fantaisie nécessaire pour éviter l'excès de classicisme. Aussi achetai-je un assortiment de vêtements complètement différents : un pantalon noir très large, des pulls et des tee-shirts de couleurs vives, une paire de grosses bottines en cuir, un blouson à capuchon, noir, en peau de mouton grattée bordé de laine crue, un bonnet, une longue écharpe à rayures, des gants épais. Je fus tentée par un long manteau en cuir, mais je n'avais pas assez d'argent, ce qui était sans doute une bonne chose. Mais il m'en restait assez pour des sous-vêtements, quatre paires de chaussettes bien chaudes, une brosse à dents et du dentifrice, et quelques produits d'hygiène corporelle et de maquillage.

Devant un des grands miroirs en pied du magasin, je me regardai longuement et me retournai pour me voir de dos par-dessus mon épaule. Je levai le menton. Je n'étais plus Abbie la femme d'affaires, avec ses cheveux blonds noués en chignon et ses jolis souliers. J'étais maigre et presque sauvage, et mes clavicules saillaient. Le noir accentuait encore ma pâleur, bien que les contusions sur ma joue et mon front eussent pris d'étranges teintes brunes et jaunâtres. J'avais les cheveux hérissés, couleur noyer. Je ressemblais à un hibou. Et, comme je paraissais avoir seize ou dix-sept ans, à une lycéenne rebelle. Je me souris, souris à cette nouvelle Abbie dont le miroir me renvoyait l'image.

« Bien, dis-je à haute voix. Parfait. »

6

« Mon Dieu ! s'écria Sheena en ouvrant la porte.

— Qu'est-ce que tu en penses ?

— Dans le genre changement de look, on fait difficilement plus radical. Tu es quasiment méconnaissable.

— C'était le but recherché. Je peux entrer ? On se croirait en Sibérie, dehors. » Des flocons de neige glacée tombaient sur mon nez et mes joues et glissaient dans mon cou. Ma nouvelle coiffure était mouillée et aplatie.

Elle s'écarta et me fit entrer dans la maison bien chauffée.

« Je comprends, dit-elle. Seigneur ! Tu as l'air...

— Quoi ?

— Je ne sais pas. Beaucoup plus jeune.

— C'est mieux ?

— Oui, dit-elle, visiblement peu convaincue. Et plus petite, aussi, je ne sais pas pourquoi. Tu veux boire quelque chose ? Du thé ? Un whisky ?

— Un whisky. J'en ai acheté. Et aussi de la bière.

— Merci, mais ce n'était vraiment pas la peine...

— Ne me remercie pas. C'est vous qui m'avez prêté de l'argent ce matin ! Je vais pouvoir vous rembourser très vite, d'ailleurs. Dès que ma nouvelle carte de crédit sera envoyée chez Terry, c'est-à-dire d'un jour à l'autre.

— Peu importe. Quand tu pourras. À propos, Terry a téléphoné.

— Ici ?

— Non. Il a appelé Sandy. Il pensait que tu serais chez elle.

Ensuite, Sandy m'a appelée pour me dire que Terry aimerait bien que tu viennes chercher le gros sac de courrier qu'il a oublié de te donner. Et le reste de tes vêtements.

— Bon. J'irai demain.

— Sinon, il jettera tout aux ordures.

— Charmant ! Dans ce cas, j'y vais tout de suite.

— Tout de suite ? Tu ne veux pas manger ? Nous avons des amis. Un couple, très gentil. Lui travaille avec Guy et elle s'occupe de déco, je crois. C'est un dîner tout simple, nous ne sommes que quatre. Cinq, plutôt, corrigea-t-elle bravement.

— Ne t'inquiète pas, Sheena. Quatre, c'est un meilleur chiffre pour un dîner. Je serai peut-être de retour pour le fromage.

— Il n'y a pas de fromage. Mais j'ai fait une tarte au citron.

— Toi, tu as fait une tarte au citron ?

— Oui. » Elle prit un air timide et vertueux.

« Garde-m'en une part, alors ! Je peux appeler un taxi ?

— Bien sûr. Inutile de demander. »

Je l'embrassai sur les deux joues.

« Vous êtes vraiment des amours, tous les deux. Je te promets que je ne vous encombrerai pas longtemps. »

Cela coûte cher de traverser Londres en taxi, de le faire attendre et de parcourir ensuite le même long trajet en sens inverse. Je regardai nerveusement le compteur. Ce matin, calculai-je, en additionnant le peu d'argent qui me restait, celui que m'avaient prêté Sheena et Guy et ce que j'avais péniblement soutiré à la banque, j'avais trois cent cinquante-sept livres en ma possession ; mais après mon passage chez le coiffeur, mes achats de vêtements, le whisky, la bière et divers cafés et taxis au cours de la journée, il ne m'en restait plus que soixante-douze. À la fin de la soirée, j'en aurais une cinquantaine tout au plus.

Dans notre appartement, la lampe de la cuisine était allumée. Dans l'appartement de Terry, devrais-je dire. Je sonnai et attendis. Au bout d'un instant, j'entendis des pas dans l'escalier et la lumière du vestibule s'alluma à son tour.

« Qui est là ?

— Bonsoir, Terry.

— C'est toi, Abbie ? » Il me considéra en plissant les yeux.

157

« Qu'est-ce que c'est que ce déguisement ? Et tes cheveux, ils sont...

— Coupés, voilà tout, dis-je. Je peux monter prendre mes affaires ? Je suis un peu pressée, le taxi m'attend.

— Je monte les chercher. J'ai tout mis dans un sac. Attends-moi. » Il fit volte-face et gravit les marches à toute vitesse. Mais je n'avais aucune envie d'attendre dehors par un froid pareil. Je le suivis donc et arrivai presque sur ses talons. Un délicieux fumet flottait dans l'appartement, un parfum de cuisine méditerranéenne, riche en ail et en aromates. Sur la table, j'aperçus une bouteille de chianti, mais seulement à demi-vide. Et deux verres, un grand plat de courgettes et d'aubergines en tranches fines, deux assiettes de viande nappée d'une sauce au vin rouge et décorée de petites branches de romarin, de feuilles de sauge et de gousses d'ail. Du veau à la romaine. C'était ma recette, mon grand classique. Il y avait aussi des chandelles – que j'avais achetées. Une jeune femme était assise, le visage penché, jouant distraitement avec son verre, ses longs cheveux tombant en avant et brillant dans la douce lumière des flammes. Elle portait un élégant ensemble gris foncé et de petits pendants d'oreilles. Je restai debout dans l'encadrement de la porte, dans mon pantalon trop large et mon blouson en peau de mouton, vaguement gênée de ma touffe de cheveux en bataille, et la fixai.

« Tout est dans la chambre, dit Terry. Je reviens.

— Tu n'as pas l'intention de nous présenter ? »

Il marmonna quelque chose d'inintelligible et disparut dans la pièce voisine.

« Bonsoir. Je m'appelle Abbie Devereaux, dis-je à la jeune femme avec un enjouement un peu forcé.

— Ravie de vous connaître, répondit-elle mollement. Sally Adamson.

— Voilà. » Terry était de retour et me tendait un antique sac de voyage bourré à craquer, ainsi qu'une grosse poche en plastique remplie de mon courrier. Son visage était pivoine.

« Bon, je vous laisse en tête à tête », dis-je avec une ironie à peine dissimulée. Avant de partir, je me tournai vers la jeune femme.

« Vous savez, c'est très curieux. Je trouve que vous me ressemblez beaucoup. »

158

Elle sourit, avec une expression polie mais incrédule.
« Vraiment ? Non, je ne crois pas. »

Quand je regagnai la maison de Sheena et Guy et entrai dans la salle de séjour, traînant mon énorme sac derrière moi, les quatre convives se battaient encore avec les arêtes de leur ragoût d'anguilles.

« Abbie, déjà de retour ! Voici Paul et Lisa. Joins-toi donc à nous.

— Bonsoir. » À la manière dont Paul et Lisa me regardaient, je devinais qu'ils savaient tout de mon histoire. « Ne vous inquiétez pas pour moi, je n'ai pas très faim. Je vais d'abord regarder mon courrier. » Je soulevai la poche en plastique prête à éclater. « Il y a peut-être des indices, là-dedans ! » Tout le monde rit nerveusement et quelques regards un peu gênés furent échangés. Sheena rougit et se hâta de remplir les verres.

« En revanche, je boirais volontiers un verre de ce sancerre. »

Une grande partie de mon courrier était bon pour la poubelle : des catalogues pour les soldes de janvier, des dépliants publicitaires, et ainsi de suite. Il y avait deux cartes postales : une de Mary, qui passait tout le mois en Australie, et une d'Alex, d'Espagne. Il était sûrement rentré maintenant. Je me demandai s'il était au courant de mes malheurs. Je trouvai aussi deux invitations à des soirées. L'une était déjà passée, mais l'autre aurait lieu samedi prochain. J'irais peut-être, histoire de danser, de flirter un peu, pourquoi pas... Et puis, je pensai : comment pourrai-je m'habiller décemment ? et de quoi parlerai-je ? et qui diable aurait envie de flirter avec une fille qui a l'air d'une pensionnaire en fugue ? Non, décidément non.

Ensuite, je tombai sur une lettre curieuse, au ton très officiel, de Lawrence Joiner, mon patron, me confirmant qu'un congé sans solde m'était accordé, mais que la part de mes cotisations pour la retraite et la sécurité sociale à la charge de l'employeur continuerait d'être payée par Jay & Joiners. Je fronçai les sourcils et la mis de côté. De toute évidence, il faudrait que je passe au siège de la boîte. Demain, peut-être.

Puis venait un relevé bancaire. Au début du mois, mon

compte était glorieusement (et inhabituellement) créditeur de 1876,49 livres. Mais à présent, il ne m'en restait plus que 590,50. Je détaillai la liste de chiffres dans la colonne « DÉBIT ». Qu'est-ce qui avait bien pu me coûter un total de 890 livres le 13 janvier ? Zut, zut, zut, ce devait être les vêtements dont Robin m'avait parlé. Quelle mouche m'avait piquée ? Je devais être ivre, ou je ne sais quoi. Dire que je ne savais même pas où ils étaient passés, ces fichus vêtements ! Et puis, trois jours après, j'avais retiré cinq cents livres en espèces, ce qui était très bizarre. D'habitude, mes retraits dépassent rarement cinquante ou cent livres.

Je bus un peu de vin et ouvris une autre enveloppe, à en-tête de l'administration des impôts. L'imprimé qu'elle contenait m'informait que ma vignette automobile arrivait à expiration – ce qui ne me préoccupa guère, car je n'avais pas la moindre idée de l'endroit où se trouvait ma voiture. Mais cette ignorance fut comblée dès que j'eus ouvert l'enveloppe suivante : je découvris qu'elle était dans une fourrière située quelque part dans l'East End. Plus précisément à Bow, un faubourg minable où je n'avais jamais mis les pieds.

« Enfin ! » m'écriai-je.

Je me penchai sur la lettre et la lus plus attentivement. Ma vieille Ford avait été emmenée de Tilbury Road, E10, où elle était garée en stationnement interdit. Où diable était Tilbury Road ? Et où diable était le secteur E10 ? À l'est, comme son nom l'indiquait. Mais encore ? Je pouvais récupérer ma voiture tous les jours entre neuf heures et cinq heures, disait la lettre. J'irais demain matin songeai-je.

Je retournai dans la salle de séjour au pas de course.

« J'ai retrouvé ma voiture ! lançai-je à la cantonade.

— Ah oui ? dit Guy, un peu pris de court. Bonne nouvelle. Où était-elle ?

— Dans une fourrière, à Bow. J'irai la chercher demain matin. Ainsi, c'en sera fini de tous ces taxis ruineux. » Je saisis la bouteille de sancerre et m'en servis un grand verre.

« Comment vas-tu faire ? demanda Guy.

— Qu'est-ce que tu veux dire ?

— Comment vas-tu faire, puisque tu n'as pas les clefs ?

— Zut, c'est vrai. » La déception me fit l'effet d'une douche froide. « Je n'y pensais même pas. Comment faire ?

— Vous pourriez faire venir un serrurier, suggéra Lisa gentiment.

— Non, je sais. Il y a un double des clefs chez Terry. Seulement, Dieu sait où je l'ai fourré. Dans un endroit sûr que j'ai oublié, je suppose. Il va falloir que j'y retourne, et ça ne m'enchante pas. Je pensais que ce soir j'en avais terminé une fois pour toutes.

— Au moins, tu vas pouvoir récupérer ta voiture.

— Oui. C'est un commencement. »

Je tombais, tombais d'une hauteur vertigineuse. Rien ne pouvait m'arrêter, je plongeais dans l'infini d'un air ténébreux où régnait le plus absolu silence. Je m'entendis crier, d'un cri terrifié dont j'entendis l'écho dans la nuit.

Puis une violente secousse me réveilla, mais je retombai, enroulant mes bras autour de l'oreiller. Il était mouillé de sueur. Je sentais des gouttes froides rouler sur mes joues et dans mon cou, comme des larmes. J'ouvris les yeux : il faisait encore noir. Très noir. Un poids oppressait mon cœur, comme si un sac très lourd avait été déposé sur ma poitrine. J'étais prise au piège de l'obscurité. Je m'entendais respirer, un son rauque, presque un râle, sortait de ma poitrine. Il se passait quelque chose d'anormal : je ne pouvais pas reprendre haleine, comme si mon souffle était bloqué dans mes poumons et que ma gorge se fermait spasmodiquement. Il fallait que je me remémore comment faire. Comment respirer. En comptant, oui, c'était cela. Inspirer, expirer. Lentement. Un, deux, un, deux. Faire entrer l'air dans mes poumons, l'y laisser un bref instant, le laisser ressortir.

Qui était là ? Quelqu'un s'approchait de moi. Une latte du plancher craqua. Je voulus m'asseoir dans le lit, mais mon corps refusa de bouger ; je voulus crier, mais ma voix était comme pétrifiée. Un autre craquement. Une respiration, toute proche. Je l'entendais de l'autre côté de la porte. Je pressai ma tête contre l'oreiller, j'ouvris la bouche pour hurler, mais aucun son n'en sortit. Et de nouveau, cette respiration, et des pas. Et une toux, silencieuse, étouffée.

« Non ! » parvins-je enfin à prononcer. Puis, de plus en plus fort : « Non, non, non, non ! » L'écho de mes cris remplissait ma tête, il ricochait contre les murs, cognait contre mon crâne, déchirait ma gorge. « Non, non, non, non ! »

La porte s'ouvrit, et dans l'entrebâillement je distinguai une silhouette.

« Non ! » hurlai-je encore, de toutes mes forces. Une main se posa sur mon épaule, des doigts coururent dans mes cheveux. Je me débattis sur le lit. « Non, non, non, non, non ! Je vous en prie, non !

— Abbie ! Abbie, réveille-toi. Tout va bien. Tu as fait un cauchemar. Ce n'est rien. Rien qu'un cauchemar.

— Oh, mon Dieu !

— Abbie, voyons...

— Mon Dieu, mon Dieu, mon Dieu, répétai-je en gémissant.

— Tu as fait un cauchemar, c'est tout. »

Je saisis la main de Sheena et la pressai contre mon front.

« Mais tu es trempée ! Tu as une sérieuse fièvre.

— Sheena. Oh, Sheena ! J'ai cru...

— Ce n'était qu'un rêve, Abbie. »

Je réussis à m'asseoir.

« Oui. Mais c'était terrible, murmurai-je.

— Ma pauvre chérie. Écoute, je vais t'apporter un verre d'eau et une serviette pour mettre sur ton oreiller. Ensuite, tu vas te rendormir paisiblement.

— Oui. Excuse-moi. Je t'ai réveillée...

— Pas du tout. J'allais à la salle de bains. Attends. »

Elle revint quelques instants plus tard avec de l'eau et une grande serviette.

« Ça ira, maintenant ?

— Oui, oui.

— Appelle-moi si tu as besoin de moi.

— Merci. Sheena... Laisse la porte ouverte, veux-tu ? Et la lumière allumée dans le couloir.

— Elle est très forte, tu sais ?

— Peu importe, dis-je.

— Comme tu veux. Dors bien.

— Toi aussi. »

Elle partit se recoucher et je m'allongeai de nouveau. Mon cœur battait toujours à grands coups. J'avais mal à la gorge tant j'avais crié. Je me sentais faible, tremblante, moite. La lumière entrait à flots par la porte. Je n'en détachai pas mes yeux et attendis le matin.

« Où ai-je bien pu les fourrer ?

— Aucune idée », dit Terry. Il était encore en robe de chambre, la robe de chambre que je lui avais offerte pour son anniversaire, et buvait du café noir en fumant cigarette sur cigarette. Un nuage gris bleu flottait sur la pièce, qui sentait la cendre et l'ail du veau à la romaine d'hier soir. Aucune trace de la jeune femme en gris, toutefois.

« Elles ne sont dans aucun des tiroirs du bureau ou des commodes. Ni dans la coupe en bois où finissent toutes les petites bricoles. Ni dans la salle de bains.

— Que veux-tu qu'elles fassent dans la salle de bains ?

— Rien. C'est justement ce que je dis : elles n'y sont pas ! »
Il alluma une autre cigarette.

« Il faut que je m'habille et que je file. Je suis déjà en retard. Tu en as encore pour longtemps ?

— Le temps qu'il faudra pour trouver ces fichues clefs ! Ne t'inquiète pas, je peux sortir et claquer la porte.

— Non.

— Comment, non ?

— Tu n'habites plus ici, Abbie. Je te rappelle que tu m'as quitté. Je ne vois pas pourquoi je te laisserais aller et venir à ta guise. »
Je cessai de fouiller et le regardai fixement.

« Tu parles sérieusement ?

— Cherche encore pendant que je vais m'habiller, dit-il. Oui, je parle tout à fait sérieusement. »
J'ouvris tous les tiroirs de la cuisine et de la salle de séjour, puis les claquai violemment. Je fis de même pour les placards. Elles n'étaient pas avec les couverts, ni avec les factures, ni avec les conserves, les paquets de riz et de farine, ni avec les céréales, le café et le thé, ni avec l'huile, le vinaigre et les sauces. Elles n'étaient pas accrochées avec les tasses. Ni sur le linteau de la porte entre les deux pièces. Ni sur les rayons de la bibliothèque, ni avec la papeterie, ni dans la coupe en verre où je rangeais – où j'avais rangé naguère – une foule de babioles : les trombones, les élastiques, les boutons, les épingles à nourrice, les timbres...

Terry reparut dans l'encadrement de la porte. Il enfonça les mains dans les poches de son manteau et fit tinter de la monnaie d'un air impatient.

« Écoute, dis-je. Tu n'as pas envie de me revoir ici et je n'ai aucune envie d'y revenir. Va donc travailler et quand tu reviendras, je serai partie. Je n'ai pas l'intention de te cambrioler. Ni même d'emporter les objets qui m'appartiennent. J'aime autant que tu gardes tout. Tant qu'à faire, le mieux est que je reparte de zéro. Je ne vais pas écrire d'obscénités sur le miroir de la salle de bains avec mon rouge à lèvres. Je vais retrouver ces clefs et m'en aller aussitôt. D'accord ? »

Il fit de nouveau tinter ses piécettes.

« Alors, c'est vraiment comme ça que tout doit finir ? demanda-t-il enfin – à ma grande surprise.

— La fille d'hier soir avait l'air très sympathique, répondis-je froidement. Comment s'appelle-t-elle, déjà ? Sarah ?

— Sally, dit-il, sans insister davantage. Bon. Je te laisse.

— Merci. Bonne journée.

— Au revoir, Abbie. »

Il s'attarda un moment près de la porte, puis disparut.

Je me servis un autre café. La tasse à la main, j'errai dans l'appartement. Une partie de moi se demandait si les clefs pouvaient être cachées dans ce vase, dans ce vieil étui à cigarettes, sous l'échiquier, l'autre partie se contentait de regarder, de se remémorer. Je finis par trouver les clefs sous le pot de basilic. La terre du pot était sèche et les feuilles toutes flétries. Je l'arrosai soigneusement. Puis je lavai ma tasse, l'essuyai, la rangeai dans le placard et partis.

Le trajet jusqu'à Bow était interminablement long. Quand j'arrivai, il me restait en tout et pour tout quarante-huit livres et quelques pièces jaunes. J'entrai dans un bureau de poste pour demander mon chemin jusqu'à la fourrière. Il s'avéra qu'elle se trouvait à presque deux kilomètres de la station de métro la plus proche. J'aurais cru qu'en bonne logique une fourrière pour les véhicules confisqués devrait être facilement accessible par les transports en commun, mais non. J'aurais pris un taxi si j'en avais vu un, mais je scrutai la route en vain. Seuls passaient de nombreuses voitures et des camions qui faisaient gicler l'eau des larges flaques sur la chaussée.

Il me fallut donc marcher. La route traversait une zone industrielle, et je passai devant des garages et des entrepôts, des usines fabriquant des ampoules, des équipements pour cantines, des moquettes, des chantiers apparemment déserts où des grues coiffées de neige étaient dressées, immobiles. Arrivant en haut d'une côte, j'aperçus la fourrière à mes pieds : plusieurs rangées de voitures entourées d'une clôture métallique, avec une double grille fermée par plusieurs serrures. La plupart étaient vieilles et cabossées. Peut-être leurs propriétaires les avaient-ils simplement abandonnées sur la voie publique. Je n'aperçus nulle part ma Ford blanche – elle aussi vieille et cabossée.

Je présentai ma lettre au guichet. L'homme ventru qui la prit s'en alla fouiller dans un fichier, puis revint avec un document imprimé, se gratta la tête et soupira bruyamment.

« Alors, je peux la reprendre ? demandai-je.

— Pas si vite. Il faut payer d'abord, ma petite dame.

— C'est vrai, excusez-moi. Combien ? » Je tâtai anxieusement dans ma poche ma liasse de billets sérieusement amincie.

« C'est ce que je suis en train de calculer. Il y a l'amende pour stationnement interdit et le coût du transport jusqu'ici. Ensuite, il faut ajouter une somme pour chaque jour qu'elle a passé à la fourrière.

— Oh. Ça doit faire beaucoup.

— Oui. Exactement cent trente livres.

— Pardon ?

— Cent trente livres, répéta-t-il.

— Je n'ai pas autant d'argent sur moi.

— Nous acceptons les chèques, dit-il.

— Je n'ai pas de chéquier.

— Ou les cartes. »

Je secouai la tête.

« C'est ennuyeux, dit-il, bien qu'il n'eût pas l'air si ennuyé que cela.

— Qu'est-ce que je peux faire ?

— Mmm... Sais pas.

— Puis-je prendre la voiture, aller chercher de l'argent chez un ami et revenir payer ?

— Non. »

En somme, je n'avais plus qu'à repartir. Je repris la route en traînant les pieds. Arrivée près du métro Bow Road, je m'assis dans un petit bistro miteux et graisseux, devant un café tiède et trop amer. Soudain, une idée me vint. Je me dirigeai vers le téléphone, composai le numéro de Sam et lui demandai, le suppliai presque, de m'envoyer soixante-dix livres – non, plutôt quatre-vingts, ou quatre-vingt-dix si possible – à la fourrière de Bow, par coursier. « S'il-te-plaît-s'il-te-plaît-s'il-te-plaît, dis-je précipitamment. Excuse-moi de t'embêter, mais c'est vraiment une urgence. » Je savais que son cabinet d'avocats employait des coursiers parce qu'un jour il en avait envoyé un chercher son écharpe qu'il avait oubliée la veille dans la discothèque où nous avions passé la soirée et qu'il avait la flemme d'aller récupérer lui-même. Le métier a ses petits avantages en nature, disait-il.

On me rendit enfin ma voiture. À treize heures quarante-cinq exactement, je payai les cent trente livres et l'homme ventru me remit un document faisant office de reçu, indiquant le détail de ce que j'avais payé ainsi que la rue d'où le véhicule avait été emmené. Puis il me montra l'endroit où était garée ma vieille Ford et déverrouilla la double grille. Il me restait dix-neuf livres.

Je m'assis au volant et tournai la clef dans le starter. Le moteur se mit en marche sans rechigner. J'allumai le chauffage, puis frottai longuement mes mains glacées l'une contre l'autre pour les dégourdir. Il y avait un paquet de biscuits au malt sur le siège du passager, et, dans l'autoradio, une cassette. Je mis la cassette en route, mais la musique m'était inconnue : un morceau jazzy très entraînant. J'augmentai le volume et sortis de la fourrière. Puis je me garai sur le bord de la route et parcourus le document officiel. Ma voiture avait été mise en fourrière parce qu'elle était en stationnement interdit à hauteur du 103, Tilbury Road, Londres E10. C'était le 28 janvier : le jour où j'avais quitté l'hôpital, calculai-je. Le nom de cette rue ne me disait toujours rien, mais elle se trouvait probablement dans les environs.

Je pris mon plan de Londres dans la boîte à gants, trouvai Tilbury Road – pas si près que cela, en fait – et décidai de m'y rendre. Je traversai des quartiers de Londres où je n'avais aucun souvenir d'être jamais passée. Tilbury Road était une longue rue triste, où beaucoup de maisons étaient condamnées. On n'y voyait quasiment pas âme qui vive, excepté dans les boutiques chichement éclairées de quelques marchands de journaux et d'épiciers asiatiques dont les maigres étals exhibaient des caisses de pamplemousses, des gombos et des boîtes de conserve cabossées. Je m'arrêtai devant le numéro 103 et restai assise dans ma voiture quelques minutes. Je posai ma tête sur le volant et tentai de me rappeler quelque chose. Rien ne vint, aucune lueur dans le long tunnel sombre. Je replaçai le plan dans la boîte à gants, et entendis un léger bruissement de papier. Il y avait là trois factures. Une pour de l'essence : vingt-six livres, en date du lundi 14 janvier. Une autre d'une agence de change : cent cinquante livres le mardi 15 janvier, pour l'équivalent en lires italiennes. La dernière, datée du même jour, pour un repas indien livré à domicile : seize livres cinquante pour deux parts de riz basmati, un biryani de légumes, un curry de crevettes, une portion d'aubergines, une autre d'épinards, et un nan au fromage. À livrer à l'appartement B du 11, Maynard Street, Londres NW1. Je n'avais jamais entendu parler de Maynard Street et je ne me rappelais absolument pas quand diable j'avais mis les pieds dans ce coin du nord-ouest de Londres.

Je remis les factures dans la boîte à gants, et quelque chose tomba sur le sol. Je me penchai et ramassai mes lunettes de soleil et une clef attachée à un porte-clefs publicitaire. La clef n'était pas à moi. Je ne l'avais jamais vue.

Il était un peu plus de trois heures et demie. Je redémarrai et parcourus des faubourgs délabrés et déserts, en me trompant plusieurs fois. Le pâle soleil descendait peu à peu dans le ciel. Tout est plus effrayant quand il fait sombre. Je me sentais fourbue, mais j'avais encore des choses à vérifier avant de retourner chez Sheena et Guy.

7

« Tu sais très bien ce dont tu as besoin, n'est-ce pas ?

— Non, Lawrence. De quoi ai-je besoin ?

— De repos. »

Lawrence ne savait pas le moins du monde de quoi j'avais besoin. J'étais debout dans mon bureau chez Jay & Joiners, fixant des yeux l'endroit où, naguère, se trouvait ma table de travail. L'effet était très curieux. La pièce avait l'aspect que je lui avais toujours connu : un bureau sans rien de particulier, ce qui est assez paradoxal pour une firme assurant la décoration des bureaux des autres. Son seul véritable attrait, c'est qu'il donne sur une petite rue en plein cœur de Soho, à deux minutes à pied du marché et des épiceries fines. Au demeurant, si la pièce avait son aspect coutumier, une chose avait changé : toute trace de ma présence en avait disparu. Non comme si quelqu'un m'avait remplacée : ce qui me faisait un effet curieux, et même troublant, c'était que la position de tous les meubles et objets avait été subtilement modifiée, en sorte que l'espace que j'avais occupé pendant plus de deux ans n'existait plus.

C'était Carol, la réceptionniste, qui m'avait fait entrer. Cela aussi était curieux : être escortée jusqu'à mon propre bureau. Au passage, je n'avais pas reçu les saluts gentils mais distraits auxquels j'étais habituée : on me fixait avec surprise, on s'y reprenait à deux fois pour dire bonjour, et une nouvelle employée m'examina avec curiosité, pensant sans doute que j'étais une cliente qu'elle ne connaissait pas, jusqu'au moment où mon collègue Andy lui murmura quelques mots à l'oreille – après quoi sa curiosité parut redoubler. Carol s'était répandue en excuses haletantes pour la disparition de mon matériel. Les gens, m'expliqua-t-elle, ne cessaient de buter contre tous ces objets, si bien qu'on les avait mis dans des cartons et rangés dans une pièce de débarras (dont j'ignorais jusqu'à l'existence). Quant à mon courrier, on l'ouvrait avant de le répartir entre les employés concernés ou de me l'expédier chez Terry. Mais cela, c'était moi qui l'avais demandé, n'est-ce pas ? Avant de partir. Je hochai vaguement la tête.

« Abbie, quelque chose ne va pas ? » demanda-t-elle.

Mmm... Grave question. Je ne savais si c'était seulement mon apparence extérieure qui l'inquiétait, ou autre chose. Indéniablement, elle avait tressailli à mon entrée en me voyant habillée « en décontracté ». En très décontracté, même. Et puis, il y avait ma coiffure. Et le fait que j'avais perdu plus de dix kilos depuis la dernière fois où elle m'avait vue. Sans même parler de mon visage, sur lequel les contusions avaient laissé des taches jaunâtres d'un effet assez peu séduisant.

« J'ai traversé quelques moments difficiles, répondis-je.

— Ah oui ? murmura Carol en regardant ailleurs.

— Est-ce que des policiers sont venus ici ? Pour poser des questions à mon sujet ?

— Oui », dit-elle. Elle se décida à tourner les yeux vers moi. Non sans méfiance. « Nous nous sommes inquiétés pour vous.

— Quelles questions ont-ils posé ?

— Des questions sur votre travail. Et sur les raisons de votre départ.

— Et qu'avez-vous répondu ?

— À moi, ils ne m'ont rien demandé. C'est Lawrence qu'ils voulaient voir.

— Et vous, qu'en pensez-vous ?

— De quoi ?

— Des raisons de mon départ. »

Je m'abstins de lui dire que je n'avais moi-même aucune idée de ce que pouvaient être lesdites raisons, ni même le plus petit souvenir d'être partie. J'espérais trouver au moins une personne à qui je pusse me dispenser de raconter mon histoire. L'idée de voir sur le visage de celui ou celle qui m'écouterait les signes habituels de stupéfaction croissante m'était insupportable. Aurait-on pitié de moi ? Me croirait-on ? Ou me prendrait-on pour une malade mentale ? Carol, cependant, réfléchissait.

« Je pense que vous avez bien fait, dit-elle enfin. Vous ne pouviez pas continuer comme ça. Vous étiez au bord de l'épuisement.

— Donc, j'ai pris la bonne décision ?

— Je vous envie vos six mois de congé. Et je vous trouve très courageuse. »

Nouveau choc. Six mois ! Sans compter qu'elle avait prononcé « courageuse » comme un euphémisme pour ne pas dire « idiote ».

« Mais vous serez contents de me voir revenir, j'espère », dis-je d'un ton artificiellement enjoué.

De nouveau, elle parut mal à l'aise, et je fus envahie par un sentiment d'alarme. De quelles aberrations m'étais-je rendue coupable ?

« Bien sûr... Même si les derniers jours ont été un peu chauds. Je ne vous cacherai pas que par la suite, certains se sont permis des commentaires qu'ils auraient mieux fait de garder pour eux.

— J'ai toujours été plutôt grande gueule, dis-je, alors que j'aurais plutôt voulu demander : "Qu'est-ce que c'est que toute cette histoire ?"

— Il n'empêche. Pour l'essentiel, c'est vous qui aviez raison, dit Carol. Les problèmes se réduisent le plus souvent à une question de ton, je crois. Et d'opportunité. Mais c'est très bien que vous ayez dit ce que vous aviez sur le cœur. » Nous étions devant la porte du bureau de Lawrence, et les derniers mots de Carol ne m'éclairaient pas plus qu'ils ne me rassuraient. « À propos, ces affaires avec la police... De quoi s'agissait-il ? demanda-t-elle d'un ton un peu trop dégagé.

— C'est assez compliqué, répondis-je, peu désireuse d'entrer dans les détails. Parfois, on se trouve au mauvais endroit au mauvais moment.

— Est-ce que vous avez été... euh... »

Alors, c'était cela ? Les bruits qui couraient, c'était que j'avais probablement été violée. Ou que j'avais cherché à le faire croire, qui sait ?

« Non, non. Rien de ce genre. »

Je me trouvais donc en face de Lawrence Joiner qui m'enseignait doctement de quoi j'avais besoin. D'emblée, la rencontre fut assez embarrassée. J'étais décidée à ne pas me lancer dans le récit de ce qui m'était arrivé : à l'évidence, mes derniers jours chez Joiners & Jay n'avaient pas été des plus sereins. Par conséquent, si je voulais retrouver mon emploi un jour, mieux valait ne pas rajouter une louche de malaise concentré.

« Du repos ? Excellente idée, dis-je. En fait, j'essaie de me reposer autant que je le peux.

— Abbie... Inutile que je te dise combien tu es quelqu'un d'important pour nous tous.

— Oh, non, ce n'est pas inutile ! Ces phrases-là font toujours plaisir à entendre. »

Lawrence Joiner possédait quarante-deux costumes. Un jour, il avait donné une fête chez lui et une des secrétaires s'était glissée dans sa chambre pour les compter. Ils occupaient trois penderies. Et la fête en question remontait à plus d'un an : donc il en avait probablement davantage à présent. Sans compter que ce n'étaient pas n'importe quels costumes. En parlant, il caressait sur son genou l'étoffe du superbe Armani vert d'eau qu'il portait aujourd'hui, comme si c'était le pelage soyeux d'un chat de race.

« Nous nous sommes tous beaucoup inquiétés pour toi, dit-il.

— Moi aussi, je me suis inquiétée pour moi.

— D'abord, nous nous sommes... Mais il n'est pas nécessaire de revenir là-dessus. »

Oh, si, reviens « là-dessus », s'il te plaît, que j'y comprenne quelque chose ! implorai-je silencieusement. Puisque le fruit ne se décidait pas à tomber, il fallait bien que je secoue discrètement la branche.

« Un des points dont je voulais m'assurer, hasardai-je donc, c'est que tu estimais toujours que le... le problème était réglé. Que tu n'avais pas changé d'avis.

— Tu sais bien que nous sommes tous partenaires, Abbie », répondit Lawrence.

Que de politesse de part et d'autre !

« Oui... mais ce que je voudrais savoir, très clairement, c'est comment tu vois les choses après réflexion. Je veux dire, ma décision de prendre un congé. Et les raisons qui m'y ont poussée. »

Lawrence fronça les sourcils.

« Je ne vois pas l'intérêt de ressasser des différends qui appartiennent au passé. Sois tranquille : j'étais fâché sur le moment, mais je ne t'en veux plus du tout. Je suis conscient que tu étais surmenée depuis quelque temps. Et que c'était ma faute. Tu étais tellement productive, tellement efficace... Sans m'en rendre compte, je t'ai surchargée de travail. Je pense que si nous ne nous étions pas engueulés à propos d'Avalanche, ç'aurait été pour autre chose.

— C'est tout ?

— Tu veux savoir si je t'ai pardonnée d'avoir dénigré Joiners & Jay auprès des clients après être partie en congé ? D'être allée les voir pour les inciter à protester ? La réponse est oui. Enfin, presque. Seulement, Abbie, même si je ne suis pas un parrain mafieux, j'estime que tu n'as pas à comploter avec les clients contre la boîte où tu travailles. Si tu penses qu'ils ont été mal conseillés ou surfacturés, tu n'as qu'à venir m'en parler au lieu d'aller les trouver derrière mon dos. Mais sur ce point, nous étions déjà d'accord.

— Euh... Pour ma propre gouverne, quand tout cela s'est-il passé ? Je veux dire, mes protestations. » Je n'avais pas besoin de demander quelles étaient ces protestations : j'avais un souvenir assez clair du projet Avalanche pour le deviner.

« Écoute, tu ne vas pas remuer cette histoire alors que tout est arrangé ?

— Non, non. Seulement, j'ai quelques difficultés avec la chronologie. Mes notes et mon agenda sont encore ici, et... » Je m'interrompis, faute de savoir comment finir ma phrase.

« Si nous oubliions ces fâcheux incidents ? » dit Lawrence avec un sourire qui voilait mal sa lassitude. Mais j'étais obligée d'insister.

« Je suis partie en congé le vendredi, n'est-ce pas ? Le vendredi 11.

— Oui.

— Et je suis allée voir les clients... euh... » J'attendais qu'il complétât.

— Au début de la semaine suivante. Je ne sais pas à quelles dates exactement, mais tu dois bien t'en souvenir ! J'en ai eu

172

des échos par la suite. Plus que des échos : j'ai reçu deux lettres d'avocats. Ce qui ne m'a pas mis d'excellente humeur, comme tu peux l'imaginer.

— Bien sûr, dis-je. J'ai été très maladroite. Dis-moi, pourrais-je revoir le dossier Avalanche ?

— Pour quoi faire, bon sang ? Tout cela est définitivement arrangé.

— Lawrence, je n'ai aucune intention de te créer des ennuis, je te le promets. J'ai simplement besoin de rencontrer une ou deux personnes qui ont participé au projet.

— Tu dois avoir leurs numéros.

— En ce moment, c'est un peu le chaos, tu sais ? J'ai déménagé.

— Tu veux dire que tu n'habites plus avec Terry ?

— Oui.

— Ah... Je suis désolé de l'apprendre. Pour les renseignements dont tu as besoin, tu n'as qu'à voir Carol. » Il semblait réellement soucieux maintenant. « Écoute, je ne veux pas me mêler de ce qui ne me regarde pas. Mais comme je te l'ai dit, nous nous sommes beaucoup inquiétés pour toi. Il y a eu ta crise ici, et maintenant cette rupture avec Terry, sans compter la police qui est venue me voir... Est-ce que nous pouvons t'aider ? Arranger un séjour dans... dans une maison de repos, un endroit spécialisé, peut-être ? »

D'abord, je ne compris pas. Puis je ne pus m'empêcher de rire.

« Tu penses que c'est un problème d'alcool ou de drogue ? dis-je. Non, pas du tout. Je préférerais. » Je me penchai en avant et embrassai Lawrence sur le front. « Merci, Lawrence. J'ai deux ou trois choses à régler, mais aussitôt après je te contacterai. »

J'ouvris la porte du bureau.

« Écoute, insista-t-il, si tu as besoin de quoi que ce soit... »

Je secouai la tête.

« En t'écoutant, j'ai compris que tu avais déjà fait beaucoup. Tout ce que j'espère, c'est que je n'ai pas été trop insupportable. » Une dernière phrase me vint, sottement. « Il me semble que j'étais une tout autre personne à ce moment-là. Mais tu vas croire que c'est une façon d'éluder mes responsabilités. »

Il me regarda d'un air ahuri. Pas étonnant.

173

Avant de sortir, je demandai à Carol le dossier Avalanche.

« Vous êtes sérieuse ? demanda-t-elle.

— Qu'est-ce qui vous fait croire le contraire ? »

Elle paraissait réticente.

« Je ne sais pas quoi en penser, dit-elle.

— De toute façon, le boulot pour Avalanche est terminé.

— Oui, mais...

— Seulement pour quelques jours, dis-je. J'en prendrai grand soin. »

Elle céda. Peut-être l'idée de me voir partir dès qu'elle m'aurait donné ce fichu dossier était-elle trop tentante.

« Vous voulez les dessins aussi ?

— Non. Seulement la correspondance. »

Elle alla chercher un gros classeur bourré de papiers et me donna un sac Marks & Spencer pour le transporter.

« Une dernière chose, dis-je. Est-ce qu'on a essayé de me téléphoner ici depuis quelques jours ? »

Carol fouilla dans un tiroir de son bureau et me tendit deux feuillets couverts de noms et de numéros.

« Cinquante ou soixante personnes. Des habitués de la maison, pour la plupart. Voulez-vous me laisser un numéro où vous joindre ?

— Non, surtout pas. C'est important, Carol. Ne donnez mes coordonnées à personne.

— D'accord, dit-elle, surprise par mon ton pressant.

— Le mieux est que j'emporte cette liste. Vous n'en avez pas besoin, je suppose ? » Je pliai les deux feuillets et les glissai dans ma poche. « Je vous appellerai de temps en temps. Une dernière question, Carol...

— Oui ?

— Que pensez-vous de ma coiffure ?

— Mmm... Très audacieuse, dit-elle. Un peu extrême, peut-être, mais vraiment très audacieuse.

— Vous trouvez qu'elle me change ?

— Quand vous êtes entrée, je ne vous ai pas reconnue. Enfin, pas tout de suite.

— Chouette alors ! » m'écriai-je en partant – et elle me suivit d'un regard inquiet.

Je m'assis au volant et tentai de clarifier mes pensées. Le projet Avalanche. J'avais l'impression de débarquer sur une planète inconnue. Et couverte de brume. Qu'avais-je appris ? Que j'avais quitté Joiners & Jay sur un coup de colère. Et que les gens de la boîte me prenaient pour une cinglée, ou une pauvre fille traumatisée. J'avais plaqué mon boulot – provisoirement, du moins – parce que je m'étais révoltée, de même que j'avais plaqué l'homme avec qui je vivais. Dans les jours qui avaient suivi, j'avais rendu visite à diverses personnes qui participaient au projet Avalanche, apparemment pour les inciter à se plaindre de la manière dont Joiners & Jay les avait traités. Et j'avais croisé sur ma route un fou sadique et meurtrier. Ou bien... Pouvait-il s'agir de quelqu'un que je connaissais déjà ? Non, c'était impossible. Impossible, vraiment ?

Une image me vint à l'esprit : celle d'un animal en rase campagne, qui sent la présence d'un prédateur. Comme lui, j'aurais voulu fuir pour me mettre à l'abri, mais je ne savais où m'abriter. Personne ou presque ne connaissait la menace qui pesait sur moi, et les quelques-uns à qui je m'étais confiée n'y croyaient pas. Un seul homme savait que je disais vrai. Où était-il en ce moment ? Impulsivement, je regardai autour de moi et un frisson me parcourut. Peut-être la seule issue était-elle de m'enfuir très loin et de ne jamais revenir. En Australie, ou dans le Grand Nord. Non, c'était impensable. Comment faire ? Demander un visa d'émigration ? Ou bien je pouvais partir comme une touriste et refuser de reprendre l'avion. L'idée ne me semblait pas très réaliste...

Je pris la facture du restaurant indien dans la boîte à gants. Appartement B, 11, Maynard Street, London NW1. Décidément, cette adresse ne me disait rien du tout. Et l'éventail des possibilités était très large : cette facture pouvait avoir été oubliée par n'importe qui – un employé de la fourrière, par exemple – et n'avoir aucune importance ; mais le 11, Maynard Street était peut-être son adresse à lui. Pourtant, à peine cette idée m'eut-elle traversé l'esprit que la nécessité d'y aller voir s'imposa à moi. Un peu comme lorsqu'on monte sur le grand plongeoir et qu'on sent que si l'on renonce à sauter, on ne cessera plus de le regretter pendant des jours et des jours.

Cette journée risquait de devenir la plus longue de ma vie. De nouveau, je consultai mon plan de Londres et vis que

175

Maynard Street n'était pas très loin. Après tout, j'étais quasiment méconnaissable, et le cas échéant je pourrais toujours prétendre m'être trompée d'adresse. Tout cela serait probablement sans conséquence.

L'appartement B était au rez-de-chaussée d'une jolie maison à la façade décorée de stucs, au nord du quartier de Camden, et avait une entrée particulière sur le côté. J'introduisis assez de pièces dans un parcmètre pour trente-six minutes de stationnement. Puis je collai mon visage à la fenêtre et regardai plus attentivement la maison. Le soir hivernal et glacé était noir comme une tombe, mais je pris quand même mes lunettes de soleil pour compléter ma transformation. Si une femme répondait à mon coup de sonnette, je lui dirais quelques mots poliment ; mais si c'était un homme, je prendrais garde : « Pardon, je me suis trompée », et je m'éloignerais le plus vite possible. La rue était assez passante pour que je ne me sentisse pas en péril.

Mais personne ne répondit à mon coup de sonnette. J'appuyai de nouveau sur le bouton. Puis une troisième, une quatrième fois. En vain. Je ne saurais dire pourquoi, mais on sent d'instinct qu'une sonnerie résonne dans un appartement vide. Bien sûr, j'aurais pu sonner aux autres portes, mais pour demander quoi ? Je renonçai et retournai vers ma voiture en faisant sauter les clefs dans ma main. L'aiguille du parcmètre montrait que j'avais encore trente et une minutes à ma disposition. Quel gâchis. J'ouvris la boîte à gants pour y replacer la facture du repas indien, et parmi les divers objets qui l'encombraient – le plan, la carte grise dans son étui, le manuel de dépannage –, j'aperçus la clef, cette clef que je ne connaissais pas.

Tout en me disant que c'était une idée vraiment ridicule, je la pris et retournai à l'appartement. Je la glissai précautionneusement dans la serrure. Elle tourna sans difficulté. Avec un sentiment de complète irréalité, je poussai la porte. L'impression n'eût guère été plus étrange si j'étais passée à travers le mur. Du seuil, j'observai un moment l'intérieur. Ce qui s'offrait à mes yeux était un mobilier très simple, en bois clair, et des lithographies aux couleurs vives sur les murs blanc cassé, avec quelques photographies dans leurs cadres – des photographies qui ne m'évoquaient rien du tout. En poussant complètement la porte, je sentis que je butais sur une pile de courrier. Je ramassai une lettre et lus le nom du destinataire. Miss Josephine Hooper. Jamais entendu parler. De toute évidence, elle était absente depuis plusieurs jours : non seulement la pile de courrier était assez abondante, mais une légère odeur de renfermé flottait dans l'air. De pourriture aussi : sans doute de la nourriture avariée. Je refermai la porte.

Ni la rue ni la maison n'éveillaient en moi le moindre souvenir. Quant au quartier, je n'y étais passée que deux ou trois fois dans ma vie, et pas depuis un an au moins. Mais j'avais trouvé la clef de cet appartement dans *ma* voiture. Aussi n'aurais-je pas dû éprouver une telle stupéfaction quand, en allumant la lumière dans la salle de séjour, je découvris parmi les objets et les meubles appartenant à Josephine Hooper ma chaîne hi-fi, mon téléviseur, mes livres et même ma veste en cuir sur le sofa. Mais je crus que j'allais m'évanouir, et je m'assis précipitamment sur un petit fauteuil crapaud. *Mon* fauteuil.

8

J'errai dans la grande pièce, tombant partout sur des traces de ma présence. D'abord, je me bornai à les regarder, tout au plus à les toucher du doigt, comme si elles risquaient de se dissoudre et de disparaître. Mon petit téléviseur sur le sol. Ma chaîne hi-fi, mes disques. Mon ordinateur portable sur une table basse. Je l'ouvris, appuyai sur la barre d'espacement et il émit son petit bip pareil à une note de célesta, signe qu'il revenait à la vie. Sur la grande table, mon vase en verre jaune Art nouveau, où trois roses thé pourrissantes penchaient d'un côté leurs tiges amollies au-dessus de leurs pétales épars. Sur le dossier du sofa, ma veste en cuir, posée négligemment comme si j'étais seulement sortie mettre une lettre à la poste. Et, coincée dans l'encadrement du miroir au-dessus de la cheminée, ma photo. Deux photos, pour être exacte : des photos d'identité, sur lesquelles j'essayais de réprimer un sourire. J'avais l'air heureuse.

Mais c'était l'appartement d'une inconnue que je parcourais, rempli de meubles que je n'avais jamais vus – excepté mon fauteuil crapaud – et de livres que je n'avais jamais lus et dont beaucoup portaient des titres qui ne me disaient rien, sauf quelques romans posés sur l'étagère du haut et mon encyclopédie empilée au pied du rayonnage. Dans la cuisine adjacente, je trouvai aussi mes livres de recettes sur une étagère. Le reste était le bric-à-brac familier d'une étrangère, le décor quotidien d'une vie dont je ne savais rien. Sur un buffet était posée une photographie dans un cadre d'argent. Je la pris et l'examinai. On y voyait une jeune femme aux cheveux très blonds et bouclés volant au vent, les mains dans les poches de son manteau matelassé, souriant gaiement au photographe, et derrière elle un paysage de montagnes et de sapins. C'était une image très joyeuse et insouciante, mais je n'avais jamais vu ce visage. Ou du moins, je ne m'en souvenais pas. Je retournai dans le vestibule, ramassai le courrier gisant sous la fente de la boîte aux lettres et regardai les enveloppes une à une. Toutes étaient adressées à Josephine Hooper, ou Miss J. L. Hooper, ou Jo Hooper. Je les rangeai soigneusement en pile sur la table de la cuisine. Elle pourrait les ouvrir à son retour. Mais en regardant la hauteur de la pile, en songeant aux roses mortes sur la grande table, je me demandai depuis combien de temps elle était partie.

Revenant vers mon ordinateur, je cliquai sur l'icône MAIL et attendis que le petit cadran lumineux disparût de l'écran. Un autre bip mélodieux, et je pus lire que j'avais trente-deux nouveaux messages. Je les parcourus rapidement : c'étaient des publicités pour des voyages ou des livres soldés, avec quelques circulaires provenant d'organisations inconnues de moi qui m'alertaient sur des atrocités diverses, des massacres et des épidémies dont je préférais ne rien savoir en ce moment.

Dans la pièce régnait un silence presque troublant. Je m'assis un moment sur le sofa, indécise. Puis je me levai, traversai le vestibule et ouvris la première porte. C'était une chambre, dont les rideaux ouverts laissaient entrer un peu de clarté venant de la rue. J'appuyai sur l'interrupteur. Le grand lit était fait, plusieurs coussins en velours éparpillés sur l'épaisse couette, un pyjama rouge bien plié posé sur l'oreiller. Le radiateur était allumé, une robe de chambre lavande pendait à une patère fixée à la porte, une paire de mules en cuir souple attendait près de la penderie. Sur la commode, un très vieil ours en peluche était assis, à côté d'un flacon de parfum, d'un petit pot de baume pour les lèvres, d'un pendentif en argent et d'une autre photographie. C'était le visage d'un homme d'une trentaine d'années, à la barbe soigneusement mal rasée, dont la physionomie avait quelque chose d'italien : peau mate, cheveux très noirs, cils d'une longueur invraisemblable. Il souriait largement et sa peau faisait de jolis plis aux coins de ses yeux. Je regardai dans la penderie. Cette robe noire, ce

179

pull en angora, ce mince cardigan en laine bleue, tout cela appartenait à quelqu'un d'autre. Je soulevai le couvercle du panier à linge, mais il ne contenait qu'une culotte et un collant.

La porte suivante s'ouvrait sur la salle de bains, très en ordre, tiède, carrelée de blanc. Sur la tablette au-dessus du lavabo, ma brosse à dents à manche bleu dépassait d'un grand verre, à côté d'une autre à manche noir. Mon tube de dentifrice, débouché, était à côté du sien, bouché. Il y avait aussi mon déodorant, ma crème de nuit, ma boîte de maquillage. Ma grande serviette verte était étendue sur le radiateur, à côté de la sienne, à rayures multicolores. Je me lavai les mains et observai un moment dans le miroir mon nouveau visage, auquel je n'étais pas encore accoutumée. Je m'attendais presque à la voir apparaître derrière moi, avec son beau sourire. Josephine Hooper. Jo.

Quand j'entrai dans la seconde chambre, je sus tout de suite que c'était la mienne – non à cause des objets qui s'y trouvaient, même si je devais vite reconnaître qu'ils m'appartenaient, mais du sentiment qui m'envahit, indicible et puissant, de rentrer chez moi après une longue absence. Peut-être l'odeur y était-elle pour quelque chose, ou l'impression familière de désordre contrôlé. Des chaussures sur le sol. Ma valise ouverte sous la fenêtre à guillotine, où s'entassaient encore des pulls, des tee-shirts, des sous-vêtements. Un épais chandail rose foncé jeté sur le dossier d'une chaise. Une petite pile de linge sale dans un coin, et quelques colliers et bracelets emmêlés sur la table de chevet. L'énorme maillot de rugby que je mets souvent pour dormir accroché au montant du lit. J'ouvris la porte du placard : deux de mes ensembles habillés étaient suspendus à la tringle, avec mes robes et mes pantalons d'hiver. Et le long manteau bleu dont Robin m'avait parlé, et aussi l'élégante robe feuille morte en velours frappé. Je me penchai et enfouis mon visage dans sa douce étoffe, en me demandant si je l'avais portée ne fût-ce qu'une seule fois.

Je m'assis sur le lit et restai un moment immobile, regardant autour de moi, sans comprendre, tant soudain j'avais l'esprit vide. Un léger vertige me saisit, et je m'étendis en faisant tomber mes chaussures. Je fermai les yeux, renonçant à penser, écoutant le léger bourdonnement du chauffage central. L'appartement était très tranquille. De loin en loin, j'entendais un vague bruit de pas venant de l'étage au-dessus, ou une voiture roulant dans Camden High Street, la grande rue toute proche. Je tendis la main vers mon maillot de rugby, le roulai en boule et y posai ma tête. Quelque part dans le voisinage, une portière claqua et quelqu'un partit d'un grand éclat de rire.

Sans doute m'étais-je assoupie un moment. Quand je me réveillai en sursaut, un goût bizarre dans la bouche, je vis qu'il pleuvait. Les réverbères brillaient dans la rue, et leur clarté orangée faisait luire les branches mouillées de l'arbre planté devant la fenêtre. La température avait baissé, et je tendis la main vers mon chandail rose. En le soulevant, j'eus la surprise de découvrir, accroché par la bandoulière au dossier de la chaise, mon sac. C'était bien lui, trop rempli comme toujours mais bien fermé. Je me débattis un instant avec le fermoir. Quand il cessa de me résister, j'aperçus tout de suite à l'intérieur mon portefeuille. Je l'ouvris et y trouvai quatre billets de vingt livres, neufs et craquants, et une bonne quantité de pièces. Mes deux cartes de crédit étaient là aussi, de même que mon permis de conduire, un carnet de timbres, ma carte de sécurité sociale et plusieurs bristols portant des adresses. Rien ne semblait manquer.

Je retournai dans la cuisine, serrant mon sac sous mon bras, allumai le plafonnier et la lampe au-dessus de la cuisinière. C'était une pièce accueillante, presque familiale. En entrant dans cette maison, j'avais pris une bonne décision, pensai-je. J'ouvris le réfrigérateur, qui était bien garni : des pâtes fraîches, des barquettes de crudités et des sachets de salade, toute une variété de légumes, du lait, du beurre, trois sortes de fromage – cheddar, parmesan et feta –, des yaourts, des œufs, un pain aux céréales, une bouteille de brouilly à peine entamée... Ni viande ni poisson : Jo était peut-être végétarienne. Mais la plupart ces denrées avaient dépassé la date de péremption : les salades dans leurs sachets étaient ramollies, le pain tout sec, le lait avait tourné. Quant au vin, il fallait certainement le boire sans tarder ; j'allai vers un des placards pour y prendre un grand verre à pied.

J'inclinai la bouteille sans réfléchir, mais je m'arrêtai net. J'avais su automatiquement où se trouvaient les verres. Une petite zone enfouie de mon cerveau s'en souvenait... Je restai immobile, dans l'espoir que cette parcelle de mémoire ensevelie allait sortir des limbes et grandir, mais ce fut en vain. Je me versai une généreuse rasade de brouilly – après tout, peut-être l'avais-je acheté moi-même –, m'assis pour le savourer à mon aise et allumai la radio. Je n'aurais guère été surprise de voir Jo entrer dans la pièce, et à cette pensée j'étais à la fois inquiète et pleine d'expectative. Serait-elle alarmée ou contente de me voir ? Me dirait-elle bonsoir d'un ton amical, ou me parlerait-elle avec colère ? Aurait-elle l'air surprise, me serrerait-elle dans ses bras ? Mais à la réflexion, il était très improbable qu'elle apparût si soudainement. Elle était partie Dieu sait où. Personne n'avait mis les pieds dans cet appartement depuis des jours et des jours.

Sur le petit meuble du couloir, le signal rouge du répondeur clignotait, et, après quelques instants d'hésitation, je me décidai à écouter les messages. Le premier avait été laissé par une voix jeune et féminine, qui annonçait à Jo qu'elle s'occuperait du dîner. La voix m'était familière, mais il me fallut plusieurs secondes pour prendre conscience que c'était la mienne. Je frissonnai et me repassai le message, troublée d'entendre ma propre voix dans cet appartement étranger. Ce jour-là, je semblais d'humeur très gaie. Je bus une gorgée de mon vin, qui était un peu aigre, puis écoutai le message suivant : long, un peu autoritaire, c'était celui d'une femme qui parlait d'un travail à rendre le plus vite possible. Puis venait celui d'un homme : « Salut, Jo, c'est moi. Je voulais te proposer de prendre un verre, demain ou après-demain. Rappelle-moi. » Et une autre femme, plus âgée, disant qu'elle serait à Londres le lendemain et voulait inviter Jo à déjeuner. Et une autre encore, qui disait seulement : « Allô ? Allô ? » avant de raccrocher. Je sauvegardai les messages et bus encore une gorgée de brouilly – décidément très vinaigré.

À présent, je ne savais plus trop quoi faire. Étais-je une intruse dans cet appartement, ou bien avais-je retrouvé l'endroit où j'habitais ? J'étais tentée de rester, de prendre un bain chaud, d'enfiler mon maillot de rugby et de manger des pâtes, confortablement installée dans le fauteuil crapaud – mon fauteuil – en regardant un film à la télévision, pieds nus sur le tapis de Jo. Je n'avais plus envie de retourner chez des amis qui se montraient gentils et polis, mais me croyaient l'esprit dérangé. Je préférais de beaucoup rester ici, rencontrer Jo et en apprendre le plus possible sur le moi que j'avais perdu.

Quelle que fût la décision que je prendrais, il me fallait trouver dès maintenant le plus d'indications possibles. En commençant par le commencement. Je m'assis sur le sofa et renversai le contenu de mon sac sur la table basse. Au milieu du fouillis habituel, je remarquai tout de suite une grande enveloppe cartonnée portant mon nom. À l'intérieur, deux passeports : un vieux assez fatigué, que je connaissais bien, et un autre tout neuf. Je l'ouvris et découvris ma photo, la réplique de celles qui étaient coincées dans le cadre du miroir. Une autre enveloppe, plus mince, contenait un billet d'avion à mon nom. Dix jours plus tôt, j'aurais dû m'envoler pour Venise, et en revenir hier. Cela fait des années que je rêve d'aller à Venise.

Je continuai l'inventaire. Mes gants noirs, roulés en boule. Mon carnet d'adresses, au dos un peu déchiré. Mon stylo à plume et trois stylos à bille, dont un qui fuyait. Un tube de rimmel. Deux tampons. Un rouleau de pastilles de menthe entamé : j'en glissai une dans ma bouche, distraitement, qui eut au moins le mérite de faire passer le goût acide du vin. Un paquet de mouchoirs en papier. Quelques caramels. Mon bracelet en nacre. Trois élastiques et un bandeau pour les cheveux, dont je n'avais plus que faire. Ma brosse, mon petit miroir. Un morceau de papier d'aluminium tomba sur le sol. Je le ramassai ; mais ce n'était pas du papier d'aluminium : c'était un conditionnement pour deux comprimés, ronds et bleus, dont l'un avait été utilisé. J'approchai la petite bande argentée de la lumière pour distinguer le nom du médicament. Levonelle, 7,5 mg, levonorgestrel. Qu'est-ce que cela pouvait être ? J'eus l'impulsion, absurde, de fourrer le deuxième comprimé bleu dans ma bouche pour voir l'effet qu'il me ferait.

Bien sûr, je n'en fis rien. Je me préparai du thé, puis composai le numéro de Sheena et Guy et laissai un message sur leur répondeur pour les prévenir que je ne rentrerais pas ce soir, mais que je les rappellerais très vite. Ensuite, j'enfilai ma veste en cuir, glissai la clef et le comprimé dans ma poche et sortis dans la rue. Ma voiture n'avait pas bougé, mais une contravention protégée par du plastique transparent était glissée sous l'essuie-glace et le pare-brise était couvert de givre.

Tant pis. Rassemblant mon courage, je trottai jusqu'à Camden High Street et ne tardai pas à trouver une pharmacie. Elle était sur le point de fermer, et je me hâtai de m'approcher du comptoir où un jeune Indien me demanda ce que je désirais.

« Eh bien, j'aimerais savoir ce que c'est que ce médicament. » Je sortis de ma poche le comprimé bleu et le lui tendis.

Il l'examina brièvement et fronça les sourcils.

« C'est à vous qu'on l'a prescrit ?

— Oui. En fait, non, pas exactement, bredouillai-je. Si c'était à moi, je saurais ce que c'est, je suppose. Je l'ai trouvé. Je l'ai trouvé dans... dans la chambre de ma petite sœur, et je voudrais m'assurer que ce n'est rien de dangereux. Comme vous voyez, il y en avait un deuxième, et...

— Quel âge a-t-elle, votre petite sœur ?

— Euh... Neuf ans, hasardai-je.

— Ah oui ? » Il posa ses lunettes sur le comptoir et fronça plus fort les sourcils.

« Le Levonelle est un contraceptif d'urgence, dit-il.

— Pardon ?

— Ce qu'on appelle communément la pilule du lendemain. »

J'ouvris la bouche et ne pus proférer que : « Aaah...

— Et vous dites que votre petite sœur n'a que neuf ans ?

— Mon Dieu...

— Il faut qu'elle voie un docteur !

— Eh bien, pour tout vous dire... » Une autre cliente s'était plantée derrière moi et prêtait la plus attentive des oreilles à la conversation.

« Quand a-t-elle pris l'autre pilule ?

— Je ne sais pas, mais il y a déjà pas mal de temps. Au moins dix jours. Voyez-vous... »

Il semblait très choqué, mais tout à coup une expression ironique se dessina sur son visage. Il avait compris.

« Normalement, expliqua-t-il, il faut prendre les deux pilules. La première, soixante-douze heures au maximum après le rapport sexuel, mais de préférence dans les vingt-quatre heures. La deuxième, douze heures plus tard. Par

184

conséquent, il est possible que votre petite sœur soit enceinte. »

Je saisis la bande argentée contenant la pilule et l'agitai bêtement en l'air.

« Je vais m'en occuper, merci. Je vais m'assurer que tout va bien, merci. Et merci encore. »

Je ressortis en toute hâte. Sentir la pluie froide sur mes joues brûlantes me fut un réconfort délicieux.

9

Je me doutais bien de ce qui s'était passé. J'en étais même sûre. Oh, oui ! On m'avait raconté que certaines personnes se laissaient aller à ce genre d'imbécillités. Y compris des amis à moi. Lamentable ! Dès que j'eus regagné l'appartement, je téléphonai à Terry. À sa voix, j'eus l'impression que je le réveillais. Je lui demandai s'il était arrivé du courrier pour moi. Oui, une ou deux lettres, maugréa-t-il.

« Il y a peut-être ma nouvelle carte de crédit. La banque m'a promis de l'expédier au plus vite.

— Mmm... Je peux te la faire suivre.

— C'est extrêmement urgent, Terry. Et je suis dans le quartier. Ça ne t'ennuie pas si je passe ?

— Non, ça ne m'ennuie pas, mais...

— Je serai là dans une demi-heure.

— Je croyais que tu étais dans le quartier. »

J'essayai de trouver une explication plausible, mais sans succès.

« Écoute, plus vite je raccrocherai, plus vite tu seras débarrassé de moi. »

Quand j'arrivai, il avait ouvert une bouteille de bordeaux et m'en offrit un verre, que j'acceptai. Maintenant, il me fallait faire preuve de subtilité, louvoyer adroitement pour arriver à la vraie question. Il m'observa avec l'expression sagace que je connaissais si bien, comme si j'étais une antiquité d'origine vaguement suspecte dont il tâchait d'estimer la valeur réelle.

« Je vois que tu as retrouvé tes vêtements, dit-il.

— Oui.

— Où étaient-ils ? »

Je n'avais pas envie de le lui dire. Non pour être désagréable, mais parce qu'il me semblait préférable d'entretenir la confusion, au moins pendant quelques jours. Si les gens qui savaient qui j'étais ne savaient pas où j'étais, si ceux qui savaient où j'étais ignoraient qui j'étais, alors je serais peut-être un peu plus en sécurité, temporairement. Une cible plus mouvante...

« Je les avais laissés chez quelqu'un, répondis-je.

— Qui ?

— Quelqu'un que tu ne connais pas. Tu as mon courrier ?

— Il est là, sur la table. »

Je regardai les deux plis. L'un était un questionnaire sur mes habitudes en matière d'habillement, que je jetai aussitôt à la corbeille. L'autre enveloppe portait la mention « Courrier express ». Le contenu de l'autre était dur, ce qui me sembla de bon augure. Je déchirai l'enveloppe et trouvai une carte de crédit flambant neuve, avec Miss A. E. Devereaux en lettres dorées. J'avais un endroit où dormir, un passeport, mes vêtements, mes disques, mon ordinateur et maintenant une carte de crédit. Vraiment, je revenais à la vie.

« Il reste encore beaucoup de mes affaires, ici, dis-je en regardant autour de moi. Des meubles, surtout. »

Je bus une gorgée de vin, tandis que Terry finissait son verre en trois goulées. J'allais lui faire une remarque à propos de ses compulsions alcooliques, puis je me souvins que, bienheureusement, je n'avais plus à m'en soucier. Désormais, c'était le travail de Sally. Mais peut-être qu'avec elle il ne buvait pas.

« Tu peux passer prendre tout ça quand tu veux, dit-il.

— Je n'ai pas vraiment de place pour les entreposer. Est-ce que c'est pressé ? Sally va s'installer ici ?

— Je ne la connais que depuis une quinzaine de jours. C'est seulement...

— Terry, s'il y a un sujet que je n'ai pas envie d'aborder avec toi, c'est l'importance ou l'absence d'importance de Sally dans ta vie.

— Je n'avais pas l'intention d'en parler. C'est toi qui m'intéresses. Je voulais te dire que je regrette de m'être si mal

187

conduit. » Il porta son verre vide à ses lèvres, regarda le sol, puis leva les yeux vers moi. « Pardonne-moi, Abbie. Je m'en veux terriblement de t'avoir frappée. Je t'assure. Je n'ai aucune excuse. C'était entièrement ma faute et je n'arrête pas de me faire des reproches. »

Ce Terry-là, je le connaissais trop bien. C'était le Terry repentant. Celui qui reconnaissait tous ses torts, promettait que cela ne se reproduirait jamais et que désormais tout serait différent. Je l'avais cru beaucoup, beaucoup trop souvent, mais il est vrai qu'il se croyait lui-même.

« Oublie cela, dis-je. Et cesse de te faire des reproches.

— Pour moi, c'est un souvenir affreux.

— Oh, je suppose que moi non plus je n'étais pas toujours facile à vivre. »

Il secoua tristement la tête.

« Justement, si. Tu étais très facile à vivre. Gaie, généreuse, drôle. Sauf pendant les cinq minutes après la sonnerie du réveil. Pour tous mes copains, j'étais un sacré veinard d'être tombé sur une fille comme toi. Et tu ne t'es jamais dégoûtée de moi. Tu n'as jamais renoncé.

— Oh, tu sais..., marmonnai-je, mal à l'aise.

— Sauf que maintenant... Maintenant, tu renonces, n'est-ce pas ?

— C'est fini, Terry.

— Abbie...

— Non. S'il te plaît. » Il était temps d'entrer dans le vif du sujet, pensai-je. « Écoute, Terry, j'ai quelque chose à te demander.

— Tout ce que tu veux. » Il avait rempli son verre presque à ras bord.

« Pour diverses raisons, mais surtout pour mon propre équilibre, j'essaie de reconstruire la période que j'ai oubliée. En ce moment, j'enquête sur moi comme si j'étais quelqu'un d'autre. En commençant par le commencement. D'après ce que j'ai compris, nous nous sommes violemment disputés le samedi 12 et je suis partie.

— Je te l'ai dit, ce n'était pas vraiment une dispute. C'était entièrement ma faute. Je ne sais pas ce qui m'a pris.

— Tout ça m'est égal, Terry. Je cherche seulement à être sûre de ce que j'ai fait. Donc, je suis partie et je suis allée chez

Sandy. Mais si mon départ a été si brusque, je n'ai certainement pas emporté ma chaîne hi-fi et mon téléviseur. »

Terry secoua la tête.

« Non. Tu es partie avec ton sac et une valise. J'ai cru que tu reviendrais, plus tard ou, au pire, le lendemain. Mais le dimanche en fin de matinée, tu as téléphoné. J'ai essayé de te faire revenir sur ta décision, mais rien à faire. Tu n'as même pas voulu me dire où tu étais. Et puis, deux jours plus tard, tu as téléphoné de nouveau. Tu m'as annoncé que tu passerais prendre des affaires à toi. C'est ce que tu as fait, le mercredi après-midi. C'est ce jour-là que tu as emporté ta chaîne, ta télé et tout un tas de choses. »

C'était le moment difficile. Je me jetai à l'eau.

« Qu'est-ce qui s'est passé d'autre ?

— Qu'est-ce que tu veux dire ?

— Eh bien, pendant ou après la dispute... ou quand nous nous sommes parlé ensuite... est-ce que nous avons, euh...

— Nous ne nous sommes pas vraiment parlé. Ce samedi-là, je suis rentré à huit heures du matin après avoir fait la bringue toute la nuit, il y a eu cette scène et tu es partie. Je t'ai demandé de revenir, mais tu n'as pas voulu. Tu as refusé de me dire où tu étais. C'est tout. Par la suite, j'ai essayé de te joindre sur ton portable, mais il était toujours coupé.

— Et quand je suis venue chercher mes affaires ? Qu'est-ce qui s'est passé ?

— Je ne t'ai pas vue. Tu es passée dans l'après-midi, pendant que j'étais à mon travail. »

Je sentis mon estomac se crisper.

« Excuse-moi, insistai-je. C'est idiot, je sais, mais je ne suis pas sûre de bien comprendre. Tu dis qu'après mon départ, le samedi, nous n'avons plus eu aucun contact ?

— Si. Par téléphone.

— Mais jamais en tête à tête ?

— Non. Tu ne voulais pas.

— Mais alors, bon Dieu, avec qui... ? »

Dans mon désarroi, j'avais commencé une phrase que je ne pouvais décemment pas finir.

« Écoute, Abbie, mon plus profond désir, ce serait que... »

À ce moment, on sonna à la porte, si bien que je ne sus jamais ce que serait le plus profond désir de Terry – encore

189

qu'en substance il me fût assez facile de le deviner. Je le vis serrer les dents, et je compris qu'il savait parfaitement qui sonnait. En sorte que je le savais aussi.

« Mmm... C'est une coïncidence un peu gênante, dit-il en se dirigeant vers la porte. »

J'étais trop bouleversée pour discuter davantage, et cette diversion était bienvenue.

« Mais non, ce n'est pas embarrassant. Qu'elle entre. De toute façon, j'allais partir. »

Nous descendîmes l'escalier l'un derrière l'autre.

« Bonsoir. Justement, je partais, dis-je à Sally. Excusez-moi, j'étais seulement passée prendre mon courrier.

— Voyons, vous n'avez aucune raison de vous excuser, répondit Sally avec un sourire.

— Soyez tranquille, je n'en ferai pas une habitude.

— Ça n'a aucune importance, dit-elle.

— En tout cas, je suis très contente, ajoutai-je en sortant. En toute sincérité, je trouve que Terry et vous formez un bien meilleur couple que Terry et moi. »

Son expression se fit moins aimable.

« Comment pouvez-vous le savoir ? Vous ne me connaissez pas du tout.

— Non, admis-je. Mais moi, je me connais. »

Sur le chemin du retour, je m'arrêtai devant une de ces grosses épiceries qui se font pardonner l'aspect démoralisant des fruits et légumes ridés qu'elles exposent sur leurs étals en ne fermant qu'à une heure avancée de la nuit. J'achetai une bouteille de vin blanc importé de Bulgarie et de quoi de me faire une salade. De retour dans l'appartement de Jo, je fermai la porte sans oublier la chaîne de sûreté, puis je mélangeai la laitue et le reste dans un grand saladier. J'étais si fatiguée que je n'avais même plus envie de dormir. Mes yeux étaient brûlants, mes membres courbatus, ma tête bourdonnait. J'avalai deux comprimés antalgiques avec un verre de vin bulgare trop sucré, mais très frais. Puis je mangeai en silence ma salade solitaire et tristounette, en m'efforçant de clarifier mes pensées. Mes yeux se posèrent sur la petite pyramide que formait le courrier de Jo. Il se pouvait que son absence n'eût rien d'inquiétant. Peut-être m'avait-elle proposé de loger chez elle

190

pendant qu'elle s'absentait, pour des vacances, un stage en province ou Dieu sait quoi. J'examinai les enveloppes une à une, mais ne remarquai rien de significatif. Il y avait une facture de British Telecom, avec la mention RAPPEL imprimée en rouge. Je ne sus qu'en penser. Peut-être Jo était-elle de ces gens qui paient toujours leurs factures à la dernière minute, à moins qu'il ne s'agît d'un oubli. Et il se pouvait tout aussi bien qu'elle rentrât de voyage d'un moment à l'autre. Je décidai d'attendre deux ou trois jours, après quoi je m'occuperais d'en apprendre davantage sur Jo. D'abord, il me fallait en apprendre davantage sur moi-même.

Je m'assis en tailleur sur le parquet en bois clair de Jo et disposai autour de moi les éléments que j'avais rassemblés : le dossier Avalanche ; le courrier que m'avait remis Terry le premier jour ; les appels téléphoniques notés par Carol ; les factures trouvées dans la boîte à gants. J'allai ouvrir le petit bureau dans un coin de la pièce, y trouvai une rame de papier, des crayons et des stylos dans une chope en faïence décorée d'un plan du métro, et revins m'asseoir avec quelques feuillets et un feutre noir.

Que savais-je de ces jours effacés de ma mémoire ? Je posai un feuillet sur la table basse et inscrivis tout en haut : JOURS OUBLIÉS. Plus bas : mardi 22 janvier. C'était tard dans la soirée du 22, peu avant minuit, que je m'étais écroulée sur le seuil d'Anthony Russell. Combien de jours étais-je restée captive ? Trois ? Non, sûrement plus. Quatre, cinq, peut-être davantage. Le dernier fait dont je pusse être certaine, c'était que le soir du mardi 15 j'avais fait livrer ici même un repas indien. À présent, il me fallait remplir les jours précédents, et sans doute certains des suivants – ce qui n'était pas une mince affaire. À quoi les avais-je occupés ? Tout ce que je savais, c'est que je n'avais pas vu mes amis.

Une idée me vint. J'allai dans la cuisine et ouvris plusieurs placards avant de trouver la boîte à ordures. Au moment où je me penchai, une affreuse odeur mi-âcre, mi-douceâtre me frappa au visage, mais je me forçai à regarder à l'intérieur. Elle contenait de vieux déchets puants, pourris, visqueux, mais aucune des barquettes en papier d'aluminium dans lesquelles sont livrés les plats préparés. Ce qui signifiait que le sac avait été changé au moins une fois après le dîner du mardi 15, et qu'il s'était écoulé assez de temps pour que le sac neuf reçût d'autres ordures. En d'autres termes, que Jo, ou moi, ou Jo et moi, ou quelqu'un d'autre, avait séjourné dans l'appartement après ce mardi soir. À moins que les reliefs du repas indien eussent été jetés directement dans une poubelle à l'extérieur. Était-ce vraisemblable ?

La tête me tournait, mais je m'obstinai. Robin ne m'avait-elle pas parlé d'un coup de fil pour annuler mon rendez-vous avec elle ? Un coup de fil que je lui avais passé le mercredi, si je me rappelais bien. Je griffonnai « mercredi 16 » en marge de la feuille et ajoutai un point d'interrogation.

Puis je passai aux appels notés par Carol. Ces noms et ces numéros crayonnés à la hâte eurent surtout pour effet de me renvoyer à mon ancienne vie, faite de communications urgentissimes et de réponses brèves. Un par un, je cochai les noms connus, et au bout du compte il n'en resta que trois que je ne pus identifier. Dans le premier cas, c'était parce qu'il n'y avait qu'un numéro, sans nom. Ensuite, Carol avait écrit : « 16 h 30, appel de Pat. » Pat ? Je connaissais au moins douze personnes qu'on appelait Pat, hommes et femmes. Je me souvenais même d'une Pat avec qui j'étais allée à la maternelle. Jamais je n'ai entendu personne qui fût capable de hurler si fort. Enfin, il y avait la mention : « 11 h 45, un homme vous a appelée. » Merci, Carol.

Je pris une autre feuille et inscrivis en haut : À FAIRE D'URGENCE. Quand on ne sait plus trop où l'on en est, il est toujours utile de dresser une liste. D'abord, je notai : « Rappeler les numéros. » En dessous : « Avalanche. » Au dire de Lawrence, j'avais quitté Jay & Joiners après une grosse colère et je m'étais par la suite rendue chez des participants au projet pour les inciter à se plaindre. C'était un des rares éléments concrets dont je disposais pour découvrir ce que j'avais fait de mes « jours oubliés ».

J'ouvris le dossier Avalanche et parcourus le premier feuillet : une longue liste de noms, avec des adresses et des numéros de téléphone en face. Tous ces gens, je les connaissais : c'étaient ceux avec qui j'avais traité jour après jour, pendant cette période frénétique qui avait suivi les fêtes de fin d'année. Je feuilletai le dossier, notai certains noms, en mis certains entre parenthèses, en soulignai d'autres.

J'en arrivai aux comptes, tout à la fin du dossier. Je fixai ces alignements de chiffres jusqu'au moment où ils se brouillèrent devant mes yeux. Comme si des formes surgissaient d'un épais brouillard, je me remémorai certaines de mes algarades avec Lawrence – ou du moins, les motifs pour lesquels elles avaient sûrement eu lieu : les sales tours que la boîte avait joués à ses sous-traitants, les factures truquées qui m'étaient passées entre les mains, et ainsi de suite. Et soudain, je repensai à Todd.

En réalité, je ne l'avais jamais oublié, mais seulement mis à l'écart dans un recoin de mon cerveau. Après son départ, je m'étais demandé si j'aurais dû percevoir plus tôt les signes des ennuis à venir. Au début, c'était lui qui avait la charge du projet Avalanche : une responsabilité très lourde et complexe, car le contrat pour l'équipement de ces bureaux high tech à Canary Wharf, dans la zone la plus recherchée des Docks réaménagés, représentait énormément d'argent, et parce que la supervision des opérations requérait un subtil mélange de diplomatie et d'autorité. Dès mes débuts dans le métier, j'avais découvert que lorsqu'on dirige un travail collectif, chacun des participants a un ou plusieurs griefs contre tel ou tel des autres et que tous ont toujours de bonnes excuses pour justifier leurs insuffisances ou leurs erreurs. Si l'on se montre trop impérieux, on s'expose à des rébellions. Mais si l'on prend trop de gants, le boulot n'est pas fait. Comme Todd et moi employions parfois les mêmes artisans décorateurs, le bruit me parvint bientôt que le chantier prenait du retard. Les chantiers prennent toujours du retard, mais si les contre-maîtres eux-mêmes le reconnaissent, cela veut dire qu'ils sont au point mort. En deux ou trois occasions, je m'étais permis de le faire observer à Todd, mais il m'avait répondu que tout allait pour le mieux. Commençant à sentir que de gros problèmes risquaient de surgir, j'avais pris le parti d'en toucher un mot à Lawrence.

Quelques jours après, je devais apprendre avec stupéfaction que Todd avait été licencié et que j'étais bombardée responsable du projet Avalanche. Lawrence m'expliqua que Todd avait sombré dans la dépression sans rien en dire à personne ; une des conséquences était que son travail se révélait au mieux inexistant, au pire désastreux et que la société Joiners

& Jay se voyait menacée d'une action en justice. Catastrophée, je lui objectai qu'en aucun cas je n'avais voulu nuire à Todd. À quoi il me répondit que de toute façon Todd était mentalement perturbé, qu'il avait besoin d'une prise en charge psychiatrique et que la priorité des priorités était de sauver la société d'un ruineux procès. J'avais donc pris séance tenante la place de Todd dans son bureau et travaillé quarante heures d'affilée pour rattraper ce qui pouvait l'être. La semaine suivante, je n'avais pas dormi plus de quatre heures par nuit. En sorte que si j'étais partiellement responsable des déboires de Todd, il était partiellement responsable des miens. Mais en avait-il conscience ? S'il souffrait réellement de troubles mentaux...

J'inscrivis son nom sur le feuillet. Je réfléchis un moment, puis traçai un point d'interrogation à côté. Ne pas tirer de conclusions trop rapides. Pourtant, de plus en plus troublée, je dessinai d'autres lignes, si bien que le point d'interrogation sembla se trouver à l'intérieur d'un cube. Je hachurai les côtés du cube. Ensuite, j'en fis rayonner des traits ondulés, comme si le cube brillait ou était sur le point d'exploser.

Un instant plus tard, j'oubliai provisoirement Todd, car une autre pensée le supplanta dans mon esprit. Zut, zut, zut, zut et zut. En dessous de « Todd », j'écrivis « Test de grossesse », et soulignai rageusement. J'avais eu des relations sexuelles avec quelqu'un, et de toute évidence je n'avais pris aucune précaution. Qui ? Je songeai à commencer une autre liste avec les noms des candidats potentiels, mais aucun nom ne me venait en tête. Quels hommes étais-je sûre d'avoir rencontré au cours de ma semaine oubliée ? Guy. Peu vraisemblable. La personne qui avait livré le repas indien était probablement un homme. Et puis, il y avait... lui, bien sûr.

Ensuite, j'écrivis le mot « Pourquoi » et levai brusquement mon stylo. J'avais pensé « Pourquoi fais-tu tout ça ? » et ma main avait commencé de tracer les mots, automatiquement. Effectivement, pourquoi faisais-je tout ça ? Sans doute parce que la seule idée de tous ces jours perdus, effacés, noyés dans les ténèbres, était trop insupportable ; elle était quelque part dans mon cerveau, lancinante, et me tourmentait à toute heure du jour et de la nuit. Parfois, il me semblait que c'était elle la cause de mes affreux maux de tête. Si je parvenais à remplir tous les blancs, à découvrir tout ce que j'avais fait, la douleur s'en irait. Cela valait-il la peine de me mettre en danger ? Et en réalité, étais-je vraiment en danger ? Errait-il vraiment dans Londres pour me retrouver ? À moins, pensai-je avec effroi, qu'il ne m'eût déjà retrouvée. Il se pouvait qu'il fût en ce moment même posté devant la porte de Jo, attendant que je sorte. Mais il se pouvait aussi que je me trompe du tout au tout. Qu'il se soit évanoui dans la nature. Il savait que je ne me rappelais rien du lieu ni du moment où il m'avait attaquée, que j'ignorais à quoi il ressemblait. S'il se tenait à carreau, il n'avait rien à craindre. Et rien ne l'empêchait d'aller tuer d'autres femmes, de m'oublier. Seulement, pouvait-il en avoir la certitude ?

Je dessinai un énorme point d'interrogation autour du mot « pourquoi ». Puis j'en fis un point d'interrogation en trois dimensions, que je hachurai. Si seulement j'arrivais à prouver que j'avais vraiment été kidnappée ! C'était cela, mon véritable espoir : trouver une preuve quelconque, pour que la police me crût enfin, assurât ma protection et réussît à arrêter cet homme. Alors, j'aurais de nouveau une vie digne de ce nom.

Mais que pouvait-elle être, cette preuve ? Où la chercher ? Je décorai mon point d'interrogation géant d'un filigrane de bébés points d'interrogation, dans sa courbe, le long de son dos, remontant à l'intérieur de son ventre, et une foule d'autres tout autour, jusqu'à ce qu'il fût noyé dans un nuage de perplexité en suspension.

10

Je me réveillai en sursaut et il me fallut plusieurs secondes pour me rappeler où j'étais. La pièce était plongée dans l'ombre et le silence. Je restai étendue et attendis que la mémoire me revînt. Il me semblait que j'allais entendre un bruit de pas dans le noir. Mon cœur martelait dans ma poitrine et j'avais soudain la bouche sèche. Puis je perçus un doux bruissement du côté de la fenêtre. C'était peut-être cela qui m'avait réveillée. Mais qui était là, derrière la fenêtre ? Je me retournai et regardai mon réveil sur la table de chevet. Il était cinq heures moins dix, et il faisait froid.

De nouveau, le curieux bruissement se fit entendre, avec quelques grattements. Incapable de bouger, je pressai ma joue contre l'oreiller. Je respirais mal et les élancements dans ma tête avaient repris de plus belle. Je laissai remonter en moi le souvenir de la cagoule et du chiffon sale, mais je chassai cette pensée. Je me forçai à sortir du lit et à m'approcher de la fenêtre. J'entrouvris les rideaux et regardai au dehors, entre les fleurs de givre sur les vitres. La neige tombée pendant la nuit donnait à toutes choses un éclat nouveau, et à la lumière du réverbère je distinguai une forme sombre en contrebas. C'était un gros matou tigré qui se frottait contre un buisson près de la porte, agitant sa longue queue au poil dru parmi les feuilles séchées. De soulagement, je faillis éclater de rire ; mais l'instant d'après, il leva la tête et sembla me fixer de ses yeux jaunes qui ne clignaient pas. Une angoisse me saisit. Je regardai la rue, obscure entre les flaques de lumière orangée. Vide.

Mais soudain, une voiture garée à quelques mètres démarra et ses phares illuminèrent la rue. Je discernai une silhouette au loin. Déjà, le blanc de la neige était profané d'empreintes de pas.

Je refermai les rideaux et retournai vers mon lit. J'étais stupide, vraiment. Paranoïaque. À Londres, il y a toujours des gens qui veillent, toujours des voitures, des chats, des silhouettes dans la rue. Je pouvais me réveiller à n'importe quelle heure de la nuit, presser mon visage contre la vitre, et je verrais forcément quelqu'un qui passait.

Je me recouchai et me recroquevillai sous la couette, en étreignant l'oreiller. Mes pieds étaient glacés et j'essayai de les remonter dans mon énorme maillot de rugby pour les réchauffer, mais ils glissaient sans cesse à l'extérieur. De nouveau, je me levai, car je me souvenais d'avoir vu une bouillotte accrochée à la porte de la salle de bains. J'allumai la bouilloire, remplis la bouillotte d'eau très chaude, pris deux comprimés pour ma tête et me glissai de nouveau sous la couette. Je pressai mes pieds contre la bouillotte et tentai de retrouver le sommeil, mais des pensées tourbillonnaient dans ma tête comme une tempête de neige, et je ne pus m'empêcher de réfléchir à la foule de tâches qui m'attendaient : les coups de téléphone, les visites aux gens sur ma liste, et puis les recherches à entreprendre pour découvrir où était passée Jo, pour en savoir davantage sur elle, tout au moins. Sans parler de cette satanée pilule du lendemain. Quelqu'un savait forcément que j'avais fait l'amour avec lui, mais recherchais-je un homme ou deux ? Et si j'étais enceinte ? Mieux valait n'y pas penser... Je me remémorai ma vie passée : elle me parut terriblement lointaine, pareille à une vieille photo sous verre, alors que celle-ci, la nouvelle, était sinistre et oppressante, avec des contours qui se brouillaient chaque fois que je voulais m'en faire une idée nette.

Le radiateur crachotait et bourdonnait, et au bout de quelques minutes le froid s'atténua. Dehors, par la fente entre les rideaux, je voyais l'obscurité se teinter des premières lueurs de l'aube. Il était inutile d'insister, je n'arriverais pas à me rendormir. J'avais beau être pelotonnée au creux d'un lit confortable, à l'abri dans une chambre paisible, la peur pesait sur ma poitrine comme un gros crapaud accroupi. Pour l'écarter, il me fallait commencer à agir, à chercher. Je n'avais pas d'autre choix.

Je pris un bain, si chaud que lorsque j'en sortis ma peau était toute rose et mes doigts ridés. J'enfilai mon pantalon ultra-large, un gros pull et ma veste en mouton retourné. Et deux paires de chaussettes. Je me préparai du café, puis je fis chauffer du lait et griller deux tranches de pain rassis, que je beurrai généreusement et mangeai avec deux œufs mollets. Je pris mon petit-déjeuner à table, trempant mon pain dans le jaune d'œuf et le mâchant lentement : il fallait que je m'occupe un peu de moi, que je réapprenne à vivre comme une civilisée. Quand j'eus terminé, j'allai me regarder dans le grand miroir de la salle de bains. Voir ma maigreur, mon visage dénudé me causait encore un léger choc. Je mouillai mes cheveux avant de les coiffer pour qu'ils fussent un peu moins ébouriffés et me brossai les dents, sans cesser de me regarder pour m'accoutumer à ma nouvelle apparence. Pas de maquillage, ni de bijoux. J'étais prête pour l'action.

Il était à peine plus de sept heures, et beaucoup de gens devaient être encore au lit. Il était certainement trop tôt pour acheter un test de grossesse. Je m'en occuperais plus tard. Je repris les feuilles de papier griffonnées la veille, parcourus les listes, ajoutai quelques notes. Je fourgonnai dans les tiroirs du bureau, cherchant des punaises, mais je n'en trouvai pas et me rabattis sur un rouleau de Scotch. Je suspendis les feuillets au mur, laissant des intervalles que j'espérais bien remplir par la suite. Étrangement, ces préparatifs m'apportèrent une vraie satisfaction, comme lorsqu'on achève de trier le contenu d'un bureau et qu'il est tout prêt pour le vrai travail.

Je notai les noms et les adresses des personnes auxquelles je comptais rendre visite ce jour-là. C'étaient des noms que je connaissais bien, et je supposai qu'il s'agissait des gens que j'étais allée trouver après avoir quitté Jay & Joiner. Au cours de mes derniers jours de travail, je leur avais téléphoné tous les jours, à eux ou à leurs employés, et je savais parfaitement que la boîte les avait grugés. J'en avais aussi rencontré quelques-uns, mais cette période d'activité frénétique était plongée dans un brouillard mental d'où n'émergeait qu'une sensation d'urgence abstraite, comme si je m'étais affairée avec tant de précipitation que je n'avais rien vu sur mon passage, ou comme si mon amnésie contaminait le passé. Peut-être l'amnésie était-elle comme une tache d'encre sur un buvard, pensai-je. Il y a au centre un point très noir, qui devient plus gris à mesure que l'encre se diffuse tout autour, jusqu'à ce qu'on ne voie plus rien.

Je vérifiai toutes les adresses sur mon plan de Londres, pour décider de mon itinéraire et de l'ordre de mes visites. Je décrochai le téléphone et commençai à composer le premier numéro, puis je reposai le combiné. Mieux valait arriver sans m'annoncer. Mon seul avantage était l'effet de surprise. J'enfonçai mon bonnet de laine jusqu'aux oreilles, cachai le bas de mon visage sous ma grande écharpe rayée, puis j'éteignis toutes les lumières et tirai les rideaux de ma chambre, comme ils étaient à mon arrivée.

Après ma longue, éprouvante journée de la veille et ma courte nuit peu réparatrice, j'étais encore plus nerveuse que d'habitude ce matin-là. Je dus sortir par la porte de devant, car il n'y en avait pas d'autre. Avant de l'ouvrir, je chaussai mes lunettes noires. Tant pis si elles n'étaient pas de saison : cela me rassurait que mon visage fût impossible à identifier, et de toute manière on peut avoir mal aux yeux toute l'année. Je sortis dans la bise glacée. Jamais, depuis mon difficile retour au monde, il n'avait fait aussi froid : un froid qui semblait vous récurer la peau, vous pétrifier les os. La contravention était toujours sous l'essuie-glace gelé de ma voiture, mais peu importait : aujourd'hui, je prendrais les transports en commun.

La spacieuse boutique de Ken Lofting n'était pas encore ouverte, mais quand je pressai mon nez contre la porte vitrée, j'aperçus de la lumière dans l'atelier du fond. Je ne trouvai pas de sonnette, aussi dus-je cogner à la porte. J'attendis une minute, puis vis une forme apparaître. Les lampes de la boutique s'allumèrent – et quand je dis qu'elles s'allumèrent, j'entends qu'elles illuminèrent les lieux dans un grand bouquet de couleurs, brillantes ou délicatement tamisées, et soudain ce fut comme si c'était Noël à nouveau. Puis la silhouette massive de Ken s'avança vers la porte de son pas pesant. Je vis qu'il fronçait les sourcils d'un air plutôt mécontent. Il n'ouvrit pas la porte tout de suite et m'observa quelques secondes à travers la vitre ; puis son visage fleuri s'éclaira peu à peu. Il glissa une clef dans la serrure et m'ouvrit enfin. Ma bouche était sèche tant j'avais d'appréhension, mais je le regardai en arborant un grand sourire.

« C'est toi, Abbie ?

— Je me suis fait couper les cheveux, c'est tout. Ken, j'aurais besoin de discuter un petit moment avec toi. Je peux ? »

Il s'écarta pour me laisser entrer, non sans continuer à me scruter d'un air ahuri, ce qui finit par m'intimider.

« J'espérais que tu me rendrais visite », dit-il.

J'écoutai attentivement sa voix. Le ton était-il amical ?

« J'ai souvent pensé à toi, ajouta-t-il.

— Je pensais que tu serais déjà au travail », dis-je d'un ton d'excuse en regardant autour de moi. Les lampes, les lustres, les spots étaient allumés, mais de toute évidence il n'y avait personne d'autre, ni dans la boutique ni dans l'atelier.

« Dans un petit quart d'heure, dit-il.

— Pouvons-nous parler un peu ? »

Il se détourna un instant pour refermer les deux grosses serrures. Leur bruit me fit frémir, sans que je pusse m'en empêcher. Puis il me fit signe de le suivre dans l'atelier.

Ken n'était pas de ces électriciens qui se contentent de faire passer des fils derrière des plinthes. C'est un symphoniste de la lumière. En matière de fils, il est évidemment très compétent, mais ce qui l'obsède, c'est la lumière : ses différents degrés d'intensité, son inclinaison, la profondeur de son champ, la qualité des contrastes. Dans sa belle boutique du quartier de Stockwell, on peut se procurer de curieuses ampoules norvégiennes à éclairage discontinu ou des lampes japonaises reproduisant la clarté d'une aurore au printemps, et il peut passer des heures à vous entretenir des multiples nuances de l'éclairage direct ou indirect, des vertus décoratives et psychologiques d'un seul rayon intense ou d'une clarté diffuse issue de plusieurs sources. Avec moi, c'est arrivé plusieurs fois. Les lumières qu'il a créées pour les bureaux d'Avalanche sont d'authentiques œuvres d'art. Chaque plan de travail est brillamment éclairé, chaque bureau chaudement lumineux, mais il a ménagé de nombreuses zones où la clarté est adoucie et pacifiante, imperceptiblement ombrée de rose ou d'or très pâle. « Tout est dans les contrastes, a-t-il coutume de répéter. Tout éclairage doit être contrasté, modulé, pour mettre en valeur les formes et donner de la profondeur à l'espace, le rendre vivant. La règle d'or est de ne jamais éclairer une pièce d'une façon plate et uniforme. C'est insupportable ! » Les administrateurs d'Avalanche étaient sous le charme.

« Pourquoi désirais-tu me voir, Ken ?

— Chaque chose en son temps. Du thé ?

— Avec plaisir. »

Il alla préparer le thé dans la cuisine adjacente à l'atelier, qui était rempli de cartons. Je m'assis sur une chaise, lui sur l'un des cartons. Il faisait très froid et je gardai ma veste en mouton, mais lui resta en bras de chemise.

« Pourquoi voulais-tu me voir ?

— Des biscuits ? Une tranche de pain d'épices ?

— Rien, merci.

— Je voulais te voir pour te remercier. Je t'ai téléphoné deux ou trois fois, mais tu n'étais pas là.

— Me remercier pour quoi ?

— Pour m'avoir fait éviter trois mille livres de perte sèche, voilà pour quoi !

— Moi, je t'ai fait...

— Oui, dit-il en souriant largement.

— Mais comment ai-je fait ça ?

— Pardon ? » L'étonnement se peignit sur son visage mobile.

« Excuse-moi, Ken. Il va falloir que tu fasses preuve d'un peu de patience avec moi. J'ai passé quelques semaines très agitées, et il y a deux ou trois choses que j'ai besoin d'éclaircir par rapport à la boîte. »

L'explication parut lui suffire.

« Tu m'as fait comprendre, preuves à l'appui, que j'avais été sous-payé et que je ferais bien de réclamer mon dû.

— Et tu l'as fait ?

— Oh, que oui !

— Quand suis-je venue te voir ?

— Un lundi matin, je crois. De bonne heure, comme aujourd'hui.

— Quel lundi ?

— Il y a trois semaines, environ.

201

— Le lundi 14, alors ? »

Il réfléchit, puis hocha la tête.

« Oui. Ça ne peut être que le lundi 14.

— Et je ne t'ai pas revu depuis ? demandai-je.

— Revu ? Non. Tu aurais dû revenir ? » Une lueur de complicité apparut dans ses yeux bleus, et son gros visage se plissa dans un sourire. « Il faudrait que tu m'aies revu pour une question d'heures supplémentaires, c'est ça ? C'est bien normal après le service que tu m'as rendu. Dis-moi quand nous nous sommes vus, pour combien de temps, et je confirmerai.

— Non, Ken, il ne s'agit pas de ça. J'ai, euh... J'ai perdu mes notes, et maintenant je ne sais plus trop ce que j'ai fait ces dernières semaines, ni quand. Tout cela s'est embrouillé dans ma tête. Donc, depuis ce lundi matin, nous ne nous sommes pas revus ? »

Il sembla déçu.

« Non. Je te l'ai dit, j'ai essayé de te joindre pour te remercier, mais je n'y suis pas arrivé. » Il se pencha et posa sa main sur mon épaule. « Tu as pris un gros risque pour moi, il me semble. Comme si tu posais ta tête sur le billot ! »

Cette image me fit frissonner. J'insistai :

« Tu es sûr que c'était le lundi 14 ? Tu t'en souviens clairement ?

— Oh, oui ! Et je me souviens aussi que tu ne tenais pas en place, tellement tu étais furieuse de ce que tu avais découvert. »

Il rit, d'un rire un peu enroué.

« C'est l'heure d'ouvrir la boutique, dis-je. Je te laisse. Merci beaucoup pour ton aide, Ken.

— Je t'en prie. »

Il resta assis sur son gros carton, mais peut-être était-ce seulement parce qu'il était très gros et avait de la peine à se lever. Il me regarda, d'une façon qui était sans doute purement amicale – mais je n'en étais pas vraiment sûre. Le doute me crispait l'estomac.

« Peux-tu m'ouvrir la porte ? »

Il se leva et marcha lentement jusqu'à l'autre bout de la boutique éblouissante de lumières. Une serrure, puis l'autre, et je me retrouvai seule dans le matin glacé, soulagée. Des

gouttes de sueur perlaient à mon front et mes mains tremblaient.

« Ah ! non, non et non ! Qu'est-ce qu'il y a encore ? Un truc
qui ne marche pas, des dégâts quelque part ? Un imbécile qui
ne sait pas se servir du système ? Laissez-moi vous dire ceci. »
Il pointa son doigt vers moi comme s'il voulait me transpercer
la poitrine. « Je ne travaillerai plus jamais pour votre satanée
boîte ! Vous m'avez compris ? Jamais ! Je l'ai déjà dit à votre
patron. Hors de question, même si vous vous traîniez à
genoux ! Alors, inutile d'insister. D'abord, j'ai dû supporter
ce type qui avait l'air prêt à fondre en larmes chaque fois qu'il
me voyait, Todd je ne sais quoi. Et ensuite, la blonde. Celle-
là, elle avait le feu au derrière ! Encore qu'elle m'ait rendu
service à la fin. Mais je suppose que vous l'avez virée, pas
vrai ? Tous les gens qui ont quelques principes, vous devez les
virer. Je vous connais maintenant ! »
   C'était un petit homme maigre et soupe au lait. Je le trouvai
très sympathique.
   « C'est moi qui vous ai averti qu'on vous avait sous-payé,
Mr Khan, dis-je.
   — Non, non, non ! Vous ne me ferez pas avaler ça. C'était
une fille aux longs cheveux blonds. Abbie quelque chose.
Vous, je ne vous connais pas. »
   Était-il possible qu'il ne me reconnût pas ? J'enlevai mon
bonnet de laine, mais son expression resta la même. Je n'insis-
tai pas. Mieux valait prétendre que j'étais quelqu'un d'autre,
une amie d'Abbie.
   « Quand l'avez-vous vue pour la dernière fois ? demandai-
je, de mon ton le plus professionnel.
   — Le vendredi 11 janvier, répondit-il vivement.
   — Non. Je veux dire la toute dernière fois.
   — Je viens de vous le dire !
   — Soyez tranquille, Mr Khan. Je n'ai pas l'intention de lui
causer plus d'ennuis qu'elle n'en a déjà.
   — Alors, elle a bel et bien des ennuis ? J'en étais sûr. Je lui
ai bien dit qu'elle risquait de s'en attirer. Mais ça n'avait pas
l'air de la préoccuper.
   — L'avez-vous revue après le 11 janvier ? »

203

Il haussa les épaules et me regarda d'un air de défi. J'avais envie de le serrer dans mes bras.

« Je suis une amie d'Abbie », insistai-je. Il risquait de me reconnaître d'un moment à l'autre et de me prendre pour une femme déloyale, malveillante, ou tout simplement pour une folle. « Je suis de son côté.

— Ben voyons ! Comme les autres, n'est-ce pas ? »

Que voulait-il dire par là ? Déroutée, je me contentai de scruter son visage et il sembla se radoucir.

« Bon, dit-il, je veux bien vous croire. Elle est venue me voir le lundi suivant. Ensuite, je suis allé tout droit chez mon avocat. Elle m'a rendu un fier service !

— Le lundi 14, donc.

— Oui. Si vous la voyez, remerciez-la pour moi.

— Promis. Mr Khan...

— Quoi ?

— Merci, dis-je. Merci du fond du cœur. »

Un bref instant, son expression changea et il me regarda plus attentivement. Mais je me détournai et remis mes lunettes noires et mon bonnet.

« Au revoir. »

Je déjeunai dans un petit bistro italien de Soho, mal éclairé et chaleureux. La table qu'on m'avait désignée était dans un coin tout au fond, si bien que je pouvais voir tous les clients qui entraient tout en me sentant invisible. Le bistro était plein de touristes, et de ma place j'entendais parler italien, français, néerlandais... Un frisson de bonheur me parcourut l'échine. Je me débarrassai de ma veste, de mon bonnet, de mon écharpe et commandai des spaghetti *alle vongole* avec un verre de vin blanc du Vésuve, dont j'aimais l'arrière-goût de lave. Je mangeai lentement et m'attardai presque une heure, finissant mon repas par une part de tarte au citron, puis sirotant un expresso très fort, et surtout écoutant des bribes de conversation, humant l'odeur de cigarette, de café, de tomate et d'aromates. Mes muscles se décrispèrent, mon mal de tête disparut. De tels moments sont possibles, me disais-je. Si j'arrive à découvrir ce qui m'est arrivé, à être crue, à conquérir la sécurité, je pourrai revenir dans de tels endroits, m'asseoir parmi la foule et me sentir heureuse. Boire un café, manger une part de gâteau en un lieu chaud et sûr, c'est cela, être heureuse. Je l'avais oublié.

Je quittai le bistro, entrai dans une pharmacie et achetai un test de grossesse.

Je n'avais même pas souvenance d'avoir jamais rencontré Benjamin Brody, et pourtant le dossier Avalanche m'avait révélé que je m'étais rendue une fois dans son atelier de Highbury, dans le nord de Londres. En descendant du bus, je me dirigeai vers sa rue dans une bruine glacée et sentis mon nez – la seule partie de ma personne exposée aux intempéries – virer au rouge. L'atelier était tout au bout d'une impasse à quelques centaines de mètres de l'artère principale du quartier. À côté de la porte, une plaque en cuivre annonçait : « Benjamin Brody, décorateur-modéliste ». Comment diable devenait-on décorateur-modéliste ? me demandai-je. Aussitôt, je me sentis stupide. Comment devenait-on consultante en aménagement de bureaux ? L'inanité du métier que j'avais pratiqué m'apparut soudain avec la plus cruelle des évidences. Si j'arrivais à me sortir de mes malheurs actuels, je me ferais menuisière, boulangère, jardinière. Pour faire des choses, et non plus vendre de fumeux concepts. À ceci près que j'étais plus maladroite de mes mains qu'un hippopotame faisant de la dentelle de Bruges.

Benjamin Brody, lui, faisait des choses – ou du moins, il en réalisait les prototypes. C'est lui qui avait dessiné tout le mobilier pour les bureaux d'Avalanche, et aussi les gracieux écrans qui rendaient leurs vastes espaces moins intimidants. Pour cela, la boîte l'avait payé avec un lance-pierres, alors que les clients avaient dépensé une petite fortune.

Je poussai la porte de l'atelier sans frapper et entrai. Tout le long des murs de la grande pièce étaient dressés des établis. Deux hommes se tenaient debout devant le squelette d'une bicyclette. Du fond me parvenait le bruit d'une perceuse. La pièce sentait la sciure, et me rappelait l'odeur de Pippa quand elle se réveillait le matin et que son petit visage plissé se détendait dans un grand bâillement : une odeur de bois frais et de sucre.

« Je peux faire quelque chose pour vous ? demanda un des hommes.

— Vous êtes Mr Brody ?

— Non. Benjamin est dans la pièce du fond. » Il me désigna une porte. « Il fait les comptes. Je vous l'appelle ?

— Non, laissez. J'y vais. »

J'ouvris la porte, et un homme assis devant son bureau leva les yeux. Je gardai mon bonnet de laine, mais ôtai mes lunettes noires. La petite pièce était peu éclairée et je n'y voyais presque rien.

« Oui ? » dit-il d'un air interrogateur. Il me regarda fixement, et pendant un moment il eut l'air de sucer un citron vert. Il enleva ses lunettes et les posa sur son bureau. C'était un bel homme d'une quarantaine d'années, très mince, au visage presque émacié, mais à l'expression douce. Presque trop douce. Ses mains étaient larges et puissantes.

« Oui ? dit-il à nouveau.

— Excusez-moi. Vous ne vous souvenez certainement pas de moi. Nous ne nous sommes rencontrés qu'une fois ou deux. Je m'appelle Abbie Devereaux, de la société Jay & Joiner. »

Il me regarda d'un air d'incompréhension. Puis :

« Je ne vous ai pas complètement oubliée, dit-il. Pourquoi êtes-vous venue ? »

Le ton de sa voix, soudain, était presque agressif. Je tirai une chaise à moi et m'assis en face de lui.

« Je ne vous prendrai pas beaucoup de votre temps, dis-je. J'essaie seulement de tirer au clair une situation un peu confuse par rapport à mes employeurs.

— Je ne comprends pas. » Effectivement, il semblait désarçonné. Et comme abattu. « Que venez-vous chercher ?

— Je vous l'ai dit. Quelques problèmes que j'ai besoin d'éclaircir. » Il me regarda, sans réagir. « Il y a certaines dates dont j'ai perdu la trace. Excusez-moi si je n'entre pas dans les détails, mais c'est trop compliqué à expliquer.

— Trop compliqué ?

— Oui. Et sans aucun intérêt pour vous, je vous assure. Je voudrais seulement savoir quand nous nous sommes rencontrés pour la dernière fois. »

Le téléphone sonna derrière lui, et il fit pivoter sa chaise pour décrocher. « Absolument hors de question, dit-il d'un ton ferme. Uniquement du latex. Non. Non. Oui, c'est ça. Au

206

revoir. » Il reposa le téléphone et se retourna vers moi. « Vous êtes venue ici il y a trois semaines, un lundi, pour me dire que vous aviez des inquiétudes au sujet du contrat Avalanche.

— Merci. » Je sentis un fourmillement dans la nuque, car sa voix me rappelait quelque chose. Non le timbre, mais quelque chose dans l'intonation, peut-être. J'enfonçai mes ongles dans la paume de mes mains. « Vous êtes sûr que c'était bien ce jour-là ?

— Oui. Tout à fait sûr », répondit-il. Puis il ajouta en imitant ma voix : « Excusez-moi si je n'entre pas dans les détails, mais c'est trop compliqué à expliquer. »

Je me sentis devenir écarlate.

« Pardon de vous avoir dérangé, dis-je d'un ton solennel.

— C'est sans importance. Au revoir. » Il hésita un instant, puis reprit : « J'espère que vous serez bientôt complètement rétablie.

— Rétablie ?

— Oui. Vous avez été malade, à ce qu'on m'a dit.

— Je vais beaucoup mieux, maintenant », répondis-je précipitamment. Et je partis.

Le 14 janvier, je n'avais pas rendu visite à Molte Schmidt, le plombier, mais je l'avais appelé et nous avions eu une longue conversation au téléphone. Une conversation qui lui avait rendu grand service, me dit-il.

J'avais dû avoir une sacrée journée, ce fameux lundi 14, à téléphoner et courir d'un bout à l'autre de Londres pour rendre de « grands services ». À peine m'étais-je formulé cette pensée que je pris soudain conscience qu'aujourd'hui en était quasiment la réplique exacte, et que je m'étais lancée dans une sorte de rallye dont chaque étape était un fragment de ma propre vie.

Je pris beaucoup de plaisir aux vingt minutes que je passai avec Molte : il était jeune, beau et d'une exquise gentillesse, avec de longs cheveux blonds attachés en queue de cheval et des yeux bleus extraordinairement lumineux. Il était, me dit-il, à moitié allemand et à moitié finlandais, et je trouvai son accent littéralement craquant.

Le soir commençait à tomber quand je m'acquittai de ma dernière visite de la journée. La pluie fine s'était transformée en un crachin dont les infimes gouttes brillaient à la lumière des réverbères. Il faisait sombre, mais dans la serre toutes les lumières étaient allumées, et en entrant je humai une forte odeur de résine et entendis de l'eau couler. De temps en temps, un carillon éolien résonnait de quelques notes limpides.

J'eus le sentiment de sortir du monde gris qui était le mien pour pénétrer dans une autre dimension. La serre n'était pas particulièrement vaste, et pourtant un étonnant panorama s'étendait devant mes yeux, comme si je voyais des kilomètres de nature. Il y avait des arbres partout, très vieux et très beaux, aux troncs tors et aux feuillages luxuriants. Je me penchai pour en toucher un, très délicatement.

« Celui-ci est un orme de Chine, dit une voix derrière moi. Il a plus de cent ans. »

Je me redressai. Gordon Lockhart était un quinquagénaire trapu au crâne largement dégarni. Il portait des bretelles rouge vif par-dessus une épaisse chemise bleue.

« C'est plutôt une espèce qu'on garde à l'intérieur, poursuit-il. Celui-ci – il me désignait un arbre minuscule aux feuilles couleur de flamme – est un érable du Japon. Normalement, il est plus heureux dehors, mais je l'ai rentré à cause du froid.

— C'est un endroit merveilleux, dis-je. Féerique et merveilleux. Et si paisible !

— Très, dit Gordon. Quand j'entre ici en quittant les rues pleines de bruit et de saleté, je suis dans un autre monde. Une forêt ancienne en plein Londres. Regardez celui-là. C'est un banian, une sorte de figuier originaire des Indes. Vous avez vu ces racines aériennes, tellement gracieuses ?

— Merveilleux, répétai-je. On se croirait dans un rêve.

— Prenez votre temps. Ce n'est pas facile de trouver l'arbre qui vous convient. À moins que ce ne soit un cadeau ? C'est de plus en plus apprécié, vous savez ? Particulièrement pour les mariages.

— Je suis surtout venue pour vous poser une question, dis-je. Je crois que nous nous sommes déjà vus.

— Beaucoup de gens visitent ma serre.

— Je travaille pour Jay & Joiner. Vous avez fourni vingt bonsaïs pour les nouveaux bureaux de la société Avalanche, à Canary Wharf. Non seulement les bonsaïs, mais tout l'équipement pour les entretenir. Je crois que je suis passée pour vous dire que vous devriez contester la somme qu'on vous a versée.

— Mon Dieu... vous êtes Abbie ? Abbie Devereaux ? Vous avez coupé vos beaux cheveux blonds !

— Oui.

— Eh bien, je suis heureux de vous dire que j'ai obtenu une importante rallonge. Et je vous ai offert un cadeau, si ma mémoire est bonne.

— Bien sûr », répondis-je. Je ne me souvenais d'aucun cadeau, mais je ne voulais pas le froisser. Derrière moi, de l'eau gargouillait comme un rire joyeux. « C'était un orme de Chine, n'est-ce pas ?

— Oui, un orme de Chine, parce que vous préfériez un arbre d'intérieur. Dix ans, si je me rappelle bien. Avec déjà un beau gros tronc. C'était pour offrir, m'avez-vous dit.

— Pour offrir, répétai-je mécaniquement. Oui. C'était un cadeau idéal.

— Mais vous aviez une question à me poser, je crois ?

— En effet. Je suis venue vous demander quand nous nous sommes rencontrés pour la dernière fois. J'ai besoin de vérifier certaines dates, vous comprenez ? »

Il s'avéra que nous nous étions vus deux fois, le lundi 14, puis de nouveau le mercredi 16. Je me sentais à la fois fourbue et exultante. J'avais avancé de deux jours dans mon emploi du temps. Je le remerciai et, sur un coup de tête, j'achetai le banian. Je pourrais l'offrir à Jo quand je la verrais.

11

En approchant de l'appartement de Jo, mon banian soigneusement emballé à la main, je constatai qu'on avait mis un sabot à ma voiture. Outre la première contravention, il y avait maintenant un large autocollant sur le pare-brise m'enjoignant de ne pas chercher à la déplacer et m'indiquant le numéro de téléphone que je devais appeler pour qu'elle fût libérée – en échange, bien sûr, d'une forte somme d'argent. Je fouillai mes poches, mais n'y trouvai rien pour écrire. À y bien regarder, ma vieille guimbarde ne méritait guère une telle dépense. Je m'occuperais de cela plus tard. Au moins, j'étais sûre qu'elle ne bougerait pas.

J'avais de plus gros soucis en tête. En priorité, le test de grossesse. Il était en offre spéciale dans la pharmacie où je l'avais acheté, ce qui m'avait au moins permis une petite économie. D'abord, j'eus le plus grand mal à sortir ce machin de son emballage plastifié, tant mes doigts étaient tremblants. Quand ce fut chose faite, je regardai la boîte sous toutes les coutures et vis que la date de péremption du test était le 20. 04. 2000. Neuf mois plus tôt ! Le temps d'une grossesse, justement. Voilà pourquoi il était en offre spéciale. Était-ce important ? Passé la date de péremption, les résultats étaient-ils faussés ?

Je passai dans la salle de bains de Jo et déchirai le second emballage. L'objet ressemblait à un stylo avec une pointe en feutre géante. Je lus la notice : « Tenez la pointe absorbante rose sous le jet d'urine pendant au moins une seconde. » Pas trop difficile. Je replaçai le testeur sur son support et lus la suite : « Attendez quatre minutes avant de lire le résultat. » Quatre minutes. C'était affreusement long, et en même temps trop court pour que je pusse m'occuper à quelque chose. J'observai les trois fenêtres rondes du testeur, qui virèrent au rose comme il se devait. Maintenant, il me restait à attendre que le rose disparût du rond central. Qui pouvait avoir inventé un ustensile pareil ? Un homme, probablement. Quelqu'un comme ce Benjamin, le concepteur de meubles. Drôle de façon de gagner sa vie. J'imaginai toutes les réunions qu'il avait sûrement fallu pour choisir la forme optimale. Je songeai que j'avais passé les deux dernières années en réunions très similaires, et cela me parut soudain vertigineux.

Je retournai le testeur pour ne pas voir les trois témoins. C'était une vérité scientifique évidente que, si je continuais à fixer la tache rose dans celle du milieu, elle ne pourrait pas disparaître et je serais enceinte.

C'était très possible. J'avais regardé mon carnet et calculé que j'aurais dû avoir mes règles vers le 24 janvier, alors que j'étais à l'hôpital. On était le 1er février : j'avais donc une semaine de retard. bien sûr, ce pouvait être dû au fait que j'avais été pratiquement privée de nourriture pendant plusieurs jours, et continuellement terrorisée. Le corps est d'une grande sagesse. Seulement, si j'étais vraiment enceinte ? Je fis un énorme effort de concentration pour ne pas imaginer l'effet que cela me ferait. Évidemment, se concentrer pour ne pas penser à quelque chose revient peu ou prou à découvrir un hippopotame dans son salon et à s'efforcer de ne pas le regarder, mais je ne devais contenir mon anxiété que pendant une ou deux minutes. Il n'était sûrement pas nécessaire d'en laisser passer quatre. Je retournai donc le testeur, et voilà, je n'étais pas enceinte.

J'ouvris une bouteille de saint-estèphe que j'avais repérée dans la réserve de Jo pour fêter la nouvelle. En buvant la première gorgée, je me demandai si je commettais une indélicatesse. Le lendemain, j'en achèterais une autre pour la remplacer. Je me sentais coupable quand même, et pensai tout à coup aux factures avec la mention DERNIER RAPPEL. Bientôt, on viendrait lui couper le gaz, l'électricité et le téléphone. J'habitais chez elle, et il était juste que je prisse

211

certaines responsabilités. Je ne me souvenais même pas de l'avoir rencontrée, mais peut-être étions-nous convenues que je logerais chez elle pendant son absence, que je m'occuperais de tout en échange de son hospitalité. Je l'imaginai revenant tout à coup et trouvant une pile de factures impayées alors que je buvais tranquillement son meilleur vin. Je remplis mon verre – au sens propre, presque à ras bord – et examinai de nouveau les différents plis.

Au bout du compte, il n'y avait pas grand-chose d'important. Quand j'eus déchiré les enveloppes contenant de toute évidence des magazines, des catalogues, des offres d'abonnement et d'assurance, quand j'eus jeté à la poubelle les cartons d'invitation à des soirées déjà passées, seule une poignée de lettres lui étaient réellement adressées, dont les factures. Je les regardai : téléphone, gaz, électricité, carte de crédit. Leur montant était minuscule. Aucun problème, donc. Je fis un rapide calcul mental et conclus que j'aurais à payer un peu moins de cent livres en tout et pour tout. Je réglerais même la facture pour sa carte de crédit, car elle ne l'avait utilisée que pour trente malheureuses livres et quelques pence. Parmi ses diverses qualités, Jo avait de toute évidence une maîtrise de ses finances digne d'une ascète. Pas de cartes de grands magasins, pas le moindre achat à crédit. Outre les factures, il y avait trois lettres portant une adresse manuscrite et deux cartes postales. Je les posai sur la cheminée sans les regarder.

Le téléphone sonna, mais je ne répondis pas. Je m'étais demandé si je faisais bien de ne jamais décrocher, et j'avais finalement décidé d'attendre encore deux jours. Si Jo n'était pas rentrée d'ici là, je répondrais aux appels. Le répondeur était en marche, et de temps à autre j'entendais la voix d'un ou d'une amie qui laissait un bref message. Salut, c'est Jeff, ou Paul, ou Wendy, rappelle-moi.

J'allai me coucher en pensant à la prochaine entrevue qui m'attendait. C'était presque la dernière personne que j'avais envie de rencontrer. Presque.

Quand il ouvrit la porte, Todd Benson fut visiblement très surpris de me voir sur le seuil. Je n'avais pas téléphoné pour le prévenir, pensant qu'à huit heures et demie du matin j'avais de grandes chances de le trouver chez lui.

« Abbie... », articula-t-il. Il semblait vouloir s'assurer que je n'étais pas une apparition – à moins qu'il n'espérât se tromper.

« Bonjour, Todd. C'est Carol qui m'a donné ton adresse, dis-je. Je l'ai appelée hier et je lui ai dit que j'aimerais passer te voir. » C'était un mensonge éhonté. « Pour prendre de tes nouvelles, poursuivis-je. Comme j'étais dans le quartier, j'en ai profité. » Autre mensonge.

Todd habitait au rez-de-chaussée d'une sévère maison victorienne donnant sur un joli square, juste au sud de la Tamise. De Camden, le trajet en métro était long, avec deux changements, et la marche qui suivait était plutôt fatigante. J'avais trouvé l'adresse dans le dossier Avalanche et je n'avais rien dit du tout à Carol, mais raconter qu'elle était au courant était une mesure de sécurité.

Todd haussa les épaules et me fit entrer. Je pensais qu'il se montrerait ou très vindicatif ou très abattu, mais il fut simplement poli. Il me demanda si je voulais du café et le prépara tandis que je l'observais.

Avec son vieux chandail gris, son pantalon de survêtement rouge et ses vieilles tennis, il n'était pas vraiment habillé pour aller au bureau. La dernière trace du Todd Benson cadre supérieur de la société Jay & Joiner était la monture de ses lunettes, signée d'un styliste célèbre, mais les verres étaient si épais qu'elles faisaient penser à des lunettes de soudeur. Il me tendit une grande tasse de café noir, et nous restâmes debout face à face dans sa cuisine, un peu gauchement. Je tenais ma tasse à deux mains, car j'avais encore les doigts gelés par la bise coupante qui soufflait dehors.

« Tu as encore plus mauvaise mine que moi, dit-il enfin.

— J'ai traversé des moments pénibles, répondis-je. À la boîte, pour commencer. J'ai fini par prendre un congé.

— Comme moi », dit-il.

Plaisantait-il ou raillait-il ? Difficile à dire.

« En quelque sorte, dis-je prudemment. Mais ce n'est pas pour en parler que je suis venue te voir. J'ai été agressée.

— Par qui ?

— Je ne sais pas. On n'a arrêté personne. J'ai reçu un coup violent à la tête, et une des conséquences est que je n'ai que des souvenirs très vagues des dernières semaines. »

213

Il but une gorgée de café.

« Ne va pas croire que ça me fait plaisir, murmura-t-il sombrement.

— Non, évidemment, dis-je, plus alarmée que rassurée.

— Tu sais, je n'ai aucune rancune contre toi.

— Todd, je suis vraiment désolée de ce qui...

— Non, interrompit-il. En réalité, tu m'as rendu service. J'étais en train de perdre la tête.

— Je ne suis pas du tout sûre que...

— Les dernières semaines, je sombrais dans une espèce de délire à force de me regarder gâcher ma vie. J'ai toujours été ambitieux, j'ai toujours voulu réussir, tu comprends ? Et dans une certaine mesure, on peut dire que j'ai toujours tout réussi. Professionnellement, du moins. J'y ai beaucoup réfléchi depuis quelque temps, et je crois que j'ai fini par comprendre pourquoi. J'avais l'impression qu'on ne pourrait m'aimer – les femmes, surtout – que si je réalisais complètement mes ambitions. Et plus encore. L'amour ne pouvait être que la récompense du succès. Je crois que j'avais besoin d'une vraie culbute pour apprendre à séparer ma vie professionnelle de ma vie sentimentale. C'est moi qui dois te présenter mes excuses, Abbie. À cause de moi, tu t'es trouvée dans l'obligation de réparer toutes mes conneries. De bosser comme une vraie malade. De te rendre malade ! Si tu savais comme j'en m'en veux, Abbie, si tu savais... »

Et là, debout dans sa cuisine, Todd se mit à pleurer si fort qu'en quelques instants, son visage fut ruisselant de larmes. Je posai ma tasse sur la table, mais ne savais ni que dire ni que faire. Todd n'était qu'un collègue de travail, pas un ami, et le serrer dans mes bras était hors de question. Ç'aurait été ridicule, déplacé. Et hypocrite, par-dessus le marché. D'un autre côté, je ne pouvais pas rester plantée là, à le regarder verser toutes les larmes de son corps. J'avançai d'un pas et lui posai ma main sur l'épaule. Ensuite, le problème fut vite résolu, car il jeta ses bras autour de moi et me tint serrée contre lui, en sanglotant sur mon épaule. Un côté de mon cou fut bientôt complètement trempé. Il me fut impossible d'éviter une ébauche d'étreinte : je ne le pris pas vraiment dans mes bras, mais les passai derrière lui pour lui tapoter amicalement les deux épaules.

« Todd, dis-je d'une voix faible, je suis terriblement triste de te voir ainsi.

— Non, non, Abbie, hoqueta-t-il. Tu es vraiment une chic fille. »

Je pressai un peu plus mes mains sur ses omoplates, puis je me dégageai. Je m'approchai de l'évier et déchirai une feuille de papier absorbant que je lui tendis en guise de mouchoir. Il se moucha bruyamment et se tamponna le visage.

« J'ai beaucoup réfléchi, reprit-il. Pour moi, tout cela s'est révélé très fructueux.

— Tant mieux, dis-je. Je suis vraiment contente. Mais puisque tu vas bien, j'aimerais te parler de ces problèmes de mémoire, parce que mes souvenirs sont très, très flous. Par exemple, je ne me rappelle même pas avoir pris un congé. Alors, je fais le tour des gens que je connais pour qu'ils m'aident à reconstituer ces semaines perdues, si tant est qu'ils le puissent, bien sûr. J'ai oublié tellement de choses ! » Je regardai Todd droit dans les yeux. « Certaines personnes estiment que nous nous sommes quittés en assez mauvais termes. Je voudrais savoir si nous nous sommes revus après... après ton départ. »

Todd se frotta les yeux. Son visage était rouge et bouffi.

« Pendant quelques jours, j'ai été très en colère, dit-il. Amer, surtout. J'avais l'impression d'être tombé dans un traquenard. Et puis, à force de réfléchir, j'ai vu la situation sous un autre angle. Quand tu m'as contacté, j'avais déjà les idées beaucoup plus claires.

— Quand je t'ai contacté ? Que veux-tu dire ?

— Tu m'as téléphoné.

— Quand ?

— Il y a deux ou trois semaines.

— Peux-tu me dire la date exacte ? » insistai-je.

Todd se concentra, passant sa main dans ses cheveux en brosse.

« C'était un des jours où je vais au club de gym. La boîte continue à payer mon abonnement, figure-toi. Une bonne chose. Donc, ce devait être un mercredi. Dans l'après-midi.

— Mercredi après-midi. Bon. Mais qu'est-ce que je t'ai dit ?

— Pas grand-chose. Tu as été très gentille. Tu m'as téléphoné pour savoir comment j'allais.

— Pourquoi ?

— Je te l'ai dit, par gentillesse. Tu as dit que tu te reprochais des choses, que tu t'inquiétais pour des gens. Tu voulais être sûre de n'avoir fait de mal à personne. Un de tes sujets d'inquiétude, c'était moi.

— Qu'est-ce que j'ai dit d'autre ?

— Tu m'as parlé de ton congé. Et de toutes ces histoires avec Avalanche. Tu as été adorable, vraiment. Et je t'ai senti très gaie. Une bonne gaieté. »

Je restai songeuse quelques instants, réfléchissant à ces jours effacés. Puis je levai les yeux vers Todd.

« Tu veux dire qu'il existe une mauvaise gaieté ? »

En rentrant, je récrivis la feuille intitulée JOURS OUBLIÉS, en la complétant aussi clairement que possible et en soulignant les dates. Le résultat donnait ceci :

Vendredi 11 janvier : Crise chez Jay & Joiner. J'exige un congé et je pars.

Samedi 12 janvier : Violente dispute avec Terry. Il me frappe, je pars. Je m'installe chez Sandy pour la nuit.

Dimanche 13 janvier : Je quitte l'appartement de Sandy le matin. Vais loger chez Sheena et Guy. RV avec Robin pour des courses. Folies dans les magasins. Fin d'après-midi : je prends un verre avec Sam. Je rentre chez Sheena et Guy.

Lundi 14 janvier : Visites à Ken Lofting, Mr Khan, Benjamin Brody et Gordon Lockhart. Tél. à Molte Schmidt. Plein d'essence. Tél. à Sheena et Guy pour prévenir que je ne rentrerai pas.

Mardi 15 janvier : Je passe chez Sheena et Guy. Laisse mot pour dire que j'ai trouvé où me loger. Emporte mes affaires. Tél. à Terry pour prendre mes affaires mercredi. Réservation Venise. Commande repas indien (fin d'après-midi ?)

Mercredi 16 janvier : Achète bonsaï. Tél. à Robin pour annuler RV. J'emporte mes affaires de chez Terry. Tél. à Todd.

Jeudi 17 janvier :

Mais le jeudi 17 janvier resta en blanc. En bas de la page, j'écrivis en majuscules PILULE DU LENDEMAIN, puis JO. Je me fis du café, puis je fixai longuement ma feuille de papier et le laissai refroidir.

12

Tant que j'avais des choses à faire, je me sentais relativement bien. L'essentiel était de m'occuper, de m'empêcher de penser, de me remémorer, faute de quoi mes souvenirs récents m'engloutissaient comme un flot glacial et je retournais dans le noir, sentant des yeux qui m'observaient, des mains qui me touchaient. Non, il ne fallait pas. Sinon, je risquais de ne jamais remonter à la surface.

Aussi m'attaquai-je au réfrigérateur. Je jetai toutes les provisions périmées et le nettoyai de fond en comble. Ensuite, je dus faire des courses pour le remplir. Je marchai jusqu'à Camden High Street et retirai deux cent cinquante livres de mon compte en banque, qui s'amenuisait très vite sans aucune perspective de rentrée. Puis j'achetai toutes sortes de fruits, des salades, du fromage, du lait, des œufs, du beurre, des yaourts, du miel, du thé et du café, de la bière, trois bouteilles de bon vin (dont une de saint-estèphe). Pas de viande ni de poisson, car Jo était peut-être végétarienne. Bien que ma présence dans son appartement me parût incongrue et précaire, j'y prenais peu à peu mes aises. Je m'attardais dans le bain, lavais mes affaires, réglais le chauffage central, me préparais des repas sains, allumais des bougies quand la nuit tombait. Mais je m'attendais toujours à entendre une clef tourner dans la serrure et à la voir apparaître. En même temps, je craignais qu'elle ne reparût jamais. Elle était comme un fantôme dans sa propre maison, et elle me hantait.

Je rentrai en titubant, un énorme sac en plastique dans

chaque main, regrettant de n'avoir mis de gants car les poignets me faisaient mal aux doigts. J'étais obligée de faire halte de temps à autre pour souffler un peu. Un homme, qui m'avait vue poser mes sacs sur le trottoir et reprendre péniblement haleine, s'approcha et me proposa de m'aider.

« Pas la peine », répliquai-je d'un ton sec. Je vis son expression bienveillante s'effacer de son visage.

Une fois dans l'appartement, je pris trois enveloppes dans le bureau de Jo et glissai quinze livres dans l'une, pour Terry, cinquante-cinq dans l'autre, pour Sheena et Guy, et quatre-vingt-dix dans la troisième, pour Sam. Je me promis qu'un jour prochain, je ferais la tournée de mes généreux créanciers pour les rembourser.

Quelqu'un avait glissé dans la boîte aux lettres une publicité pour des téléphones portables, ce qui me fit penser que je n'avais toujours pas signalé la disparition du mien. J'aurais dû m'en occuper tout de suite. Je commençai à composer un numéro – et tout à coup, une autre pensée me traversa, qui me serra les entrailles comme une tenaille géante. Je reposai le combiné violemment, comme s'il allait me mordre.

Je ressortis et courus jusqu'à la cabine la plus proche. Elle sentait l'urine et les parois étaient couvertes de cartes et d'autocollants proposant des massages et des leçons de français ultra-strictes. Je glissai vingt pence dans la fente et composai mon numéro. Trois sonneries, puis quelqu'un prit la communication.

« Allô ? » dis-je.

Pas de réponse. Pourtant, j'entendais une respiration à l'autre bout.

« Allô, qui est à l'appareil, s'il vous plaît ? Allô, Allô ! »

La respiration était de plus en plus audible. Je pensai à un rire rauque dans l'obscurité, à une cagoule, à des mains qui me soulevaient d'une plate-forme et me posaient sur un seau. Soudain, la conscience aiguë de ce que j'étais en train de faire me coupa le souffle. Je parvins à articuler péniblement :

« Allô, je voudrais parler à Abbie, s'il vous plaît. »

Une voix se fit entendre, une voix dont je n'aurais su dire si je la reconnaissais ou non.

« Elle n'est pas là. »

Des gouttes de sueur coulèrent sur mon front, et je sentis le téléphone glisser dans ma main moite. La voix reprit :

« Je peux lui dire que vous avez appelé. Qui est-ce ?

— Euh... Jo », m'entendis-je répondre. De la bile montait dans ma gorge. Je me sentis sur le point de vomir.

La communication fut coupée. Je restai là quelques secondes, hébétée, le combiné dans la main. Un homme qui marchait avec des béquilles s'approcha et tapota contre la vitre. Je reposai le combiné, ouvris brutalement la porte et courus jusqu'à l'appartement comme si j'étais poursuivie. J'avais rangé le sac contenant les affaires rapportées de l'hôpital dans un placard. Je fouillai les différentes poches, et à mon grand soulagement je trouvai la carte que m'avait remise l'inspecteur Cross. Je composai son numéro et il décrocha aussitôt.

Parler avec Jack Cross n'eut rien d'un plaisir. Lors de notre dernière entrevue à l'hôpital, il s'était montré plutôt gêné, compatissant aussi. Apitoyé, plutôt – mais sa pitié m'avait remplie de fureur et d'humiliation, de terreur aussi quand j'avais compris qu'il abandonnait l'enquête. Repenser à ce moment me mettait mal à l'aise. Mais je me montrai ferme. J'avais, lui dis-je, une information urgente à lui communiquer, mais il était hors de question que je misse le pied dans un commissariat de police. Pouvait-il venir me voir au plus tôt ? Il répondit que de toute manière, mieux valait sans doute qu'il me rencontrât en dehors de ses heures de travail, ce qui me donna le sentiment de commettre un acte illicite. Nous convînmes qu'il passerait à l'appartement de Jo vers cinq heures et demie.

La conversation ne dura qu'une grincheuse minute, et quand je raccrochai je me sentis si bizarre que je pris deux comprimés antalgiques, bus un grand verre d'eau puis allai m'étendre sur mon lit, sur le ventre et le visage enfoui dans l'oreiller.

Était-ce à *lui* que je venais de parler ? Je n'en avais aucune certitude, mais ce que j'avais ressenti dans la cabine téléphonique – cette impression qu'on a juste avant de se réveiller d'un cauchemar, de chute dans le vide, de tournoiement dans les ténèbres – avait été si fort qu'à présent encore, la tête me tournait et l'angoisse m'étouffait.

J'avais deux heures à attendre avant la visite de Cross. Deux heures, c'est long quand on se sent malade de terreur et de solitude. Je me versai un verre de vin, puis le renversai dans l'évier sans pouvoir le boire. Je fis griller deux tranches de pain et les tartinai de fromage. Puis un bol de yaourt au miel. Manger me réconforta. Je terminai par une grande tasse de thé. Ensuite, je me changeai : mieux valait accueillir Jack Cross dans des vêtements discrets et convenables. Ainsi aurais-je l'air d'une femme raisonnable et saine d'esprit, non d'une cinglée qui inventait des histoires de caves, de séquestrations et d'assassinats. Je choisis un pantalon beige et un pull en cachemire vert émeraude avec un col en V – le genre de tenue que je portais aux réunions avec le service financier.

L'ennui, c'est que je n'étais plus du tout la même personne. Mes vêtements étaient encore trop grands pour moi, ce qui me faisait ressembler à une gamine qui se déguise en fouillant dans l'armoire de sa maman. Mes cheveux courts, rougeâtres et hérissés faisaient un effet des plus curieux au-dessus du cachemire vert émeraude et du pantalon beige élégamment coupé. Pour finir, j'optai pour une vieille paire de jeans, que je serrai à la taille avec une ceinture, et un mince chandail gris foncé que j'avais trouvé dans ma penderie, bien que je n'eusse aucun souvenir de l'avoir acheté.

Je m'interrogeai au sujet de mon téléphone portable. Devais-je faire suspendre la ligne ou au contraire la laisser en fonction, sachant que la personne qui l'avait en sa possession était peut-être cet homme ? Dans mon esprit, c'était comme un fil invisible qui me reliait à lui. Je pouvais choisir de le couper ou d'essayer de le suivre. Mais si je le suivais, serait-ce pour sortir du labyrinthe ou y rentrer ?

J'examinai les feuillets que j'avais accrochés au mur. Je ne pouvais avoir été enlevée plus tôt que le mercredi soir, ou peut-être en fin d'après-midi. Quelles conclusions pouvais-je en tirer ? Aucune. Je téléphonai à Sandy, uniquement pour bavarder un peu et entendre une voix amie surgir d'une vie qui me semblait effacée à jamais. Elle n'était pas là et je ne laissai pas de message. Je songeai à appeler Sam, ou Sheena et Guy, puis j'y renonçai. Demain, peut-être. Oui, plutôt demain. Je m'approchai de la fenêtre et restai là un moment, regardant oisivement les gens qui passaient. Une pensée sinistre me vint. Peut-être savait-il parfaitement où j'étais, parce que c'était là qu'il m'avait trouvée... Avais-je choisi pour me cacher le premier endroit où il aurait l'idée de me chercher ?

Pour chasser l'effroi qui m'envahissait de nouveau, j'avais besoin de m'occuper, de bouger, de me trouver des tâches urgentes : ainsi parviendrais-je à me convaincre que j'étais en avance sur lui. Mais je ne savais que faire jusqu'à l'arrivée de Cross et me sentais péniblement désœuvrée. Faute de mieux, j'entrai dans la chambre de Jo. Elle était parfaitement en ordre. J'ouvris les tiroirs de la commode : tout y était minutieusement plié, jusqu'aux culottes, bien empilées l'une sur l'autre. Dans un coffret en cuir, je trouvai quelques paires de boucles d'oreilles, un fin collier en or, une broche en aiguemarine en forme de poisson-lune. Il y avait aussi une petite enveloppe, qui contenait un trèfle à quatre feuilles enveloppé dans du papier de soie. Ensuite, je regardai les livres sur sa table de nuit : un livre de cuisine thaï, un roman d'un auteur inconnu de moi, une anthologie intitulée *101 poèmes sur le bonheur*.

Sous les livres, je trouvai une cassette vidéo, sans étiquette. Je retournai dans la salle de séjour et la glissai dans le magnétoscope. Rien. Du noir. J'appuyai sur le bouton d'accélération. Une épaule floue apparut, puis le caméscope glissa vers un mollet. C'était de toute évidence une vidéo d'amateur, et d'amateur inexpérimenté. Je fis défiler la bande à vitesse normale et attendis la suite.

Le visage de Jo apparut, souriant. Cela me troubla beaucoup. Puis le caméscope recula et révéla qu'elle était debout dans la cuisine, touillant quelque chose dans une casserole et regardant le caméscope par-dessus son épaule. Elle fit une grimace à la personne qui filmait. Elle portait la robe de chambre que j'avais vue accrochée dans sa chambre et ses mules en cuir. Ce devait être le matin, ou peut-être tard dans la soirée. L'écran s'obscurcit de nouveau, puis fut strié de lignes obliques, et soudain je me retrouvai en face de moi-même. Moi « avant ». J'étais assise en tailleur sur le sofa, un verre de vin rouge à la main. Je portais un tee-shirt et une paire de jambières, aucun maquillage, et mes cheveux – mes longs cheveux blonds de naguère – étaient attachés en un chignon lâche derrière ma tête. Mon visage était très gai, et je levai mon verre comme pour porter un toast avant d'envoyer un baiser à l'objectif. Le caméscope s'approcha de moi et l'image se brouilla.

De nouveau, des stries barrèrent l'écran noir. L'instant d'après, je regardais un film en noir et blanc, où une cavalière en chapeau à plumes galopait en amazone. J'accélérai, mais le film continua jusqu'au générique de fin. Je rembobinai la cassette et regardai de nouveau le visage de Jo, puis le mien. Il y avait bien longtemps que je n'avais eu l'air aussi heureuse. Je portai mon doigt à ma joue et m'aperçus que je pleurais.

J'éteignis le téléviseur, éjectai la cassette et la rapportai dans la chambre de Jo, sous ses poèmes sur le bonheur. Au-dessus de la penderie, je découvris le caméscope à côté d'une paire de jumelles et d'un magnétophone. Dans le vestibule, le téléphone sonna deux fois, puis le répondeur se mit en marche. « Salut, Jo, c'est moi. Je voulais vérifier si c'était toujours d'accord pour ce soir. Si tu ne me rappelles pas, je comprendrai que c'est oui », dit une voix d'homme. Il ne laissa pas de nom. Ce soir, quelqu'un attendrait Jo quelque part dans Londres : un ami, un amant. Impulsivement, je fis le 3131, mais une voix de synthèse me répondit que le numéro n'était pas accessible. Sans doute appelait-il d'un bureau.

Quelques minutes plus tard, le téléphone sonna de nouveau, et cette fois je décrochai.

« Allô, dis-je.

— Jo ? » dit la voix au bout du fil. Puis, avant que j'eusse le temps de répondre, elle prit un ton plus vif, coléreux même. « Jo, ici Claire Benedict. Comme vous le savez sûrement, je vous ai déjà laissé une bonne dizaine de messages auxquels vous n'avez pas répondu. Et pourtant...

— Non, ce n'est pas...

— ... vous devez savoir qu'à l'heure qu'il est, votre travail devrait déjà être relu et envoyé chez l'imprimeur. Donc, je...

— Écoutez-moi un instant, coupai-je. Ce n'est pas Jo, c'est une amie à elle. Abbie.

— Oh, pardon. Pouvez-vous me dire où est Jo ? Comme vous l'avez sûrement compris, j'ai besoin de la joindre de toute urgence.

— Je ne sais pas où elle est.

223

— Ah ? Eh bien, si vous la voyez, voulez-vous bien lui dire que je l'ai appelée plusieurs fois ? Claire Benedict, des éditions Cockermouth. Elle saura de quoi il s'agit.

— Bien sûr, répondis-je. Mais le problème, c'est que Jo semble avoir disparu. Quand était-elle censée vous rendre son travail ?

— Disparu ?

— Oui, on dirait bien.

— Elle devait me faire parvenir son texte le lundi 21 janvier au plus tard. Elle ne nous a pas prévenus qu'elle aurait des difficultés pour le finir à temps. En fait, elle nous a laissés complètement sans nouvelles.

— Est-elle ponctuelle, d'habitude ?

— Oui, très. Dites-moi, c'est sérieux, cette histoire de disparition ? demanda la voix, soudain inquiète.

— Je ne suis encore sûre de rien, mais moi aussi, je suis complètement sans nouvelles. Je vous tiendrai au courant, si vous voulez. Quel est votre numéro ? »

Je le griffonnai au dos d'une enveloppe et raccrochai.

À ce moment, on sonna à la porte.

J'eus une seconde de stupeur, car j'eus quelque peine à reconnaître Jack Cross. Je ne l'avais vu qu'en costume et cravate, les cheveux soigneusement peignés, avec une expression plutôt impénétrable. Mais ce soir, il portait un gros chandail rouge, un pantalon de velours côtelé et un blouson bleu molletonné dont le capuchon était encore sur sa tête. Ainsi vêtu, on l'aurait mieux vu faire du camping sauvage et allumer un feu de bois dans une prairie. Ou jouant avec ses enfants dans un parc. Avait-il des enfants ? La seule chose qui n'avait pas changé, c'était son front plissé.

« Bonsoir, dis-je en m'écartant pour le laisser entrer. C'est gentil à vous d'être venu.

— Abbie ? » Il me fixait d'un air ébahi.

« Eh oui, j'ai changé de style. Vous n'aimez pas ?

— C'est assez... hardi.

— Je n'ai aucune envie qu'on me reconnaisse.

— Je vois, dit-il, visiblement mal à l'aise. En tout cas, vous avez meilleure mine.

— Du thé ? proposai-je.

224

— Volontiers. » Il regarda autour de lui. « Vous avez trouvé un appartement très agréable.

— Oui, mais je ne sais ni comment ni pourquoi je l'ai trouvé. »

Cross parut déconcerté, mais n'insista pas.

« Comment vous sentez-vous, depuis, euh... » Il laissa sa phrase en suspens.

« Morte de peur, répliquai-je en versant de l'eau dans la théière. Pas seulement, bien sûr. Mais ce n'est pas pour ça que je voulais vous voir. Il y a du nouveau. Du sucre ?

— Un, s'il vous plaît.

— Je crains de n'avoir pas de biscuits à vous offrir. Je peux vous faire du pain grillé.

— Non, non, merci. Donc, vous avez du nouveau. Vous vous êtes souvenue de quelque chose ?

— Ce n'est pas ça. » Je lui tendis sa tasse de thé et m'assis en face de lui, dans mon fauteuil crapaud. « Il y a une chose qu'il faut que vous sachiez. Deux choses, en fait. La première, c'est que je lui ai parlé cet après-midi. »

Son expression resta la même, calme et sérieuse.

« Parlé à qui ? demanda-t-il poliment.

— À l'homme qui m'a séquestrée.

— Vous lui avez parlé ?

— Oui. Au téléphone.

— Il vous a appelée ?

— Non. C'est moi qui ai appelé. J'ai appelé mon portable, parce qu'il a disparu. Quelqu'un a répondu. Un homme. J'ai su tout de suite que c'était lui. Et il a senti que je le savais.

— Excusez-moi, dit-il. Laissez-moi mettre tout cela en ordre. Donc, vous avez fait le numéro de votre portable perdu. Un homme a répondu, et si je comprends bien, vous estimez que cet homme est celui dont vous prétendez qu'il vous a séquestrée. C'est bien ça ?

— Je ne prétends pas, j'affirme », répliquai-je avec agacement.

Cross but quelques gorgées de thé. Il semblait assez fatigué.

« Comment s'appelait-il, cet homme qui vous a répondu ? demanda-t-il.

— Je ne sais pas. Je ne le lui ai pas demandé – et de toute façon, il n'aurait rien dit, c'est évident. Et puis, j'ai été prise

d'une peur panique, tout à coup. J'ai cru que j'allais m'évanouir. J'ai demandé si je pouvais parler à Abbie. »

Il se frotta les yeux.

« Ah oui ? marmonna-t-il, comme si tout cela ne l'intéressait
pas du tout.

— Je ne voulais pas qu'il sache que c'était moi, mais je
crois qu'il l'a compris quand même.

— Abbie, on vole des centaines de portables toutes les
semaines. C'est une véritable épidémie.

— Ensuite, il m'a demandé qui était à l'appareil. J'ai
répondu "Jo".

— Jo, répéta-t-il d'une voix neutre.

— Oui. Cet appartement appartient à une certaine Jo. Josephine Hooper. Je l'ai certainement rencontrée, mais je ne
m'en souviens pas. Je sais seulement que je me suis installée
chez elle et qu'à ce moment-là, elle était encore ici. C'était
pendant les jours qui ont précédé mon enlèvement et ma
séquestration, ajoutai-je d'un ton de défi. »

Il se contenta de hocher la tête et regarda pensivement son
thé.

« Et justement, continuai-je, c'est la seconde chose dont je
voulais vous parler. Jo Hooper a disparu.

— Disparu ?

— Oui. Elle a disparu et je crois que la police devrait s'en
occuper sérieusement. C'est peut-être en rapport avec ce qui
m'est arrivé. »

Cross posa sa tasse de thé sur la table basse. Il fouilla dans
sa poche et en tira un grand mouchoir blanc. Il se moucha
bruyamment, prit tout son temps pour replier le mouchoir et
le remit dans sa poche.

« Vous voulez signaler sa disparition ?

— Oui. Vous voyez bien qu'elle n'est pas ici.

— Vous dites que vous ne vous rappelez pas l'avoir rencontrée ?

— Non.

— Et pourtant, vous habitez dans son appartement.

— Comme vous voyez.

— Cette personne doit avoir de la famille, des amis, des
collègues de travail...

— Beaucoup de gens l'appellent au téléphone. Avant votre

226

arrivée, j'ai justement parlé avec une femme à qui elle devait rendre un travail. Une éditrice, je crois.

— Abbie, Abbie, dit-il avec la même douceur que s'il essayait de calmer un petit enfant – ce qui me donna envie de lui griffer la figure. Quand vous dites que cette personne a disparu, qu'entendez-vous par là ?

— J'entends qu'elle devrait être ici et qu'elle n'y est pas.

— Mais pourquoi devrait-elle absolument y être ?

— Pour commencer, elle n'a pas payé ses factures.

— S'il fallait se lancer à la recherche de tous les gens qui partent sans payer leurs factures... Mais laissons cela. Si vous ne la connaissez pas, comment se fait-il que vous habitiez chez elle ? »

Le moment était venu de tout lui raconter en détail. Je lui racontai donc Terry, et ma voiture à la fourrière, et les factures dans la boîte à gants, et la clef inconnue. Les fleurs mortes, les détritus qui pourrissaient dans la boîte à ordures, l'éditrice en colère qui rouspétait au téléphone. À la vérité, mon récit n'avait pas la résonance autoritaire que j'espérais, mais je ne me décourageai pas. Je finis par la vidéo où l'on nous voyait, Jo et moi.

« Cette jeune femme a pu vous demander de garder son appartement en son absence, objecta Jack Cross.

— C'est possible.

— En vous demandant de vider les poubelles et de payer les factures.

— Je les ai payées.

— Vous voyez bien ! dit-il.

— Donc, vous ne me croyez pas.

— Abbie, que suis-je censé croire au juste ?

— Que Jo a disparu ! répondis-je en m'efforçant de ne pas crier.

— Personne n'a signalé sa disparition.

— Si. Je vous la signale en ce moment même.

— Mais... mais... » Il semblait désarçonné et incapable de trouver ses mots. « Abbie, vous ne pouvez pas signaler la disparition d'une personne dont vous ne savez rien et dont vous ignorez où elle devrait être en ce moment.

— Je sais, m'entêtai-je. Je sais que son absence n'est pas normale.

— Abbie, écoutez-moi », dit-il, trop gentiment – et je sentis mon cœur se serrer. Je me forçai à le regarder droit dans les yeux. Son expression n'était ni fâchée ni même agacée, mais grave. « D'abord, vous avez signalé votre propre disparition, en quelque sorte. Sans preuve. Maintenant, vous signalez la disparition de Josephine Hooper. » Un silence. Puis : « Également sans preuve. Vous ne vous rendez pas service, Abbie.

— Alors, c'est tout ce que vous avez à me dire ? Mais si j'ai raison, si elle est en danger ? Ou pire ?

— Bon, si vous voulez, voici ce que nous allons faire, dit-il avec une gentillesse encore plus exaspérante. Je vais passer deux ou trois coups de fil pour vérifier si quelqu'un s'est inquiété de sa disparition. D'accord ?

— D'accord.

— Puis-je utiliser votre téléphone ?

— Le téléphone de Jo, rectifiai-je. Oui, allez-y. »

Je le laissai un moment, entrai dans la chambre de Jo et m'assis sur le lit. J'avais terriblement besoin de quelqu'un qui crût en moi. Si j'avais appelé Cross, c'était parce que je pensais qu'en dépit de tout il pourrait se ranger de mon côté. Je ne pouvais réussir ce que j'avais entrepris si j'étais absolument seule.

Je l'entendis raccrocher et retournai dans la salle de séjour. « Alors ? demandai-je.

— Effectivement, quelqu'un a déjà signalé la disparition de Josephine Hooper, dit-il.

— Vous voyez bien, dis-je. Qui est-ce ? Un ami ?

— C'est vous.

— Pardon ?

— Vous. Le jeudi 17 janvier, à onze heures trente du matin, vous avez appelé le commissariat de Milton Green. »

J'étais prise au dépourvu, mais je me ressaisis.

« Preuve qu'il se passait déjà quelque chose d'anormal, rétorquai-je d'un ton de défi.

— Apparemment, il n'y avait pas même vingt-quatre heures que vous ne l'aviez vue.

— Je vois. »

Oui, je voyais. Je voyais plusieurs choses en même temps : que Jack Cross, malgré sa sollicitude, ne serait pas mon allié ; qu'à ses yeux, et peut-être aux yeux du monde, j'étais une hystérique doublée d'une obsédée ; et que j'étais encore en liberté le matin du jeudi 17 janvier. Cross se mordait la lèvre. Il paraissait soucieux, mais je compris que l'objet de son souci n'était pas Jo, mais moi.

« J'aurais voulu vous aider, dit-il, mais... Franchement, le plus probable est qu'elle prend le soleil à Ibiza.

— Oui, oui, murmurai-je avec amertume. Merci.

— Avez-vous repris votre travail ? demanda-t-il.

— Pas vraiment. C'est un peu compliqué.

— Vous devriez, dit-il. Vous avez besoin de projets.

— Pour le moment, mon seul projet est de rester en vie. »

Il soupira et se leva.

« Bon, d'accord. Si vous découvrez quelque chose à quoi je puisse vraiment donner suite, appelez-moi.

— Je ne suis pas folle, lui dis-je sur le seuil de la porte. Vous le croyez peut-être, mais vous vous trompez. Je ne suis pas folle. »

« Je ne suis pas folle, me répétai-je, allongée dans la baignoire avec un gant de toilette sur les yeux. Pas folle, pas folle, pas folle. »

Je sortis du bain, me rhabillai, nouai une serviette sur mes cheveux et allai m'asseoir en tailleur sur le sofa. J'allumai la télévision, montai le son et zappai de chaîne en chaîne. Ce soir, je ne voulais pas de silence. J'avais envie de voir d'autres visages, d'entendre d'autres voix – des voix et des visages amicaux, pour me donner l'impression d'être moins seule dans cette pièce.

C'est alors qu'on sonna de nouveau.

13

Je n'avais aucune raison d'avoir peur. Excepté Jack Cross, personne ne savait que j'étais ici.

Immédiatement, je sus que je connaissais cet homme ; pourtant, j'étais incapable de dire où je l'avais déjà vu.

« Bonsoir, dit-il. Est-ce que Jo... ? » Puis lui aussi me reconnut, vit que je le reconnaissais, et parut complètement abasourdi. « Nom de... Qu'est-ce que vous fichez ici ? »

Je réagis en refermant précipitamment la porte. Il tenta mollement de m'en empêcher, mais je poussai plus fort que lui. J'entendis un juron de l'autre côté et accrochai la chaîne de sûreté, puis m'appuyai contre le battant, pantelante. Maintenant, je me rappelais où je l'avais rencontré. C'était Benjamin Brody, le créateur de meubles. Comment m'avait-il retrouvée ? Les gens du projet Avalanche n'avaient que mon numéro chez Jay & Joiner et celui de mon portable, et j'avais interdit à Carol de donner mes coordonnées à qui que ce fût. De toute façon, elle ne connaissait pas cette adresse. Terry non plus. Personne ne la connaissait. M'avait-on suivie ? Avais-je oublié quelque chose qui permettait de me localiser ? Il frappa à la porte avec insistance.

« Abbie ! dit-il. Ouvrez.

— Allez-vous-en ou j'appelle la police, criai-je.

— Laissez-moi vous expliquer. »

La chaîne paraissait solide. Par un entrebâillement de dix centimètres, il ne pouvait me faire aucun mal. J'entrouvris donc la porte. Il portait un costume anthracite et une chemise blanche, mais pas de cravate. Par-dessus, il avait ouvert son long manteau noir, qui tombait presque jusqu'à ses chevilles.

« Comment m'avez-vous trouvée ? demandai-je sèchement.

— Qu'est-ce que vous racontez ? C'est Jo que je venais voir.

— Jo ?

— Oui, Jo. Je suis un de ses amis.

— Elle n'est pas là, dis-je.

— Où est-elle ?

— Je ne sais pas. »

Il semblait de plus en plus déconcerté.

« Vous habitez ici ? demanda-t-il.

— Ça se voit, non ?

— Alors, comment se fait-il que vous ne sachiez pas où elle est ? »

J'ouvris la bouche pour répondre, mais je ne savais que dire. Je réfléchis un instant. Puis :

« C'est une histoire compliquée, dis-je. De toute façon, vous ne me croiriez pas. Vous aviez rendez-vous avec Jo ? »

Il partit d'un petit rire ironique, puis regarda autour de lui comme s'il avait du mal à croire que cette scène était réelle.

« Vous êtes sa réceptionniste ? Je suis tenté de vous répondre que ça ne vous regarde pas, mais... » Il respira profondément. « Il y a deux jours, je devais prendre un verre avec Jo, mais elle n'est pas venue. J'ai laissé deux messages sur le répondeur, mais elle n'a pas rappelé.

— C'est exactement ce que j'ai dit à la police, dis-je avec amertume.

— Pardon ?

— J'ai voulu signaler qu'elle avait disparu, mais on ne m'a pas crue.

— Disparu ? Est-ce que je peux savoir ce qui se passe ici ?

— Mais elle est peut-être en voyage, continuai-je, sans beaucoup de cohérence.

— Écoutez, Abbie, je ne sais pas quelles abominations vous craignez de ma part, mais ne serait-il pas plus simple que vous me laissiez entrer ?

— Nous pouvons parler par l'entrebâillement, non ? dis-je d'un ton peu amène.

— Je suppose que oui. Mais pourquoi ?

— Bon, d'accord, maugréai-je. Mais soyez rapide. J'attends la visite d'un policier dans quelques minutes. »

Je tentais lamentablement de me protéger.

« Un policier ? Pour quoi faire ?

— Pour prendre ma déposition. »

Je défis la chaîne de sûreté et m'écartai pour le laisser passer. Il semblait étonnamment à l'aise dans l'appartement de Jo. Il ôta son grand manteau et le jeta sur le dossier d'un siège. Je dénouai la serviette qui me servait de coiffure et me frictionnai les cheveux.

« Est-ce que vous et Jo... ? Enfin, vous comprenez, dis-je.

— Qu'est-ce que vous racontez ?

— Vous avez l'air de vous sentir chez vous, observai-je.

— Pas autant que vous ! » Il eut un sourire moqueur.

« J'avais besoin d'un endroit où crécher, voilà tout. »

Il me regarda fixement.

« Abbie, vous vous sentez bien ? »

Je poussai un grognement inintelligible.

« Je sais que la réponse toute faite à ce genre de question est "Oui, très bien". Mais ma réponse à moi, dans sa version courte, est "Non, pas du tout". Et dans sa version moyenne : "C'est une longue histoire sans aucun intérêt pour vous." »

Benjamin entra dans la cuisine, remplit la bouilloire et l'alluma. Puis il prit deux tasses dans le placard et les posa sur la table.

« Tant qu'à faire, je crois que je préférerais la version longue », dit-il.

Petit à petit, il m'avait mise en confiance. De toute évidence, il n'avait aucune mauvaise intention.

« Elle est vraiment très longue, je vous préviens.

— Vous croyez que vous aurez le temps ? demanda-t-il.

— Le temps ? Pourquoi pas ?

— Je pense à votre policier qui doit arriver d'une minute à l'autre », dit-il avec ironie.

Je me sentis rougir et, de nouveau, marmonnai quelque chose d'incompréhensible.

« Abbie... Dites, vous êtes malade ? »

Il me fit penser que c'était l'heure de mes comprimés. J'en pris deux dans la boîte posée sur la table de la cuisine et les avalai avec un grand verre d'eau.

« J'ai de violents maux de tête, dis-je. Mais ce n'est pas vraiment le problème.

— Alors, quel est le problème ? »

Je m'assis et me pris un moment la tête dans les mains. Parfois, quand je trouvais telle ou telle position pour ma tête, les élancements s'atténuaient beaucoup. J'entendis des bruits de vaisselle. Benjamin préparait le thé. Il poussa les deux tasses au milieu de la table, posa la théière, mais ne s'assit pas. Il resta appuyé au bord de l'évier, tout ouïe. Je bus une gorgée de thé et annonçai comme un « avertissement au public » :

« J'ai inventé une version personnelle du *Dit du Vieux Marin*. Je prends les gens par la manche, je les pousse dans un coin et je les oblige à écouter mon histoire. Seulement, je commence à me demander si ça sert à quelque chose. La police ne m'a pas crue. Les médecins ne m'ont pas crue. Plus je la raconte, moins j'y crois moi-même. »

Benjamin ne répondit rien et continua de me regarder.

« Vous ne travaillez pas ce soir ? demandai-je.

— C'est moi le patron, dit-il. Je vais et je viens comme je veux. »

Je le gratifiai donc d'une version hésitante et fragmentaire de mon histoire. Je lui parlai de mes démêlés avec Jay & Joiner, dont il était partiellement au courant parce qu'il avait participé au projet Avalanche. Je lui révélai que j'avais quitté mon travail, puis quitté Terry. Puis j'inspirai profondément et lui racontai mon réveil dans une cave, dont j'ignorais le lieu, et ces jours interminables que j'avais passés sous terre, et puis mon évasion, mon séjour à l'hôpital, mon effarement et ma rage quand j'avais découvert que personne ne me croyait, et pour finir mon retour terrifié dans le monde.

« Pour anticiper votre première question, la seule chose dont je sois absolument sûre est d'avoir reçu un grand coup sur la tête. » Je touchai très délicatement la zone douloureuse au-dessus de mon oreille. Le moindre contact me faisait encore tressaillir. « Je me dis que si ce traumatisme a pu effacer une foule de choses de ma mémoire, il se peut aussi qu'il l'ait remplie de chimères. C'est une phrase que je n'ai jamais prononcée à voix haute, figurez-vous. Je l'ai pensée quelquefois, tard dans la nuit, en me réveillant tout à coup, très faible

233

et angoissée, sûre que j'allais mourir. Peut-être que si l'on a un accident, un traumatisme crânien, on a ce genre d'hallucinations, de délires. On s'imagine qu'on a été enfermé dans une cave et qu'une voix vous a parlé dans le noir. Vous ne croyez pas ?

— Je n'en sais rien », dit Benjamin. Il semblait frappé de stupeur. « Quel cauchemar !

— Il se pourrait que j'aie seulement été agressée dans la rue, ou renversée par une voiture. Que je sois restée inconsciente quelques heures. Avez-vous jamais eu ce genre de rêves ? On a l'impression de vivre plusieurs décennies, de vieillir, et puis on se réveille et tout ça n'a duré qu'une nuit, ou une parcelle de nuit. Cela ne vous est jamais arrivé ?

— J'ai beaucoup de mal à me rappeler mes rêves.

— C'est probablement un signe de santé mentale. Moi, je me les rappelle. Vous savez, quand j'étais séquestrée – à supposer que je l'aie vraiment été –, je rêvais. Je me souviens des rêves que j'ai faits. Il y avait tout le temps des lacs et des rivières, de l'eau claire où je plongeais, un papillon jaune sur une feuille, un bouleau en haut d'une colline. Est-ce que cela prouve quelque chose ? Croyez-vous qu'on puisse faire un rêve où l'on s'endort et où l'on fait un autre rêve ? Est-ce que c'est possible ?

— Vous savez, Abbie, je dessine des sièges et des bureaux. Je ne suis pas expert en psychanalyse.

— Il s'agit plutôt de neurologie, je crois. À l'hôpital, j'ai rencontré un neurologue et une psychiatre. Le neurologue est la seule personne qui m'a crue. Quoi qu'il en soit, vous connaissez mon histoire, maintenant. Tout un pan de ma mémoire s'est effacé, et pour retrouver ce que j'ai oublié, je vais trouver des gens qui me prennent probablement pour une déséquilibrée. Sans compter que je prends toutes les précautions du monde pour me protéger d'un homme qui n'est sans doute même pas à ma recherche, à supposer qu'il existe. Ça ne vous est jamais arrivé quand vous étiez petit ? On joue à cache-cache, on trouve une cachette formidable et on attend, longtemps, très longtemps. D'abord, on se sent très malin. Et puis, on commence à s'ennuyer, et au bout d'un moment on se rend compte que tout le monde est parti jouer à autre chose. Pour ne rien arranger, je ne peux pas m'empêcher de penser que je radote comme une vieille femme sénile, alors que vous restez là, avec votre air calme et impavide, en attendant sans rien dire que j'aie fini de jacasser. Non, ne protestez pas. En fait, vous vouliez surtout savoir où était Jo et ce que je fais ici. La réponse, c'est que je ne sais pas où est Jo et que je ne sais pas non plus ce que je fais ici. Autant retourner à votre atelier. »

Benjamin s'approcha de la table, prit ma tasse et la lava dans l'évier avec la sienne, puis il les posa à l'envers sur l'égouttoir. Il chercha des yeux un torchon, mais il n'en trouva pas et dut secouer l'eau de ses mains.

« Je crois que je sais ce que vous faites ici, dit-il enfin. Tout au moins, je sais comment vous avez fait la connaissance de Jo.

— Comment ?

— C'est moi qui vous ai présentées. »

14

Pendant quelques secondes, j'exultai à l'idée qu'un autre territoire de ma *terra incognita* venait d'apparaître sur la carte, mais ma joie se transforma vite en désarroi.

« Qu'est-ce que vous racontez ? Pourquoi diable nous auriez-vous présentées ? D'ailleurs, je crois que vous venez juste de l'inventer. Quand j'ai ouvert la porte, vous étiez aussi ahuri de me voir que moi de vous voir.

— C'est vrai, dit-il. Et pourtant, je crois maintenant comprendre ce qui s'est passé. » Il marqua un temps d'arrêt. « Vous parlez sérieusement ? Vous ne vous souvenez pas du tout de l'avoir rencontrée ?

— Tout à l'heure, j'ai regardé cette vidéo que nous avons probablement tournée ensemble. Apparemment, nous nous entendions très bien. Et j'étais gaie en sa compagnie. J'aimerais pouvoir me rappeler ces quelques jours. Quelques bons souvenirs seraient plus que bienvenus. Mais non, je regrette, ma mémoire est un vrai désert. Le désert du Kalahari par grand vent ! Dans quelles circonstances nous avez-vous présentées ? » Benjamin était sur le point de répondre, mais je vis qu'il hésitait. « Vous vous demandez si vous devez me croire, n'est-ce pas ? C'est merveilleux, dis-je amèrement. La police et les médecins ont refusé de croire que j'avais été séquestrée, et vous, maintenant, vous doutez que j'aie perdu la mémoire. Bientôt, je vais rencontrer des gens qui ne voudront pas croire que je suis vraiment Abbie Devereaux. Ils auront peut-être raison. Je suis peut-être une femme qui a pris sa place. Une

236

illusion. Peut-être que je suis Jo et que, dans mon délire, je m'imagine être une certaine Abbie Devereaux. »

Benjamin s'efforça de sourire, mais détourna aussitôt les yeux comme s'il était gêné.

« Donc, j'ai fait sa connaissance le lundi 14 ? insistai-je.

— Non. Le mardi, corrigea-t-il. Le mardi dans la matinée.

— Hier, quand je suis passée à votre atelier, vous m'avez dit que j'étais venue vous voir le lundi. J'en suis certaine.

— Vous êtes revenue le mardi, dit-il évasivement. Vous aviez d'autres choses à me dire.

— Et Jo était avec vous ?

— Nous sommes sortis prendre un café au bout de la rue, dans un petit bistro où elle a ses habitudes. Elle revenait d'un rendez-vous, je crois. Je vous ai présentées. Nous avons bavardé un moment, et puis il a fallu que je file. Si vous voulez que je vous aide à reconstituer votre conversation, je suppose que vous lui avez dit que vous cherchiez un logement. Elle a dû vous répondre qu'elle pouvait vous prêter ou vous louer une chambre. Voilà donc un mystère résolu. Rien de sinistre là-dedans !

— Je vois », murmurai-je.

Il s'assit, très songeur.

« Vous pensez réellement qu'elle a disparu ? demanda-t-il.

— Je l'ai dit à cet inspecteur de police que... que je connais un peu. Mais il me croit folle. Oh, pas folle à lier, bien sûr, mais selon lui, je me fais des idées. Je préférerais bien qu'il ait raison. D'autant plus que je ne sais vraiment pas quoi faire. Et puis, instinctivement, je me sens responsable de Jo. Chaque fois que je regarde sa photo, j'ai honte de mon impuissance. Vous savez, quand j'étais enfermée dans cette cave, je pensais sans cesse que tous mes amis devaient être terriblement inquiets, qu'ils avaient entrepris des recherches et remuaient ciel et terre pour me retrouver. Ça m'a aidée à tenir bon. Il fallait que je le croie. Pour moi, c'était essentiel de me sentir vivante dans l'esprit des gens, et un des pires chocs que j'ai éprouvés en recouvrant la liberté a été de m'apercevoir que personne ne s'était soucié de mon absence.

— Je crois... »

Il voulait m'interrompre, mais je ne l'écoutai pas et poursuivis :

« Personne n'avait remarqué que j'avais disparu. Ou si certains l'avaient remarqué, ils n'y ont pas prêté grande attention. Un peu comme si j'étais invisible. Ou morte. Bien sûr, je ne peux pas leur en vouloir. Ce sont d'excellents amis, je suis consciente qu'ils m'aiment beaucoup, et je suis sûre qu'à leur place j'aurais été tout aussi aveugle. Si l'un ou l'autre ne s'était pas manifesté pendant huit ou dix jours, je ne me serais pas inquiétée. Pour quelle raison ? Même si nous sommes très liés, chacun mène sa vie comme il l'entend. J'aurais pu prendre une ou deux semaines de vacances sur un coup de tête, sans leur en parler. Mais avec Jo, cela ne doit pas se passer ainsi. Je ne peux pas et je ne veux pas. Parce que maintenant, je sais ce qu'on éprouve quand on se sent oubliée. Seulement, comment faire pour l'éviter ? Sans compter que je parle trop et que j'ai l'horrible impression que si je me tais, je vais éclater en sanglots. »

Je me tus tout de même, et Benjamin s'approcha pour poser sa main sur mon épaule. Je sursautai violemment et faillis tomber de ma chaise.

« Excusez-moi, dit-il d'un ton empreint de sincérité. Cela doit vous rendre nerveuse d'avoir un étranger dans votre appartement. J'aurais dû y penser.

— C'est vrai, je... Naturellement, je suis sûre que... Voyez-vous, Benjamin, je suis comme une personne qui tâtonne dans l'obscurité, les mains tendues, en sachant qu'elle n'est pas loin d'un précipice. Quelquefois, j'ai la sensation qu'il y a une lueur à la périphérie de mon champ de vision, alors je me concentre, mais la lueur s'éteint. Je continue à espérer que la lumière va se faire, mais non. C'est toujours le noir. Sans mémoire, je suis comme un voyageur sans carte, je suis condamnée à errer dans l'inconnu. Non seulement je ne sais plus où je suis, mais je ne sais plus qui je suis. Que reste-t-il d'Abbie Devereaux ? C'est effrayant, surtout quand les gens se demandent si... » Je m'interrompis brusquement. « Voilà, je recommence à radoter, n'est-ce pas ? »

Il ne répondit rien. Il me regardait avec une fixité qui me troublait.

« Comment étais-je quand nous nous sommes rencontrés ?

— Comment vous étiez ? » Il semblait ne pas comprendre ma question.

« Oui.

— Vous aviez les cheveux plus longs.

— Ça, je le sais puisque c'est moi qui les ai fait couper. Mais quel effet vous ai-je fait ? Dans quel état d'esprit étais-je ?

— Mmm... » Quelques secondes, il parut hésitant, gêné. Puis : « Vous m'avez semblé pleine d'entrain, dit-il.

— De quoi avons-nous parlé ?

— De travail. Des problèmes liés au projet Avalanche. Des vôtres avec vos employeurs.

— C'est tout ?

— Vous m'avez dit que vous aviez quitté votre ami.

— Je vous ai dit ça ? À vous ?

— Vous m'avez expliqué que vous étiez provisoirement une sans domicile fixe, et que si j'avais besoin de vous joindre – pour des questions professionnelles, bien sûr – il fallait que je vous appelle sur votre portable.

— Rien d'autre ? Je ne vous ai pas parlé de gens que j'aurais rencontrés récemment ? D'un autre homme, par exemple ?

— Non, pas exactement, répondit-il, curieusement embarrassé. Mais en effet, il m'a semblé que vous aviez rencontré un homme qui vous plaisait. Du moins, c'est le sentiment que j'ai eu.

— Vous comprenez, j'en arrive à me demander si je ne me suis pas amourachée de lui.

— Lui ?

— L'homme qui m'a enlevée.

— Je vois, dit-il en se levant. Dites, si nous sortions prendre un verre ? Vous vous sentiriez plus rassurée dans la foule que seule avec moi, je suppose.

— D'accord.

— Alors, allons-y. »

Il prit son manteau jeté sur la chaise et l'enfila.

« Quel beau manteau ! » admirai-je.

Il le regarda d'un air presque étonné, comme si c'était un manteau inconnu qu'on lui avait mis sur le dos à son insu.

« Il est tout neuf, dit-il. Je me le suis offert le mois dernier.

— J'aime bien ces longs manteaux flottants.

— Ils me font penser à de grandes capes, dit Benjamin. Comme les hommes en portaient au XIXe siècle. »

Je fronçai les sourcils.

« Je me demande pourquoi cela me fait un effet si bizarre d'entendre cette phrase.

— Peut-être parce que vous l'avez entendue ailleurs. »

Le pub était bondé, ce qui, effectivement, me rassura. Les bavardages, la fumée des cigarettes étaient un vrai bonheur.

« C'est moi qui vous invite », dis-je en me frayant un chemin vers le bar.

Quelques instants plus tard, nous étions assis à une petite table devant nos pintes de bière.

« Je ne sais pas par où commencer. Vous connaissez bien Jo ?

— Oui.

— Est-ce qu'elle s'absente souvent ?

— Ça dépend. Elle travaille pour plusieurs éditeurs, de livres ou de magazines. Parfois, son boulot lui demande des recherches. L'automne dernier, elle a participé à la rédaction d'une encyclopédie pour enfants. Elle devait écrire de brefs paragraphes sur les arbres qu'on trouve en Grande-Bretagne, ce qui l'a amenée à visiter plusieurs parcs nationaux.

— Est-ce qu'elle est très organisée ?

— Oui. Presque trop. Mais dans son travail, c'est nécessaire. Elle n'a pas d'autres sources de revenus.

— Il lui est souvent arrivé de vous poser des lapins ? »

Il parut songeur un instant, puis répondit :

« Je vous l'ai dit : c'est tout le contraire d'une fille tête en l'air.

— Donc, ça ne lui ressemble pas du tout de s'absenter sans prévenir personne, et elle n'a certainement pas pris de vacances alors qu'elle a un travail urgent à terminer. Il s'est passé quelque chose d'anormal.

— Pas forcément, dit Benjamin à mi-voix, les yeux baissés sur sa chope de bière. Elle a pu s'isoler pour finir son boulot tranquillement. Ça lui arrive quelquefois. Ses parents ont un petit cottage dans le Dorset. En pleine campagne, sans rien ni personne pour la déranger...

— Si vous essayiez de l'appeler là-bas ?

— ... et sans rien pour la déranger, c'est-à-dire sans téléphone.

— Elle n'a pas de portable ?

— Si, mais j'ai déjà essayé plusieurs fois. »

Un silence. Puis il reprit :

« Une autre possibilité, c'est qu'elle soit avec ses parents. Son père est malade. Un cancer. Peut-être que son état a empiré. Vous les avez appelés ?

— Je ne sais rien de ses parents.

— Et puis, elle a un copain, un certain Carlo. Ils n'arrêtent pas de se brouiller et de se réconcilier. La dernière fois que je l'ai vue, ils étaient brouillés. Mais peut-être qu'ils se sont rabibochés et qu'elle est avec lui. »

Je respirai profondément. Je ne savais pas si je me sentais bien ou mal.

« Lui non plus, je n'en ai pas entendu parler, dis-je. Ou du moins, je ne m'en souviens pas. Mais vous êtes son ami. Si elle comptait s'installer chez lui, elle vous aurait prévenu. »

Il haussa les épaules.

« Les amis passent à l'arrière-plan, quelquefois.

— Oui, je suis bien placée pour le savoir.

— Jo est une fille un peu dépressive, dit-il lentement en fronçant les sourcils. Il lui arrive de traverser des périodes très sombres. Je parle de vraies dépressions, pas de coups de cafard. Mais ces derniers temps, j'avais l'impression que les choses allaient nettement mieux de ce côté-là. » Il finit sa bière et s'essuya la bouche avec le dos de sa main. « Le mieux, ce serait que nous retournions à l'appartement pour que je télé-phone aux personnes qu'elle voit le plus souvent. Ses parents, Carlo. Pour savoir s'ils ont de ses nouvelles. » Il fouilla dans sa poche et en sortit un minuscule téléphone. « Tenez, appelez quelqu'un. Un ami, un collègue, la police. Dites que vous êtes avec moi. Ensuite, nous rentrerons passer ces coups de fil.

— C'est très gentil à vous..., commençai-je.

— Gentil, non. Jo est une de mes meilleures amies.

— Rangez votre téléphone. Ce n'est vraiment pas la peine, dis-je cependant qu'une petite voix me soufflait : "Idiote, idiote, idiote que tu es !"

— Comme vous voudrez. »

Sur le chemin du retour, je lui expliquai que j'avais retrouvé l'appartement de Jo grâce à une facture et à une clef oubliées dans la boîte à gants de ma voiture.

241

« Elle était à la fourrière, précisai-je, et j'ai dû payer cent trente livres pour la récupérer. Comme si ça ne suffisait pas, on lui a mis un sabot maintenant. Regardez. » Au moment de lui montrer ma vieille Ford immobilisée, je poussai une exclamation de stupeur. Elle n'était plus là. L'endroit où je l'avais garée était vacant. « Ça alors ! Elle est de nouveau partie. Qui a pu faire ça ? Je croyais que si on mettait un sabot à une voiture, c'était justement pour empêcher de la déplacer.

— On l'a probablement ramenée à la fourrière. » Il s'efforça de réprimer un sourire.

« Zut, zut et zut. »

J'ouvris la bouteille de saint-estèphe achetée dans l'après-midi, et qu'il faudrait donc que je remplace une seconde fois. Mes mains tremblaient de nouveau et je dus batailler ferme avec le bouchon. Benjamin composa un numéro, écouta, puis je l'entendis parler. De toute évidence, ce n'était pas avec les parents de Jo. Il raccrocha et se tourna vers moi.

« Je suis tombée sur la voisine qui s'occupe de leur chien, dit-il. Ils sont en vacances au Portugal et ne rentrent qu'après-demain. »

Je lui servis un verre de vin, mais il n'y toucha pas. Il chaussa ses lunettes, feuilleta l'annuaire, puis composa un autre numéro.

« Allô, Carlo ? Bonsoir, ici Benjamin. Oui, Benjamin Brody, l'ami de Jo... Pardon ? Non, je ne l'ai pas vue depuis quelque temps. Justement, je me demandais si toi... Non, non, je ne lui ferai pas ce genre de commission. Non. »

De nouveau, il se tourna vers moi.

« Apparemment, c'est fini avec Carlo, du moins pour le moment. Il n'était pas de très bonne humeur.

— Qu'est-ce que nous pouvons faire, maintenant ? » Je pris conscience que j'avais dit « nous » et bus une grande gorgée de vin.

« Avez-vous quelque chose à manger ? demanda-t-il. Je suis affamé. Jo et moi étions censés dîner au restaurant, ce soir. »

J'allai regarder dans le réfrigérateur et criai par-dessus mon épaule :

« Des œufs, du pain, du fromage. Des légumes. De la salade. Des pâtes fraîches, aussi. »

Il me rejoignit dans la cuisine.

« Laissez-moi faire, dit-il. Des pâtes fraîches au basilic, ça vous irait ?

— Parfait. »

Il ôta son manteau et sa veste, prit une grande casserole dans un des placards et alla chercher un petit pot de basilic sur l'appui de la fenêtre. Il trouvait tout ce dont il avait besoin sans aucune hésitation. Je restai assise et le regardai faire. Il s'affairait avec beaucoup de méthode, prenant tout son temps. Je me servis un second verre de saint-estèphe. Je me sentais exténuée, vulnérable, un peu saoule aussi. Et j'en avais assez de cette peur qui me tenaillait tout le temps, de cette nécessité d'être en permanence sur mes gardes. Je n'en pouvais plus de vivre ainsi.

« Parlez-moi de Jo, dis-je.

— Attendez. Vous préférez du beurre ou de l'huile d'olive ?

— De l'huile. Et des toasts beurrés à côté.

— Voilà, c'est presque prêt. »

Assise en face de lui à la table de la cuisine, je dévorai mes pâtes en silence, entre deux gorgées de vin.

« Vous voulez que je vous parle de Jo ? dit-il. C'est une fille qui paraît assez timide quand on ne la connaît pas. Elle est très autonome. Elle aime vivre le plus simplement possible et n'achète que ce dont elle a absolument besoin. N'acceptez jamais d'aller faire des emplettes avec elle ! Il lui faut des heures pour choisir la moindre bricole, en comparant les prix entre trois ou quatre boutiques. Et elle a horreur du désordre. Elle ne parle pas beaucoup, mais elle écoute très attentivement. C'est quelqu'un de très sensible, de très altruiste. Presque trop. Quoi d'autre ? Elle a été élevée à la campagne, elle a un frère plus jeune qui vit aux États-Unis. Il travaille comme ingénieur du son dans un studio à Los Angeles. Elle est restée très proche de ses parents. Elle n'a pas une foule d'amis, mais ils lui sont très fidèles. Elle n'aime pas beaucoup les fêtes, elle préfère rencontrer les gens en tête à tête.

— Et son petit ami, Carlo ?

— C'est une histoire complètement superficielle. Carlo n'est qu'un jeune idiot. »

Son ton était dur et dédaigneux, et sans doute eus-je l'air un peu surprise, car il ajouta :

« Elle pourrait trouver tellement mieux ! Ce dont Jo a besoin, c'est de tomber sur quelqu'un qui l'adore.

— Tout le monde en a besoin, dis-je d'un ton léger.

— Et puis, comme je vous l'ai dit, Jo est facilement déprimée. Elle a des moments très noirs, où c'est tout juste si elle trouve le courage de se lever. C'est en grande partie pour cela que je suis inquiet. »

Il était tard, et j'avais derrière moi une longue, laborieuse journée : ma visite à Todd, ce sinistre coup de fil, l'inspecteur Cross, et maintenant cette soirée avec Benjamin. En me voyant bâiller à m'en décrocher la mâchoire, il se leva et prit son manteau.

« Il est temps que je rentre, dit-il. Je vous téléphonerai.

— Alors, nous en restons là ?

— Que voulez-vous dire ?

— Jo a disparu et nous ne sommes pas plus avancés que tout à l'heure. Plutôt moins, même, après vos coups de fil. Que pouvons-nous faire ? Il faut bien que nous essayions quelque chose.

— Oui, évidemment. Je pense que le plus urgent serait que je fasse un saut en voiture jusqu'au cottage dans le Dorset. J'y suis déjà allé, et je crois que je le retrouverai facilement. Si elle n'y est pas, j'appellerai d'autres amis à elle, et j'irai voir ses parents à leur retour. Mais ensuite, il faudra bien que j'avertisse la police si tout ça ne donne rien.

— J'aimerais bien vous accompagner au cottage, si cela ne vous ennuie pas. » Les mots étaient sortis de ma bouche précipitamment, sans que j'eusse réfléchi à ce que j'allais dire. Benjamin tourna vers moi un visage étonné. « Quand pensez-vous partir ? demandai-je.

— Tout de suite.

— Maintenant ? En pleine nuit ?

— Pourquoi pas ? dit-il. Je ne suis pas fatigué et je n'ai pas bu grand-chose. Et puis, j'ai une réunion importante demain après-midi, et je n'ai pas envie de tarder. Tout ce que vous m'avez dit m'a rendu anxieux.

— Vous ne traînez pas ! dis-je, un peu effarée.

— Vous n'avez pas vraiment envie de venir, n'est-ce pas ? »

Je scrutai la nuit glacée par la fenêtre et frissonnai. Non, je n'en avais pas envie, mais je trouvais plus inquiétante encore l'idée de rester toute seule, baignée de sueur dans mon lit, la bouche sèche, à attendre que le jour se lève, qui rendrait mon angoisse moins lancinante. L'idée d'avoir peur du vent et du moindre bruit dans la rue, de regarder les aiguilles phospho-rescentes du réveil, de me rendormir pour me réveiller en sur-saut quelques minutes plus tard. En pensant à Jo. En pensant à moi. Et à lui, dans l'obscurité, qui me guettait.

« Je viens, dis-je. Où est votre voiture ?

— Devant chez moi.

— Et où est-ce, chez vous ?

— Près de Belsize Park. À dix minutes en métro.

— Non. Prenons un taxi. » Ce soir, je ne pouvais supporter l'idée d'être sous terre. La journée avait été assez fertile en frayeurs.

« D'accord, dit-il.

— Donnez-moi le temps de mettre des vêtements chauds. Et cette fois, je vais téléphoner à quelqu'un pour prévenir que je suis avec vous. Désolée. »

15

La clarté d'un réverbère me permit de voir que Benjamin Brody habitait une jolie maison tout près du parc, dans une rue large et bordée de grands arbres dont les branches dénudées s'agitaient dans le vent nocturne.

« J'entre un instant pour prendre deux ou trois bricoles. Si vous m'attendiez dans la voiture ? Vous avez l'air vannée. »

Il ouvrit la portière et je m'installai sur le siège du passager. Il faisait un froid glacial et les fenêtres étaient givrées. L'intérieur de la voiture était quasi vide et très bien rangé : les seuls objets qui traînaient étaient une boîte de mouchoirs en papier et une carte routière. Je me recroquevillai dans mon blouson en peau de mouton, regardant mon souffle s'élever en nuages de vapeur. Une lumière s'alluma au premier étage de la maison, puis s'éteignit quelques instants plus tard. Je regardai la pendule du tableau de bord : presque deux heures. Je me demandai ce que je faisais là, au milieu de la nuit, dans une rue déserte, attendant dans sa voiture un homme que je ne connaissais pas. À cette question, je ne trouvai aucune réponse sensée – hormis, peut-être, que j'avais atteint mon point de rupture.

« Nous pouvons partir. »

Benjamin avait ouvert la portière. Il portait un jean, un gros chandail en laine mouchetée et une vieille veste en cuir.

« Qu'est-ce que c'est que tout ça ? demandai-je.

— Une torche, une couverture, des oranges et du chocolat

246

pour le voyage. La couverture est pour vous. Étendez-vous à l'arrière et essayez de dormir. »

Je ne protestai pas. Je me glissai sur la banquette arrière et le laissai étaler l'épaisse couverture sur moi. Puis il démarra et mit le chauffage en marche. Frileusement pelotonnée, je regardai filer les lumières et les maisons tandis que la voiture traversait la ville, puis la banlieue. Ensuite, ce furent les étoiles, des arbres, un avion très haut dans le ciel. Je fermai les yeux.

Tout le long du voyage, je dormis par intermittence. À un moment, je me réveillai et entendis Benjamin fredonner une chanson que je ne reconnus pas. À un autre, je m'assis avec difficulté et regardai par la fenêtre, la nuit était toujours d'encre et je ne distinguai aucune lumière. Sur la route, aucune voiture ne croisait la nôtre. Sans dire un mot, Benjamin me passa quelques carrés de chocolat, que je grignotai silencieusement. Puis je me recouchai. Je n'avais pas envie de parler.

Vers cinq heures et demie, il s'arrêta à une station-service. Il faisait toujours nuit, mais je discernai une vague traînée grisâtre à l'horizon. Le froid semblait plus féroce que jamais, et j'apercevais de la neige en haut des collines. Benjamin revint avec deux gobelets de café. Je m'assis à côté de lui, non sans m'envelopper soigneusement dans la couverture, et il m'en tendit un. Je le tins à deux mains pour me réchauffer.

« Sans sucre, dit-il.

— Comment le savez-vous ?

— Nous avons déjà pris un café ensemble. »

Quand ? Ah, oui. Quand il m'avait présenté Jo.

« Est-ce que c'est encore loin ? demandai-je.

— Non, nous y serons dans moins d'une demi-heure. Le cottage est près de la mer, à deux kilomètres environ d'un village appelé Castleton. Si vous voulez, jetez un coup d'œil à la carte. Elle est par terre, à vos pieds. J'aurai peut-être besoin que vous me guidiez.

— Vous croyez qu'elle sera là ? »

Il haussa les épaules.

« On voit toujours les choses en noir au petit matin, murmura-t-il.

247

— Le jour va se lever. Vous devez être fatigué.

— Non, pas trop. Je sentirai la fatigue plus tard, je suppose.

— Sans doute en plein milieu de votre réunion. Je peux conduire, si vous voulez.

— Je ne suis pas assuré pour ça. Parlez-moi pour que je ne m'endorme pas.

— D'accord.

— Nous venons de dépasser Stonehenge. J'ai été tenté de vous réveiller, mais nous reprendrons la même route au retour.

— Je n'ai jamais vu Stonehenge, dis-je.

— Vraiment ?

— Oui. C'est inimaginable le nombre d'endroits que je n'ai jamais vus. Je ne suis jamais allée à Stonehenge, ni à Stratford-sur-Avon, ni à Brighton, ni même à la Tour de Londres. Je ne suis jamais allée en Irlande, ni au pays de Galles. Je devais partir pour Venise, j'avais même acheté mon billet d'avion. Pendant les jours où j'étais ligotée et bâillonnée au fond d'une cave, j'aurais dû visiter Venise.

— Vous irez un jour.

— J'espère bien, soupirai-je.

— Qu'est-ce qui vous a semblé le plus insupportable ? » demanda-t-il après un silence.

Je le regardai : il fixait la route et les collines devant nous. J'avalai une gorgée de café. Je faillis répondre que je préférais ne pas en parler, mais depuis ma fuite pieds nus dans les rues désertes, Benjamin était la première personne que je rencontrais sans éprouver le poids d'un regard méfiant ou alarmé. Il ne me traitait pas comme si j'étais une pauvre créature dérangée. Aussi m'efforçai-je de répondre.

« Je ne sais pas. C'est difficile à dire. Le bruit de sa respiration dans l'obscurité, l'idée qu'il était près de moi, à me regarder comme une bête affolée. La peur de ne plus pouvoir respirer, d'étouffer, de me noyer à l'intérieur de moi-même. C'était quelque chose de... de... » Je cherchai le mot juste. « D'obscène. Mais le pire, c'était peut-être d'attendre dans le noir en sachant que j'allais mourir. J'essayais de me raccrocher à des choses pour ne pas devenir folle. Pas des souvenirs de ma vie, parce que ç'aurait été une espèce de torture, que je me serais sentie encore plus seule et plus terrifiée. Non :

c'étaient seulement des images. De belles images du monde extérieur. J'y pense encore de temps en temps, quand je me réveille la nuit. Mais je savais que mon esprit se délitait, se désagrégeait petit à petit. Je me perdais. C'était cela, le vrai supplice. Tout ce qui fait que je suis moi m'échappait bribe par bribe, et je sentais qu'à la fin je ne serais plus qu'une saleté moribonde gigotant sur une plate-forme en ciment, à moitié nue, sale, détruite. »

Je m'interrompis brutalement.

« Je mangerais volontiers une orange, dit Benjamin. Pas vous ? Elles sont dans le sac entre nous. »

J'épluchai deux oranges, dont le parfum remplit la voiture. Le jus me fit les doigts collants. Je lui tendis la sienne, quartier après quartier.

« Regardez ! Voilà la mer. »

Elle était argentée, immobile et déserte. On n'aurait su dire où finissait l'eau et où commençait le ciel de l'aube, sauf à l'est, où le soleil levant brillait d'une clarté pâle.

« Dites-moi où il faut que je tourne, dit-il. Nous sommes tout près, je crois. »

Un peu plus loin, nous empruntâmes une petite route sur la droite, tournant le dos au soleil ; puis une autre, à gauche, encore plus petite, qui descendait vers la côte. Benjamin scrutait la campagne déserte.

« Nous y voilà », dit-il.

Il ralentit devant une grille fermée ; au-delà, je distinguai un chemin de terre. Je descendis ouvrir la grille, attendis que Benjamin se fût engagé dans le chemin, puis la refermai.

« Est-ce que les parents de Jo viennent souvent ici ?

— Non, presque jamais. Son père est en trop mauvaise santé. Ils sont contents de le prêter à l'occasion. C'est spartiate, vous savez : pas de chauffage, peu de meubles... Et la toiture est en assez piteux état. Mais la côte est magnifique, par ici, et de la chambre on voit la mer. »

Le cottage apparut au détour d'un virage. Il était tout petit et très ancien, solidement bâti en pierre apparente, avec de minuscules fenêtres. Des tuiles s'étaient envolées du toit et leurs débris gisaient devant la porte. Perdu au milieu des collines et des vallons, il avait un air de tristesse et d'abandon.

249

« Je ne vois pas de voiture. Il n'y a sûrement personne, dit Benjamin.

— Jetons tout de même un coup d'œil. »

Il semblait démoralisé, tout à coup. J'ouvris la portière, descendis de voiture, et il me suivit. Nos pas crissèrent sur l'herbe gelée. Je m'approchai d'une fenêtre et pressai mon visage contre la vitre, mais l'intérieur était plongé dans l'ombre et je ne discernai pas grand-chose. J'essayai d'ouvrir la porte, mais elle était fermée à clef, bien sûr.

« Il faut que nous entrions, dis-je.

— À quoi bon ? Vous voyez bien que nous sommes les premiers visiteurs depuis des mois.

— Vous venez de conduire pendant quatre heures pour arriver ici. Nous n'allons pas repartir sans nous assurer qu'il n'y a vraiment personne ! Si nous cassions un carreau ?

— Je pourrais essayer de passer par la fenêtre de l'étage, dit-il d'un ton dubitatif.

— Comment ? De toute façon, elle doit être fermée comme les autres. Regardez, cette vitre est déjà fendue. Entrons par là. Nous pourrons la faire remplacer plus tard. »

Avant qu'il eût le temps de protester, j'ôtai mon écharpe, l'enroulai autour de mon poing et donnai un coup dans la vitre fendillée, en retirant ma main aussitôt que je sentis l'impact pour ne pas me blesser. J'étais assez fière de moi : c'était ainsi qu'on faisait dans les films. Je ramassai les débris de verre et les empilai sur l'herbe, puis j'ouvris la fenêtre par l'intérieur.

« C'est un peu haut. Il faut que vous me fassiez la courte échelle », dis-je.

Au lieu de quoi, je sentis ses fortes mains me prendre par la taille et me soulever jusqu'au niveau de la fenêtre. Le souvenir de la cave, d'autres mains qui me saisissaient et me hissaient sur la plate-forme, m'envahit si puissamment que l'espace d'un instant, je crus que je n'allais pas pouvoir m'empêcher de hurler. Mais je me contrôlai, et quelques secondes plus tard je me tortillais peu dignement dans l'encadrement de la fenêtre et atterrissais dans une petite cuisine. Je passai dans la pièce principale, allumai la lumière et remarquai des cendres mouillées dans la cheminée. J'ouvris la porte et Benjamin entra.

En silence, nous visitâmes la maisonnette déserte. Cela ne prit pas longtemps : il n'y avait qu'une chambre au premier étage, un cabinet de toilette et un débarras. Le lit n'avait pas de draps, le chauffe-eau n'était pas branché et il faisait un froid polaire. Benjamin avait raison : personne n'était entré ici depuis bien longtemps.

« Un voyage pour rien, dit-il sombrement.

— Oui. Mais il fallait le faire, répondis-je.

— Peut-être. »

Il remua les cendres avec le bout de sa chaussure.

« J'espère qu'il ne lui est rien arrivé, murmura-t-il.

— Allons prendre le petit-déjeuner quelque part, proposai-je pour faire diversion. Je vous invite. Vous avez besoin de reprendre des forces avant de repartir.

— Si vous voulez, mais où ?

— Sur le bord de mer, il doit bien y avoir un endroit où l'on nous servira quelque chose de chaud. »

Nous remontâmes en voiture et traversâmes le village de Castleton : à peine plus qu'un hameau, où nous ne vîmes qu'un bureau de poste et un pub fermé en face de l'église. La route continuait jusqu'à une petite ville côtière, où nous trouvâmes un café ouvert qui servait des petits déjeuners traditionnels. L'endroit était sûrement plein de touristes en été, mais nous étions alors les seuls clients. Je commandai deux Special breakfasts : des œufs au bacon, des saucisses, des tomates et des champignons poêlés, du pain artisanal avec du beurre et une épaisse marmelade de prunes. Et un grand pot de café brûlant. Nous mangeâmes sans dire un mot cette abondance de nourriture lourde et revigorante.

« Nous ferions mieux de partir, si vous ne voulez pas rater votre réunion », dis-je après la dernière bouchée.

Le retour fut assez silencieux. La circulation était nettement plus dense, et à mesure que nous approchions de Londres les ralentissements se firent de plus en plus fréquents. Benjamin regardait régulièrement sa montre avec inquiétude.

« Vous n'avez qu'à me laisser à une station de métro », proposai-je. Mais il me reconduisit à l'appartement de Jo, et sortit même de voiture pour m'accompagner jusqu'à la porte.

« Eh bien, au revoir », lui dis-je un peu gauchement. Notre

long trajet me semblait déjà presque irréel. « Si vous avez des nouvelles, tenez-moi au courant.

— Bien sûr. » Il paraissait fatigué et abattu. « J'irai voir ses parents dès leur retour de vacances. D'ici là, je ne vois pas ce que je peux faire. Sans compter qu'elle est peut-être avec eux.

— Bon courage pour votre réunion. »

Il regarda ses vêtements froissés et se força à sourire.

« Je n'ai pas vraiment la tenue de circonstance, soupira-t-il. Peu importe. À bientôt, Abbie. »

Il hésita, comme s'il s'apprêtait à dire autre chose ; mais il changea d'avis et regagna sa voiture.

16

L'après-midi était à peine entamé et je ne savais que faire du reste de la journée. Tous mes plans avaient fait long feu, et je ne voyais pas d'autres pistes à explorer. Je pris un bain, me lavai les cheveux, fis une lessive, bus un grand bol de café. J'écoutai les messages du répondeur. Depuis hier soir, il n'y en avait qu'un nouveau, d'une bibliothèque qui réclamait des livres en retard. J'allumai mon ordinateur. Un seul message sur ma boîte e-mail, à propos d'un virus informatique.

J'errai sans but dans l'appartement et m'attardai devant mes listes accrochées au mur, tâchant de focaliser mon attention sur les quelques faits dont je pouvais être sûre. J'avais été kidnappée au plus tôt le jeudi 17 dans l'après-midi, peut-être plus tard. Si j'appelais mon portable, un homme répondait. J'avais eu des relations sexuelles avec quelqu'un. Je pris une décision : désormais, j'allais répondre à tous les coups de fil, ouvrir le courrier de Jo, et essayer d'entrer en contact avec ses amis.

Je commençai par le courrier. Je pris les lettres empilées sur la cheminée, et déchirai les enveloppes. On lui proposait de partager une location en Andalousie l'été suivant. Un éditeur de manuels scolaires lui demandait de rédiger un texte sur la Conspiration des poudres. Un autre éditeur l'invitait à une réunion. Une amie qu'elle n'avait pas vue depuis des années désirait la revoir. Une autre lui envoyait une coupure de journal sur les avantages et les inconvénients du Prozac. Je notai son nom et ses coordonnées, ainsi que ceux du chauffagiste qui lui envoyait un devis pour l'installation d'une nouvelle chaudière. Je jetai un coup d'œil aux cartes postales, mais c'étaient seulement quelques mots amicaux envoyés par des amis en voyage.

Ensuite, je réécoutai attentivement tous les messages enregistrés par le répondeur. J'avais déjà parlé à Claire Benedict, l'éditrice. Peu de gens avaient dit leur nom de famille ou laissé leur numéro. Je composai celui d'une certaine Iris, qui s'avéra être une cousine de Jo. Nous parlâmes confusément de dates, mais elle n'avait pas vu Jo depuis six mois. J'appelai aussi l'amie qui avait envoyé l'article sur le Prozac. Elle s'appelait Lucy, connaissait Jo depuis plusieurs années et savait tout de ses périodes dépressives. Elle l'avait vue le soir du Nouvel An et l'avait trouvée d'humeur réservée, mais apparemment plus maîtresse de ses nerfs que par le passé. Non, elle n'avait pas eu de ses nouvelles depuis. Non, elle ne savait rien de ses projets. Elle manifesta une certaine anxiété, aussi lui assurai-je que Jo était certainement en voyage et qu'elle n'avait pas à s'inquiéter. Le chauffagiste était absent et je lui laissai un message.

J'allumai l'ordinateur de Jo, examinai ses fichiers, et me demandai si je ne devrais pas appeler son éditrice pour lui dire que le travail qu'elle attendait faisait sûrement partie du nombre, mais j'y renonçai. J'ouvris la boîte e-mail et parcourus ses messages récents. L'idée me vint d'envoyer un message général à toutes les adresses en mémoire pour demander aux amis et connaissances de Jo s'ils avaient de ses nouvelles, mais je pris le parti d'attendre encore un jour ou deux.

Benjamin m'avait décrit Jo comme une jeune femme plutôt secrète, et pourtant j'avais exploré sa vie privée sans beaucoup de vergogne. J'espérai qu'elle comprendrait. Il m'avait également dit qu'elle détestait le désordre, et je décidai donc de faire le ménage. Je lavai la vaisselle de la veille, récurai la baignoire, rangeai les objets déplacés. Je me mis en quête de l'aspirateur et le trouvai dans le vaste placard de l'entrée, où se trouvaient aussi un grand havresac contenant des affaires de ski et un bac en plastique où s'empilaient des boîtes de nourriture pour chat et des sachets de litière. Je passai l'aspirateur dans ma chambre et dans la sienne. Le lave-linge avait terminé son cycle, et j'essorai mes vêtements avant de les étendre sur les radiateurs. Puis je glissai un disque de blues dans le lecteur et m'affalai sur le sofa, espérant que la musique me calmerait, mais j'étais très agitée. C'est alors que j'entendis du bruit dans l'appartement contigu, une porte qui claquait, et je songeai que je n'avais pas entrepris la démarche la plus évidente : demander aux voisins de Jo quand ils l'avaient vue pour la dernière fois.

Je sortis et contournai la maison jusqu'à l'entrée principale. Je sonnai, attendis et la porte s'entrebâilla. Je vis un œil qui m'observait.

« Bonjour. Je... je partage l'appartement de Jo Hooper, et je... »

La porte s'ouvrit toute grande.

« Je sais très bien qui vous êtes, mon petit. Abbie, n'est-ce pas ? Jo nous a présentés. Vous vous souvenez ? Peter, Peter Harding. Vous m'avez dit que vous viendriez me voir, mais vous n'êtes jamais venue. »

C'était un vieil homme, bien plus petit que moi. Je me demandai si l'âge l'avait ratatiné ou s'il avait toujours été de la taille d'un jeune écolier. Il portait un pull-over jaune canari dont une manche s'effilochait, un foulard bleu soigneusement glissé dans son col en V et des pantoufles. Sous ses rares cheveux tout blancs, son visage était ridé comme une vieille pomme.

« Entrez donc », me dit-il de sa voix fluette. J'hésitai. « Entrez, ne restez pas dehors par ce froid. Je viens justement de préparer du thé. Ne faites pas attention au chat. Asseyez-vous, mettez-vous à l'aise. Vous devez être fatiguée. Vous avez eu beaucoup à faire ces jours-ci, n'est-ce pas ? Je vous ai vue entrer et sortir à toute allure. Oh ! Je ne vous ai pas épiée, mais j'ai le temps de remarquer les allées et venues. Vous prendrez du sucre ? »

La pièce était très chaude et méticuleusement rangée. Des livres s'alignaient sur deux des murs. Il avait l'œuvre complète de Charles Dickens, reliée en cuir. Je m'assis sur un moelleux canapé et pris la tasse qu'il me tendait. Le chat remua dans son sommeil. Je reconnus le gros matou que j'avais vu à ma fenêtre.

« Merci, Mr Harding.

— Peter, corrigea-t-il.

— Merci, Peter. Pouvez-vous me rappeler quel jour Jo nous a présentés ?

— C'était un mercredi, répondit-il sans hésiter. Le jour de votre arrivée. Je suis sorti prendre l'air dans le jardin au moment où vous transportiez toutes vos affaires, et Jo en a profité pour nous présenter. Je vous ai dit que vous devriez me rendre une petite visite quand vous auriez un moment, mais vous n'êtes pas venue. Ensuite, bien sûr, vous êtes parties toutes les deux et je ne vous ai plus vues.

— Quand ? Quand sommes-nous parties ?

— Vous avez perdu la mémoire, ma petite fille ? » Il rit joyeusement. « Vous n'étiez plus là ni l'une ni l'autre. Vous avez pris des vacances ensemble, je suppose ?

— Pas exactement.

— Est-ce que Jo est revenue aussi ? Elle est tellement gentille, Jo ! Toujours très serviable et attentive. C'est elle qui m'a emmené à l'hôpital quand je me suis cassé la jambe. Elle est venue me voir deux fois, avec des fleurs. C'était ma seule visiteuse.

— Elle n'est pas encore de retour, dis-je évasivement.

— J'ai quatre-vingt-neuf ans, annonça Peter fièrement. Est-ce que je les parais ?

— Non, pas du tout, mentis-je.

— Ma mère a vécu jusqu'à quatre-vingt-seize ans. Quatre-vingt-seize ans, et puis un jour, boum ! elle est partie. Elle me manque encore. C'est bête, non ? Je suis un très, très vieux monsieur, et pourtant je pense à ma maman tous les jours. J'ai encore ses brosses à cheveux, figurez-vous, de très jolies brosses en argent incrusté d'ivoire avec des soies en vrai crin de cheval. On ne trouve plus d'aussi jolies choses de nos jours. J'ai aussi son rond de serviette, avec son nom gravé à l'intérieur.

— Ce thé m'a fait du bien. Merci beaucoup, dis-je en me levant.

— Vous partez déjà ? Je ne vous ai même pas offert de biscuits.

— Je reviendrai bientôt.

— Passez quand vous voudrez. Je sors très peu, vous savez. »

J'étais plongée dans un profond sommeil et rêvais qu'une alarme d'incendie s'était déclenchée. Mais je ne voyais ni le feu ni la sortie de secours, et cette ignorance me paralysait. Si j'avais vu la sortie, j'aurais pu m'enfuir ; si j'avais vu le feu, j'aurais pu me mettre à l'abri – mais rien. L'alarme sonna de plus belle et me réveilla. Somnolente et ahurie, je pris conscience que c'était la sonnette de l'entrée. J'enfilai ma robe de chambre, mais mes yeux refusaient de s'ouvrir, comme s'ils étaient collés avec de la glu. Je séparai mes paupières avec mes doigts comme si je pelais des grains de raisin, mais je dus me diriger vers la porte presque à tâtons. Si ensommeillée que je fusse, j'eus pourtant le réflexe de vérifier que la chaîne de sûreté était bien accrochée. J'entrouvris la porte, et le visage d'un jeune policier en uniforme apparut dans l'entrebâillement.

« Miss Devereaux ? demanda-t-il.

— Oui. Quelle heure est-il ? »

Il regarda sa montre.

« Quatre heures vingt, dit-il.

— Du matin ? »

Il regarda par-dessus son épaule. Le ciel était gris et bas, mais de toute évidence il ne faisait pas nuit. Mes pensées commencèrent de s'éclaircir.

« Si c'est au sujet de ma voiture, dis-je, j'avais l'intention d'aller la récupérer. On m'a mis une contravention, puis un sabot. Je voulais m'en occuper, mais j'ai eu beaucoup à faire. Inutile d'entrer dans les détails, je suppose. »

Il me fixa d'un regard sans expression.

« Non, il ne s'agit pas de votre voiture, dit-il. Pouvons-nous entrer ?

— D'abord, je voudrais voir votre carte. »

Il soupira et me mit sous le nez un petit étui. Comme si j'étais capable de reconnaître une vraie carte de police !

« On doit pouvoir acheter ces trucs en vingt-quatre heures par Internet, maugréai-je.

— Je peux vous donner un numéro de téléphone, si vous tenez à vérifier.

— Le numéro d'un copain à vous, c'est ça ? »

Cette fois, il était vraiment agacé.

« Miss Devereaux, c'est l'inspecteur Cross qui m'envoie. Il

257

voudrait vous parler. Si vous y voyez un inconvénient, réglez ça avec lui. »

J'ouvris la porte et vis que le jeune policier était accompagné d'un collègue plus âgé. Ils s'essuyèrent les pieds bruyamment sur le paillasson et ôtèrent leurs casquettes.

« Si Cross veut me parler, pourquoi n'est-il pas venu ?

— Il nous a envoyés vous chercher. »

Je fus tentée de répondre vertement, mais ce qui l'emporta fut un sentiment de soulagement. Enfin Cross s'intéressait à moi spontanément, ce n'était pas moi qui le relançais. Cinq minutes plus tard, j'étais assise dans une voiture de police qui roulait vers le sud de Londres. Quand nous nous arrêtions à un feu rouge, je voyais des passants m'observer. Qui était cette femme assise à l'arrière ? Une inspectrice ou une criminelle ? Je m'efforçai de prendre un air sérieux dans l'espoir de ressembler à une inspectrice. Quand nous traversâmes la Tamise, je regardai par la fenêtre et fronçai les sourcils.

« Ce n'est pas le bon chemin, dis-je avec méfiance.

— L'inspecteur Cross vous attend au commissariat de Castle Road.

— Pourquoi ? »

Pas de réponse.

Le commissariat était flambant neuf, arborant force parois de verre et tubes en acier. Le jeune policier gara la voiture à l'arrière et l'on me fit entrer par une petite porte avant de m'escorter en toute hâte jusqu'au premier étage. Jack Cross se trouvait dans un petit bureau en compagnie d'un autre inspecteur, un petit chauve d'une cinquantaine d'années qui me tendit la main et dit s'appeler Jim Burrows.

« Merci d'être venue. Comment allez-vous depuis l'autre jour ? » demanda Cross.

Je ne pris pas la peine de répondre.

« Vous voulez me parler de Jo ?

— Pardon ?

— Je suis allée dans le Dorset. Elle n'est pas dans le cottage où elle va quelquefois travailler. J'ai aussi parlé à un de ses amis, qui a téléphoné à d'autres personnes de son entourage. Personne ne sait où elle est.

— Je vois », marmonna Cross en jetant à son collègue un

258

regard gêné qui semblait vouloir dire « Tu vois, je t'avais prévenu. » « En fait, je vous ai fait venir pour autre chose. Asseyez-vous, je vous en prie. » Il me désigna une chaise en face de lui. « Connaissez-vous une certaine Sally Adamson ?

— Non.

— Vous êtes sûre ?

— Il me semble. Qui est-ce ?

— Avez-vous été en contact avec Terry Wilmott, ces derniers jours ? »

Soudain, je sentis un frisson me parcourir tout le corps, du sommet du crâne au bout des pieds. J'eus le pressentiment qu'il était arrivé quelque chose d'affreux.

« Je suis seulement passée prendre mon courrier », dis-je d'une voix blanche. Et puis, je me souvins. « Sally... Est-ce que c'est sa petite amie ?

— Sa petite amie ?

— Je ne sais pas exactement ce qu'il y a entre eux. J'ai croisé une certaine Sally une ou deux fois, mais je ne me rappelle plus son nom de famille. Elle arrivait au moment où je partais. Je ne pourrais pas affirmer que c'est vraiment sa petite amie, mais Terry est de ces hommes qui ont beaucoup de mal à ne pas avoir une femme dans leur vie, même pour quelques mois. D'ailleurs, quand nous nous sommes rencontrés... » Je m'interrompis. « Il est arrivé quelque chose ? »

Les deux hommes échangèrent un regard. Jim Burrows s'avança et prit la parole.

« Elle est morte, dit-il. Sally Adamson a été retrouvée morte au petit matin. »

Je les fixai l'un après l'autre. Cinquante questions se bousculaient dans ma tête, aussi commençai-je par la plus bête :

« Morte ? Vous êtes sûrs ?

— Tout ce qu'il y a de plus sûrs, répondit Cross. Mais ce n'est pas tout. Son corps a été retrouvé derrière la haie d'un jardin, au 54, Westcott Road. On l'a étranglée. »

Je sentis mes mains trembler. La pièce me sembla soudain glaciale.

« Terry habite au 62, murmurai-je.

— Précisément.

— Oh, mon Dieu... »

J'enfouis mon visage dans mes mains.

« Vous voulez boire quelque chose ? dit Cross. Un verre d'eau ? Du thé ? »

Je secouai la tête.

« C'est un cauchemar, articulai-je avec peine. Un cauchemar chaque jour plus horrible. Mon Dieu. Pauvre Sally ! Mais pourquoi m'avez-vous fait venir ? »

Cross ne répondit pas. Il se borna à me regarder d'un air sombre, et dans mon cerveau l'évidence, enfin, se fit jour.

« Non, dis-je d'une voix forte. Non, non et non. Il y a déjà eu plusieurs agressions dans le quartier. Une femme seule qui sort d'une maison la nuit peut très bien se faire attaquer. Ce ne serait pas la première fois qu'une tentative de vol à l'arraché tourne mal ! »

Cross marcha jusqu'à une table dans un coin du bureau et revint avec une pochette en plastique transparent, qu'il posa devant moi.

« Le portefeuille de Sally Adamson, dit-il. Nous l'avons trouvé dans son sac en bandoulière, qui était abandonné près du corps. Il contient quarante-cinq livres en espèces, deux cartes de crédit et trois cartes de grands magasins. Rien n'a été touché.

— Non, répétai-je, m'adressant moins aux deux hommes qu'à moi-même. Non, ça n'a aucun sens. Est-ce que Terry a été prévenu ?

— Terence Wilmott est au rez-de-chaussée, répondit-il. Deux de mes collègues sont en train de l'interroger.

— Et que dit-il ?

— Pas grand-chose. Il a fait venir un avocat.

— Vous ne pensez pas sérieusement que... ? Vous ne pouvez pas... » Je me pris la tête entre les mains et fermai les yeux. Si je parvenais à m'endormir, peut-être me réveillerais-je pour constater que tout cela n'avait jamais existé, qu'il n'en restait que de vagues bribes de rêve.

Burrows toussota et je levai les yeux dans sa direction. Il prit un feuillet dactylographié sur son bureau et le parcourut rapidement.

« Au cours du dernier trimestre de l'année dernière, vous avez appelé la police en deux occasions au moins, à cause du comportement de Mr Wilmott.

260

— C'est exact, répondis-je sèchement. Et personne ne s'est dérangé.

— Quel était le problème ?

— Rien d'extraordinaire. Quand Terry est surmené ou abattu, il boit trop. Et quand il a trop bu, il lui arrive de devenir violent.

— Est-ce qu'il vous a frappée ?

— Écoutez, si vous pensez une seule seconde que Terry serait capable de tuer quelqu'un...

— Je vous en prie, Miss Devereaux. Nous écouterons votre point de vue tout à l'heure, mais pour le moment, tenons-nous-en aux faits. Ayez l'amabilité de répondre à nos questions. »

Pendant plusieurs secondes, je gardai un silence qui se voulait la manifestation du plus grand mépris.

« Soit, dis-je enfin.

— Est-ce que Terence Wilmott vous a déjà frappée ? interrogea Burrows en s'approchant de moi.

— Oui. Mais...

— Giflée ?

— Oui.

— Toujours avec la main ouverte ? Ou quelquefois fermée ?

— Avec le poing, vous voulez dire ? Une ou deux fois, oui.

— Il lui est arrivé une seule fois de vous donner un ou deux coups de poing ? Ou il vous a frappée une ou deux fois de plusieurs coups de poing ? »

Je respirai profondément.

« Plusieurs coups de poing une ou deux fois, admis-je à contrecœur.

— A-t-il jamais utilisé un objet pour vous faire mal ? »

Excédée, je levai les bras pour protester.

« Tout ça est absurde ! m'écriai-je. Je ne peux pas répondre par oui ou par non. C'était beaucoup plus compliqué ! »

Burrows s'approcha davantage et me demanda d'une voix douce :

« Lui est-il arrivé de vous menacer avec une arme ? Un couteau, par exemple ?

— Je crois, oui.

— Vous croyez ?

261

« — Oui. Je veux dire, c'est arrivé.

— Lui est-il aussi arrivé de vous serrer le cou, avec ses mains ou autre chose ? »

Alors, complètement à l'improviste, j'éclatai en sanglots. Je pleurai et hoquetai désespérément, sans parvenir à m'arrêter. Je cherchai un mouchoir dans mes poches, mais il me sembla que je ne contrôlais plus mes mains. Je ne savais même pas pourquoi je pleurais. À cause du naufrage de ma vie avec Terry ? Des angoisses accumulées en moi, et de ma peur pour ma vie ? Et puis, il y avait Sally. Sally dont j'avais oublié le nom de famille. J'essayai de me représenter son visage, mais j'en fus incapable. Sans doute avais-je ressenti de la jalousie à son égard, sans doute lui avais-je voulu du mal, au moins momentanément, et le malheur l'avait frappée. Cela me rendait-il responsable de sa mort, à un degré infime, mais réel ?

Quand je parvins à me ressaisir, je vis que Jack Cross se tenait devant moi avec un gobelet dans chaque main. Il m'en tendit un. C'était de l'eau, que j'avalai d'un trait. L'autre était rempli de café très fort et très chaud. J'en bus une gorgée.

« J'aimerais que vous fassiez une déposition, dit-il. Si vous vous en sentez capable, bien sûr. Je vais appeler un de mes adjoints pour enregistrer vos déclarations. »

C'est ainsi que pendant les deux heures qui suivirent, je bus café sur café en rabâchant à voix haute tous les aspects de ma relation avec Terry que j'aurais voulu oublier. On dit souvent que raconter les expériences pénibles qu'on a vécues a un effet thérapeutique, mais pour moi c'est le contraire. Je ne manque pas d'amis fidèles et dévoués, et pourtant je ne leur ai jamais parlé des accès de violence de Terry. Il m'est douloureux de nommer la douleur, d'en faire des phrases. Formuler ce dont j'ai souffert, comme je dus le faire dans le bureau de Jim Burrows ce jour-là, me fait revivre mes peines. Ce furent deux heures effrayantes et cruelles.

Pendant de nombreux mois, j'avais seulement cru vivre une relation de couple un peu problématique, où de temps à autre la communication était perturbée, où il me fallait affronter une crise. La parole rendait les choses très différentes. C'était une jeune femme policier qui enregistrait ma déposition, et quand je lui racontai la scène où Terry, ivre et vociférant, avait saisi le couteau de cuisine et l'avait brandi avant de l'approcher de mon cou, elle s'interrompit et me fixa avec de grands yeux. « Il n'avait aucune intention de s'en servir, assurai-je, il ne m'aurait jamais fait de mal. » Le sergent Jane Hawkins, les inspecteurs Cross et Burrows échangèrent des regards éloquents, sans prendre la peine de formuler l'évidence – à savoir qu'il m'avait fait du mal, beaucoup de mal, et que toutes mes tentatives pour leur faire croire le contraire ne prenaient pas. D'ailleurs, pourquoi m'en défendais-je ? Étais-je névrosée, prenais-je plaisir à être ainsi traitée, trouvais-je une jouissance à la situation de victime ? Au fur et à mesure que je parlais, je commençai à me poser des questions sur cette femme – moi – qui s'était accommodée si longtemps d'une existence pareille. Et je pensai aussi à cette autre femme que je ne me rappelais pas, et qui elle aussi était moi : celle qui avait décidé que trop c'était trop, et qui était partie.

Je m'efforçai d'imaginer Sally Adamson, la jeune femme qui m'avait affirmé un soir que nous ne nous ressemblions pas, gisant toute froide dans un jardin froid. Morte, avec la semence de Terry en elle. Soudain, j'éprouvai une telle honte que mes joues brûlèrent, et je crus que Jack Cross allait deviner dans l'instant quelles dégoûtantes pensées s'agitaient dans mon esprit. Je demandai qui l'avait découverte. Le facteur, me répondit-on. Trouvée par un étranger, alors que les gens qui la connaissaient et l'aimaient ne savaient même pas qu'elle était morte. Alors, je m'interrogeai. Était-il possible que Terry eût commis une telle atrocité ? Et si c'était le cas... Mon Dieu, si c'était le cas, quelle lumière cette terrible vérité jetait-elle sur mon histoire ? Personne ne l'avait crue, ne m'avait crue, sauf moi-même – jusqu'ici. Me croire moi-même : c'était tout ce qui m'avait empêchée de sombrer dans la démence.

17

Quand ma déposition fut achevée, j'eus l'impression qu'on m'avait vidée de mon sang. Et trompée, manipulée. L'histoire qu'on me relut avait beau être exacte dans tous ses détails, je sentais confusément que ce n'était pas celle que j'avais voulu raconter, qu'il y manquait quelque chose d'essentiel – mais j'étais trop épuisée pour rectifier quoi que ce fût. Cross la lut par-dessus l'épaule de sa jeune adjointe, en hochant la tête de temps à autre, comme un professeur lisant le devoir d'un élève et le trouvant tout juste passable. Je la signai, paraphai chaque feuillet, et Jane Hawkins emporta le tout. Je me demandais que faire ensuite, quand Cross m'offrit de me raccompagner. Je répondis que c'était inutile, mais il affirma qu'il devait de toute façon passer près de chez moi pour rentrer, et je n'eus pas la force de protester.

Pendant la première partie du trajet, je me contentai de regarder fixement devant moi, en m'efforçant de ne penser à rien – mais c'était inutile : bientôt, je ne cessai plus de ressasser intérieurement tout ce qui venait de se produire, la mort de Sally, les soupçons pesant sur Terry, ma déposition, et des images sinistres s'imposaient à moi sans que je pusse les chasser.

« Arrêtez-vous, dis-je tout à coup.

— Qu'est-ce qui se passe ?

— J'ai envie de vomir.

— Allons bon ! soupira-t-il, en regardant autour de lui d'un

264

air désemparé. Patientez un peu, nous sommes sur une voie rapide.

— Vous êtes policier, oui ou non ?

— Attendez, il y a une sortie. Et si vous ne pouvez pas vous retenir, ouvrez la fenêtre. »

Il quitta la voie rapide, tourna dans une rue à la chaussée cabossée et se gara sur le côté. J'ouvris la portière et courus jusqu'à un grand mur de brique, une usine, sans doute, ou un entrepôt. J'appuyai mes mains à la surface rugueuse, me penchai en avant et y pressai aussi mon front. Le froid me revigora. Au bout d'un instant, je sentis une main sur mon épaule.

« Ça va ? »

Un liquide aigre me montait à la gorge, mais je réussis à déglutir et respirai profondément plusieurs fois.

« Vous avez eu un après-midi pénible, dit Cross.

— Non, non. Ou plutôt si, très pénible, mais ce n'est pas ça qui me rend malade.

— Que voulez-vous dire ? »

Je marchai le long du trottoir en essayant de me détendre, puis revins vers la voiture. Il faisait nuit noire, et nous étions en bordure d'une zone industrielle. Derrière une clôture en fil barbelé se dressaient des bâtiments visiblement récents, mais aux murs déjà encrassés. Frazer & Co., peintures et vernis. Centre manufacturier du cuir. Aquafresh, robinetterie et sanitaires.

« Toute cette histoire ne tient pas debout, dis-je.

— Montez.

— Une minute. » Je restai figée près de la voiture et le regardai fixement. « Vous savez que depuis quelque temps je n'ai pas de sentiments particulièrement tendres à l'égard de Terry.

— Je sais, oui.

— C'est un garçon qui a de réels problèmes et qui devrait probablement consulter quelqu'un. Mais il n'a tué personne.

— Miss Devereaux, Abbie, rentrez dans la voiture, je vous en supplie. Je suis frigorifié.

— Si je remonte en voiture, vous répondrez à mes questions ? lançai-je.

— Tout ce que vous voudrez, du moment que nous partions de ce quartier épouvantable. »

265

Je m'assis. Il monta le chauffage, mais ne démarra pas tout de suite.

« Est-ce que je vous retarde ? demandai-je.

— Non.

— Vous comprenez, j'ai une foule de questions qui se bousculent dans ma tête et il faut absolument que je vous les pose. Je sais que vous avez l'expérience des affaires criminelles, alors que moi, je ne sais que conseiller aux gens le meilleur endroit pour installer la photocopieuse ou la machine à café. Mais je sais que vos soupçons sont absurdes, expérience ou non. Terry est tout le contraire d'un assassin. D'abord, il est beaucoup trop infantile. Et puis, s'il tuait quelqu'un, ce ne serait pas la femme qu'il vient tout juste de rencontrer. Et même s'il le faisait dans une crise de délire, ce serait chez lui ou chez elle, pas dans la rue. Et puis, s'il cherchait à cacher le corps, il ne serait pas assez bête pour le fourrer sous une haie à vingt mètres de chez lui. »

La seule réponse de Jack Cross fut de tourner la clef dans le contact et de démarrer. Au bout de quelques instants, il parla tout de même.

« Je peux vous parler en conduisant, dit-il. Première chose : Mr Wilmott n'est en aucune façon inculpé du meurtre de Sally Adamson. Pour le moment, il est entendu en tant que témoin, et il en sera ainsi tant qu'il n'y aura pas de preuves contre lui. Mais pour nous, il est forcément le suspect numéro un, et permettez-moi de vous dire que dans de très nombreuses affaires de meurtre, il s'avère que le suspect numéro un est également le coupable. En ce qui concerne Terry, je comprends vos objections...

— Ce qui revient à dire que vous vous en moquez, coupai-je.

— ... mais le fait est que la plupart des gens qui meurent assassinés ne le sont pas par des inconnus qui leur sautent dessus dans une rue sombre, mais par des familiers. Quand la victime est une femme, le meurtrier est le plus souvent leur mari ou leur amant. Les antécédents de Terry, sa violence notoire envers les femmes – tout au moins envers vous – ne peuvent qu'alourdir les présomptions. Ce n'est pas une preuve, mais ça y ressemble beaucoup. Quant aux circonstances du meurtre, je suis bien placé pour savoir qu'il n'y a pas de règles. Certains meurtriers planifient leur acte, d'autres tuent impulsivement et presque sans savoir pourquoi. Certains ne prennent pas la peine de cacher le corps de leur victime, d'autres le cachent si bien qu'on ne le retrouve jamais, et d'autres encore le cachent si mal qu'on le retrouve tout de suite. Il est possible qu'il l'ait tuée et qu'ensuite il ait déposé son cadavre derrière une haie pour faire croire à un crime crapuleux.

— Dans ce cas, pourquoi aurait-il laissé son sac à côté d'elle ? Sans compter qu'il aurait couru un risque insensé en transportant son corps dans la rue.

— Avez-vous déjà commis un meurtre, Abbie ?

— Non. Et vous ?

— Pas encore, dit-il avec un demi-sourire. Mais j'ai rencontré pas mal de meurtriers. Imaginez la plus extrême tension nerveuse que vous ayez jamais connue et multipliez-la par cent. Une personne qui vient de tuer ne peut plus respirer, ne peut plus penser. La conséquence, c'est qu'elle fait parfois les choses les plus étranges, les erreurs les plus invraisemblables. »

Le silence s'installa. Puis :

« Il y a une autre explication, murmurai-je.

— Il y a toujours toutes sortes d'explications.

— Non. Je sais ce qui s'est vraiment passé.

— Ah oui ? Je vous écoute », dit-il d'un ton exagérément patient.

J'osais à peine proférer à haute voix ce que je pensais, mais je m'y obligeai.

« J'ai beaucoup modifié mon apparence depuis mon départ de l'hôpital, commençai-je.

— Oui. J'avais remarqué.

— Comme vous m'avez lâchée dans la nature sans aucune protection, j'ai fait tout mon possible pour me rendre méconnaissable. Personne ou presque ne sait où j'habite. En revanche, une des rares choses que cet homme – mon ravisseur – sait certainement à mon sujet, c'est l'endroit où j'habitais il y a encore quelques semaines. Et il connaît aussi le nom de Terry. Je me souviens que je le lui ai dit.

— Oui, et alors ?

— Avez-vous remarqué que lorsqu'un couple se sépare et

qu'un des deux trouve un remplaçant aussitôt après, le nouveau ou la nouvelle ressemble généralement beaucoup à son prédécesseur ?

— Non.

— Pourtant, c'est très souvent le cas. C'est ce qui m'a frappée quand j'ai vu Sally pour la première fois. D'ailleurs, je le leur ai dit. Demandez à Terry.

— Quel tact !

— Elle n'était pas d'accord avec moi. Évidemment, c'était naturel qu'elle ne veuille pas l'admettre, mais de toute façon elle ne pouvait pas s'en rendre compte. J'avais trop changé.

— Je répète : Et alors ?

— Ce que j'essaie de vous faire comprendre, c'est que mon ravisseur se doute que je suis quelque part dans la ville. Il n'a pas été arrêté, mais il ne doit pas être rassuré : il ignore ce que je peux révéler sur lui, et il se sentirait plus en sécurité si j'étais morte. De son point de vue, la meilleure façon de me retrouver est de rôder autour de chez Terry. S'il a vu Sally en sortir à une heure avancée de la nuit, il a sûrement cru que c'était moi.

— Ce qui signifie ?

— Qu'il a tué Sally parce qu'il l'a prise pour moi. Il l'a étranglée en croyant que c'était moi qu'il étranglait ! C'est la seule explication qui tienne debout. »

Je regardai Jack Cross, mais il semblait soudain absorbé par sa conduite et ne répondit pas. C'est alors qu'une idée me traversa l'esprit.

« Maintenant, il me croit morte ! m'écriai-je.

— Pardon ?

— Cet homme. Il croit m'avoir tuée. Il croit qu'il ne risque plus rien. Il n'a probablement pas vu qu'il s'était trompé. Si vous pouviez vous garder de parler de ce meurtre, ou du moins ne pas révéler le nom de la victime, cela me donnerait du temps pour essayer de faire quelque chose.

— L'idée n'est pas mauvaise, dit Cross. Malheureusement, elle présente un gros inconvénient.

— Lequel ?

— Nous vivons dans un pays civilisé, Abbie. Ce qui nous oblige à nous conformer à des lois, même si c'est ennuyeux. Quand une personne meurt assassinée, nous ne sommes pas censés garder cela pour nous. La famille doit être informée. Ensuite, notre boulot est de trouver le coupable. »

Nous roulâmes en silence pendant plusieurs minutes. L'appartement de Jo n'était plus très loin, et bientôt la voiture s'arrêta.

« Vous savez ce qui est drôle ? demandai-je.

— Je vous écoute.

— Vous refusez de me croire. Vous me prenez pour une délirante, une mythomane, peut-être une menteuse chronique. Oh ! je sais bien que vous n'êtes ni un imbécile ni une brute. Je vous trouve même plutôt gentil. Vous n'avez guère aimé que tout le monde m'envoie au diable. Seulement, vous ne me croyez pas. Si c'était moi qu'on avait retrouvée morte dans ce jardin, vous seriez convaincu que c'est Terry qui m'a tuée et cet homme ne serait jamais inquiété. »

Cross se pencha et posa sa main sur mon bras.

« Abbie, je vous l'ai déjà dit : s'il y a le moindre élément nouveau, nous rouvrirons l'enquête. Et vous le savez très bien. Quant à votre amie, euh...

— Jo.

— Si Jo n'a pas donné signe de vie dans quelques jours, appelez-moi. Je ne vous oppose pas une fin de non-recevoir, Abbie. Pas plus qu'on ne vous a envoyée au diable, comme vous dites : si l'enquête n'a pas été poursuivie, c'est parce que nous n'avions pas l'ombre d'un indice, encore moins d'une preuve. Tout ce que nous savions, c'est que Terry Wilmott vous a battue dans le passé, notamment quelques jours avant que vous ne perdiez la mémoire. Un point c'est tout. Si c'était vous qu'on avait retrouvée morte, ce qu'à Dieu ne plaise, ce serait peut-être parce que Terry vous a bel et bien tuée. Vous n'y avez jamais pensé ? Moi, si. À mon avis, vous avez de la chance qu'il ne soit jamais allé plus loin que les coups.

— Et mon enlèvement ? Ça aussi, vous comptez le lui coller sur le dos ? Il a un alibi, souvenez-vous. »

L'expression de Cross devint plus dure.

« Il nous a raconté une histoire qui tient debout, voilà tout. D'ailleurs, nous n'avons rien d'autre : les histoires des uns et des autres. Notre seule certitude, c'est qu'on a retrouvé une femme assassinée à quelques pas de chez l'homme qui vous battait. »

J'ouvris la portière et descendis de voiture. Avant de m'éloigner, je me penchai et le regardai bien en face à la clarté des réverbères.

« Demain, le nom de Sally sera dans tous les journaux. Il saura qu'il ne m'a pas tuée et il sera de nouveau à mes trousses. Seulement, vous finirez bien par admettre que j'ai dit la vérité. Je sais comment vous le prouver.

— Comment ?

— Vous comprendrez quand je serai morte ! On me retrouvera étranglée dans un fossé alors que Terry est sous les verrous. Ce jour-là, vous saurez que je disais vrai. Je doute que cela vous fasse plaisir.

— Vous avez raison, dit-il.

— Raison en quoi ?

— Cela ne me fera pas plaisir. »

Je claquai la portière si violemment que la voiture trembla.

18

Du dehors, l'appartement de Jo semblait plus sombre et plus vide que jamais. Je glissai la clef dans la serrure et imaginai la longue, interminable soirée qui m'attendait. Je resterais assise sur le sofa à ressasser mes angoisses, avant un sommeil comme toujours interrompu par de brusques réveils, où je me représenterais en pensée le cadavre de Sally en attendant le matin. Peut-être serait-il moins pénible de retourner chez Sandy, ou chez Sheena et Guy, ou de demander l'hospitalité à Sam. Mais cette perspective était tout aussi désespérante : il me faudrait raconter tout ce qui s'était passé depuis notre dernière rencontre, et il s'était passé trop de choses. Seuls quelques jours s'étaient écoulés, et pourtant ils me semblaient très loin, trop loin. Je m'étais exclue de leur monde, j'étais devenue une étrangère au pays des vivants. Qui pourrait me reconnaître à présent ?

Au demeurant, je ne pouvais rester plantée devant la porte comme si je m'offrais pour cible. Je tournai la clef ; mais devant le vestibule plongé dans la pénombre, au seuil des pièces ténébreuses, la frayeur monta en moi. Je reculai précipitamment et refermai la porte. Je fus envahie par la tentation de me laisser tomber au sol, de me rouler en boule sur le bord de l'allée, la tête entre les bras, immobile et gisante comme un animal mourant. D'autres pouvaient bien s'occuper de tout, m'emmener dans un lieu chaud et protégé, n'importe où, pourvu que prît fin la nécessité de vivre ainsi, jour après jour, dans la solitude et l'effroi.

271

Mais quelque chose en moi se réveilla, et je ne me laissai pas tomber au sol. Je fis volte-face et courus jusqu'à Camden High Street, où j'arrêtai un taxi et priai le chauffeur de me conduire à Belsize Park. Je ne connaissais pas le numéro de la maison, mais je la retrouverais certainement. Sans doute ne serait-il pas chez lui, pensai-je, ou, s'il y était, je ne saurais que lui dire...

Je trouvai la maison sans difficulté. Je me rappelais un grand arbre devant la façade, et, plus confusément, une clôture en fer forgé. Il y avait de la lumière au rez-de-chaussée et à l'étage. Dans mon soulagement, je tendis au chauffeur un billet de dix livres et lui dis de garder la monnaie. Je me dirigeai vers la porte, le souffle court et les jambes en coton. Il devait avoir des amis à dîner, à moins qu'il ne fût au lit avec une femme. Je soulevai le heurtoir et le laissai retomber, puis fis un pas en arrière. J'entendis ses pas descendre l'escalier, et un petit sanglot m'échappa.

« Abbie !

— Vous êtes occupé ? Il y a des gens avec vous ? »

Il secoua la tête.

« Excusez-moi, balbutiai-je. Excusez-moi de vous déranger à l'improviste, mais je ne savais pas quoi faire d'autre. Vous êtes la seule personne qui sache tout. Si vous comprenez ce que je veux dire. Excusez-moi, je...

— Il est arrivé quelque chose ?

— Eh bien, je... J'ai peur.

— Entrez. Ne restez pas dans le froid. » Il ouvrit la porte en grand et je fis un pas dans le vestibule spacieux et bien éclairé.

« Excusez-moi.

— Bon Dieu, cessez de vous excuser ! Venez dans la cuisine, c'est là qu'il fait le plus chaud. Donnez-moi votre manteau.

— Merci. »

Je le suivis dans la cuisine, qui sentait la colle, la sciure et le vernis. Des plantes en pot s'alignaient sur l'appui de fenêtre, et un vase de jonquilles décorait la table.

« Asseyez-vous, déplacez tous ces bouts de bois. Je vais vous préparer quelque chose de chaud. Du thé ? Ou du chocolat, peut-être ?

— Oh, oui ! »

Il versa du lait dans une casserole et la posa sur une plaque chauffante.

« Et puis, vous devez avoir faim. À moins que vous n'ayez déjà mangé ?

— Non. Pas depuis notre énorme petit-déjeuner de ce matin. Vous vous souvenez ?

— C'était seulement ce matin ? dit-il en ouvrant de grands yeux. J'ai du mal à y croire.

— Comment s'est passée votre réunion ?

— Elle s'est passée, c'est le principal. Qu'est-ce que je peux vous offrir ?

— Seulement un grand bol de chocolat. Ce sera réconfortant.

— Réconfortant », répéta-t-il avec un sourire.

Il fit tomber du chocolat en poudre dans le lait bouillant, mélangea vigoureusement, versa le tout dans un grand bol vert pomme et ajouta de la crème.

« Buvez ça, Abbie, et expliquez-moi ce qui ne va pas.

— Sally est morte, dis-je.

— Sally ? Qui est-ce ?

— La nouvelle amie de Terry. » Je m'attendis à ce qu'il demandât qui était Terry, mais il n'en fit rien. Il se contenta de hocher la tête en fronçant les sourcils.

« Vous semblez très bouleversée, dit-il. Vous la connaissiez bien ? C'était une amie ?

— Je ne la connaissais que de vue. Mais elle a été tuée.

— Tuée ? Vous voulez dire assassinée ?

— Oui. Étranglée à deux pas de chez Terry. La police a la conviction que c'est lui le meurtrier.

— Je comprends, murmura-t-il.

— Mais ce n'est pas lui. Je sais que ce n'est pas lui. Bien sûr, les flics sont toujours persuadés que je délire. Pour eux, le meurtre de Sally n'en est qu'une preuve supplémentaire : Terry m'a brutalisée, j'ai transformé une sordide histoire de violence domestique en récit héroïque d'enlèvement et de séquestration, mais lui a persisté dans sa violence envers les femmes et il a étranglé celle qui m'a succédé.

— Mais vous n'y croyez pas ?

— Non, pas un instant. Terry est incapable de tuer.

273

— Beaucoup d'individus incapables de tuer finissent un jour par tuer quelqu'un, observa-t-il.

— C'est ce que les flics ne cessent de répéter. Mais moi, je le connais. » Tout à coup, mon débit se précipita, et je ne pus plus me contrôler. « De toute façon, même s'il l'avait tuée sur un coup de folie, il se serait effondré en pleurant de honte et de désespoir et il aurait appelé Police secours. Il n'aurait certainement pas traîné son corps dans la rue pour le cacher à vingt mètres de là. Et s'il avait voulu le cacher, ce qui n'est pas pensable parce qu'il n'est pas pensable qu'il l'ait tuée, il n'aurait jamais...

— Je ne suis pas la police, Abbie.

— Excusez-moi. Je suis désolée, mais c'est seulement que... que...

— Que quoi ? »

Je me tus quelques instants, réfléchissant. Quoi, en effet ?

« Tout, soupirai-je. Je n'arrête pas de penser à ce pauvre Terry, si bête, si pitoyable. Et à Sally, bien sûr. Mais il y a autre chose. Voyez-vous, Sally me ressemblait. Les mêmes cheveux, la même silhouette, la même allure que moi – je veux dire, avant ma transformation. » Je vis son visage changer d'expression. « J'ai la certitude que c'est moi qu'on a voulu tuer. C'est un sentiment affreux, achevai-je dans un souffle.

— Vous pensez que... ?

— Il est là, quelque part dans Londres. Il me cherche. Et il finira par me retrouver, j'en suis sûre.

— Mais la police ne vous croit toujours pas ?

— Non. Au fond, je ne peux pas vraiment leur en vouloir. Si j'étais à leur place, je me demande si je me croirais. Je ne sais pas si je me fais bien comprendre.

— Je comprends parfaitement, dit-il.

— Et vous me croyez ?

— Oui.

— Sans réserve ? Vous croyez tout ce que j'ai dit ?

— Oui.

— Vous ne dites pas ça pour me faire plaisir ?

— Non, je ne dis pas ça pour vous faire plaisir. »

Je le regardai bien en face. Il ne cilla pas, ne détourna pas les yeux.

« Merci », murmurai-je.

274

Je finis mon bol de chocolat. Je me sentais mieux, tout à coup.

« J'ai besoin de me rafraîchir un peu, dis-je. Où est la salle de bains ?

— À l'étage. La première porte à droite.

— Ensuite, je rentrerai. Je n'aurais pas dû débarquer chez vous sans prévenir, c'était stupide de ma part.

— Abbie, voyons... »

Je ne lui laissai pas le temps de protester et montai l'escalier, les jambes tremblantes. Dans la salle de bains, je jetai de l'eau froide sur mon visage blafard. J'avais une tête d'écolière anémique. Avant de redescendre, je regardai autour de moi. C'était vraiment une très jolie maison. Je me demandai si une femme y habitait. D'élégants dessins abstraits décoraient les murs, et je voyais partout des livres, sur des rayonnages ou empilés sur le sol. Au bas de la première volée de marches, l'escalier faisait un coude ; dans une niche creusée dans le mur trônait une superbe plante. Je m'arrêtai net et l'observai de plus près : un tronc ancien et tourmenté, des feuilles vert sombre... Je m'accroupis sur le petit palier et touchai du doigt la terre moussue. Puis je m'assis et enfouis mon visage dans mes mains. Je ne savais si je devais pleurer, ou rire, ou hurler. Mais je ne fis rien de tout cela. Je me levai et descendis les dernières marches, très lentement. Dans la cuisine, Benjamin était toujours assis, sans rien faire, le regard dans le vide. Il semblait fatigué. Fatigué, et aussi un peu triste.

Comme dans un rêve – mon rêve, le rêve d'une vie qui avait été la mienne et dont je ne me rappelais rien –, je contournai la table et posai ma main sur sa joue. Je vis son expression s'adoucir.

« C'était comme ça ? » demandai-je.

Je me penchai et posai mes lèvres sur le coin de sa bouche. Il ferma les yeux et je baisai ses paupières, puis ses lèvres, jusqu'à ce qu'elles s'entrouvrissent. C'était une sensation très douce, et neuve.

« Non, ce n'était pas comme ça, murmura-t-il.

— Comment, alors ?

— Tu m'as dit que tu te sentais affreuse. Tu venais de me parler de Terry. Alors, je t'ai prise par la main. »

Il me prit par la main et m'entraîna dans le salon voisin, où

275

une immense psyché à cadre d'argent était posée à même le sol. Il m'attira devant la glace pour que je pusse me regarder, et je vis cette pauvre loque d'Abigail, maigre, blême, hirsute, exténuée. Il se plaça derrière moi et nos regards se croisèrent dans le miroir.

« Je t'ai amenée ici pour que tu te regardes. Je t'ai dit que tu étais très belle.

— J'ai l'air d'une vieille poupée ramassée sur un dépotoir.

— La ferme, Abbie. Laisse-moi parler. Tu étais très belle ce jour-là et tu es très belle aujourd'hui. Je te l'ai dit, et puis je n'ai plus pu m'arrêter. Je t'ai embrassée, comme ça, sur la peau douce de ton cou. Oui, tu as penché la tête de côté, exactement comme ça.

— Et ensuite ? » Je me sentais toute flageolante.

« Ensuite, j'ai caressé ton visage, ton cou, tes épaules. Et puis j'ai continué comme ça. »

Il promenait ses lèvres sur mon cou et en même temps déboutonnait mon chemisier, qui s'ouvrit.

« C'est vrai ? » demandai-je stupidement.

Il ne répondit pas, glissa ses mains sous l'étoffe et dégrafa mon soutien-gorge. L'instant d'après, ses mains étaient sur mes seins. Ses lèvres frôlaient toujours la peau de mon cou, sans l'embrasser, la caressant avec une infinie douceur.

« Ensuite, j'ai fait comme ça », souffla-t-il à mon oreille.

J'aurais voulu parler, mais j'en étais incapable. Sa main droite se promena légèrement sur mon ventre, puis descendit plus bas, et je vis dans la psyché ses doigts défaire adroitement le bouton de mon pantalon, puis la fermeture à glissière. Lentement, il s'agenouilla derrière moi en faisant glisser sa bouche sur mon échine. Il fit tomber mon pantalon et ma culotte sur mes chevilles, puis se releva. Il était pressé contre mon dos, ses bras autour de moi.

« Regarde », dit-il – et dans la psyché, je regardai mon corps, et lui le regardait aussi, et je regardai son regard. Une fois déjà, pensai-je, ce miroir avait reflété mon corps dénudé. Mais quand était-ce ? Deux, trois semaines plus tôt ?

Quand je parlai enfin, ma voix était engourdie de désir.

« Avec ma culotte sur les talons, je me trouve assez indécente, dis-je.

— Moi, je te trouve merveilleuse.

— Je ne peux même pas m'échapper !

— Non. Tu ne peux pas.

— Qu'avons-nous fait ensuite ? »

Il me montra. Je fus obligée de sautiller ridiculement jusqu'à sa chambre, puis je me laissai choir sur le lit. Je fis tomber mes chaussures et me débarrassai de mes vêtements, qui de toute façon ne tenaient plus guère. Il se dévêtit à son tour, en prenant son temps. Il tendit le bras vers un tiroir et y prit un préservatif, dont il ouvrit l'emballage avec ses dents. je l'aidai à l'enfiler.

« Au moins, je n'aurai pas besoin d'une pilule du lendemain, dis-je en souriant. J'en ai trouvé une dans mon sac.

— Mon Dieu, c'est vrai ! Nous n'avons pas eu le temps. Excuse-moi.

— Je suis sûre que c'était tout autant ma faute que la tienne.

— Oui. Tout autant », murmura-t-il, le souffle court à présent.

Nous nous regardâmes et sa main caressa mon visage, mon cou, mes seins.

« J'ai cru que je ne te toucherais plus jamais, dit-il.

— C'était comme ça ?

— Oui.

— Et comme ça ?

— Oui, oui. Continue. »

Je continuai, il continua, nous continuâmes. Sans cesser de nous regarder, nous souriant parfois. Quand il jouit, il cria comme s'il avait mal. Je l'attirai contre moi et le serrai très fort entre mes bras, puis je posai longuement mes lèvres sur ses cheveux moites.

« Je ne peux pas croire que ç'ait pu être meilleur », dis-je.

Il baisa la veine qui frémissait au creux de mon cou et murmura quelque chose.

« Pardon ?

— J'ai dit : il ne s'est pas passé une heure sans que je pense à toi. Tu m'as tellement manqué !

— Peut-être que toi aussi, tu m'as manqué. Mais je ne le savais pas.

— Comment as-tu compris ?

— Grâce au bonsaï ! »

277

Je m'écartai un peu et le regardai dans les yeux.

« Bon sang, pourquoi ne m'as-tu rien dit ?

— Pardonne-moi. C'était un vrai dilemme, tu sais ? Mais je voulais que tu ressentes quelque chose, sans que je te le souffle. Tu me comprends ?

— Je ne sais pas. En un sens, j'ai très envie de me mettre en colère, tu sais ? En fureur, même. Je ne dis pas ça pour plaisanter. Je ne cesse de me démener pour retrouver tous les fragments de ma vie et de moi que ma mémoire a perdus, de tâtonner dans le noir comme une aveugle terrifiée. Et toi, tu savais ça, tu aurais pu m'aider. Mais tu ne l'as pas fait. Tu as préféré me laisser dans l'ignorance. Tu savais sur moi des choses que je ne savais pas. Et tu en sais encore. Tu te rappelles que nous avons fait l'amour, alors que je l'ai complètement oublié. Tu connais cet autre moi qui est caché, alors que je ne connais pas d'autre toi. Que sais-tu d'autre à mon sujet ? Comment puis-je être sûre que tu ne m'as rien caché ? Je ne pourrais jamais. Tu as tout un chapitre de ma vie en ta possession, plusieurs, peut-être. Ce n'est pas juste.

— Tu as raison. Ce n'est pas juste.

— C'est tout ce que tu trouves à dire ?

— Pardonne-moi, dit-il, désemparé. Je ne savais que faire. J'avais envie de tout te dire, mais par où commencer ?

— Par la vérité. En général, c'est un bon commencement.

— Pardonne-moi », répéta-t-il.

Je caressai doucement sa poitrine. Avant d'être enlevée et séquestrée dans une cave, j'avais été heureuse. Tout le monde l'avait dit. Heureuse d'avoir quitté un homme qui me frappait, un travail qui me déplaisait, et rencontré Benjamin. Depuis mon départ de l'hôpital, j'étais hantée par l'idée que mes jours perdus recelaient beaucoup de souvenirs heureux. Ma mémoire avait effacé ce dont j'aurais voulu me souvenir et gardé ce que j'aurais voulu oublier. Des pensées flottaient dans ma tête, des bribes de pensée, plutôt. Un désir naissant, impalpable, de dire oui à la vie, de ne pas laisser la peur continuer de la détruire.

Nous prîmes un bain ensemble, un peu plus tard, puis il descendit nous préparer des sandwiches. Il les apporta sur un plateau – avec une bouteille de margaux, s'il vous plaît, et deux grands verres à pied. Je l'attendais, assise contre les oreillers.

« J'ai l'impression que tu aimes bien me nourrir, dis-je.

— La première fois, nous avons mangé des huîtres.

— Vraiment ? J'adore les huîtres.

— Je sais. C'est justement pour ça que nous en avons mangé, figure-toi. Nous en remangerons. »

Je pris sa main et embrassai sa paume, puis je mordis dans un sandwich et bus une gorgée de vin. Délectable. Puis je réfléchis. C'était le mercredi 16 que Gordon Lockhart m'avait donné l'orme de Chine.

« Donc, c'était... le mercredi soir ? demandai-je.

— Non. Le lundi.

— Le lundi ! Tu es sûr ? Le jour où nous nous sommes rencontrés ?

— Sûr et certain. »

Je fronçai les sourcils.

« Tu n'avais pas mis de préservatif ?

— Si.

— Je ne comprends pas. Tu as dit tout à l'heure...

— Tu es revenue, dit Benjamin.

— Le mercredi ?

— Oui.

— Tu aurais pu me le dire !

— Oui, je sais.

— Et ce jour-là, tu n'as pas...

— Non.

— Pourquoi ? »

Il sourit et m'embrassa sur le front.

« Tu es passée comme ça, sur un coup de tête, expliqua-t-il. Nous devions dîner ensemble le jeudi soir, parce que le mercredi j'avais plusieurs personnes à dîner. Des clients. Mais tu es arrivée à l'improviste alors que mes invités étaient déjà là, pour m'offrir le bonsaï. Je t'ai embrassée.

— Et ensuite ?

— Je t'ai embrassée plus fort.

— Continue.

— Tu as déboutonné ma chemise. Nous entendions mes clients parler dans la salle à manger.

— Et ?

279

— Nous sommes montés dans la salle de bains, nous avons fermé la porte, et voilà.

— Tu veux dire que... debout ?

— Oui, debout. Ça nous a pris environ trente secondes.

— Montre-moi », dis-je.

Je passai la nuit chez Benjamin, et, si chargée d'émotions qu'eût été la journée, je dormis d'un trait et lourdement. Quand je me réveillai le lendemain matin, une odeur de café et de pain grillé ma chatouilla les narines. Entre les rideaux, le ciel était tout bleu. Je fus presque alarmée de ma gaieté soudaine. C'était comme le retour du printemps.

19

Nous prîmes le petit-déjeuner au lit. Des miettes de pain grillé se répandirent sur les draps, mais Benjamin s'étendit mollement et ramena sur lui la couette, l'air très satisfait.

« Tu ne dois pas aller travailler ? » demandai-je.

Il se pencha au-dessus de moi pour jeter un coup d'œil au réveil. C'est étrange comme on se sent rapidement familiarisé avec un autre corps.

« Je peux m'accorder exactement dix-huit minutes, dit-il.

— Tu ne seras pas en retard ?

— Je suis déjà en retard. Mais tout à l'heure, un client débarque tout droit d'Amsterdam pour me voir. Si je lui pose un lapin, je m'en voudrai non seulement d'être en retard, mais de me conduire comme un très méchant garçon. »

Je l'embrassai, juste une petite bise dans le cou.

« Ne fais pas ça. Sinon, je ne pourrai plus partir, dit-il.

— Tu sais, murmurai-je – car mon visage touchait presque le sien –, si j'étais toi et que tu étais moi, je croirais que tu es fou. Ou que je suis folle. Est-ce que je me fais bien comprendre ?

— Non. C'est un peu embrouillé.

— Si quelqu'un avec qui j'ai fait l'amour deux fois disparaissait brusquement et reparaissait quinze jours plus tard sans avoir aucun souvenir de m'avoir rencontrée, je croirais qu'il n'a plus sa tête. Ou qu'il ment. Comme tu sais, la police hésite entre les deux théories.

— J'ai d'abord cru que c'était moi, le fou. Ensuite, c'est

vrai, je me suis demandé si tu n'étais pas folle. Et pour finir, je ne savais plus quoi penser. » Il me caressa les cheveux, et j'en frémis de plaisir. « J'étais complètement désarçonné, reprit-il. Comment aurais-je pu t'expliquer ? J'ai sans doute pensé que le mieux était que tu te sentes séduite une seconde fois. En tout cas, l'idée de te dire : "Je te plais, ou du moins je te plaisais il y a quinze jours, tu ne t'en souviens pas, mais c'est vrai"... Eh bien, cela me semblait assez tordu.

— Tu n'as pas des mains de dessinateur, dis-je.

— Parce qu'elles sont pleines de marques et de cicatrices ?

— Je ne sais pas. Je les aime. »

Il observa ses mains comme s'il les découvrait.

« Je ne me contente pas de dessiner. Je fabrique moi-même beaucoup de choses, dit-il. Le résultat, c'est que des produits coulent souvent sur mes mains. Sans parler des coups de marteau, des griffures, des écorchures... Mais j'aime ça. Mon père était soudeur, et il a toujours adoré le bricolage. Il avait un atelier à la maison et il passait tous ses week-ends à démonter et remonter des trucs invraisemblables. Quand j'étais petit, la seule façon de communiquer avec lui était de le rejoindre dans l'atelier et de lui passer la clef anglaise, ou autre chose. De me salir les mains. C'était toujours un grand plaisir, et il m'en est resté quelque chose. Au fond, j'ai trouvé le moyen de gagner ma vie avec ce que mon père faisait pour se distraire.

— Hmm... Moi, c'est très différent, murmurai-je avec amertume. Aussi bien mon père que mon boulot.

— En tout cas, c'est incroyable ce que tu es efficace ! Ce chantier Avalanche tournait à la catastrophe, mais il a suffi que tu t'en mêles pour que tout rentre dans l'ordre en moins de deux. Tout le monde tremblait devant toi !

— Quelquefois, j'ai du mal à croire que j'ai pu faire ce métier, dis-je. On m'a demandé des choses insensées. L'évaluation des risques, par exemple. Pour des bureaux ! On imagine qu'il faut évaluer les risques quand on prépare une expédition polaire, ou qu'on envoie des gens sur une plateforme pétrolière. Mais les compagnies d'assurance demandent des évaluations de risques pour les bureaux, alors il a bien fallu que je m'y colle. Je suis devenue une véritable experte en accidents de bureau. Savais-tu que l'année dernière les hôpitaux britanniques ont admis quatre-vingt-onze

282

employés de bureau à la suite d'accidents avec du Tipp-Ex ? Comment diable peut-on se faire mal avec du Tipp-Ex ?

— C'est simple. On s'en renverse sur les doigts et on se frotte les yeux ensuite.

— Et trente-sept se sont blessés avec des calculatrices. Comment veux-tu te blesser avec une calculatrice ? C'est plus léger qu'un paquet de biscuits ! Les risques, maintenant, j'en sais quelque chose », soupirai-je.

Soudain, je n'étais plus d'humeur aussi allègre. Je m'assis et regardai l'heure.

« Je crois qu'il est temps de nous lever », dis-je.

Nous prîmes une douche ensemble, mais restâmes tout ce qu'il y a de plus sages. Il me lava, je le lavai. Il m'essuya, je l'essuyai. Il m'aida à m'habiller et je lui rendis la pareille. Lui enfiler ses vêtements était presque aussi excitant que les lui retirer. Mais lui avait des vêtements propres, alors qu'il me fallut remettre ceux de la veille, imprégnés de sueur, de détresse et de frayeur. Il était urgent que je rentre me changer. Benjamin s'approcha de moi, m'ébouriffa les cheveux et m'embrassa sur le front.

« Ça me fait un drôle d'effet de te voir porter les vêtements de Jo », dit-il.

Je secouai la tête.

« Nous avons peut-être les mêmes goûts, mais ceux-ci sont à moi. Pour ne rien te cacher, ce chemisier est celui que je portais quand j'ai été kidnappée. J'ai été tentée de le jeter à la poubelle ou de le brûler, mais je le trouve trop joli. De toute façon, brûler quelques vêtements ne me suffirait pas pour oublier ce que...

— Non, non, il est à Jo, corrigea Benjamin. Elle l'a rapporté de Barcelone. À moins que toi aussi tu aies acheté des choses à Barcelone. »

J'étais interloquée.

« Tu es sûr ?

— Absolument sûr. »

Je me tus, réfléchissant à toute vitesse. C'était incompréhensible. Pourtant, cela devait vouloir dire quelque chose – mais quoi ?

Debout sur le seuil de la maison, il m'embrassa une fois de plus. Pendant quelques secondes, je songeai que ce baiser ne devrait jamais finir, que jamais je ne devrais éloigner ma bouche de la sienne, mon corps du sien, et qu'ainsi – seulement ainsi – je me sentirais apaisée. Puis je repris mes esprits et me traitai intérieurement d'idiote.

« Il faut que je retourne dans le vaste monde cruel ! lançai-je avec emphase.

— Que vas-tu faire maintenant ?

— Rentrer chez moi. Chez Jo, plutôt. Il faut que je me change.

— Ce n'est pas ce que je voulais dire.

— Pour le reste, je ne sais pas encore, dis-je sombrement. Aujourd'hui, demain au plus tard, cet homme va découvrir qu'il s'est trompé de victime, et il sera de nouveau à l'affût. Pour le moment, le mieux est peut-être que je continue à chercher où Jo a disparu. Mais je ne sais pas si cela m'avancera à grand-chose. » Tout à l'heure, en prenant le petit-déjeuner avec Benjamin, l'espoir m'était revenu ; mais il s'était déjà envolé. Lui, plongé dans ses pensées, jouait distraitement avec ses clefs de voiture.

« Aujourd'hui, je vais téléphoner à ses parents, dit-il. Ils doivent être rentrés. Ensuite, nous verrons. »

Je déposai un dernier baiser sur sa joue, en me hissant sur la pointe des pieds.

« C'est un baiser qui veut dire merci. Et aussi que tu n'es pas obligé de te mettre en quatre pour moi.

— Ne dis pas de bêtises, Abbie. Je t'appellerai dans la journée. »

Il me tendit une carte de visite, et soudain nous éclatâmes de rire devant ce geste cérémonieux.

« Tu peux toujours me joindre à un de ces numéros », dit-il.

Il allait m'embrasser encore, mais je l'en empêchai.

« N'oublie pas ton visiteur d'Amsterdam ! »

Je m'attardai dans la baignoire, un gant de toilette sur les yeux, tâchant d'imaginer à quoi il pouvait penser en ce moment. Il n'allait pas tarder à découvrir que j'étais vivante si ce n'était déjà fait. Sans compter que je l'avais appelé sur mon portable, assez inconsidérément. Il l'avait gardé, comme un trophée. Et j'avais prétendu être Jo. Me croyait-il à sa recherche ?

Je m'habillai avec des vêtements appartenant à Jo, choisissant avec soin un pantalon en velours côtelé gris foncé et un épais chandail crème à grosses mailles, résolument différents de tout ce que j'avais jamais porté. Pour l'instant, il fallait qu'Abbie Devereaux fût morte et bien morte. Non pas enterrée, mais reposant dans une morgue. Cette femme méconnaissable que je regardais dans le grand miroir de la salle de bains ne serait qu'une passante parmi des milliers qui flottaient dans l'incognito des rues de Londres. Comment pourrait-il me retrouver ? Mais moi, comment le retrouverais-je ?

Ensuite, je fis ce que j'aurais dû faire bien plus tôt : je décrochai le téléphone et composai de mémoire le numéro des parents de Terry. Ce fut son père qui répondit.

« Allô, Richard ? Ici Abbie.

— Bonjour, Abbie, dit-il d'une voix froidement polie.

— Écoutez, je me rends bien compte que vous devez être très bouleversés...

— Oh, vraiment ? ironisa-t-il.

— Oui. Et je suis désolée pour Terry.

— C'est magnifique, venant de vous !

— Est-ce qu'on l'a relâché ?

— Non, toujours pas.

— Je tenais seulement à vous dire que je sais qu'il n'a rien fait de mal, et que je ferai tout mon possible pour l'aider. Vous pouvez le dire à son avocat.

— Très bien.

— Je vais vous donner mon numéro. Ou plutôt non, je vous rappellerai, ou je rappellerai Terry quand il sera libéré. D'accord ?

— Comme vous voudrez. »

Suivirent quelques secondes de silence embarrassé.

« Au revoir, dis-je enfin.

— Au revoir. »

Debout au centre de la salle de séjour, je regardai autour de moi avec désarroi. Je connaissais bien la sensation pénible de chercher frénétiquement quelque chose dans des endroits où l'on a déjà cherché, mais c'était pire : je ne savais même pas ce que je cherchais. Tomber sur l'agenda de Jo m'aurait été bien utile : j'aurais pu vérifier si elle avait des projets de départ. Mais j'avais déjà inspecté son bureau, sans dénicher ni agenda ni rien qui y ressemblât. J'errai dans l'appartement, soulevant des objets, les déplaçant, les replaçant où je les avais pris. Sur une étagère près de la fenêtre se trouvait une plante en pot aux feuilles bizarrement découpées. Ma mère aurait su me dire ce que c'était, jusqu'à son nom latin, mais tout ce que je voyais, c'était que les feuilles jaunissaient et que la terre du pot était dure et craquelée. J'apportai de la cuisine une cruche pleine d'eau et arrosai la triste plante. L'eau pénétra dans les fissures de la terre. Encore un signe inquiétant : est-ce qu'une jeune femme aussi soucieuse de son intérieur que Jo partirait en laissant mourir sa plante ? J'en profitai pour arroser le banian.

Pourtant, toutes les indications que je découvrais étaient pareilles à des mirages. Elles étincelaient dans l'air, mais se désagrégeaient sitôt que je voulais les saisir. Ainsi de la plante : j'occupais cet appartement, et il se pouvait fort bien que Jo m'eût chargée de l'entretenir avant de partir en voyage. Entre autres, d'arroser sa plante. Le doute s'insinuait : et si Cross avait raison, si je laissais mon cerveau s'emballer ?

Je regardai la pile de courrier que j'avais déjà examinée plusieurs fois dans l'espoir d'y trouver une piste, et de nouveau, mes yeux s'arrêtèrent longuement sur chaque enveloppe. L'une d'elles la facture de gaz que je n'avais pas encore payée, retint mon attention car mon compte était presque à zéro. C'était une de ces enveloppes à fenêtre transparente, qui laissait apparaître le nom et l'adresse imprimés sur la facture. Je poussai un petit grognement de surprise en voyant qu'elle était adressée à « Miss L. J. Hooper ». Je restai un instant immobile. Puis, toute raide et comme étourdie, je trouvai la carte que m'avait remise Benjamin et l'appelai à son atelier. Quand il décrocha, il avait la voix d'un homme occupé et distrait, mais au son de la mienne son ton s'adoucit instantanément. Cela me fit sourire. Plus : tout mon corps en fut parcouru d'une sensation de chaleur. J'eus l'impression, assez ridicule, d'être une gamine de treize ans qui connaît son premier béguin. Peut-on avoir le béguin pour un homme avec qui on vient de passer la nuit ?

« Quel est le prénom de Jo ? demandai-je.

— Pardon ?

— Je sais, c'est une question idiote. Mais je viens de tomber sur une facture avec deux initiales. L, J. L comme quoi ? »

J'entendis un petit rire à l'autre bout de la ligne.

« L, c'est l'initiale de Lauren, dit-il. Comme Lauren Bacall. Quand elle était au lycée c'était un grand sujet de taquinerie.

— Lauren », répétai-je d'une voix blanche. Je sentis mes jambes trembler et dus m'appuyer au mur. « Kelly, Katherine, Frances, Gail, Lauren.

— Quoi ?

— Cet homme. Il m'a dit les prénoms des femmes qu'il avait tuées. Lauren était un de ces prénoms.

— Mais... » Il y eut un long silence. « C'est peut-être une coïncidence.

— Il n'y a pas beaucoup de femmes qui s'appellent Lauren.

— Je ne sais pas. On rencontre pas mal de prénoms bizarres. De toute façon, personne ne l'appelait Lauren. Un prénom hollywoodien, elle trouvait ça ridicule. »

Je marmonnai quelque chose qui s'adressait plus à moi qu'à lui, et il me demanda de répéter.

« Excuse-moi. Je disais que je devine pourquoi elle lui a donné ce prénom. C'était un symbole. Elle avait le sentiment que de cette façon, il ne pouvait pas la vaincre. Il ne pouvait pas vaincre Jo, l'humilier et la terroriser. Ce n'était pas elle qu'il avait à sa merci, mais quelqu'un d'autre, une simple identité d'état civil. »

Je raccrochai et m'efforçai de me souvenir. Qu'avait-il dit au sujet de Lauren ? Kelly pleurait. Gail priait. Mais Lauren ? Lauren s'était battue, elle avait résisté. Elle n'avait pas fait de vieux os.

Le cœur sur les lèvres, je me laissai tomber sur le sofa. Je savais qu'elle était morte.

Au son de ma voix, le ton de l'inspecteur Jack Cross ne s'adoucit pas, loin s'en fallut. Il devint très sombre et très las.

« Comment allez-vous, Abbie ?

— Elle s'appelait Lauren, dis-je, en m'efforçant de ne pas pleurer.

— Pardon ?

— Jo, Jo Hooper. Son vrai prénom était Lauren. Vous vous souvenez ? Lauren est une des femmes qu'il a tuées.

— J'avais oublié.

— Ça ne vous paraît pas révélateur ?

— Mmm... Je vais en prendre note. »

Je lui parlai ensuite des vêtements de Jo que j'avais portés sans le savoir. Il se montra prudent.

« Ça ne prouve pas grand-chose, dit-il. Puisque vous habitiez déjà chez elle, vous avez très bien pu lui emprunter des vêtements. »

Je baissai les yeux vers le pantalon en velours gris que j'avais pris dans l'armoire de Jo, puis criai dans le téléphone :

« Bon Dieu, mais qu'est-ce qu'il vous faut de plus pour vous convaincre ? »

J'entendis un soupir au bout du fil.

« Abbie, croyez-moi, je suis de votre côté, dit-il. En fait, j'étais en train de parcourir votre dossier quelques minutes avant votre appel. J'ai même chargé un de mes adjoints de le relire entièrement. Nous ne vous avons pas oubliée. Mais pour répondre à votre question, j'ai besoin d'une preuve assez irréfutable pour convaincre tous ceux qui ne sont pas déjà convaincus. C'est-à-dire à peu près tout le monde.

— Eh bien, vous allez l'avoir, votre putain de preuve ! criai-je encore plus fort. D'un jour à l'autre. »

J'aurais voulu claquer le téléphone, mais c'était un sans-fil et je dus me contenter de presser le bouton STOP d'un pouce vengeur.

Encore une fois, j'avais cru lui ouvrir les yeux. Encore une fois, je m'étais heurtée à un mur. Pour me consoler, je me laissai aller à gémir toute seule :

« Oh, Abbie, que tu es donc bête, bête, bête ! »

20

Je savais que Jo était morte. Peu m'importaient les objections de Cross : je le savais. Je pensai à la voix éraillée qui murmurait dans l'obscurité : « Kelly. Katherine. Frances. Gail. Lauren. » Lauren, c'était Jo. Elle ne lui avait jamais révélé son prénom, celui qu'utilisaient les gens qui l'aimaient ; il n'avait su qu'un prénom dans lequel elle ne se reconnaissait pas. Ainsi s'était-elle efforcée de rester humaine, de ne pas devenir folle. À présent, il pouvait ajouter un sixième prénom à sa litanie : Sally. Mais peut-être Sally ne comptait-elle pas pour lui. Sally était une erreur. C'était moi qu'il aurait dû tuer.

Je frissonnai. Personne ne savait où je me trouvais, excepté Peter dans l'appartement voisin et Carol chez Jay & Joiner. Et Cross et Benjamin, bien sûr. J'étais en sécurité, me dis-je. En sécurité, vraiment ? J'avais exactement le sentiment contraire.

Je fermai les rideaux et écoutai les nouveaux messages sur le répondeur. Rien d'intéressant : une femme annonçait à Jo qu'elle pouvait passer prendre ses rideaux neufs, et un certain Alexis disait simplement : « Salut, Jo ! Ça y est, je suis de retour. On se voit bientôt ? »

J'ouvris la seule lettre arrivée ce matin : une invitation à renouveler son abonnement à *National Geographic*. Je m'en chargeai pour elle. Puis je téléphonai à Sandy, prévoyant qu'elle ne serait pas là, et laissai un message pour lui dire que j'aimerais la voir bientôt, qu'elle me manquait – et en parlant, je pris conscience que c'était vrai. Je laissai un message analogue sur le répondeur de Sheena et Guy, puis j'envoyai un e-mail vague mais allègre à Sam. Je ne voulais pas leur parler encore, seulement jeter de nouveau des ponts.

Ensuite, je me préparai un sandwich au bacon, à la mozzarella et à l'avocat. Je n'avais pas vraiment faim, mais le confectionner méthodiquement, puis m'asseoir sur le sofa pour le déguster avec lenteur, m'aida à chasser pour quelques instants mes sombres pensées, à vider mon esprit. Je me surpris à songer aux images que j'avais inventées quand j'étais prisonnière dans le noir : le papillon, la rivière, le lac, le bouleau. Je les superposai à l'effroi et à la laideur. Je fermai les yeux, pour que ces belles images de liberté remplissent ma conscience.

Et puis, je m'entendis me demander à haute voix : « Mais où est le chat ? »

Je ne savais pas d'où cette question avait surgi : elle resta comme en suspens dans la pièce silencieuse, tandis que je m'efforçais d'y réfléchir. Jo n'avait pas de chat. Le seul que j'avais vu était celui de Peter, le matou aux yeux d'ambre qui m'avait réveillée un jour en me faisant si peur. Pourtant, me répéter cette question venue de nulle part m'emplissait d'un sentiment curieux, comme si un demi-souvenir grattait à la porte de ma pensée.

Pourquoi diable avais-je songé à un chat ? Parce qu'il y avait dans l'appartement de Jo des choses qui évoquaient la présence d'un chat. Des choses que j'avais vues sans y prêter attention. Où ? Dans la salle de séjour, puis dans la cuisine, j'ouvris des placards et des tiroirs. Rien. C'est alors que je me rappelai le cagibi près de la salle de bains, où j'avais trouvé l'aspirateur et les affaires de ski de Jo. Là se trouvaient un bac en plastique, qui paraissait neuf mais avait peut-être été soigneusement récuré, des sachets de litière et un petit carton rempli de boîtes de nourriture pour chat.

Je refermai la porte du cagibi, retournai m'asseoir, mais ne touchai plus à mon sandwich.

Qu'est-ce que cela voulait dire ? Pas grand-chose, sinon que Jo avait eu un chat dans un passé plus ou moins récent. À moins qu'il n'eût disparu parce que sa maîtresse avait disparu et n'était plus là pour le nourrir et le caresser. Peut-être qu'il était mort, pensai-je, comme... Je ne terminai pas ma phrase. Il était également possible que Jo eût décidé d'adopter un chat. Rouvrant la porte du cagibi, j'examinai les boîtes plus attentivement. C'était de la nourriture spéciale pour chatons. Donc, Jo avait bel et bien l'intention d'adopter un chat. Et alors ? C'était un détail poignant parmi d'autres, mais en quoi était-ce important ? Je n'aurais su le dire.

J'enfilai ma veste et mon bonnet et contournai la maison pour sonner à la porte de Peter. Il ouvrit la porte aussitôt, comme s'il m'avait guettée derrière le rideau. Son chat était endormi sur le sofa ; par moments, sa queue remuait mollement.

« Quelle bonne surprise ! » dit-il, et je me sentis un peu coupable. « Que puis-je vous proposer, Abbie ? Du thé ? Du café ? Peut-être un petit verre de sherry pour vous réchauffer.

— Du thé, volontiers.

— Je viens justement d'en faire, comme si je savais que vous alliez venir. Sans sucre, c'est bien ça ?

— C'est bien ça.

— Cette fois, vous prendrez bien le temps de grignoter quelques biscuits, j'espère ? Il est vrai que vous êtes toujours pressée. Tous les jours, je vous vois sortir en courant et rentrer en courant. Vous devriez prendre la vie plus calmement ! »

Je pris un biscuit au gingembre dans la boîte qu'il me tendait. Il était un peu ramolli. Je le trempai dans mon thé et l'avalai en trois bouchées.

« Je me demandais si cela vous rendrait service que je fasse quelques courses pour vous, dis-je. Par ce temps, vous n'avez sûrement pas envie de sortir.

— Ce serait le commencement de la fin, répondit-il.

— Pardon ?

— Quand on cesse de sortir et de se débrouiller tout seul. Je sors trois fois par jour. Le matin, pour acheter mon journal. Avant le déjeuner, je fais une promenade, qu'il pleuve comme aujourd'hui, qu'il neige ou qu'il vente. Et dans l'après-midi, je ressors pour m'acheter de quoi dîner.

— Si jamais vous avez besoin de quoi que ce soit...

— C'est gentil de penser à moi », dit-il en souriant.

Je me tournai vers le chat endormi.

« Comment s'appelle votre gros matou ? demandai-je.

— Ce n'est pas un matou, c'est une chatte. Une très vieille chatte qui s'appelle Patience. Elle a quatorze ans. C'est beau-

coup pour un chat. N'est-ce pas que tu es une vieille dame ?
dit-il en s'adressant à Patience.

— Est-ce que Jo avait un chat, elle aussi ?

— Elle en voulait un, pour lui tenir compagnie. Beaucoup
de gens préfèrent les chiens, mais Jo est comme moi, elle
adore les chats. Et vous, qu'est-ce que vous préférez ?

— Je ne sais pas vraiment. Donc, elle voulait en adopter
un ?

— Oui. Elle est venue me demander où l'on pouvait trouver des chatons, parce qu'elle savait que j'ai toujours eu des
chats, depuis mon enfance.

— Quand est-elle venue ?

— Il y a deux ou trois semaines, juste avant votre arrivée.
Mais vous devriez être au courant.

— Pourquoi ?

— Parce que nous en avons parlé tous les trois, le jour où
elle nous a présentés.

— Le jour où j'ai emménagé ? Donc, c'était le mercredi.

— Peut-être. Vous ne vous en souvenez vraiment pas ? Elle
était résolue à en trouver un au plus vite.

— Quand ?

— Cet après-midi-là, si je ne me trompe. Elle en avait très
envie. Elle voulait changer des choses dans sa vie, et pour
commencer adopter un chaton pour égayer son appartement.

— Que lui avez-vous répondu quand elle vous a demandé
comment s'y prendre ?

— Il y a toutes sortes de façons de trouver un petit chat.
Le plus simple, c'est de regarder les annonces accrochées chez
les marchands de journaux, ou chez les vétérinaires. Il y en a
presque toujours. Ce matin encore, en achetant mon journal,
j'en ai remarqué une nouvelle. » Le téléphone sonna sur la
petite table à côté de lui, et il leva les yeux d'un air un peu
contrit. « Excusez-moi, mon petit, je crois que c'est ma fille.
Elle habite en Australie. »

Il décrocha. Je me levai, allai rincer ma tasse dans l'évier et
lui fis un petit signe de la main avant de partir.

J'avais envie d'appeler Benjamin, uniquement pour
entendre le son de sa voix. Je m'étais sentie bien chez lui,
rassurée et au chaud. Seulement à cette heure, il travaillait et

je n'avais rien de particulier à lui dire, hormis « Bonjour, je pense à toi. »

Il était à peine plus de quatre heures, mais le soir tombait déjà. Ç'avait été un de ces jours ternes et bruineux où il semble que le soleil ait oublié de se lever. La rue, qui trois jours plus tôt était encore enneigée, avait perdu toute couleur : tout était d'une couleur sépia ou d'un gris délavé. Les passants, qui marchaient tête baissée, ressemblaient à des silhouettes dans un film en noir et blanc.

Je décidai de compléter la liste de mes « JOURS OUBLIÉS ».

Vendredi 11 janvier : Colère chez Jay & Joiner. J'exige un congé et je pars.

Samedi 12 janvier : Grosse dispute avec Terry. Il me frappe, je pars. Je m'installe chez Sandy pour la nuit.

Dimanche 13 janvier : Je quitte l'appartement de Sandy le matin. Vais loger chez Sheena et Guy. RV avec Robin pour des courses. Folies dans les magasins. Fin d'après-midi : je prends un verre avec Sam. Je rentre chez Sheena et Guy.

Lundi 14 janvier : Visites à Ken Lofting, Mr Khan, Benjamin Brody et Gordon Lockhart. Tél. à Molte Schmidt. Plein d'essence. Tél. à Sheena et Guy pour prévenir que je ne rentrerai pas. Je retrouve Benjamin dans la soirée, nous dînons et nous faisons l'amour.

Mardi 15 janvier : Matin, café avec Benjamin. Nous tombons sur Jo. Présentations. Benjamin nous laisse, nous faisons connaissance. Elle me propose de m'héberger.

Je passe chez Sheena et Guy. Laisse mot pour dire que j'ai trouvé où me loger. Transporte mes affaires de chez eux à l'appartement de Jo.

Réservation Venise. Tél. à Terry pour prendre mes affaires mercredi. Commande repas indien (fin d'après-midi). Jo et moi tournons vidéo (?).

Mercredi 16 janvier : Prends mes affaires chez Terry, les apporte chez Jo. Première rencontre avec Peter et conversation sur l'adoption d'un chaton.

Tél. à Todd. Tél. à Robin pour annuler RV. Sors et achète bonsaï.

293

Soir : visite imprévue à Benjamin. Sexe (sans préservatif). Retour chez Jo.

Jeudi 17 janvier : Tél. au commissariat pour signaler disparition de Jo. Prends pilule du lendemain.

Je regardai longuement le feuillet. Jo avait dû disparaître le mercredi, alors qu'elle était à la recherche d'un petit chat. En bas de la liste, j'écrivis CHAT en grosses lettres et fixai le mot comme si une illumination devait en surgir, mais il n'en fut rien.

Le téléphone sonna. C'était Carol, de Jay & Joiner.

« Bonjour, Abbie, dit-elle d'un ton amical. Je vous dérange ?

— Non, pas du tout.

— Je viens de recevoir un curieux coup de fil d'un type qui voulait vous faire passer un message.

— Ah ? » Ma bouche était sèche, tout à coup.

« Attendez, j'ai noté son nom quelque part. Il s'appelle... ah, oui, Gordon Lockhart. » Je poussai un soupir de soulagement. « Il voulait vos coordonnées.

— Vous ne les lui avez pas données, n'est-ce pas ?

— Non, puisque vous ne voulez pas.

— Merci. Qu'est-ce qu'il a dit ?

— Je lui ai proposé de vous écrire ici pour que nous fassions suivre la lettre. Mais il voulait seulement vous remercier encore pour votre aide.

— Bon.

— Ensuite, il a dit que vous deviez couper les racines tous les deux ans pour que la taille reste la même. Vous comprenez de quoi il s'agit ? Moi, non. Il l'a dit et répété quatre ou cinq fois. Au début du printemps : mars ou avril.

— Merci, Carol. Il s'agit d'un bonsaï, figurez-vous.

— Ah bon. Votre père a réussi à vous joindre ?

— Mon père ?

— Il doit être en train de vous téléphoner en ce moment même.

— Vous avez dit mon père ?

— Oui. Il a appelé au sujet d'un cadeau qu'il doit vous envoyer, mais il ne sait plus où il a noté votre nouvelle adresse.

— Vous la lui avez donnée ?

— Oui, bien sûr. C'était votre père... »

— Merci, Carol, parvins-je à articuler. Je vous rappellerai. À bientôt. »

Je coupai la communication en toute hâte, puis je respirai plusieurs fois et composai le numéro de mes parents.

« Allô ?

— Papa, ici Abbie. C'est bien toi ?

— Évidemment, c'est moi.

— Tu m'as appelée au bureau ?

— Quel bureau ? Quand ?

— Il y a quelques minutes. Tu as appelé Jay & Joiner.

— Pourquoi veux-tu que je les appelle ? J'étais au jardin. La neige a arraché le grand rosier grimpant. Mais je crois que je vais pouvoir le sauver. »

Il fit soudain très froid, comme dans un paysage où le soleil disparaît brusquement derrière les nuages, laissant la place à un vent glacé.

« Donc, tu ne les as pas appelés ? insistai-je.

— Non. Je viens de te le dire ! Quand viens-tu nous voir ? Ça fait des mois qu'on ne t'a pas vue. »

J'ouvris la bouche pour répondre. C'est à cet instant qu'on sonna à la porte, un seul coup de sonnette, prolongé et impérieux. J'eus le souffle coupé.

« Il faut que je te laisse », marmonnai-je en sautant sur mes pieds. Je lâchai le téléphone, entendant encore la petite voix de mon père dans le combiné, et courus jusqu'à la chambre de Jo, en attrapant au passage mon sac et mes clefs. La sonnette retentit de nouveau : deux coups brefs, cette fois.

J'eus quelque mal à ouvrir la fenêtre, mais finalement j'y parvins et me penchai. C'était la seule pièce d'où l'on ne pût pas me voir du dehors, mais elle donnait sur le petit jardin de Peter, deux mètres cinquante plus bas. Ce n'était pas énorme, mais cela me parut quand même affreusement haut, d'autant plus que j'aurais dû atterrir sur du ciment. Je songeai à retourner sur mes pas pour appeler la police, mais tout en moi me criait que je devais fuir. Je me hissai sur l'appui de fenêtre, fis volte-face, me laissai glisser en me retenant au bois, puis je me décidai à sauter.

Mes pieds heurtèrent durement le sol et je sentis une forte secousse dans tout mon corps. Je chancelai, faillis tomber, mais réussis à me redresser et courus de toutes mes forces. Il me sembla qu'un bruit m'arrivait de l'appartement, mais je ne me retournai pas et traversai la pelouse, détrempée, puis la fange de feuilles séchées. Mes jambes me paraissaient de plomb, comme dans les cauchemars où l'on court en faisant du surplace sans pouvoir fuir le danger.

Au bout du jardin s'élevait un haut mur de brique, heureusement fendillé par les ronces et délabré au point que plusieurs briques s'étaient effritées. Je trouvai des prises pour mes mains et pour mes pieds, me hissai en me griffant aux épines, glissai, sentis la brique m'égratigner la joue, recommençai. Je m'entendais haleter, ou peut-être sangloter. Mes mains agrippèrent le haut du mur, et un instant plus tard je réussis à passer une jambe au-dessus, puis l'autre, et je me laissai tomber dans un jardin adjacent, non sans me tordre douloureusement une cheville. Brièvement, je vis à une fenêtre le visage d'une femme qui m'observait d'un air courroucé au moment où je me relevais et boitillais sur le petit chemin menant à la rue.

Où aller maintenant ? Je n'en savais rien, mais peu importait du moment que j'allais quelque part. Je marchai vivement sur le trottoir, sans oser me retourner vers la maison. Chaque pas provoquait des élancements dans ma cheville et je sentais du sang couler sur ma joue. Un bus me dépassa et fit halte à un arrêt quelques mètres plus loin. Je me hâtai de le rejoindre en sautillant et montai sur la plate-forme au moment où il redémarrait. Bien qu'il n'y eût pas grand monde à bord, je m'assis à côté d'une femme âgée encombrée de provisions, et regardai enfin vers l'arrière. Personne en vue.

Le bus se dirigeait vers le sud de Londres. Je descendis à Russell Square et entrai dans le British Museum. Je n'y avais pas mis les pieds depuis le temps du collège, et découvris que tout avait changé : une grande verrière recouvrait la cour intérieure, et des projecteurs subtilement disposés illuminaient l'espace. J'errai le long de couloirs remplis de poteries antiques, dans de vastes salles où s'alignaient de hautes statues de marbre, sans rien voir. Au bout d'un moment, je me trouvai entourée d'énormes livres anciens à reliure de cuir, dont certains étaient posés sur des présentoirs, ouverts à la page d'une enluminure. L'endroit était doucement éclairé, et très paisible. Les rares visiteurs ne parlaient qu'à voix basse.

Je m'assis sur une banquette et restai là plus d'une heure, laissant mes yeux se promener distraitement sur les reliures. Je ne partis qu'à la fermeture. Je savais que je ne pourrais plus retourner chez Jo.

21

Quand je sortis du musée, il faisait plus froid que jamais. Je m'étais enfuie vêtue seulement d'un mince pull-over, et maintenant je grelottais. Je marchai jusqu'à Oxford Street et entrai dans le premier grand magasin, où je dépensai cinquante livres pour l'achat d'une grosse veste rouge matelassée. Je ressemblais à un garde-barrière, mais au moins, j'avais chaud. Je pris le métro jusqu'à Belsize Park, mais quand j'arrivai à la maison de Benjamin, je n'y vis personne. Zut et zut. Je me dirigeai vers un bar du voisinage, du genre plus-branché-que-ça-tu-meurs, et, devant un cappuccino aussi mousseux qu'abominablement cher, je trouvai enfin la force de penser.

L'appartement de Jo m'était désormais interdit. Il m'avait localisée, mais pour le moment il ne savait de nouveau plus où j'étais et je n'allais pas me jeter dans la gueule du loup. J'essayai d'imaginer une autre explication à ces coups de sonnette agressifs, mais il n'y en avait aucune : de toute évidence, quelqu'un avait obtenu mon adresse de Carol en se faisant passer pour mon père. Qui cela pouvait-il être, sinon lui ? Je tentai de raisonner comme un policier sceptique : si c'était un client que j'avais mécontenté, ou un sous-traitant si désireux de retrouver du travail qu'il n'avait pas reculé devant ce subterfuge compliqué ? Non. Totalement invraisemblable. C'était lui, forcément. Qu'allait-il faire maintenant ? Il avait découvert où j'habitais – mais il ignorait que je le savais. Peut-être croyait-il que j'étais simplement sortie, qu'il lui suffisait de guetter mon retour. Auquel cas, je pouvais appeler la police pour qu'elle vînt l'arrêter – et tout serait fini...

L'idée était si tentante que je faillis la mettre à exécution séance tenante. Seulement, il y avait un hic : Jack Cross était à deux doigts de m'envoyer promener une fois pour toutes, et si je téléphonais à la police pour expliquer mes soupçons, le plus probable était qu'elle ne se déplacerait même pas. Ou alors, elle viendrait et ne trouverait personne, et c'en serait fini des derniers sursauts de patience de Cross. Du reste, à quoi cela rimerait-il ? Pouvais-je attendre des policiers qu'ils missent en état d'arrestation n'importe quel homme baguenaudant au voisinage de la maison, sous prétexte que c'était peut-être mon ravisseur ?

Je finis mon cappuccino et retournai vers la maison de Benjamin, mais les lumières étaient toujours éteintes. Ne sachant que faire, je me tapis près d'un buisson, tapant des pieds et frottant mes mains. Mais s'il était à une réunion ? Ou s'il avait décidé à l'improviste de sortir dîner, ou voir un film ? Je fis mentalement une liste d'amis chez qui je pourrais me réfugier. J'étais devenue Abigail Devereaux, la Hollandaise volante, errant de maison en maison en quête de nourriture et d'un lit pour la nuit. Mais en m'entendant arriver, les gens se cacheraient derrière un meuble. Quand Benjamin parut enfin, j'étais franchement en train de m'apitoyer sur mon sort.

Il sursauta en me voyant surgir de l'ombre, et aussitôt je m'excusai profusément de débarquer chez lui sans prévenir, puis, entre deux phrases désolées, je me mis subitement à pleurer. Furieuse contre moi-même, je m'excusai plus profusément encore d'être aussi geignarde et pathétique, si bien que Benjamin était maintenant planté sur son perron avec une femme en pleurs. De pire en pire. Finalement, il parvint à me passer son bras autour des épaules tout en fouillant dans sa poche pour trouver ses clefs, et il ouvrit la porte. Je me lançai dans le récit de ce qui s'était produit chez Jo, mais, soit parce que je tremblais de froid, soit parce que je prenais conscience en parlant de la terreur qui m'avait saisie, il me fut impossible de prononcer des phrases cohérentes. Benjamin se contenta de murmurer des mots tendres à mon oreille et me conduisit à la salle de bains, où il ouvrit les robinets de la baignoire. Puis, avec des gestes très doux, il commença de me dévêtir.

« J'aime bien ta nouvelle veste, dit-il avec un brin d'ironie.

— J'avais horriblement froid. »

Quand il eut achevé de me déshabiller, j'aperçus mon reflet dans le miroir. Le visage rougi par le froid, les yeux rougis par les larmes, j'avais l'air d'une écorchée, comme si ma peau était tombée avec mes vêtements. L'eau du bain me parut d'abord bouillante, puis délicieusement réconfortante, au point que j'aurais voulu y passer toute mon existence, barbotant là comme un protozoaire. Benjamin disparut un moment, puis revint avec deux grandes tasses de thé qu'il posa sur le rebord de la baignoire. Ensuite, il se dévêtit à son tour et entra dans la baignoire avec moi, mêlant ses jambes aux miennes. En vrai gentleman, il se plaça du côté des robinets, qu'il enveloppa d'une serviette pour n'être pas trop mal à l'aise. Ma bouche était de nouveau opérationnelle, et je réussis à lui faire une relation sensée de ma fuite.

Il était visiblement interloqué. « Merde », grogna-t-il entre ses dents – ce qui était peut-être le commentaire le plus approprié. Puis :

« Tu as sauté par la fenêtre ? demanda-t-il en ouvrant de grands yeux.

— Je n'avais pas spécialement envie de lui offrir le thé.

— Tu es absolument sûre que c'était lui ?

— J'ai désespérément cherché une autre explication. Si tu peux m'en proposer une, je serai ravie de la connaître.

— Dommage que tu ne l'aies pas vu, soupira-t-il.

— La porte de Jo n'a pas d'œilleton. Sans compter que j'étais au bord de la crise cardiaque, tellement j'avais peur. Tu sais, une partie de moi était presque tentée d'attendre qu'il entre et qu'il me tue, pour que tout ça finisse. »

Benjamin se couvrit le visage avec un gant de toilette. Je l'entendis murmurer quelque chose d'inintelligible.

« Je me fais beaucoup de reproches », dis-je.

Il écarta le gant de toilette.

« Des reproches ?

— À cause de ce que je t'impose. C'est pénible pour moi, évidemment, mais je m'en veux que tu doives le supporter aussi. Nous nous sommes peut-être rencontrés au mauvais moment.

— Cesse donc de t'excuser !

— Oh, non. Et puis, je m'excuse en avance.

— Pourquoi ?

— Parce que je vais te demander un service, dis-je avec embarras.

— Lequel ?

— Il faut que je récupère quelques affaires. Donc, je voudrais que tu ailles les chercher dans l'appartement de Jo. »

Une telle consternation se lut sur son visage que je me lançai aussitôt dans des justifications paniquées.

« Tu comprends, je ne peux évidemment pas y retourner moi-même. Ni maintenant, ni jamais. Il est peut-être encore là-bas, à me guetter. Alors que toi, tu ne risques rien. C'est moi qu'il cherche. S'il te voit, il pensera qu'il s'est trompé d'appartement.

— D'accord, dit Benjamin, de moins en moins enthousiaste. J'irai tout à l'heure. »

Mais le climat n'était plus le même, et pendant un moment ni lui ni moi ne parlâmes.

« Tu es inquiet ? demandai-je, pour rompre le silence.

— Eh bien... Ce n'est pas exactement ce que j'espérais, répondit-il.

— Je m'en doute. Ç'aurait été plus agréable pour toi de rencontrer quelqu'un qui ne soit pas dans cette situation.

— Il ne s'agit pas de ça. Je parle de ce soir, maintenant, dans la baignoire. Je me proposais de t'aider à te laver, de te masser les épaules, les seins... Ensuite, nous serions allés nous coucher. Au lieu de quoi, je vais m'habiller pour sortir et probablement me faire assassiner. À moins qu'il ne me torture pour me faire dire où tu es !

— Si ça t'ennuie vraiment, je ne t'oblige pas à y aller », dis-je.

Au bout du compte, Benjamin téléphona à un de ses amis, un nommé Scud. « Ce n'est pas son vrai nom », précisa-t-il. Scud était infographiste, mais sa vraie passion était le rugby, qu'il pratiquait assidûment. « Il pèse cent dix kilos et c'est un vrai trompe-la-mort », dit Benjamin. Il réussit à persuader Scud de venir tout de suite. Un quart d'heure plus tard, il était sur le pas de la porte. La publicité n'était pas mensongère : c'était un géant. Trouver une femme inconnue qui portait le peignoir de Benjamin parut beaucoup l'amuser. En revanche, la version simplifiée de mon histoire le laissa très perplexe, mais il haussa les épaules et se montra parfaitement coopératif.

J'indiquai à Benjamin ce que je voulais qu'il me rapporte.

« Et quand vous partirez, assurez-vous qu'on ne vous suit pas », recommandai-je.

Scud me regarda d'un air effaré. J'avais oublié que beaucoup de mes propos me faisaient légitimement passer pour une cinglée aux yeux des gens normaux et non préparés. Benjamin fit la grimace.

« Tout à l'heure, tu disais que je ne risquais rien !

— Toi, non. Mais il peut deviner que tu me connais et chercher à te suivre pour me retrouver. Soyez vigilants. »

Les deux hommes échangèrent un regard dépourvu d'allégresse.

Benjamin revint moins d'une heure plus tard. J'avais tué le temps en feuilletant des magazines de décoration et en sirotant un whisky. Il entra chargé de sacs, comme s'il venait de faire ses achats de Noël.

« Je dois une fière chandelle à Scud, dit-il.

— Pourquoi ? Il s'est passé quelque chose ?

— En premier lieu, parce que je l'ai tiré de chez lui alors qu'il dînait avec sa femme et ses enfants pour inspecter l'appartement d'une inconnue. En second lieu, parce que je lui ai probablement fait commettre un délit.

— Un délit ?

— La porte de Jo était ouverte. Quelqu'un l'a forcée.

— Mais il y a une chaîne de sûreté !

— Arrachée, dit-il sombrement. L'encadrement de la porte est en pièces.

— Mon Dieu !

— Exactement. En voyant ça, nous ne savions pas quoi faire. Je doute que ce soit légal de passer par une porte défoncée pour emporter des choses qui ne vous appartiennent pas.

— Il a forcé la porte, murmurai-je pour moi-même.

— Je crois que j'ai tout, dit Benjamin. Les vêtements, les affaires de toilette, tes feuilles de papier. Mais plus j'y pense, plus j'ai l'impression de m'être conduit comme un voleur.

— Parfait, dis-je sans l'écouter.

— Et la photo de Jo, puisque tu la voulais aussi. »

Il la posa sur la table et nous la regardâmes pensivement. Puis Benjamin reprit la parole.

« Une remarque. Deux, plutôt. La première, c'est que tu n'as plus d'endroit où habiter, je suppose. Ne crois pas que je veuille poser des jalons ou Dieu sait quoi, mais si tu veux t'installer ici, tu es évidemment la bienvenue. Pour quelque temps, ou pour aussi longtemps que tu veux. »

Je ne pus me contenir et lui sautai au cou.

« Tu es sûr ? Il ne faut pas que tu te sentes obligé de m'accueillir sous prétexte que je suis encore dans tous mes états, tu sais ? Au pire, je pourrais aller à l'hôtel.

— Ne dis pas de bêtises.

— Je ne voudrais pas ressembler à une de ces sinistres bonnes femmes en détresse qui s'imaginent pouvoir s'inviter chez un homme parce qu'il est trop poli pour les mettre dehors. »

Il leva la main.

« Tais-toi donc, dit-il. Trouvons plutôt où ranger ton fourbi. »

Nous commençâmes à inventorier le bric-à-brac que j'avais amassé au cours des derniers jours.

« Ma seconde remarque, poursuivit-il en empilant mes sous-vêtements, est surtout une hypothèse. Ce qui s'est passé cet après-midi était peut-être une banale tentative de vol avec effraction.

— Que fais-tu de la personne qui a téléphoné en se faisant passer pour mon père ?

— Je ne sais pas. C'était peut-être un malentendu. Il se peut que cet homme ou ces hommes qui ont sonné à la porte aient seulement voulu cambrioler l'appartement. Ils ont fait ce qu'ils font toujours : sonner pour vérifier que la voie est libre. Tu n'as pas répondu. Ils ont donc cru qu'il n'y avait personne et ils ont forcé la porte. Ça arrive tous les jours, tu sais ? Le mois dernier, des amis à moi qui habitent à quelques rues d'ici ont entendu un grand craquement en pleine nuit. Ils sont descendus, et c'est exactement ce qui s'était passé : des voyous avaient défoncé la porte et emporté un sac à main et un caméscope. Si c'est arrivé chez eux, pourquoi pas chez Jo ?

— Est-ce qu'on a volé quelque chose ?

303

— Je ne sais pas. Quelques tiroirs étaient ouverts, mais l'ordinateur et le magnétoscope étaient toujours là. »

Je répondis par un grognement sceptique. Quant à Benjamin, il sembla réfléchir si intensément qu'il devait en avoir mal à la tête. Pourtant, quand il parla, ce ne fut pas pour me révéler les fins dernières de l'humanité.

« De quoi as-tu envie pour dîner ? » demanda-t-il.

Ces mots m'enchantèrent. Au milieu de toutes mes tribulations, de toutes mes terreurs, cette question toute simple ! Comme si nous étions un couple vivant sous le même toit – ce que d'ailleurs, au moins temporairement, nous étions désormais.

« N'importe quoi, dis-je. Tu dois bien avoir quelques restes au frigo. Mais pour répondre à ton hypothèse... Écoute, Jo a disparu, quelqu'un a obtenu mon adresse en prétendant être mon père, dix minutes plus tard on a sonné à la porte, et pendant que je m'enfuyais on l'a défoncée. Ça fait beaucoup de coïncidences ! »

Benjamin resta immobile comme une statue – à ceci près que cette statue tenait une de mes culottes entre le pouce et l'index. Un peu gênée, je la lui arrachai.

« Demain, je téléphonerai à la police, dit-il. Les parents de Jo devraient être de retour ce soir. Je leur parlerai, et s'ils ne savent rien non plus, je signalerai sa disparition. »

Je posai ma main sur son bras.

« Merci, Benjamin.

— C'est du whisky ? » demanda-t-il en apercevant mon verre. Son verre, plutôt.

« Oui. Excuse-moi, j'avais besoin d'un remontant. »

Il en but une grande gorgée. Je vis que sa main tremblait.

« Tu ne te sens pas bien ? »

Il secoua la tête.

« Tout à l'heure, tu as dit que nous nous étions peut-être rencontrés au mauvais moment. Tu te souviens ? J'espère que ce n'est pas vrai. À bien des égards, j'ai même l'impression que cela ne pouvait pas mieux tomber. Seulement, j'ai bien peur de ne pas être le genre de type qui peut du jour au lendemain se transformer en garde du corps. Encaisser des coups ou me faire tirer dessus pour te protéger. Honnêtement, je ne me sens pas rassuré du tout. »

Je l'embrassai sur les lèvres, et nos mains se cherchèrent.

« Beaucoup d'autres auraient refusé de le reconnaître, dis-je. Ils auraient trouvé une excuse pour que j'habite n'importe où, sauf chez eux. Mais pour le moment, ton projet m'intéresse.

— Quel projet ?

— Celui qui commençait dans la baignoire. Nous pouvons oublier la baignoire.

— Oh, ce projet-là... » dit-il.

22

« Écoute-moi, Benjamin. Je me suis réveillée de bonne heure et je n'ai pas pu me rendormir, alors j'en ai profité pour réfléchir. Tu sais ce que c'est : on est couché dans le noir et on a la tête pleine de pensées qui tourbillonnent. Donc, je vais te dire comment je vois la situation. Il est à mes trousses, mais moi aussi je suis à ses trousses. Il faut donc que je le retrouve avant que lui me retrouve. Tu es d'accord ? »

J'étais assise à la table de la cuisine, en face de lui, flottant dans un de ses pyjamas, et je trempais de la brioche dans mon café. Dehors, la pelouse était blanche de givre. La cuisine sentait le pain frais et les jacinthes.

« Peut-être, marmonna-t-il d'une voix encore ensommeillée.

— Bon. Que sait-il de moi ? Il connaît mon nom, il connaît mon visage, même si je me suis transformée autant que possible. Il sait où j'habitais il y a quelques semaines, et où j'habitais jusqu'à hier. Et où je travaille. Où je travaillais, plutôt. Et moi, qu'est-ce que je sais de lui ? » Je m'interrompis pour boire quelques gorgées de café. « Rien.

— Rien ?

— Rien du tout. Zéro. Seulement, quelque chose joue en ma faveur. J'ai compris qu'il me cherchait, mais lui ne le sait pas. Il s'imagine qu'il lui suffit de me suivre discrètement, de me sauter dessus à l'improviste, mais en réalité nous sommes comme des enfants qui courent autour d'un arbre, tu vois ? Chacun essaie en même temps d'échapper à l'autre et de le rattraper. Sauf qu'il croit que je ne sais pas qu'il me poursuit. C'est clair ?

— Euh...

— Et puis, il y a autre chose. Ce n'est pas seulement lui que je cherche – ou du moins que j'ai l'intention de chercher, quand je saurai par où commencer. C'est aussi moi ! Je veux dire, le moi que je n'arrive pas à me rappeler. C'est une espèce de jeu de piste où je dois retrouver mes propres traces.

— Abbie, attends un moment...

— En fait, pas exactement un jeu de piste, continuai-je sans l'écouter. Mais on peut supposer que ce moi que j'ai oublié a essayé de retrouver Jo. C'est cohérent, non ? Puisque je le fais maintenant, j'ai dû faire la même chose quand elle a disparu. Tu ne crois pas que c'est très probable ? Voilà ce que je me suis dit.

— À quelle heure t'es-tu réveillée, ce matin ? interrogea Benjamin.

— Vers cinq heures, je crois. Mon cerveau était en ébullition. Ce dont j'ai besoin maintenant, c'est d'une preuve matérielle pour convaincre Cross. Ensuite, ils reprendront l'enquête, ils me placeront sous protection policière et tout ira beaucoup mieux. Si je refais le même trajet – c'est-à-dire le même trajet que Jo –, il se pourrait que j'aboutisse où j'avais abouti la première fois.

— Compte tenu de ce qui t'est arrivé ensuite, ça ne me semble pas une perspective très réjouissante, observa Benjamin.

— Le problème, évidemment, c'est que je peux difficilement refaire le même trajet, puisque je ne m'en souviens pas.

— Tu veux encore du café ?

— Oui, volontiers. Je ne me rappelle pas mon trajet, et je ne me rappelle pas davantage celui de Jo. La seule chose dont je suis sûre, c'est qu'il s'est écoulé peu de temps entre sa disparition et mon enlèvement. Je sais par son voisin Peter qu'elle était encore là mercredi matin et que j'ai disparu jeudi soir.

— Abbie, pour l'amour du Ciel, calme-toi ! » Il prit mes deux mains dans les siennes. « Tu me donnes le tournis, tu sais ?

— Tu trouves que je parle à tort et à travers ?

307

— Je trouve surtout qu'il est sept heures dix, que nous nous sommes endormis tard et que mon cerveau n'est pas particulièrement affûté. »

Je restai songeuse un instant. Puis :

« Le meilleur fil conducteur, c'est le chat, assenai-je d'un ton définitif.

— Pardon ?

— Jo voulait adopter un chaton. Peter me l'a confirmé. Elle avait déjà tout acheté pour l'élever et le nourrir, et je crois qu'elle était décidée à en trouver un au plus vite. Si seulement je découvrais où elle comptait se le procurer... Quoi qu'il en soit, je ne vois pas d'autre piste. Il faut bien commencer quelque part.

— Si je comprends bien, tu vas te mettre à la recherche d'un chat. » Benjamin semblait déconcerté.

« Je vais me renseigner dans les boutiques d'animaux, chez les marchands de journaux. Chez les vétérinaires, aussi. Partout où il y a des annonces. Ça ne me mènera sûrement nulle part, mais si tu as une meilleure idée, dis-la-moi. »

Benjamin me regarda sans parler. Longuement, très longuement – si bien que j'imaginai ce qu'il pouvait penser : est-ce que tout ça en vaut vraiment la peine ? Car je n'étais pas complètement inconsciente, et, si je parlais à tort et à travers, au moins m'en rendais-je compte.

« J'ai une proposition à te faire, dit-il enfin. Il faut que je passe prendre mon courrier à l'atelier et travailler un moment. Ensuite, je donnerai des instructions à mes gars pour le reste de la journée. Je reviendrai en fin de matinée et nous partirons à la chasse au chat ensemble.

— Vraiment ?

— Je n'aime pas l'idée que tu erres toute seule dans les rues.

— Tu n'es pas obligé de t'infliger cette corvée, tu sais ? Tu n'es pas responsable de moi, et...

— Nous en avons déjà parlé hier soir, coupa-t-il. Tu te souviens ?

— Merci, dis-je. Merci beaucoup.

— Que vas-tu faire en mon absence ?

— Téléphoner à Cross, même si je doute qu'il ait grande envie de m'entendre.

— Tant pis. J'appellerai les parents de Jo de l'atelier. Hier, ça ne répondait pas. Il faudrait que nous allions les voir avant de faire une démarche officielle auprès de la police.

— Oui, bien sûr. Mon Dieu...

— Je sais. »

Benjamin partit peu avant neuf heures. Je pris une douche très chaude et me refis du café, puis j'appelai Cross. Il ne serait pas joignable avant le début de l'après-midi, me répondit-on. Je faillis en pleurer d'exaspération. Une demi-journée, c'est très long quand on sent que chaque minute compte.

J'avais du temps devant moi avant le retour de Benjamin. Je fis le ménage dans la cuisine, changeai les draps du lit. C'était une maison d'adulte que la sienne, et je n'y étais guère habituée. Terry et moi, au fond, avions toujours vécu comme des étudiants attardés. Tout dans nos existences semblait provisoire, et le hasard seul décidait où et comment nous vivions : c'étaient des arrangements liés aux circonstances, et rien de plus. Nous nous en étions accommodés, mais de manière désordonnée et, pour finir, violente. La vie de Benjamin, au contraire, était stable et réfléchie. Il faisait le métier qu'il aimait, habitait une ravissante maison où chaque pièce était peinte d'une couleur différente et remplie d'objets soigneusement choisis. J'ouvris son armoire. Il n'avait que deux costumes, mais superbement coupés. Ses chemises étaient minutieusement suspendues à leurs cintres, au-dessus de trois paires d'excellentes chaussures en cuir. Sa vie ne doit rien au hasard, pensai-je. Il l'a choisie. Et il m'avait choisie, je lui avais manqué quand il ne savait plus où me trouver. J'en frissonnai de plaisir.

Il revint juste avant midi. Je l'attendais, chaudement vêtue, un calepin dans mon sac. J'avais aussi la photo de Jo, qui réveillerait peut-être les souvenirs des gens qui l'avaient croisée.

« Les parents de Jo ne rentrent que demain, m'annonça-t-il. Je suis de nouveau tombé sur la voisine qui s'occupe du chien. Ils se sont arrêtés une journée à Paris. Le mieux serait que nous fassions un saut chez eux demain après-midi. Ils n'habitent pas loin, à une cinquantaine de kilomètres au nord de Londres.

— Ce ne sera pas gai.

— Non, en effet. » Quelques instants, son visage fut vide d'expression. Puis il dit, avec un entrain forcé : « Allons-y. L'heure du chat a sonné !

— Tu tiens vraiment à m'accompagner ? En fait de chat, nous partons peut-être à la chasse au serpent de mer.

— Tu seras là pour me distraire. » Il passa son bras autour de mes épaules et m'entraîna vers sa voiture. Je songeai brièvement à la mienne, bloquée dans une fourrière Dieu savait où, mais chassai cette pensée. De tout cela, je m'occuperais plus tard. Amis, famille, travail, argent (manque chronique de), avis d'imposition, contraventions, livres à rendre, tout devrait attendre.

Benjamin gara la voiture dans une petite rue proche de la maison de Jo. Nous avions décidé de parcourir le quartier en nous arrêtant chez tous les marchands de journaux qui avaient des annonces dans leur vitrine. Ce fut un travail ennuyeux et frustrant. Les visites chez les vétérinaires ne nous en apprirent pas davantage. Personne ne reconnut la photo de Jo, et nous ne trouvâmes qu'un très petit nombre d'annonces proposant des chatons.

Au bout de deux heures, j'avais noté trois numéros de téléphone en tout et pour tout. De retour à la voiture, Benjamin les appela de son portable. Deux des annonces avaient été placées tout récemment, et ne pouvaient nous avancer à rien. La troisième était plus ancienne : Mrs Bridge, la femme qui répondit à Benjamin, lui dit qu'elle n'avait plus qu'un chaton à proposer, mais que nous n'en voudrions probablement pas.

Elle habitait un petit lotissement HLM non loin de là, et nous allâmes la trouver aussitôt. Le chaton était un mâle tigré, encore tout petit. Mrs Bridge, qui était grande et massive, nous expliqua que le pauvret était minuscule à sa naissance et restait très fragile, sans compter qu'il n'y voyait pas bien. Il se cognait aux objets et marchait dans sa nourriture. Elle le prit dans sa grosse main calleuse et il se mit à miauler pitoyablement.

Je pris dans mon sac la photo de Jo et la lui montrai.

« C'est une amie à nous. Est-elle venue aussi ? »

Elle posa le petit chat tigré par terre et observa la photo de plus près.

« Non, pas que je sache, répondit-elle. Je m'en souviendrais. Pourquoi ?

— Oh, c'est une longue histoire », dis-je évasivement. Elle n'insista pas. « Nous allons vous laisser. J'espère que vous trouverez quelqu'un pour votre chaton.

— Sûrement pas, dit-elle. Personne n'a envie d'un chat à moitié aveugle. Je crois que je vais l'emmener à l'asile pour chats.

— L'asile pour chats ?

— C'est comme ça qu'on appelle la maison de Betty dans le quartier. Elle est folle des chats, la vieille Betty. Complètement folle ! Elle ne vit que pour eux, elle ne s'intéresse à rien d'autre. Elle adopte tous les chats errants. Elle doit en avoir une bonne cinquantaine, sans compter qu'ils font tout le temps des petits. Pourtant, sa maison n'est pas grande. Je vous assure que c'est un spectacle ! Et un cauchemar pour les voisins, sûrement. Mais si vous cherchez un chaton, vous devriez aller y faire un tour.

— Où habite-t-elle ? demandai-je en prenant mon calepin.

— Au bout de Lewin Crescent. Je ne me souviens pas du numéro, mais vous ne pouvez pas vous tromper. Une toute petite maison, avec des planches sur les fenêtres de l'étage. On croirait qu'elle est abandonnée.

— Merci. »

Nous regagnâmes la voiture.

« Direction Lewin Crescent ? demanda Benjamin.

— Pourquoi pas, puisque nous sommes dans le quartier. »

Nous trouvâmes la rue sur le plan. La voiture était confortable et bien chauffée, mais dehors, il faisait un froid terrible et le vent était une lame de glace. Benjamin me prit la main et me sourit. Ses doigts étaient forts et chauds.

Effectivement, la maison de Betty était en piteux état. Outre les planches clouées aux fenêtres du premier, une large fissure s'ouvrait dans la façade et la peinture autour des fenêtres s'écroûtait par larges éclats. Le minuscule jardinet était envahi d'herbes folles, avec quelques tournesols gelés et pourrissants de part et d'autre de la porte, et la poubelle débordait. Je sonnai, mais n'entendis rien et frappai plusieurs coups.

« Écoute ça ! » dit Benjamin d'un ton inquiet. Derrière la porte, on entendait des miaulements, des sifflements, des cra-

311

chotements frénétiques. « Est-ce que je t'ai dit que j'étais allergique aux chats ? J'attrape des crises d'asthme et j'ai les yeux tout rouge. »

La porte s'entrebâilla, le vacarme devint plus fort encore, et, par-dessus la chaîne de sûreté, un visage apparut.

« Bonjour, dis-je. Excusez-nous de vous déranger.

— C'est le service d'hygiène ?

— Pas du tout. Nous sommes venus parce qu'on nous a dit que vous aviez beaucoup de chats. »

La porte s'ouvrit davantage.

« Alors, entrez. Mais faites attention qu'ils ne s'échappent pas. Vite, vite ! »

Je ne sais ce qui nous frappa en premier : le flot de chaleur étouffante ou l'effroyable puanteur, mélange de viande pour chats, d'ammoniac et de crotte. Les chats étaient partout, sur le canapé et sur les chaises, blottis près du radiateur, couchés en boules brunes sur le sol. Quelques-uns faisaient leur toilette, d'autres ronronnaient, d'autres encore se disputaient, crachant, arquant le dos et hérissant leur queue. Plusieurs bols de nourriture étaient posés près de la porte de la cuisine, avec trois ou quatre bacs de litière. On aurait dit une version gore d'un film de Walt Disney. Benjamin resta appuyé à la porte, l'air épouvanté.

« Vous vous appelez Betty, n'est-ce pas ? » Je me retenais de faire la grimace. Un chat s'enroula autour de mes jambes.

« Oui. Vous devriez le savoir. »

Betty paraissait très vieille. Son visage était tout plissé, son cou tombait en fanons tremblotants, ses doigts et ses poignets étaient bleus. Elle portait une sorte de robe-tablier bleue couverte de poils de chat, dont plusieurs boutons manquaient. Mais ses yeux étaient vifs et perçants dans son visage dévasté.

« On nous a dit que vous recueilliez les chats errants et que parfois vous en donniez aux gens qui cherchent un animal de compagnie, dis-je.

— Parfois, oui. Mais il faut que je sois sûre que c'est une bonne maison. Et il y a beaucoup de conditions à remplir. Pas question de les faire adopter par n'importe qui !

— Nous voudrions savoir si une de nos amies est venue vous voir il y a quelque temps. » Ce disant, je lui montrai la photo de Jo.

« Elle ? Oui, je l'ai vue.

— Quand est-elle venue ? Vous vous en souvenez ?

— Vous tournez en rond, ma petite fille, à ce qu'on dirait ! De toute façon, elle ne me convenait pas. Elle semblait croire qu'on peut laisser un chat vagabonder sans surveillance ! Vous savez combien de chats se font écraser chaque année ?

— Non, je ne sais pas. Donc, vous n'avez pas voulu qu'elle prenne un de vos chatons ?

— Apparemment, elle n'y tenait pas tant que ça, maugréa Betty. Quand je lui ai dit qu'elle ne m'inspirait pas confiance, elle est repartie tout de suite.

— Quel jour est-elle venue ? insistai-je.

— Ça, je ne sais plus.

— Dans la semaine ? Pendant le week-end ?

— C'était le jour où les éboueurs passent avec la grosse benne. Pour les vieilles ferrailles, et tout ça. Pendant qu'elle était là, je les entendais faire leur raffut dehors. Cling ! Clang ! Ça fait peur aux chats, vous savez ?

— Ils passent quel jour ?

— Le mercredi.

— Donc, elle est venue un mercredi, dit Benjamin, toujours réfugié près de la porte. À quelle heure ?

— Je voudrais bien savoir pourquoi vous me cuisinez comme ça, ronchonna Betty, soudain méfiante.

— Nous ne vous cuisinons pas du tout. Nous...

— Le matin ou l'après-midi ? interrompit Benjamin.

— Hmmm... Vers six heures, répondit-elle à contrecœur. Ils passent toujours à l'heure où je fais dîner tout mon petit monde. Pas vrai, mes minous ? ajouta-t-elle d'une voix suraiguë en s'adressant à toute la pièce, qui semblait onduler et tanguer du mouvement des chats.

— Merci, dis-je. Vous nous avez beaucoup aidés.

— Ah oui ? Vous avez déjà dit ça la dernière fois. »

La main sur la poignée, je m'immobilisai.

« Je suis déjà venue ?

— Évidemment. Sauf que vous étiez toute seule.

— Betty, pouvez-vous me dire quand je suis venue ?

— Pas besoin de crier si fort, ma petite fille. Je ne suis pas sourde. Ni gâteuse. Vous êtes venue le lendemain. Vous avez perdu la mémoire, ou quoi ? »

313

« À la maison ? dit Benjamin.

— À la maison. » Je me sentis rougir violemment en prononçant ce mot. Il s'en aperçut et posa sa main sur mon genou. Je tournai la tête et nous nous embrassâmes très doucement, nos lèvres se touchant à peine. Nous gardions les yeux grands ouverts et je vis mon reflet dans les siens.

« À la maison, répéta-t-il. Au programme : thé bien chaud, pain grillé et marmelade d'oranges. Je suis affamé. »

Thé bien chaud, pain grillé, marmelade d'oranges, et puis l'amour, longuement, dans la douce pénombre de la chambre, en nous serrant très fort l'un contre l'autre tandis qu'au dehors tombait une nuit opaque et que le froid mordait. Ensuite, pendant un moment, nous ne parlâmes plus de choses inquiétantes ou tristes. Nous fîmes ce que font tous les nouveaux amants : questionner l'autre sur ses amours passées. Ou du moins, je le questionnai.

« Je t'en ai déjà parlé, protesta Benjamin.

— Ah oui ? Tu veux dire... la première fois ?

— Oui.

— C'est étrange de penser que toutes ces choses sont quelque part en moi et que je ne peux pas les retrouver. Des choses qu'on m'a faites, que tu m'as dites, des secrets, des cadeaux. Mais si je ne m'en souviens pas, c'est comme si ça n'avait jamais existé, non ?

— Je ne sais pas », dit-il.

Je suivis du doigt le contour de ses lèvres et je le vis sourire dans l'ombre.

« Il faut que tu me racontes de nouveau. Qui était la dernière en date ?

— Leah. Une décoratrice.

— Elle était belle ?

— Oui, à sa façon. Elle était à moitié marocaine, très typée.

— Elle vivait avec toi ?

— Non. Pas tout le temps, du moins. »

Cela tournait à l'interrogatoire, mais je ne pouvais contrôler ma curiosité. Du reste, il s'y soumettait volontiers.

« Vous êtes restés longtemps ensemble ?

— Deux ans.

— Deux ans ! C'est beaucoup. Et ensuite ?

314

— Ensuite, elle est tombée amoureuse d'un autre et elle m'a quitté. C'était il y a presque un an.

— Quelle idiote ! » Je lui caressai les cheveux. Il n'était que sept heures du soir, et pourtant nous étions blottis sous la couette comme dans une petite grotte aussi duveteuse que le nid d'un oiseau, alors que le monde nous cernait sans nous voir. « Tu as souffert ?

— Oui, murmura-t-il. Beaucoup, sur le moment.

— Mais tu vas bien, maintenant ? Non ?

— Bien sûr que oui. »

Je me tus quelques instants. Puis :

« Il faudrait que nous parlions de Jo, dis-je.

— Je sais. Il me semble que je ne devrais pas me sentir si heureux. » Il se pencha, alluma la lampe de chevet et nous clignâmes des yeux dans cette clarté trop soudaine. « Donc, nous savons que le mercredi en fin d'après-midi, elle était à la recherche d'un chat. Et que le jeudi, c'est toi qui la cherchais. En somme, tu es vraiment à la poursuite de toi-même.

— Oui. Je tourne en rond, comme disait cette vieille toquée avec ses chats. »

23

Benjamin sortit faire les courses pour le dîner, et tout à coup, sans savoir pourquoi, l'envie me prit de téléphoner à Sandy.

« Bonsoir, devine qui c'est ?

— Abbie ! Mon Dieu, Abbie, où étais-tu passée ? Tu te rends compte que je n'ai même pas un numéro de téléphone où t'appeler ? J'étais chez Sam hier soir, il offrait une petite fête pour son anniversaire, et c'était très bizarre que tu ne sois pas avec nous. Tout le monde en a fait la remarque. Nous avons même porté un toast à ta santé. Mais personne ne savait comment te joindre ! C'est comme si tu avais disparu de la surface de la terre.

— Je sais, je sais. Je suis désolée. Vous me manquez, tous, mais... Comment dire ? Je ne peux pas t'expliquer pour le moment. Quand même, j'aurais dû me rappeler l'anniversaire de Sam. C'est la première fois que je l'oublie. Seulement, ma vie est un peu mouvementée.

— Tu vas bien, au moins ?

— Oui et non. Bien dans un sens, mal dans un autre.

— Que de mystères ! Quand pourrons-nous nous voir et parler tranquillement ? Où habites-tu en ce moment ?

— Chez un ami, répondis-je vaguement. Pour le reste, oui, voyons-nous bientôt. D'abord, j'ai quelques problèmes à régler. Je suis sûre que tu comprends. » Ce que je sous-entendais était : d'abord, il faut que je sauve ma vie. Mais c'était une phrase de folle. Même ici, dans la maison de Benjamin, avec les lampes allumées et les radiateurs qui ronronnaient, je sentais que c'était une phrase de folle.

« Je suppose que tu m'expliqueras tout ça, dit Sandy, patiemment. Tu sais, Abbie, j'ai parlé avec Terry il n'y a même pas une heure.

— Vraiment ? Comment va-t-il ? Ces idiots de flics l'ont enfin libéré ?

— Oui, enfin. Mais je crois qu'ils ont prolongé sa garde à vue jusqu'à la dernière limite légale.

— C'est ce que je craignais. Il est dans tous ses états, j'imagine ?

— Plutôt, oui. Il a essayé de te joindre.

— Je vais l'appeler tout de suite. À ton avis, est-ce qu'il est encore suspect ?

— Je ne sais pas. Il ne parlait pas de façon très cohérente. Je crois qu'il était un peu saoul.

— Pour changer ! Excuse-moi, Sandy, il faut que je te laisse. Je vais l'appeler immédiatement. Et je passerai te voir bientôt, très bientôt.

— J'espère !

— Comment va Pippa ?

— Elle est magnifique.

— Ça, je le sais. Toi aussi.

— Pardon ?

— Toi aussi, tu es magnifique. J'ai de la chance d'avoir des amis comme toi et les autres. Embrasse-les tous.

— Abbie...

— Tous, répétai-je avec insistance. Embrasse Sheena et Guy, et Sam, et Robin, et... tout le monde. Quand tu les verras, dis-leur que... » Soudain, j'aperçus mon reflet dans la grande psyché de Benjamin, et vis que je faisais de grands gestes emphatiques à la façon d'une chanteuse d'opéra à l'ancienne mode.

« Tu es sûre que tu vas bien, Abbie ?

— Oui, oui. Mais il m'est arrivé des choses très étranges, tu comprends ?

— Écoute...

— Il faut que je te laisse. À très vite, Sandy. »

Je composai le numéro de Terry. Le téléphone sonna longuement, très longuement ; j'étais sur le point de raccrocher quand il répondit enfin.

« Allô ? » Sa voix était pâteuse.

« Terry ? C'est moi, Abbie.

— Abbie, murmura-t-il. Oh, Abbie...

— On t'a enfin laissé partir, Dieu merci.

— Abbie, répéta-t-il d'une petite voix enfantine.

— Si tu savais comme je suis désolée, Terry ! Je leur ai dit que tu n'avais pas pu faire ça. Ton père t'a dit que j'avais téléphoné ? Et je suis tellement triste pour Sally. Je n'ai pas de mots pour te dire combien je suis triste.

— Sally, dit-il. Ils ont cru que j'avais tué Sally !

— Je sais.

— S'il te plaît, implora-t-il.

— Quoi ? Qu'est-ce que je peux faire ?

— S'il te plaît. J'ai besoin de te voir, Abbie.

— Tout de suite, c'est un peu difficile. » Je ne pouvais pas retourner chez Terry. Il pouvait me guetter.

La porte s'ouvrit et Benjamin entra avec deux gros sacs.

« Je te rappelle dans quelques minutes, dis-je. Ne pars pas. »

Je raccrochai et me tournai vers Benjamin.

« Il faut que je voie Terry, expliquai-je. Je crois qu'il est dans un état épouvantable, et tout ça lui est arrivé à cause de moi. Je le lui dois. »

Il soupira et posa ses sacs par terre.

« Et moi qui prévoyais un gentil dîner romantique ! Idiot que je suis.

— Comprends-moi. Je ne peux pas faire autrement.

— Où ?

— Comment ça, où ?

— Où vas-tu le rencontrer ?

— Pas chez lui, c'est certain.

— Non. Ici ?

— Ce serait un peu bizarre, non ?

— En effet. Et la bizarrerie, très peu pour nous ! ironisa-t-il.

— Un endroit public, ce serait le mieux. Pas un bar. À sa voix, j'ai l'impression qu'il a déjà bien assez bu. Tu connais un endroit où on ne sert pas d'alcool, dans le quartier ?

318

— Oui, il y a le petit café italien, dans Belmont Avenue. Près du parc. Ça s'appelle La Caffeteria quelque chose.

— Parfait. » J'hésitai un instant, puis me lançai. « Benjamin, tu viendras avec moi ?

— Je peux te conduire en voiture et t'attendre, si tu veux.

— Benjamin...

— Oui ?

— Je te trouve vraiment très gentil.

— Alors, tout va bien », dit-il sèchement.

Trois quarts d'heure plus tard, j'étais attablée à La Caffeteria (l'endroit n'avait pas d'autre nom), buvant un cappuccino et regardant la porte. Terry arriva au bout de quelques minutes, emmitouflé dans un gros manteau et coiffé d'un bonnet de laine. Sa démarche n'était pas très assurée et il avait une expression d'animal traqué.

Il s'approcha de ma table, s'assit un peu trop bruyamment et ôta son bonnet. Ses cheveux étaient un peu gras et son visage, rougi par le froid ou l'alcool, ou probablement les deux, était curieusement amaigri.

« Bonsoir, Terry, dis-je en posant ma main sur la sienne.

— Tes cheveux commencent à repousser.

— Tu trouves ?

— Oui. Oh, mon Dieu... » Il ferma les yeux et s'appuya au dossier. « Je suis crevé. Je pourrais dormir une semaine d'affilée.

— Qu'est-ce que tu veux boire ?

— Un café, merci. »

Je fis signe à la serveuse.

« Un double express et un autre cappuccino, s'il vous plaît. »

Terry sortit de sa poche son paquet de cigarettes et en fit tomber une. Ses mains tremblaient. Il l'alluma laborieusement, puis aspira le tabac avec une sorte de férocité, ce qui lui fit les joues encore plus creuses.

« J'ai dit et répété à la police que tu n'avais pas pu faire une chose pareille, Terry. Et si ça peut t'être utile, je le dirai aussi à ton avocat. C'est une erreur complètement absurde.

— Ils m'ont tanné pendant des heures et des heures, en me répétant que j'étais violent, que je ne me contrôlais pas, et je ne sais quoi encore. » La serveuse posa les deux cafés sur la table, mais il ne s'en aperçut même pas. « J'avais l'impression que ma tête se remplissait de sang. Je ne t'aurais jamais fait de mal. Ni à toi ni à personne. Mais à les entendre, on aurait cru que j'étais une espèce de brute sanguinaire ! Ils ont prétendu que je t'avais plongée dans la dépression, presque dans la folie...

— Ils ont dit ça ?

— Et Sally... Sally... Oh, merde !

— Terry. Non, voyons. »

Il pleurait. De grosses larmes roulaient sur ses joues et dans son cou, dans sa bouche. Il essaya de saisir sa tasse, mais ses mains étaient agitées de telles secousses convulsives que presque tout le café se répandit sur la table.

« Je ne comprends rien à ce qui s'est passé, dit-il d'une voix saccadée, en tentant vainement d'éponger les flaques noires avec sa serviette. « Tout allait bien, et puis, du jour au lendemain, l'enfer ! Je croyais que j'allais me réveiller, m'apercevoir que c'était un cauchemar, et que tu serais près de moi. Ou Sally. Enfin, quelqu'un. Mais non, il n'y a plus personne. Tu m'as quittée, Sally est morte, et les flics sont toujours convaincus que c'est moi qui l'ai tuée. Je le sais.

— L'essentiel, c'est qu'ils t'aient relâché, dis-je. Tu es innocent et ils ne pourront pas prouver le contraire. Tu n'as plus rien à craindre. »

Mais il ne m'écoutait pas.

« Je me sens seul, tellement seul, dit-il, prêt à pleurer de nouveau. Pourquoi moi ? »

Je sentis l'irritation me gagner devant tant de larmoiements sur son propre sort.

« Ou pourquoi Sally ? » remarquai-je.

Le lendemain matin, Benjamin téléphona aux parents de Jo. Ils étaient rentrés de vacances et j'entendis la voix de sa mère dans le haut-parleur. Non, Jo ne les avait pas accompagnés au Portugal. Non, ils n'avaient pas eu de ses nouvelles depuis leur départ. Bien sûr, ils seraient ravis de recevoir la visite de Benjamin s'il passait dans les environs. Bien sûr que non, cela ne les dérangeait pas du tout qu'il vînt avec une amie. Benjamin avait les traits tirés, la bouche crispée comme s'il venait d'avaler une gorgée de vin aigre. Nous serions chez eux vers onze heures, dit-il.

Nous roulâmes sans parler à travers la banlieue nord, puis la campagne, jusqu'à leur maison dans le Hertfordshire. Le temps était humide et très brumeux, et nous ne voyions des arbres et des maisons que des silhouettes. Ils habitaient à deux ou trois kilomètres d'un petit bourg, dans une maison blanche et basse au bout d'une allée. Benjamin s'arrêta quelques instants à la grille. « J'en suis malade d'avance », dit-il d'une voix coléreuse, comme si c'était ma faute. Puis il continua.

La mère de Jo s'appelait Pamela. C'était une grande et belle femme, à la poignée de main vigoureuse. Son père, lui, était extrêmement maigre et avait le visage sillonné de rides profondes. Il semblait considérablement plus âgé que sa femme, et quand je lui serrai la main, j'eus la sensation de saisir un petit fagot d'os desséchés. Nous nous assîmes dans la cuisine et Pamela nous servit du thé et des biscuits.

« Eh bien, Benjamin, quelles nouvelles ? Il y a des siècles que Jo ne vous a pas amené dans notre campagne perdue. »

Il parla sans détour.

« J'ai quelque chose à vous dire. Quelque chose d'ennuyeux. »

Pamela posa sa tasse et le regarda fixement.

« Jo ? demanda-t-elle d'une voix sourde.

— Oui. Je suis inquiet pour elle.

— Qu'est-ce qui se passe ?

— Nous ne savons pas où elle est. Elle a disparu. Vous ne savez vraiment rien ?

— Non », dit-elle dans un murmure. Puis, plus fort : « Mais vous la connaissez, elle part toujours sans nous prévenir. Elle est capable de nous laisser des semaines entières sans un coup de fil.

— Je sais. Mais Abbie habite chez elle depuis quelque temps : un jour, Jo a tout simplement disparu.

— Disparu, répéta-t-elle d'une voix blanche.

— Vous n'avez aucune idée de l'endroit où elle pourrait se trouver ?

— Le cottage ? » L'espoir éclaira son visage. « Elle y va de temps en temps pour s'isoler.

— Nous y sommes allés. Il n'y a personne.

321

— Et son ami italien ?

— Non.

— C'est incompréhensible, intervint le père de Jo. Depuis combien de temps a-t-elle disparu ?

— C'était probablement le 16 janvier, dis-je.

— Quel jour sommes-nous aujourd'hui ? Le 6 février ? Ça fait trois semaines ! »

Pamela se leva brusquement et nous regarda :

« Mais il faut lancer un avis de recherche ! Tout de suite !

— Je vais signaler sa disparition à la police, dit Benjamin en se levant aussi. Dès que nous serons rentrés à Londres. Nous sommes déjà allés les trouver – du moins, Abbie est allée les trouver –, mais ils n'entament pas de recherches avant une semaine ou deux, sauf s'il s'agit d'un enfant.

— Mais moi ? Je ne peux pas rester ici sans rien faire ! » s'écria Pamela dont les mains tremblaient un peu. Puis elle se ressaisit. « Je vais téléphoner à tout le monde. Il y a sûrement une explication. À qui en avez-vous déjà parlé ? »

Benjamin la regarda un instant sans répondre.

« Nous nous alarmons peut-être pour rien, dit-il dans un effort désespéré pour atténuer le choc. Il est très possible qu'il ne lui soit rien arrivé du tout. C'est très fréquent que des gens disparaissent sans prévenir, puis reparaissent comme si de rien n'était. Ils ont souvent une raison toute simple.

— Oui. Bien sûr, c'est vrai, murmura Pamela. L'important est de ne pas s'affoler.

— Nous allons vous laisser et aller tout droit au commissariat, dit Benjamin. Je vous appellerai plus tard dans la journée. D'accord ? » Il posa ses mains sur les épaules de Pamela et l'embrassa sur les deux joues. Elle l'étreignit un instant. Le père de Jo ne bougea pas de son siège. Je regardai sa peau parcheminée, les taches de vieillesse sur ses mains décharnées.

« Au revoir », dis-je sans trouver qu'ajouter. Il n'y avait rien à ajouter.

« Benjamin, voici l'inspecteur Jack Cross. Benjamin Brody, un ami. C'est aussi un ami de Josephine Hopper, dont je vous ai parlé la...

— Je sais. Je vous ai rendu visite chez elle, vous vous rappelez ? Vous m'avez dit aussi que vous portiez ses vêtements, et que son vrai prénom était Lauren.

— Je suis heureuse que vous ayez enfin relâché Terry, dis-je sans me laisser démonter. Puisque vous avez admis qu'il est innocent, vous savez également que le coupable est en liberté et que Jo...

— Je ne peux faire aucun commentaire sur ce sujet », interrompit Cross d'une voix lasse.

Benjamin intervint de sa voix calme et posée :

« Le mieux, Abbie, serait sans doute que nous expliquions à l'inspecteur ce que nous savons de façon absolument sûre. »

Cross le regarda avec une légère surprise. Peut-être pensait-il que toute personne qui me fréquentait avait forcément l'esprit dérangé, par contagion.

Pour l'essentiel, Benjamin lui répéta des choses que je lui avais déjà dites ; mais elles lui avaient semblé une simple confirmation de mon état délirant, alors que les faits paraissaient beaucoup plus plausibles dès lors qu'ils étaient énoncés par quelqu'un d'autre. Tous les aspects de la situation furent longuement approfondis, de manière très technique, comme s'il s'agissait de remplir une déclaration d'impôts particulièrement compliquée. Sur le bloc-notes de Cross, je notai avec précision tout ce que j'avais pu reconstituer de ma semaine effacée, jour après jour, que ces actes et ces dates se rapportassent à moi ou à Jo. Je lui remis sa photographie, et Benjamin lui donna le numéro de téléphone de ses parents et de son ex-petit ami pour qu'il pût s'entretenir avec eux. Il nomma aussi les éditeurs pour lesquels elle travaillait habituellement.

« Alors, qu'en pensez-vous ? demandai-je quand ce fut terminé.

— Je vais étudier tout cela, répondit-il. Mais je ne peux pas... »

Je le coupai avant qu'il pût formuler des objections.

« Le plus inquiétant, dis-je, c'est que si je ne me trompe pas en pensant que Jo et moi avons probablement été attaquées par le même homme, alors, il y a tout lieu de croire qu'elle est... Enfin, il est possible que Jo... » Je ne pouvais pas le dire, pas avec Benjamin assis à mon côté. Je ne me rappelais même pas avoir rencontré Jo, alors que lui la connaissait depuis des années.

Sur le visage de Cross, une expression chassait l'autre. Lors de notre première rencontre, il avait cru à mon histoire sans hésitation. J'étais une victime authentique et sincère. Ensuite, il s'était laissé persuader de ne plus me croire du tout, et si j'étais une victime, c'était seulement de ma propre mythomanie. J'étais une pauvre fille digne de pitié. À présent, des doutes contradictoires l'assaillaient.

« Nous allons examiner le problème point par point, finit-il par promettre. En commençant par un entretien avec les parents de Miss Hooper. Où vous êtes-vous installée, Abbie ?

— Chez moi », répondit Benjamin.

Cross leva les yeux vers lui quelques secondes, d'un air vaguement incrédule ; puis il hocha la tête.

« Très bien, dit-il en se levant. Je vous tiendrai au courant. »

« J'ai l'impression qu'il commence à me croire. Ce n'est pas ton avis ? »

Benjamin me prit la main et fit tourner le petit anneau d'argent à mon auriculaire.

« Pour toi ou pour Jo ?

— Tu penses qu'il y a une différence ?

— Je ne sais pas, murmura-t-il.

— Je suis désolée pour Jo, Benjamin. Vraiment, vraiment désolée. Je ne sais pas comment te le faire comprendre.

— Désolée ? dit-il. J'espère toujours que le téléphone va sonner et que je vais entendre sa voix.

— Ce serait bien », soupirai-je.

Il était presque trois heures, et nous étions attablés devant un copieux déjeuner acheté chez un traiteur français. Benjamin remplit nos deux verres.

« Est-ce que tu penses souvent aux jours où tu étais prisonnière ? demanda-t-il.

— Quelquefois, il me semble que ce n'était qu'un affreux cauchemar, et j'en viens à me demander si je n'ai pas vraiment rêvé, ou fantasmé. Mais à d'autres moments – surtout quand je me réveille la nuit, ou que je suis seule et que je me sens plus vulnérable –, tout me revient avec tant d'acuité que j'ai peine à croire que c'est réellement du passé. J'ai la sensation de revivre ce que j'ai vécu, d'être encore engloutie dans l'horreur, comme si je ne m'étais jamais enfuie. » Je fis un geste embrassant toute la pièce, les lampes, les assiettes, les grands verres à pied remplis de bordeaux. « Et c'est tout cela qui me semble un rêve, tout cela qui me semble irréel. Entre ce que je me rappelle, ce que j'imagine et ce que je crains, il m'arrive de ne plus très bien distinguer le vrai du faux. Au petit matin, quand j'ouvre les yeux et que tout me semble triste et décourageant, sais-tu l'image qui me vient ? Celle d'une roue, où je suis attachée comme une suppliciée. Et qui tourne, qui tourne, qui tourne sans fin... Parce que rien n'a de fin, et que tout ce que je fais, je l'ai déjà fait auparavant. Et d'une certaine façon, c'est vrai : j'ai déjà cherché Jo, je suis déjà tombée amoureuse de toi, même si je l'ai oublié. Et comme tout se reproduit, j'ai soudain l'impression que je vais forcément disparaître à nouveau dans l'obscurité. »

Benjamin serra mes mains dans les siennes.

« Bientôt, tu te sentiras définitivement libérée, dit-il.

— Tu crois vraiment ?

— J'en suis sûr. La police va rouvrir le dossier, et cette fois, elle prendra garde à ne plus se tromper, j'imagine ! Tu n'as plus qu'à attendre, ici, avec moi, et le mauvais rêve sera terminé une fois pour toutes. Tu seras détachée de ta roue. »

24

Le lendemain matin, quand Benjamin fut parti pour son atelier, je me recouchai et réussis à traîner au lit jusqu'à neuf heures. Plus tard, je m'attardai voluptueusement sous la douche. C'était un des charmes de la maison : elle était moderne, et tout y fonctionnait si bien que j'en étais constamment étonnée. Dans le vétuste appartement de Terry, ce qu'on appelait la douche n'était qu'un tuyau terminé par une pomme à un mètre cinquante au-dessus de la baignoire. On se tenait en dessous et une sorte de goutte-à-goutte vous ruisselait sur la tête. Même quand il restait de l'eau chaude dans le cumulus, les gouttes avaient tout le temps de refroidir avant de vous toucher. La douche de Benjamin, elle, ne se trouvait pas dans la baignoire mais dans une cabine en verre dépoli ; elle dardait un jet aussi puissant qu'une lance à incendie, et la réserve d'eau chaude était apparemment inépuisable. Je me blottis dans un coin et m'imaginai que j'étais sur une planète bombardée en permanence par des pluies tropicales. Bien sûr, la vie sur une telle planète aurait présenté certains inconvénients quand on voulait manger, dormir ou lire, mais pour l'instant elle me semblait parfaite. La sensation de ce bienfaisant déluge fouettant mon corps et ma tête était un excellent remède contre mes idées noires.

J'aurais aimé rester là jusqu'à la venue du printemps, ou du moins jusqu'à ce que cet homme fût arrêté. Tout de même, je finis par arrêter le jet et m'essuyai avec la lenteur et la minutie d'une femme que rien n'obligeait à se presser. Ensuite, je marchai mollement jusqu'à la chambre de Benjamin et choisis dans sa garde-robe de quoi me vêtir : un pantalon de survêtement, un immense chandail bleu et d'épaisses chaussettes de sport. J'avais fière allure. Ensuite, je descendis dans la cuisine et me préparai une grande réserve de café.

Je jetai un coup d'œil distrait à la pendule. Déjà onze heures. Un jour prochain, il faudrait que je pense à ma vie professionnelle, dont la situation de jachère ne pouvait durer éternellement ; mais cela pouvait attendre. Tout pouvait attendre.

Je bus une tasse de café, puis me lançai, sans beaucoup d'énergie, dans quelques activités ménagères. Je ne connaissais pas assez la maison pour être très efficace, ne savais pas où trouver les ustensiles ni où ranger les objets, et n'avais aucunement l'intention d'aborder certains sports extrêmes tels que le lavage des vitres ou autre cirage du parquet. Aussi me contentai-je de ranger les assiettes dans le lave-vaisselle, de frictionner quelques surfaces planes avec une éponge, de refaire le lit et d'empiler ce qui traînait. Tout cela ne me prit pas bien longtemps. Je déjeunai légèrement, et pris soudain conscience que l'occasion s'offrait de faire ce dont j'avais si souvent rêvé sans jamais en trouver le temps : passer le reste de l'après-midi mollement étendue sur le sofa, à lire et à écouter des disques en sirotant du café – bref, de me sentir une vraie dame chic.

Mais une vraie dame chic n'aurait pas écouté la pop music bruyante qui formait le gros de ma collection. Il lui faudrait des musiques plus délicates. Je cherchai parmi les CD de Benjamin et en trouvai un dont le boîtier évoquait une ambiance langoureusement jazzy. Je glissai le disque dans le lecteur. Raffiné, en effet. Moins une musique à écouter vraiment qu'un fond sonore subtilement euphorisant, mais cela ferait l'affaire. Le café était encore chaud dans la cafetière isotherme. Restait à trouver la lecture appropriée. Le problème, quand on a devant soi tout un après-midi de liberté, est de se fixer sur un livre plutôt qu'un autre. Je n'étais pas d'humeur à entamer quelque chose de vraiment sérieux, et si je me lançais dans un gros roman distrayant, je ne savais pas quand je le finirais. Au vrai, après avoir examiné et reposé sur les rayonnages une bonne vingtaine de livres, force me fut d'admettre que je n'étais pas prête à me conduire en authentique dame chic. Malgré ma longue douche et mon emploi du temps vierge, j'étais terriblement agitée. Je ne pouvais me concentrer sur rien, et ma pensée dérivait sans cesse vers ce que j'aurais voulu qu'elle évitât.

Benjamin possédait de nombreux livres de photos, et je les feuilletai distraitement. Le seul qui retint véritablement mon attention rassemblait des photographies de voyageurs du XIXᵉ siècle. En noir et blanc ou en sépia, des paysages exotiques se succédaient au fil des pages, mais aussi des images d'événements importants, batailles, révolutions, catastrophes, ou célébrations et fêtes patriotiques. Au demeurant, ce furent seulement les visages qui captèrent mon regard. Je les observai longuement : des hommes, des femmes, des enfants, parfois terrifiés et éperdus, parfois joyeux et rieurs. Quelques-uns tournaient vers l'objectif un regard apeuré ou complice.

Ce qui, dans ces visages, m'impressionna le plus fut qu'ils m'étaient incroyablement et vertigineusement étrangers. Car je pensai bientôt – sans plus pouvoir éloigner cette pensée – que tous ces gens, beaux ou laids, heureux ou malheureux, riches ou pauvres, bons ou méchants, pieux ou mécréants, avaient désormais une chose en commun : ils étaient morts. Que ce fût dans la rue, dans leur lit ou sur un champ de bataille, chacun d'eux, dans sa singularité et sa solitude absolues, était mort. Des individus qui peuplaient ce monde et ce temps aucun n'était plus. J'y pensais et y pensais encore, mais il ne s'agissait pas seulement de pensée : je le sentais, comme on sent une dent douloureuse.

Mais cela aussi – ces idées macabres, ces sensations d'anéantissement –, il me fallait le dépasser, ou du moins ne pas m'y complaire. Je reposai le livre et inspectai le rayon du haut, où étaient rangés de petits volumes certainement dépourvus de photos. Il y avait là quelques recueils de poèmes. Exactement ce dont j'avais besoin, me dis-je. Je n'avais pas lu dix poèmes depuis le temps de mes études, mais brusquement, j'éprouvai la nécessité pressante d'ouvrir un de ces recueils. Sans compter qu'avec un poème ma lecture pourrait s'interrompre très vite.

De toute évidence, Benjamin n'était pas plus que moi un grand lecteur de poésie : les volumes en question étaient le genre d'anthologies que les parrains, les marraines ou les grands-parents vous offrent pour votre anniversaire à défaut d'une meilleure idée. Certains ressemblaient trop à des manuels scolaires pour mon goût, d'autres avaient des thèmes qui ne m'intéressaient guère : la campagne ou la mer, la nature en général. Soudain, mon regard s'arrêta cependant sur un petit livre mordoré intitulé *Poèmes du deuil et de la perte*, et, tout en me sentant pareille à une alcoolique qui tend la main vers une bouteille de vodka, je ne pus y résister. Bien installée dans le sofa, je commençai à en feuilleter les pages, sans bien discerner le sens exact de chaque poème, mais sentant monter de tous ces vers une brume où se mêlaient la douleur et le regret, les amours défuntes et les paysages de novembre. Même si c'était un peu comme une kermesse de grands dépressifs, cela me réconforta. Tenter de me convaincre que j'étais gaie et détendue avait été une erreur. Mieux valait constater de visu qu'il existait dans le monde d'autres âmes en détresse, dont les sentiments étaient voisins des miens. Ces poètes connus ou inconnus étaient mes compagnons de hasard, et je me surpris à sourire tant je me sentais bien entourée.

Au bout d'un moment, je revins au début pour voir qui avait compilé ce florilège merveilleusement lugubre, et je découvris quelques lignes écrites à la main sur la page de titre. L'espace d'un instant, j'entendis une petite voix me souffler que lire cette dédicace était probablement indiscret, mais je l'ignorai. Après tout, je n'avais pas fouillé le bureau de Benjamin pour y trouver son journal intime ou de vieilles lettres d'amour. Et puis, une inscription dans un livre est comme une carte postale épinglée sur un mur : ni l'expéditeur ni le destinataire n'ont pris la peine de la cacher, si bien qu'elle n'est guère plus confidentielle qu'un bulletin météo. Tels furent, du moins, les arguments que ma curiosité renvoya à la vertueuse petite voix, car lorsque je lus les premiers mots, « Mon Benjamin adoré », je suspectai que ce qui suivait n'était pas exactement un bulletin météo, mais je ne pouvais plus rien y faire car j'étais déjà en train de le lire. Et je lus ceci : « Mon Benjamin adoré, voici quelques poèmes tristes qui te diront ce que j'éprouve mieux que je ne le pourrai jamais. Même si je sais que ta décision est certainement la plus sage, elle est pour moi un véritable déchirement, dans mon cœur et dans ma chair. Je n'en dirai pas plus, car je ne veux pas répandre des cendres sur ce joli livre. Lis-le et tu me comprendras peut-être. Très tendrement, Jo. » En dessous, une date : le 23 novembre 2000.

Cette fois, je n'entendis pas la plus infime petite voix me souffler qu'il pouvait s'agir d'une autre Jo. J'avais habité chez elle et son écriture était partout, sur le bloc-notes près du téléphone, sur les vieilles listes de commissions, sur les étiquettes des vidéos, et je la connaissais presque aussi bien que la mienne. Je me sentais brûlante de fièvre et mes mains tremblaient de façon incontrôlable. Salaud de Benjamin. Salaud, salaud, salaud ! Il m'avait tout dit de son imbécile de Leah, il avait presque des larmes dans la voix en me parlant de leur rupture, et de sa beauté, et tout et tout, mais il avait simplement oublié de mentionner un petit détail parfaitement insignifiant – à savoir que par un curieux hasard, sa consolation lorsqu'elle l'avait quitté avait consisté à s'envoyer en l'air avec la femme dont j'occupais l'appartement, et qui, par un autre curieux hasard, venait de disparaître exactement comme j'avais disparu. Je repensai au premier soir, celui où il avait sonné à la porte. Quoi de plus normal ? Ils étaient amis, n'est-ce pas, bons amis depuis des années. Nous avions passé des heures et des heures à nous demander ce que Jo était devenue. Ou du moins, je me l'étais demandé. Mais lui, que pensait-il vraiment ? Je me remémorai fébrilement nos conversations. En quels termes avait-il parlé d'elle ? Je ne savais plus. Ce que je savais, c'est qu'il avait couché avec elle dans le lit où il avait couché avec moi, et qu'il s'était dispensé de me le dire. Comme, d'ailleurs, il s'était dispensé de me dire qu'il avait déjà couché avec moi. Quels autres secrets cachait-il ?

J'essayai de trouver des raisons innocentes à sa dissimulation. Il ne m'avait rien dit par crainte de me bouleverser. Ou par pudeur. Mais d'autres explications se foraient un chemin vers ma conscience, que je devinais beaucoup moins rassurantes. J'avais absolument besoin de faire le point – mais ici, c'était impossible. Différentes histoires commençaient à se former dans ma tête, qui toutes aboutissaient à la même conclusion : je devais quitter la maison de Benjamin le plus vite possible. Je regardai ma montre : quatre heures déjà ! Ma longue journée oisive avait rétréci comme peau de chagrin. Je courus dans sa chambre, ôtai les vêtements dont je m'étais affublée – les siens – comme s'ils étaient contaminés, et enfilai les miens en toute hâte. Je marmonnais toute seule comme une vieille femme qui perd la tête. Je n'étais pas sûre de percer le sens de ma découverte, mais le fait était là et il n'y avait pas moyen d'y échapper : Jo et moi avions eu toutes deux des relations amoureuses avec Benjamin. Impossible d'en douter. Non seulement cela, mais ces relations avait précédé de peu notre disparition à l'une et à l'autre. La priorité était d'y réfléchir calmement, et pour cela il me fallait un endroit sûr et tranquille. Cette maison n'était plus sûre, et sa tranquillité m'oppressait.

En toute hâte, je parcourus l'appartement pour prendre le strict nécessaire : mes chaussures, mon sac, mon portefeuille, mon horrible veste matelassée. À quoi jouait-il avec moi ? Il m'avait menti, au moins par omission. Et je n'allais certes pas l'attendre pour le prier de s'expliquer. J'essayai de me rappeler la voix rauque dans le noir. Celle de Benjamin aussi, je l'avais entendue dans l'obscurité de la chambre, qui murmurait à mon oreille après l'amour et me disait qu'il m'aimait. Ces deux voix pouvaient-elles n'être qu'une ?

Je m'approchai de son bureau et fouillai dans les tiroirs. Impatiemment, j'écartai des calepins, des chemises et des blocs-notes, et finis par trouver ce que je cherchais : une photo d'identité. Je la contemplai un moment. Mon Dieu, qu'il était beau, ce visage ! Jusqu'ici, j'avais demandé aux gens s'ils avaient déjà vu Jo. Jamais je ne leur avais demandé – car jamais je n'y avais pensé – s'ils avaient déjà vu Benjamin. La piste que je suivais était celle d'Abbie sur la piste de Jo. Peut-être ferais-je mieux de suivre celle de Benjamin.

Son portable était sur le bureau, et, après une hésitation, je le pris. Il en avait moins besoin que moi. Puis j'ouvris la porte, et, avant de partir, je me retournai sur le seuil, comme pour dire adieu à un lieu où j'avais été brièvement heureuse.

Je ne pouvais plus compter sur personne. Et je devais faire vite. Les lieux sûrs se raréfiaient.

25

Je courais. Je courais le long de la rue, le vent aigre brûlant mes joues, mes pieds glissants sur le trottoir gelé. Où allais-je si vite ? Je n'en savais rien. Tout ce que je savais, c'était que je partais, fuyais, toujours plus loin vers un ailleurs, vers un inconnu nouveau. J'avais refermé la porte sur la maison tiède qui sentait la sciure, et je n'avais pas emporté la clef. De nouveau, j'étais seule dans les rues livrées à l'hiver. La pensée me traversa que j'étais sûrement trop visible dans ma grosse veste rouge, mais elle ne fit que voleter comme un flocon de neige qui fond aussitôt. Je continuai à courir, le souffle court, mon cœur battant à grands coups dans ma poitrine, ne voyant des maisons et des arbres, des voitures et des visages que je croisais qu'un brouillard vaguement coloré.

Au bout de la rue, je me forçai à m'arrêter pour regarder autour de moi. Mon cœur battit moins vite. Personne ne semblait faire attention à moi – mais sait-on jamais ? Pense, Abbie, me dis-je, pense de toutes tes forces, tout de suite. Pense pour ne pas mourir. Mais j'étais incapable de penser, du moins dans les premiers moments. Je n'étais capable que de voir et de sentir. Je voyais des images dans ma tête. Benjamin et Jo, nus, serrés très fort l'un contre l'autre. Je fermai les yeux et ne vis plus que l'obscurité ; il me parut que c'était l'obscurité de mes jours oubliés, qui de nouveau se refermait sur moi. Et puis, je vis des yeux dans le noir. Des yeux qui m'épiaient, après avoir épié Jo. Un papillon jaune sur une feuille, un bouleau en haut d'une colline, une rivière, un lac transparent. Je rouvris les yeux sur le monde réel, gris, dur, haineux.

Je repris ma route, mais en marchant cette fois, toujours sans savoir où me portaient mes pas. Je dépassai le parc, descendis une rue en pente. Bientôt, je pris conscience que je me dirigeais vers la maison de Jo – et pourtant, je savais que je ne devais pas y retourner. Dans Camden High Street, où les embouteillages de sortie des bureaux étaient à leur comble, les boutiques vendaient des chapeaux, des poissons, des lampes, des gâteaux, et je vis le visage de Jo. Je clignai plusieurs fois des yeux, l'observai fixement, mais bien sûr ce n'était pas elle. C'était une jeune femme qui vaquait à ses occupations, totalement ignorante de sa chance et de son bonheur.

Je savais que j'avais refait le parcours de Jo jusqu'à ses dernières heures de liberté. Le mercredi à la tombée du soir, elle était en quête d'un petit chat. Ensuite ? Ensuite, c'était dans la soirée de ce mercredi qu'elle avait disparu, et le lendemain j'avais disparu aussi. Après tant d'heures et de jours passés à tâtonner aveuglément pour trouver un quelconque fil d'Ariane, voilà tout ce que j'avais découvert. En fait de fil, un pauvre lambeau de vérité, qui ne menait à rien.

Presque automatiquement, je tournai à droite et descendis la longue rue qui conduisait à Lewin Crescent. Quelques moments plus tard, j'étais devant la petite maison délabrée, promenant mes yeux sur le jardinet à l'abandon, la façade crevassée, les fenêtres condamnées à l'étage. Je frappai à la porte, tendis l'oreille et entendis un chœur de miaulements. Il me sembla même percevoir quelques relents d'urine. Puis me parvint le bruit étouffé de pas traînants qui s'approchaient, et la porte s'entrebâilla. Par-dessus la chaîne, une paire d'yeux me scruta avec méfiance.

« Oui ?

— Betty, c'est Abbie. Je suis venue vous voir avant-hier, pour vous parler de mon amie.

— Oui ? répéta-t-elle.

— Est-ce que je peux entrer ? »

La chaîne tomba et la porte s'ouvrit. J'entrai dans le petit living-room fétide et surchauffé, avec ses dizaines de chats ondoyant comme une houle de boue brune et noire tachetée d'écume blanche. La puanteur assaillit mes narines. Betty portait la même robe-tablier que l'autre jour, avec ses fils qui pendaient à la place des boutons et son décor de poils de chats, les mêmes pantoufles élimées et de gros bas marron tombant sur ses mollets. L'odeur d'ammoniac venait en partie d'elle, c'était sûr. Elle me parut encore plus vieille et plus maigre que la dernière fois : la peau de son visage n'était qu'une série de poches fripées et pendantes, ses bras des rameaux desséchés et ses doigts des brindilles cassantes.

« Alors, c'est encore vous. Vous ne pouvez pas me laisser tranquille, hein ?

— Excusez-moi si je vous dérange. J'ai oublié de vous demander quelque chose.

— Ah oui ? Qu'est-ce que vous voulez, cette fois ?

— Vous m'avez dit que vous aviez vu mon amie, Jo. Vous vous rappelez ? » Elle ne répondit pas. « Celle qui voulait adopter un chaton et dont vous avez considéré que...

— Oui, oui, oui ! Je sais, fit-elle d'un ton excédé.

— Mais je ne vous ai rien demandé au sujet du monsieur qui m'accompagnait. Attendez une seconde. » Je fouillai dans la pochette extérieure de mon sac et en sortis la petite photo. « Lui. »

Elle jeta un bref coup d'œil au visage de Benjamin.

« Eh bien ?

— La photo vous dit quelque chose ?

— Mmm... Je crois, oui.

— Je veux dire, est-ce que vous l'avez reconnu avant-hier, quand nous sommes venus ensemble ? Est-ce que vous l'aviez déjà vu avant ?

— Vous ne savez pas trop ce que vous dites, ma petite fille », dit-elle. Elle tendit la main vers un chat roux qui venait de buter contre ses jambes, et il sauta souplement dans ses bras, nichant son museau entre ses doigts et ronronnant comme un tracteur.

« Ce que je voudrais savoir, c'est si vous l'aviez déjà vu avant notre visite d'avant-hier.

— Avant ?

— Oui. L'aviez-vous vu un autre jour ? » demandai-je, essayant désespérément d'être claire. Mais elle caressait le chat roux dans ses bras et ne semblait guère m'écouter. Quelques secondes passèrent, puis elle daigna répondre.

« Je l'ai vu, oui. Mais quel jour ? grommela-t-elle.

— Exactement.

— Comment ça, exactement ?

— Eh bien... oui. Ma question est : Quel jour l'avez-vous vu, Betty ? » Je commençais à avoir la tête qui tournait.

« C'est ce que je viens de dire. Vous me demandez quand je l'ai vu. Et je me dis : "Quel jour ?" Mais vous ne me laissez pas réfléchir et vous dites : "Exactement » !"

Je me frottai les yeux.

« Tout ce que je veux savoir, c'est si vous l'avez vu avant l'autre jour.

— Pfff ! Vous savez, il y a toutes sortes de gens qui viennent pour mes chats. Est-ce qu'il est du service d'hygiène ?

— Non, il...

— Parce que s'il est du service d'hygiène, pas question que je le laisse entrer ! fulmina-t-elle.

— Il n'est pas du service d'hygiène.

— Les chats sont des animaux naturellement propres, vous savez ?

— Oui, dis-je d'une voix éteinte.

— Et même si les gens trouvent qu'ils miaulent trop fort quand ils sont en chaleur, eh bien ! ils devraient comprendre que c'est simplement leur nature !

— Je sais.

— Et moi, je ne donne pas mes jolis chatons à n'importe qui. Surtout pas aux gens qui les laissent sortir tout seuls. Comme votre amie. Quand elle m'a dit qu'elle laisserait le chat sortir, je lui ai répondu : "Pas question. Il se ferait écraser."

— Oui, oui. Merci, Betty. Pardonnez-moi de vous avoir ennuyée. » Je me dirigeai vers la porte.

« Moi, je ne suis pas comme ces hippies, continua-t-elle.

— Ces hippies ? »

J'avais déjà la main sur la poignée de la porte, mais je me retournai.

« Oui. Eux, ils s'en fichent ! » Elle renifla avec désapprobation.

« Et ces... ces hippies, est-ce qu'ils recueillent beaucoup de chats ? Comme vous ?

— Non. Pas comme moi. Ils ne sont pas du tout comme moi, dit-elle.

— Est-ce que vous avez parlé d'eux à mon amie ?

— Peut-être.

— Betty, pouvez-vous me dire où ils habitent ? »

Je ne sais pourquoi j'éprouvais un tel sentiment d'urgence. C'était comme si j'avais peur que la piste ne s'effaçât. Je savais où était allée Jo en sortant de chez Betty – du moins, où il était possible qu'elle fût allée, et pour moi, c'était suffisant. Maintenant, j'étais arrivée aux tout derniers moments précédant sa disparition. Tout le reste s'était effacé, et je ne voyais plus que sa silhouette, tremblante et indistincte, qui s'enfonçait peu à peu dans le soir. Je la suivais à l'aveuglette, je mettais mes pas dans les siens. Mais moi, qui me suivait ? Qui était sur ma trace ?

Betty avait parlé de hippies, mais à sa description – les dreadlocks, les vêtements rapiécés – j'avais compris qu'il s'agissait de vagabonds New Age. Elle m'avait dit qu'ils vivaient dans une église désaffectée d'Islington, tout près du Regent's Canal, et je faisais des vœux pour qu'ils n'eussent pas quitté les lieux. Je trottai jusqu'à Camden High Street, arrêtai un taxi, et, faute de connaître l'adresse exacte, je priai le chauffeur de me déposer à la station Angel. Le quartier m'était relativement familier et, de là, je pourrais continuer à pied. Pendant le trajet, je restai assise sur le bord de la banquette, exaspérée par les ralentissements et les feux rouges, et ne cessai de jeter des coups d'œil par-dessus mon épaule, cherchant dans les voitures et sur les trottoirs un visage que j'aurais déjà vu. Je ne remarquai personne, mais mon instinct me disait que je n'avais plus beaucoup de temps. Il me le disait de façon si lancinante que j'en avais l'estomac noué.

Quand je descendis du taxi, la nuit tombait – ou du moins, le gris du ciel s'obscurcissait rapidement. J'avais perdu toute notion du temps et j'aurais même été incapable de dire quel jour nous étions. Un jour de semaine, certainement. Dans les bureaux encore ouverts, les gens travaillaient au chaud, buvaient du café dans des gobelets en carton, assistaient à des réunions qu'ils se plaisaient à croire importantes. Je payai le chauffeur et m'éloignai en contournant une large flaque à demi gelée. Du ciel terne tombaient quelques flocons fondus. Je remontai le col de ma veste et m'engageai dans une rue animée, puis dans d'autres, de plus en plus désertes. Je finis par me retrouver dans ce qui ressemblait à un bout de banlieue déshéritée enclavée en plein Londres.

L'église était une vilaine construction en brique, qui devait dater d'une centaine d'années. Une partie des murs était peinte de couleurs vives, et un arc-en-ciel asymétrique surmontait la grande porte en bois délavé. Une bicyclette rouillée, au cadre rose, était appuyée à la façade, à côté de deux landaus, l'un rempli de bûches et l'autre de boîtes de conserve. Un peu plus loin était garé un petit mobile home décoré de volutes et de fleurs, dont tous les stores étaient baissés. Un gros chien brun reniflait les pneus.

La porte était entrouverte, mais je soulevai le heurtoir et le laissai tomber lourdement.

« Poussez et entrez ! » cria une voix féminine.

L'intérieur de l'église était mal éclairé et enfumé par un feu de bois allumé sur le sol, dans un brasero de fortune. Autour, un groupe de garçons et de filles était rassemblé, assis ou accroupis, emmitouflés dans des couvertures ou blottis dans des sacs de couchage. Un des garçons tenait une guitare, sans jouer. Je distinguai d'autres silhouettes dans le fond, où quelques bancs avaient été oubliés. Le long des murs, des matelas étaient étendus et des sacs à dos gisaient sur le sol. Un seul des vitraux avait survécu, noirci et craquelé.

« Salut, dis-je d'une voix hésitante. Désolée de vous déranger.

— Tu es la bienvenue », répondit une fille aux cheveux en brosse. Elle avait des piercings dans le nez, l'arcade sourcilière, les lèvres et le menton. Elle se pencha en avant, et de lourds bracelets de cuivre glissèrent en cliquetant le long du bras qu'elle me tendit.

« Je m'appelle Abbie, dis-je en serrant sa main couverte d'une mitaine. Je voulais vous demander...

— On le sait bien que tu t'appelles Abbie. Enfin, moi, je le sais. Nous avons quelques nouveaux depuis quelques jours. Moi, c'est Crystal. Tu te souviens ? Tu t'es coupé les cheveux, je vois. Allez, assieds-toi. Tu veux du thé ? Bobby vient d'en

337

faire. Bobby ! Un autre thé, nous avons de la visite. Sans sucre, c'est ça ? Tu vois, je me rappelle. »

Bobby s'approcha avec une chope en étain remplie de thé couleur de boue. Il était petit et malingre, son visage blafard et inquiet. Son pantalon de treillis flottait autour de ses jambes et son cou semblait décharné dans le col de son pull en grosse laine.

« Merci, dis-je. Je suis déjà venue vous voir, n'est-ce pas ?

— Il doit nous rester des haricots. Tu en veux ?

— Merci, répétai-je. Je n'ai pas faim. »

Le garçon à la guitare plaqua quelques accords dissonants. Il me sourit, et je vis que presque toutes ses dents étaient gâtées.

« Moi, c'est Ramsay, dit-il. Ou Ram, pour faire court. Je suis arrivé hier, pour la manif contre la nouvelle autoroute. Ma première nuit au chaud depuis au moins trois semaines ! Et toi, tu viens d'où ? »

Je pris soudain conscience que j'avais tout d'une vagabonde. J'étais une des leurs, désormais, et je n'avais aucun effort à faire pour trouver ma place parmi eux. Je me glissai plus près du feu et bus une gorgée de thé, tiède et amère. La fumée me piqua les yeux.

« D'où je viens ? Je ne sais pas vraiment, répondis-je. C'est la vieille Betty qui m'a parlé de vous.

— Betty ?

— La petite vieille qui vit au milieu des chats, expliqua Crystal. Oui, tu nous l'as déjà dit la dernière fois. »

Je me sentais soudain étrangement apaisée. Toute combativité m'avait brusquement quittée, et je songeai que cela n'avait peut-être pas d'importance de mourir.

Je hochai la tête.

« Oui, probablement, dis-je. J'ai dû aussi vous parler de mon amie, Jo.

— Jo, répéta Crystal. Oui, je me souviens.

— Je t'en roule une ? proposa Bobby, qui avait sorti un paquet de tabac.

— Volontiers. » Je pris la mince cigarette qu'il me tendit et Ramsay approcha son briquet. J'aspirai la fumée et toussai. Je sentis la nausée m'envahir, mais inhalai une autre bouffée.

« Est-ce qu'elle est venue aussi ? Je parle de Jo.

338

— Oui », dit Crystal. Elle me regarda un moment. « Tu ne te sens pas bien ?

— Si.

— Tiens. Mange un peu. »

Elle prit une des boîtes de haricots ouvertes près du feu, y planta une cuiller en plastique et me la tendit. J'en goûtai une bouchée. Infect. Puis une autre. Je tirai sur la cigarette et aspirai la fumée âcre jusqu'au fond de mes poumons.

« Ça va mieux, dis-je. Donc, Jo est venue vous voir ?

— Oui. Mais je te l'avais dit, la dernière fois.

— J'ai des trous de mémoire, expliquai-je vaguement.

— Moi aussi, ça m'arrive. Souvent, même », dit Ramsay en plaquant un autre accord sur sa guitare.

Un type un peu plus âgé ouvrit la porte de l'église et entra en poussant le landau plein de bûches. Il en jeta une dans le feu, puis se pencha et embrassa Crystal. Ils s'embrassèrent longuement.

« Elle cherchait un chaton, c'est bien ça ? finis-je par demander.

— Oui, parce que cette folle de Betty s'imagine que nous élevons des chats.

— Ce n'est pas vrai ?

— Regarde autour de toi. Est-ce que tu vois des chats ?

— Non.

— De temps en temps, il y a bien quelques chats errants qui traînent ici, parce que nous leur donnons à manger. Et puis, au début du mois dernier, Bobby et quelques autres ont fait une opération commando dans un laboratoire pour libérer les chats torturés.

— Mais la vieille, je ne sais pas qui lui a parlé de nous, intervint Bobby.

— Moi non plus, dis-je. Ensuite, elle est repartie comme elle était venue ?

— Jo ?

— Oui.

— Elle nous a filé un peu de blé pour nos projets. Cinq livres, je crois. Sympa.

— C'est tout ?

— Oui.

— Tant pis », murmurai-je.

Je regardai autour de moi. Le mieux, peut-être, serait de me joindre à eux et de devenir moi aussi une vagabonde. Pour apprendre à jouer de la guitare, manger des haricots, dormir sur le sol ou dans les arbres et me rouler des cigarettes jusqu'à ce que mes doigts fussent tachés de jaune. Cela me changerait de la décoration de bureaux.

« Elle était déçue que nous n'ayons pas de chats. Alors, je lui ai dit qu'elle pouvait toujours demander à Arnold Slater.

— Qui ?

— Arnold Slater. C'est lui qui a recueilli nos chats errants quand les chiens ont commencé à les chasser. Il est sur une chaise roulante, le pauvre vieux. Mais il s'en occupe bien.

— Est-ce qu'elle y est allée ?

— Je ne sais pas, dit Crystal. Elle a dit qu'elle irait peut-être. Toi aussi, d'ailleurs. La dernière fois. C'est bizarre, hein ? Comme le déjà-vu. Tu crois au déjà-vu ?

— Bien sûr. Chez moi, c'est permanent. On dirait que je suis sur une roue, qui tourne, qui tourne... » Je jetai le bout de ma cigarette dans le feu et finis mon thé. « Merci », dis-je. Puis je me tournai vers Bobby. « Tu as une grande toile d'araignée tatouée, non ? »

Il rougit violemment, puis releva son gros pull. Sur son ventre plat et blanc était tatouée une immense toile d'araignée, qui s'étendait jusque dans son dos.

« Mon signe particulier, dit-il.

— Mais où est passée l'araignée ? »

Il se mit à rire.

« Ça aussi, tu l'as demandé la dernière fois.

— Décidément, j'ai de la suite dans les idées », dis-je en me levant.

Quand je sortis de l'église, la nuit était tombée. Je distinguai un fantôme de lune derrière les nuages. Arnold Slater habitait à quelques minutes d'ici, c'était un vieil homme sur une chaise roulante, et Jo avait déclaré qu'elle irait peut-être le voir. Alors, puisque je mettais mes pas dans ceux de Jo... Je regagnai la rue, mais à ce moment le portable de Benjamin sonna dans ma poche et je sursautai violemment. Je le pris sans réfléchir et appuyai sur le bouton CALL.

« Allô ? »

— Abbie ! Bon Dieu, où es-tu passée ? Qu'est-ce que tu fais ? Je suis mort d'inquiétude, figure-toi ! J'ai appelé la maison dix fois, mais tu n'as pas répondu. Alors, je suis rentré et quand j'ai vu que tu n'étais pas là... »

Je tentai de l'interrompre :

« Benjamin, il faut que...

— ... j'ai commencé à me faire vraiment du mauvais sang, continua-t-il sans m'écouter. J'ai attendu, attendu, en me disant que tu étais peut-être allée faire des courses, ou je ne sais quoi, et puis je me suis aperçu que le portable n'était plus sur le chargeur, et j'ai essayé à tout hasard. S'il te plaît, rentre vite à la maison !

— La maison ?

— Abbie, à quelle heure as-tu l'intention de revenir ?

— Je ne reviendrai pas, Benjamin.

— Qu'est-ce que tu dis ? Mais pourquoi ?

— Toi et Jo. Je sais, pour toi et Jo. Tu me l'avais caché.

— Écoute-moi, Abbie...

— Pourquoi me l'avais-tu caché ? Pourquoi, Benjamin ?

— J'avais peur que...

— Peur ? répétai-je en criant. C'est toi qui avais peur ?

— Abbie, je vais t'expliquer... », commença-t-il – mais je pressai le bouton OFF pour ne plus l'entendre. Je regardai le petit téléphone dans ma main comme s'il risquait de me mordre. Puis je fis défiler les noms et les numéros mémorisés. Je n'en reconnus aucun, jusqu'au moment où j'arrivai à Jo Hooper. Le numéro m'était familier, c'était celui de l'appartement. Mais ensuite venait une autre entrée : Jo Hooper (portable). J'appuyai sur CALL et pressai l'appareil contre mon oreille. Il y eut plusieurs sonneries sans que personne répondît, et j'allais renoncer quand une voix murmura dans mon oreille : « Allô », fit-elle. Si bas que je l'entendis à peine – et de toute façon, les murmures dans l'obscurité se ressemblent tous.

Je ne dis rien, pas un mot. Je gardai l'appareil serré contre ma joue, en retenant mon souffle. Je l'entendais respirer, presque imperceptiblement. Inspirer, expirer. Un, deux, un deux, un, deux... Mon sang coulait froid dans mes veines. Je fermai les yeux et écoutai. Il ne dit rien d'autre. Il savait que c'était moi, toute la force de mon instinct me le disait, et il savait aussi que je l'avais reconnu. Je le sentis sourire.

26

Un rêve. C'était un rêve où je courais le long d'une pente qui devenait de plus en plus raide, si bien qu'il m'était impossible de m'arrêter. Dans la rue, rien de reconnaissable. Ni l'arbre rabougri dont une branche cassée se balançait, ni les gros contreforts en bois étayant une rangée de maisons délabrées. Mais devant moi, un bruit de pas, ou une impression de pas. Les pas de Jo. Les miens. Si je courais plus vite, je les rattraperais. Un rêve. Rattraper le temps et distancer la mort.

J'avais noté le numéro de la maison d'Arnold Slater sur le dos de ma main. Soixante-treize. Tout au bout de cette rue en déréliction. Mais l'homme que j'allais trouver était un invalide. Ce ne pouvait être lui. Eusse-je été dans le doute que, de toute façon, je n'aurais pu m'arrêter à présent que j'étais sur les talons de Jo. Je pensai à elle, descendant cette rue avec un brin d'irritation : c'était donc si compliqué d'adopter un chat ? Et elle avançait, dans une rue anonyme de ces anciens quartiers ouvriers où les maisons offraient toujours le même spectacle disparate : réhabilitation, négligence, abandon. En comparaison du reste, le numéro soixante-treize présentait un visage relativement amène. Il devait appartenir à la municipalité, car des travaux assez soignés avaient été réalisés pour permettre à une chaise roulante de circuler entre la porte, le jardinet et la rue : une rampe en ciment, un système de rails en métal. Je sonnai.

Arnold Slater n'était pas sur sa chaise roulante, que j'aperçus, pliée au fond du vestibule. Mais de toute évidence, il n'aurait pu faire le moindre mal à toute créature plus véloce qu'une tortue. C'était un petit vieillard à l'air plutôt rogue, qui se tenait à la poignée comme pour éviter de tomber et portait une robe de chambre aussi épaisse qu'un manteau. Il cligna des yeux à la clarté des réverbères, puis me regarda en plissant le front. Je m'efforçai de me rappeler son visage. Faisait-il de même avec le mien ?

« Bonsoir, monsieur, dis-je d'une voix enjouée. Êtes-vous Mr Slater ? On m'a dit que vous auriez peut-être un chat à vendre.

— Nom de Dieu de nom de Dieu de nom de Dieu ! lâcha-t-il d'une grosse voix.

— Excusez-moi si je vous dérange. Alors vous n'avez pas de chats ? »

Mon ton humble sembla le radoucir un peu, et il recula, non sans peine, pour me laisser passer.

« Si. Quelques-uns, dit-il avec un petit rire guttural. Entrez. »

Mes yeux s'arrêtèrent sur ses poignets maigres et tendineux, perdus dans les manches de sa robe de chambre. Une fois de plus, je me répétai que cet homme ne pouvait me faire absolument aucun mal, et je me décidai à franchir le seuil.

« On ne vous a pas complètement menti. J'ai bien des chats, dit-il. Regardez. Voici Merry. Elle, c'est Poppy. Et Cassie. Et là-bas, vous voyez ? C'est Prospero. »

Une forme rousse et sinueuse fonça à travers le vestibule et disparut dans le noir. Soudain, l'image me vint d'une espèce de franc-maçonnerie idolâtre, une confrérie secrète des adorateurs du Chat dont les adeptes se cachaient un peu partout, reliés entre eux par leur obsession comme les rivières secrètes qui coulent au-dessous de Londres.

« Ce sont de jolis noms, dis-je.

— Les chats ont tous des noms bien à eux, rétorqua-t-il gravement. C'est à nous de les deviner. »

Je devais avoir une poussée de fièvre, car ses mots semblaient m'arriver de très loin et mettaient un long moment avant de parvenir jusqu'à mon entendement. Telle une ivrogne qui s'efforce de dissimuler son ébriété, je faisais tout mon possible pour imiter une jeune femme d'excellente humeur dont la seule envie à ce moment était de discuter de la nature profonde des chats.

« Comme les enfants, je suppose. »

Il parut scandalisé.

« Non ! Pas comme les enfants. En tout cas, pas comme les miens. Les chats sont des êtres qui savent affronter la vie. »

Ma tête bourdonnait et je me balançais d'un pied sur l'autre pour rester patiente.

« Ce sont les gens qui habitent l'église abandonnée qui m'ont envoyée chez vous. Ils m'ont dit que vous aviez des chats à vendre. »

Un autre rire guttural, presque une toux, comme si quelque chose était coincé dans sa gorge.

« Pourquoi voulez-vous que je vende des chats ? Et pourquoi les gens s'obstinent-ils à croire ça ?

— Justement, je voulais vous en parler. Est-ce que d'autres personnes sont venues vous voir pour adopter un de vos chats ?

— Ils sont cinglés, ces romanichels ! J'ai recueilli deux ou trois chats de gouttière dont ils ne savaient pas quoi faire, et maintenant, ils m'envoient des clients comme si j'étais un marchand d'animaux.

— Quel genre de clients ?

— Pfft ! Des idiotes. »

Je me forçai à rire.

« Alors, vous êtes assiégé par des idiotes amoureuses des chats ? Il y en a eu beaucoup ?

— Non, heureusement. Deux. Mais je leur ai dit que mes chats n'étaient pas à vendre !

— C'est curieux, dis-je d'un ton détaché, parce que je crois qu'une amie à moi était peut-être une de ces femmes. Est-ce que ce visage vous dit quelque chose ? » Tout en parlant, j'avais tâtonné dans mon sac pour y trouver la photo de Jo. Je la montrai au vieil Arnold, mais il fut aussitôt sur la défensive.

« À quoi jouez-vous, hein ? Qu'est-ce que vous cherchez à savoir ?

— Je me demandais seulement si cette personne était venue vous acheter un chat.

— Qu'est-ce que ça peut vous faire ? Je croyais que c'était vous qui vouliez un chat ! Vous êtes de la police, ou quoi ? »

Mes pensées s'entrechoquaient dans mon cerveau, si vite et si fort qu'il me semblait les entendre. Je courais depuis des jours et des jours, fuyant ce que je poursuivais, poursuivant ce que je suivais, et maintenant il me fallait trouver une explication simple et plausible de ce que j'étais en train de faire.

« Moi aussi, je cherche un chat, dis-je. Je voulais m'assurer qu'on m'avait envoyée au même endroit qu'elle.

— Vous n'avez qu'à le lui demander ! »

J'avais envie de hurler. Qu'est-ce que cela pouvait lui faire ? Ce n'était pas un poste-frontière au Moyen-Orient, c'était une vieille baraque entre Islington et Hackney où quelques chats des rues avaient trouvé refuge. Mais lui seul pouvait m'aider à avancer d'une case dans ce jeu absurde. Laborieusement, je m'efforçai de réfléchir. La pauvre Jo n'avait pas trouvé son chaton chez Arnold Slater, c'était évident.

« Excusez-moi, Mr Slater, dis-je. Vous savez, j'ai une envie folle d'adopter un chat.

— Hmmm... C'est ce qu'elles disent toutes, ronchonna Arnold.

— Qui ?

— Comme cette fille, sur la photo. »

Dieu soit loué ! pensai-je.

« Il leur faut un chat, et tout de suite. Pas question d'attendre demain.

— Oui, je connais cette impression. On pense à quelque chose, une glace au chocolat par exemple, et tout d'un coup on en a tellement envie qu'on laisse tout en plan pour en acheter une. Impossible de patienter.

— Une glace au chocolat ?

— Dites-moi, Mr Slater, quand on vient vous demander un chat et que vous répondez que les vôtres ne sont pas à vendre, où conseillez-vous d'aller pour s'en procurer un ? » Il fixait toujours la photographie de Jo, et je la glissai dans ma poche. « Arnold, insistai-je d'une voix douce, où l'avez-vous envoyée ?

— Et l'autre, vous n'avez pas sa photo ? »

Soudain, il me regardait avec une expression plus attentive. Peut-être commençait-il à se rappeler mon visage. Je réfléchis, mais en vain. En aucune façon je ne pouvais lui révéler quoi que ce fût qui se rapprochât de la vérité.

346

« Peu importe. Vous savez, je n'y tiens pas tant que ça, à ce chat. » Je lui adressai un sourire ingénu. « Mais tout de même, j'aurais aimé savoir s'il y a une adresse dans le quartier où...

— Quand on veut un animal, il y a des boutiques pour ça, coupa-t-il sèchement. Ou des annonces. C'est le plus simple.

— Oui, oui... »

Je faillis me mettre à pleurer. Alors, c'était tout ? Le long parcours aboutissait à une impasse.

« Je les ai envoyées dans la rue d'à côté, pour qu'elles me fichent la paix. »

Je me mordis la lèvre et fis un énorme effort pour rester calme, comme si tout cela n'avait pas la moindre importance.

« On trouve des chats, dans la rue d'à côté ?

— Il paraît. Dans une vieille boutique qui vend un peu de tout.

— Vraiment ? C'est intéressant. Est-ce que vous avez revu mon amie ?

— Non. Je l'ai envoyée là-bas, c'est tout.

— Alors, c'est qu'elle a sûrement trouvé son chat.

— Sais pas », bougonna-t-il. Il continuait à m'observer avec curiosité. Vite, vite, me dis-je.

« Où est-elle exactement, cette boutique ?

— Je vous ai dit. Dans la rue d'à côté. Une espèce de bric-à-brac. À Noël, ils vendent des sapins. Moi, je leur ai acheté des bûches pour mon feu. Quelqu'un est passé me les livrer. Il avait des chatons dans sa camionnette. Je ne sais pas s'il en a encore.

— Comment s'appelle la boutique ?

— Elle n'a pas de nom. Dans le temps, il y avait un marchand de primeurs, mais ensuite on a augmenté les loyers et elle a changé de propriétaire trois ou quatre fois. C'est devenu une brocante, et puis une friperie... Je ne sais plus. Ces derniers mois, il y avait là un dénommé Victor Murphy qui vendait toutes sortes de trucs.

— Victor Murphy, répétai-je.

— Oui. Je les ai envoyées chez lui. Mais il y a encore l'enseigne du magasin de primeurs. Enfin, ce n'est pas ce qui est écrit. Je crois que c'est "Buckley, Fruits et Légumes".

— Et vous dites que c'est tout près d'ici ?

— Oui. À deux minutes. »

Mais il fallut nettement plus de deux minutes à Arnold Slater pour m'expliquer le chemin, et je bouillais tellement d'impatience que je le plantai là avec ses chats et son air perplexe en prenant à peine le temps de lui dire au revoir. Sans doute se demandait-il encore ce que diable j'étais venue faire chez lui avec cette photo. Je regardai ma montre. Presque sept heures. Pas question de jouer les intrépides, pensai-je. Je me contenterais de jeter un coup d'œil de loin. Après tout, j'étais quasiment méconnaissable. Je ne risquais rien. Mais j'avais du mal à respirer, comme si une espèce de poing me serrait la poitrine.

Il me fallut remonter une lugubre rue bordée de maisons abandonnées. Curieusement, il me semblait la connaître, et j'eus soudain l'espoir que ma mémoire commençait à revenir. Mais à un croisement, je lus sur une pancarte : Tilbury Road. C'était de là qu'on avait emmené ma voiture à la fourrière. Je continuai à marcher, dans un brouillard mental de frayeur et d'irréalité.

La « rue d'à côté » indiquée par le vieil Arnold semblait un peu moins déserte, grâce à une rangée de petites boutiques dont quelques-unes étaient encore éclairées : une laverie automatique, une épicerie pakistanaise devant laquelle des caisses de pamplemousses, de pommes de terre et de laitues étaient posées sur des étals, un bureau de paris, et Buckley, Fruits et Légumes. Celle-là était fermée. On ne peut plus fermée, même. De grands volets de fer à la peinture verte écaillée protégeaient l'étroite vitrine, et on ne les avait apparemment pas ouverts depuis des semaines. Ils étaient couverts d'affiches, de graffitis et de tags. Je m'approchai et frappai vainement. Sous les volets, je remarquai une boîte aux lettres et me penchai pour regarder par la fente. De nombreuses enveloppes étaient éparpillées sur le sol. J'entrai dans l'épicerie voisine, où deux hommes à la peau sombre se tenaient derrière le comptoir. Le plus jeune remplissait le présentoir aux cigarettes. L'autre, qui avait une épaisse barbe blanche, lisait l'*Evening Standard*.

« Bonsoir. Je cherche Victor Murphy », dis-je.

Le barbu leva à peine les yeux de son journal et secoua la tête.

« Connais pas.

— Il tenait la boutique d'à côté. Celle qui vend des bûches et des sapins de Noël. »

Un haussement d'épaules.

« C'est fermé. Il est parti.

— Vous ne savez pas où ?

— Non. » Il daigna enfin me regarder. « Elle ne vaut rien, cette boutique. Elle a été reprise plusieurs fois, mais tout le monde finit par fermer.

— Pourtant, il faut absolument que je trouve Victor Murphy », insistai-je.

Les deux hommes échangèrent un regard entendu.

« Il vous doit du fric, c'est ça ? dit le plus jeune.

— Non.

— Je crois qu'il a filé en laissant pas mal d'impayés. Plusieurs personnes sont passées avant vous. Mais il était parti depuis longtemps.

— Alors, il n'y a pas moyen de savoir où il est ? »

Le barbu haussa de nouveau les épaules et se replongea dans son journal.

« Non, je ne vois pas, dit le plus jeune. À moins de demander au type qui a déménagé tout son bazar.

— Comment s'appelle-t-il ?

— George quelque chose.

— Vous ne connaissez pas son nom de famille ? Ou son numéro de téléphone ?

— Non. Mais je sais où il habite.

— Où ?

— Dans Baylham Road. Au trente-neuf, je crois.

— Et comment était-il, ce Victor Murphy ?

— Plutôt bizarre, dit le jeune Asiatique. Mais il faut être bizarre pour tenir une boutique comme celle-là. Des bûches et des sapins de Noël ! Il n'est pas resté longtemps. À mon avis, il avait simplement un stock de bûches à bazarder. Ensuite, le dénommé George est arrivé au petit matin avec sa fourgonnette, et adieu.

— Est-ce qu'il vendait des chats ?

— Des chats ?

— Je voudrais acheter un chat.

— Si vous alliez plutôt dans une boutique d'animaux, ma

belle ? intervint l'homme à barbe blanche d'un ton légèrement moqueur. Mais ce n'est pas le quartier.

— On m'a dit que Victor Murphy vendait des chats.

— Peut-être, dit le plus jeune. Il vendait un peu tout ce qui lui tombait sous la main. Je ne sais pas s'il avait un chat. Il y en a des tas qui rôdent par ici, mais c'est difficile de savoir à qui ils appartiennent. Les chats aiment la main qui les nourrit, et ils se fichent du reste.

— Vous croyez ?

— Oui. Pas comme les chiens. Vous feriez mieux de prendre un chien. Un chien, c'est un véritable ami.

— J'y penserai.

— Sans compter qu'il vous protège !

— C'est vrai.

— En tout cas, je doute que vous récupériez votre pognon.

— Quoi ?

— L'argent que vous doit ce Murphy.

— Je vous ai déjà dit qu'il ne me devait pas d'argent.

— Les autres aussi prétendaient ça, ironisa le jeune homme. Pour éviter qu'il ait la puce à l'oreille ! »

Je tirai de ma poche la photographie de Jo.

« Parmi ces autres, est-ce qu'il y avait cette personne ? »

Il examina la photo.

« C'est une femme, dit-il.

— Je sais, figurez-vous.

— C'étaient tous des hommes. Sauf vous. »

27

Une fois de plus, je me remis en route. Quelques passants rentraient du travail et avançaient péniblement dans les rues sombres et froides. Des hommes, des femmes, la tête baissée pour se protéger du vent et ne pensant qu'au moment où ils s'assiéraient dans une pièce bien chauffée. Moi, je ne pensais à rien du tout, sinon à mes pieds douloureux et à cette adresse qu'il me fallait trouver. Je savais que je ne suivais plus la trace de Jo, ni la mienne. Je perdais probablement mon temps, mais l'endroit était trop proche pour que je réussisse à supporter l'idée de quitter le quartier sans y aller voir, et j'étais sombrement résolue à essayer cette ultime piste.

Un camion me dépassa en vrombissant et m'éclaboussa d'une grande giclée de boue glacée. Je poussai un juron et m'essuyai le visage avec ma manche. Ne ferais-je pas mieux de rentrer ? Mais rentrer où ? Chez Sandy, éventuellement. Non, non et non. Ce serait trop affreux de revenir à mon point de départ, à l'endroit exact où avait commencé mon errance cauchemardesque, sans qu'elle m'eût rapporté autre chose que de la peur, du danger, des railleries et de la dissimulation.

Je fouillai dans ma poche et pris le portable de Benjamin, que je serrai dans ma main, immobile sur le trottoir parmi les passants pressés. Je l'allumai et écoutai les messages sur la boîte vocale. Il y en avait douze : trois pour Benjamin, laissés par des gens que je ne connaissais pas, et huit qu'il m'adressait d'une voix chaque fois plus angoissée. La huitième fois, il s'était contenté de dire : « Abbie. » Sans rien ajouter. « Abbie », comme une voix qui m'appelait de très loin.

Le dernier message était aussi pour moi. C'était Jack Cross qui m'avait appelée. « Abbie, disait-il, je viens de parler avec votre ami Mr Brody, qui semble très inquiet de vous savoir partie toute seule. Pourriez-vous à tout le moins nous faire savoir où vous êtes et nous confirmer que vous n'êtes pas en danger ? S'il vous plaît, rappelez-moi dès que vous aurez ce message. » Après un silence, il ajoutait d'une voix pressante : « Je parle sérieusement, Abbie. Rappelez-moi. Tout de suite. »

J'éteignis le portable et le remis dans ma poche. Cross avait raison, je ferais bien de lui téléphoner au plus vite pour lui dire ce que j'avais découvert. De l'autre côté de la rue se trouvait un pub, *The Three Kings*. Je pourrais m'installer au chaud, dans la fumée, les rires, l'odeur de bière et les bavardages. D'après les indications gribouillées sur un papier par le jeune Pakistanais, Baylham Road était à deux pas. Le plus simple serait de faire un saut chez le type à la fourgonnette, qui m'apprendrait sans doute où il avait transporté les affaires de Victor Murphy. Puis j'entrerais dans le pub, je me commanderais un bon whisky, j'appellerais Cross et je lui ferais le récit de mon après-midi. Après quoi, ce serait à lui de poursuivre l'enquête – enfin. Je passerais aussi un coup de fil à Benjamin. Il fallait au moins que je lui rende son portable. Ensuite... Mais je préférai ne pas penser à ce que je ferais ensuite, car c'était comme si je scrutais un rivage inhospitalier de l'autre côté d'un vaste marais bourbeux.

Ma décision me remplit d'allégresse. Une dernière, courte visite, et c'en serait fini. Mais le froid était féroce. Il crispait mes orteils, engourdissait mes doigts, et mon visage était comme écorché par le souffle acéré du vent. Le trottoir luisait de gel, et une mince couche de glace recouvrait peu à peu les pare-brise des voitures. Je marchai plus vite, l'air glacé me piquant le nez. Ce soir, je dormirais sur le canapé de Sandy et, dès demain matin, je me mettrais en quête d'un appartement. Il fallait aussi que je trouve un travail. J'avais besoin d'argent de toute urgence, et, plus encore, de retrouver une occupation, un sens à mes journées, une activité normale. Demain, j'achèterais un réveil et réglerais la sonnerie à mon heure habituelle, sept heures et demie. J'irais rechercher mes affaires laissées chez Benjamin, puis Cross pourrait m'accompagner jusqu'à l'appartement de Jo pour récupérer le reste. Des fragments de ma vie étaient éparpillés dans Londres : il fallait que je les réunisse.

Je tournai à gauche, dans une rue plus étroite et plus sombre. Mais les nuages avaient disparu du ciel d'hiver, et un mince croissant de lune froide brillait au-dessus de moi. Les rideaux des maisons étaient clos ; derrière eux transparaissaient les lumières de vies inconnues. J'avais fait tout ce qui était en mon pouvoir, pensais-je. J'avais arpenté la ville en quête de Jo, en quête de moi, sans nous retrouver ni l'une ni l'autre. Nous étions perdues sans retour, et j'avais cessé de croire que Cross pût découvrir ce que nous étions devenues ; mais peut-être découvrirait-il cet homme, et serais-je alors en sécurité.

Au vrai, je ne croyais plus rien, ou du moins plus vraiment. Je ne parvenais plus à imaginer que j'étais en danger, ni même que j'avais été enlevée, séquestrée dans une cave obscure dont j'avais fini par m'enfuir. Les jours que je me rappelais se mêlaient dans ma tête à mes jours effacés. Le Benjamin que j'avais connu et oublié ne se distinguait plus du Benjamin que j'avais redécouvert et perdu de nouveau. De la Jo que j'avais connue et dont j'avais brièvement partagé les rires, il ne restait plus qu'une ombre insaisissable, une ombre évanouie de ma mémoire. Plus rien n'avait ni forme ni substance, plus rien n'était distinct, et je me contentais de mettre un pied devant l'autre, parce que je m'étais dit que je devais le faire.

Mes doigts pareils à des serres gelées fouillèrent dans ma poche et en tirèrent les instructions du jeune épicier. Je regardai le papier griffonné, et m'engageai dans la seconde rue à droite, Baylham Road, bordée de pavillons assez espacés derrière leurs haies de troènes, tranquille et presque provinciale, qui conduisait à une petite côte et redescendait ensuite vers des quartiers invisibles. Dans la plupart des maisons, les lampes étaient allumées, et de quelques cheminées s'envolait un petit panache de fumée. C'étaient des parcelles bienheureuses de la vie d'autrui. J'avançai encore, en traînant les pieds.

Au trente-neuf, m'avait dit l'épicier. Il fallait monter et redescendre la côte, et je trouverais la maison juste en bas, du côté gauche de la route. Je montai péniblement. De loin, je ne vis aucune lumière, et, bien que je n'eusse rien attendu de particulier, un sentiment démoralisant d'avoir cheminé pour rien grandit en moi. Je descendis en traînant les pieds et m'arrêtai devant le trente-neuf.

Ce n'était pas un pavillon comme les autres, mais un bâtiment en retrait de la route, auquel on accédait par un portail en bois pourrissant, qui pendait mollement de ses gonds et grinçait à chaque rafale de vent. Je l'ouvris. Ma dernière tâche, me répétai-je pour ne pas céder à la fatigue. Dans quelques minutes, c'en serait fini, j'aurais fait tout ce qui était en mon pouvoir. Mais avec un tout petit peu de chance, je saurais où était passé ce Victor Murphy. Une fois le portail franchi, je me trouvai dans une cour semée de fondrières gelées et encombrée d'objets disparates dont je devinais les formes à la clarté d'un réverbère : un tas de sciure ou de ciment, une brouette, une remorque rouillée, une pile de vieux pneus, une chaise renversée, deux gros radiateurs à accumulation. La maison était un peu plus loin, sur la gauche : une modeste baraque en brique rouge, à un étage, dont la porte était surmontée d'un petit porche. Je m'approchai. Sous le porche, je remarquai un pot en terre cuite ébréché et une paire de bottes en caoutchouc, qui me firent espérer un instant que le type à la fourgonnette était chez lui – même si je n'apercevais pas de fourgonnette à l'horizon. J'appuyai sur la sonnette, mais aucun son ne me parvint de l'intérieur ; aussi frappai-je plusieurs fois avec mon poing. J'attendis, frappant des pieds pour ne pas geler sur place. Aucun signe de vie. J'appuyai mon oreille à la porte et écoutai. Rien.

C'était la fin. Je fis volte-face et, avant de repartir, je promenai mon regard sur la cour jonchée de bric-à-brac. Je ne l'avais pas bien observée en arrivant, et je me rendis compte qu'il s'agissait d'une ancienne cour d'écurie : sur ma gauche, tout au fond, je distinguai les stalles des chevaux et, en m'approchant, je pus lire au-dessus de chacune un nom à demi effacé. Spider, Bonnie, Douglas, Bungle, Caspian, Twinkle. Mais il n'y avait plus de chevaux, bien sûr, et de toute évidence ces stalles n'avaient pas été occupées depuis fort longtemps. La plupart des portes avaient disparu, et au lieu de la paille et du fumier, je perçus une odeur de peinture, d'essence, de cambouis. Le vantail supérieur de la seule stalle presque intacte était ouvert. À l'intérieur, je distinguai vaguement des objets empilés : des boîtes de peinture, des planches, des vitres. Mais là où un cheval avait jadis henni et piaffé ne régnaient plus qu'une humidité glacée et un épais silence. Je me retournai, décidée à ne plus m'attarder.

Et puis je perçus un son. Un son plutôt lointain. J'eus l'impression qu'il provenait du baraquement de l'autre côté de la cour, en face de la maison. Il semblait complètement abandonné, mais peut-être le propriétaire s'y trouvait-il, après tout. Je fis quelques pas dans la direction de ce son, d'un pas automatique. Je n'avais pas encore peur. Pas vraiment.

« Il y a quelqu'un ? » criai-je.

Personne ne répondit. Je m'immobilisai et tendis l'oreille. J'entendis des voitures au loin, et de la musique quelque part dans la rue, du rap, me sembla-t-il, car l'écho d'une basse violente tremblait dans l'air de la nuit.

« Il y a quelqu'un ? »

Je m'avançai jusqu'au baraquement et attendis, hésitante. C'était un bâtiment de fortune, construit en parpaings et en planches, sans fenêtre. La lourde porte était fermée par un gros loquet en fer. Un autre son me parvint, comme un grognement prolongé. Je retins mon souffle. Le son cessa, puis reprit.

« Qui est là ? » demandai-je d'une voix forte.

Je soulevai le loquet et poussai la porte, juste assez pour jeter un coup d'œil à l'intérieur. Il y faisait très froid et très noir – une obscurité que seule la faible clarté de la lune empêchait d'être totale. Il n'y avait personne là-dedans, sauf peut-être un animal. Des chauves-souris, ou des rongeurs. Des rats, sûrement. Ils étaient partout, les rats, s'engraissant de charognes et de nourriture pourrie, rampant sous les planchers, avec leurs dents jaunes et acérées, leurs queues nues... Le son se fit entendre à nouveau, en même temps que la porte grinçait, poussée par le vent.

Progressivement, je distinguai quelques formes dans l'ombre : des bottes de paille étaient empilées contre le mur de droite, une sorte de vieille charrue gisait presque à mes pieds. Tout au fond, il y avait autre chose, que je ne distinguais pas. Quoi ? Je fis un pas en avant et la porte se referma derrière moi. Je continuai mon avancée à l'aveuglette, les mains tendues en avant. Mes pieds marchaient sur de la paille.

« Il y a quelqu'un ? » répétai-je. Ma voix, soudain fluette et tremblante, flotta dans l'air comme l'écho d'une souffrance. À présent, mes narines percevaient une odeur. Une puanteur, plutôt, d'urine et d'excréments.

« J'arrive, dis-je. J'arrive ! » J'avançai davantage, les jambes aussi faibles que des bouts de ficelle, alourdie par l'enclume d'angoisse pesant sur ma poitrine. « Jo ? C'est moi, Abbie. »

Elle gisait sur des bottes de paille au fond du baraquement – un simple contour plus sombre que l'air sombre. Je tendis les mains et touchai une épaule maigre. Elle empestait la peur, la pisse et la sueur rance. Je tâtonnai plus haut et sentis un tissu rêche à l'endroit du visage. Elle poussait de petits geignements à travers la cagoule, et son corps tressaillait à mon toucher. Je posai une main sur son cou : le fil de fer était là. Dans son dos, le lien dur et froid qui attachait ses poignets se tendait jusqu'au mur. Je tirai dessus violemment, mais il ne céda pas. Il le fixait à la paroi comme une longe de cheval.

« Chut ! murmurai-je. Calme-toi. Ça va aller. » Un gémissement aigu monta de sous la cagoule. « Ne t'agite pas, reste immobile. Je m'occupe de tout. Je suis venue te sauver. S'il te plaît, s'il te plaît, cesse de bouger ! »

J'entrepris de lui ôter sa cagoule. Mes doigts tremblaient si fort que d'abord je n'y arrivai pas, mais finalement je parvins à libérer son menton, puis toute sa tête. Il faisait trop noir pour que son visage m'apparût, et ses cheveux sous mes doigts n'étaient qu'un écheveau graisseux. Elle avait les joues glacées et baignées de larmes. Elle continuait de pousser des gémissements aigus, toujours sur la même note, comme une petite bête dont la patte est broyée par un piège.

« Chut ! Tais-toi, je t'en prie, tais-toi ! Je suis en train de te détacher. »

Je dénouai le fil de fer autour de son cou. Il devait être attaché au plafond, car il lui fallut garder la tête complètement renversée en arrière. Comme je ne voyais pas ce que je faisais, cela prit une éternité, car d'abord je tirai le fil dans le mauvais sens, le serrant davantage, et je sentis qu'elle hoquetait. Je ne cessais de lui répéter que tout irait bien, qu'elle était sauvée, mais elle devait entendre comme moi la terreur sifflant dans ma voix.

Bien sûr, ses chevilles aussi étaient attachées, par la même cordelette raide, qui remontait autour de ses mollets comme si l'on avait troussé une volaille. Cette fois, pourtant, la délivrer s'avéra plus facile que prévu. Bientôt, ses jambes furent libres ; mais elle donna aussitôt de violents coups de pied, comme une personne qui se noie et tente de remonter à la surface. Son pied gauche atteignit mon ventre, son pied droit mon coude. Pour la faire tenir tranquille, je dus entourer ses genoux de mes bras à la façon d'un joueur de rugby. « Bon sang, cesse de gigoter ! suppliai-je. Je fais ce que je peux. »

Ensuite, je m'attaquai au nœud derrière son dos. Au toucher, il semblait serré au maximum. Je tirai et forçai en vain, jusqu'à m'écorcher les doigts, mais rien n'y fit. En désespoir de cause, je m'agenouillai et plantai mes dents dans la corde, qui avait un goût de vieille graisse. Il était encore tout frais dans ma mémoire, ce goût de graisse, comme l'odeur d'urine et d'excréments qui flottait autour d'elle, sur elle, imprégnait sa peau, se logeait dans mes poumons. L'odeur de la peur, aussi. Et la sensation de mon cœur battant contre mes côtes, de mon souffle haletant et saccadé – et la bile envahit ma gorge, et l'obscurité fut une marée d'encre épaisse inondant la pièce, le monde, ma conscience...

« Attends. Je vais essayer de te détacher par l'autre bout de la corde. Ne t'inquiète pas, je ne m'en vais pas. S'il te plaît, s'il te plaît, s'il te plaît, cesse de faire ce bruit ! Je t'en supplie. »

Mes doigts suivirent la corde de ses poignets jusqu'au mur, où elle était attachée à un gros anneau en métal – du moins me sembla-t-il. Si seulement j'y voyais quelque chose ! Je fouillai mes poches, dans le fol espoir d'y trouver miraculeusement des allumettes, un briquet, n'importe quoi. Il n'y avait rien, excepté mes clefs de voiture. Je pris la plus mince et la plantai au cœur du nœud, l'enfonçant aussi profondément que je pouvais, la tournant dans tous les sens, jusqu'au moment où je sentis, enfin, que la corde jouait un peu. Le froid raidissait mes doigts, au point qu'à un moment je laissai échapper la clef et dus la chercher à tâtons dans la paille, grattant le sol rugueux avec mes ongles. Elle recommença à pousser des cris étouffés à travers son bâillon ; puis elle tenta de se lever, mais s'effondra sur les bottes de foin.

« Tais-toi, je t'en prie ! dis-je. Tais-toi, tais-toi, tais-toi. Et ne tire pas sur la corde, tu ne fais que resserrer le nœud ! Reste tranquille. Laisse la corde se détendre. Oh, merde, merde ! Ne bouge plus, s'il te plaît... »

Je me démenai avec la clef, et finis par sentir que le nœud se relâchait petit à petit, mais, Seigneur ! que cela prit longtemps ! Des gouttes de sueur perlaient sur mon front et s'y coagulaient en une couche visqueuse. Peut-être vaudrait-il mieux fuir, pensai-je tout à coup. Fuir, tout de suite ! Et courir, courir appeler à l'aide. C'était évident. Pourquoi ne pas courir jusqu'à la première rue passante et crier, hurler pour qu'on vînt à mon secours, à notre secours ? Tambouriner aux portes, me planter devant les voitures... Il fallait que je fuie, et sans attendre une minute de plus. Surtout, surtout, surtout ne pas rester là.

La corde se desserra un peu plus.

« J'y suis presque, soufflai-je. Dans quelques instants, tu seras libre. Chut ! S'il te plaît. »

Voilà, ça y était ! Je me levai, arrachai le chiffon de sa bouche et une terrible plainte s'en échappa.

« Jo ? murmurai-je. C'est bien toi ?

— Sarah. Je m'appelle Sarah. Aidez-moi. Je vous en supplie, aidez-moi ! Oh, mon Dieu, mon Dieu, mon Dieu, mon Dieu, mon Dieu... »

La déception s'abattit sur moi de tout son poids. Mais je n'avais pas le temps de m'y attarder, pas le temps pour quoi que ce fût, excepté la fuite.

« Lève-toi ! » dis-je en la saisissant par le bras.

Elle se redressa à demi, mais tomba contre moi presque aussitôt. Elle était à demi morte de faiblesse.

« Écoute ! Qu'est-ce que c'est ? »

Quelqu'un était dehors. Des pas, dans la cour. Un bruit métallique.

Sarah faillit s'écrouler sur le sol, mais je la hissai sur les bottes de foin et enfonçai le chiffon dans sa bouche, étouffant un petit cri gargouillant. Elle se débattit, mais sans force.

« Sarah ! C'est notre seule chance. Laisse-moi faire. Tu

entends ? Laisse-moi faire ! Je suis là, Sarah. Je te sauverai. Ça ira ? »

Je devinai dans l'ombre ses yeux qui vacillaient, terrorisés. Je trouvai le fil de fer qui pendait au-dessus de moi, comme un immense fil d'araignée, et le passai autour de sa tête ; puis je serrai le nœud. J'entourai ses chevilles avec la corde, maladroitement. Les poignets, maintenant. L'autre corde. Je m'agenouillai et tâtai le sol, la paille. Voilà. Le bruit de pas se rapprochait. Tout à coup, je me raidis : j'avais entendu une toux. Une toux éraillée. Un hurlement me brûla le fond de la gorge, mais je le ravalai. La bile, la nausée, le sang battant contre mes tympans. Je cherchai la cagoule par terre, puis parmi les bottes de paille derrière la pauvre silhouette tremblante. Je finis par la trouver et l'enfonçai rudement sur sa tête. Son cou, tout son corps frémirent.

« Essaie de rester calme ! » lui soufflai-je, et je me précipitai à l'autre bout du baraquement, où je me glissai derrière une grosse chose en métal, m'écorchant la peau, le cœur battant comme un martèlement de musique électronique qu'il ne pourrait manquer d'entendre, la respiration comme des sanglots qui me trahiraient inévitablement, dès qu'il aurait soulevé le loquet, ouvert la porte, mis un pied dans la pièce.

28

J'étais recroquevillée dans un coin du long baraquement, à bonne distance de la porte. Blottie tout au fond de l'ombre, derrière une sorte de machine incompréhensible, rouillée, un assemblage de roues, d'engrenages et de clefs qui n'était relié à rien. Même s'il regardait dans ma direction, il ne me verrait probablement pas. Probablement : c'était le mot difficile. Je reculai autant que je pus et me tapis davantage contre le mur, humide sous ma nuque. Voilà, il entrait, il était là. Je l'avais découvert par accident, et de nouveau j'étais tombée dans mon cauchemar, vertige d'horreur, de dégoût, de nausée, de pisse et de mort.

Et puis, quand je le vis, ma première idée fut : je me suis trompée. Quelque chose, forcément, était erroné. Quand il n'était qu'une voix dans les ténèbres, je me l'imaginais énorme et puissant, un ogre, un monstre. C'était le dieu pervers qui jouissait de me punir, qui pouvait me nourrir ou m'affamer, décidait si je devais vivre ou mourir.

Maintenant, je l'apercevais à la clarté de la lune qui coulait par la porte ouverte. Par bribes. Un gros manteau, des cheveux gris collés en travers de son crâne dégarni. Son visage me demeurait invisible, caché qu'il était par une épaisse écharpe nouée derrière sa nuque. Une écharpe de femme, en tissu fleuri, qu'un étranger, sans doute, eût pris pour une protection de fortune contre la poussière. Mais je savais pourquoi il la portait : c'était ainsi qu'il se fabriquait cette voix étouffée, chuchotante. Il marmonnait tout seul et tenait à la main un seau en acier galvanisé, qu'il posa bruyamment sur le sol. Je ne parvenais pas à relier mes souvenirs à ce personnage qui traînait les pieds, si terne, si terre à terre, si crassement insignifiant. Il me faisait penser à ces gens qu'on ne remarque même pas quand ils entrent pour laver les carreaux ou vider la corbeille. Il parla à Sarah comme si c'était une truie un peu agitée dont il fallait nettoyer la boue.

« Ça va, ma belle ? Désolé, je t'ai laissée seule un bon moment. J'avais à faire, dit-il en arrangeant je ne sais quoi autour d'elle. Mais je ne vais plus bouger d'ici, maintenant. Pas avant le petit matin. Il faut que je te consacre un peu de temps. »

Il ressortit de la pièce et, l'espace d'un instant, je songeai à fuir. Mais presque aussitôt, il revint avec un objet qui fit un bruit métallique quand il le posa sur le sol. Une boîte à outils, peut-être. Il sortit, rentra, fit ainsi plusieurs allées et venues en apportant des choses qui devaient être entassées dans la cour. La plupart étaient impossibles à identifier, mais je discernai une lampe-tempête éteinte, un chalumeau et plusieurs sacs en tissu plastifié, probablement des sacs de sport. Vides. Je ne pouvais rien faire, hormis rester tapie dans la pénombre en essayant de ne pas bouger, de ne pas respirer, de ne pas déglutir. La paille crissait sous mes pieds au moindre mouvement. Il allait forcément entendre les coups de mon cœur déchaîné, le ruissellement de mon sang, le cri dans ma gorge...

J'osai profiter de ce qu'il était dans la cour pour glisser la main dans ma poche, et mes doigts se refermèrent autour du portable de Benjamin. Lentement, oh ! si doucement, je ressortis ma main et approchai le petit appareil de mon visage. J'appuyai sur une touche pour éclairer le minuscule écran, et un signal sonore se fit entendre, infime, qui résonna comme un tocsin. L'avait-il entendu ? Il semblait que non. Parler était impossible, évidemment, mais peut-être pourrais-je envoyer un message texto. Je regardai la petite flaque bleue de l'écran. Comment se pouvait-il qu'il ne remarquât pas cette lumière ? À droite, ressortant sur le bleu, trois plots noirs superposés indiquaient que la batterie était quasi pleine. À gauche, j'aurais dû voir trois ou quatre autres plots, de forme un peu évasée ceux-là, comme des gobelets, qui m'auraient précisé la bonne ou moins bonne qualité de la réception. Mais il n'y en avait qu'un, ce qui voulait dire : réception nulle. Non seulement je ne pouvais parler, mais il m'était impossible d'envoyer ou de recevoir quelque message que ce fût. Je remis le téléphone dans ma poche.

J'eus soudain envie de pleurer, de hurler, de jurer, de griffer le mur avec mes ongles. Dès l'instant où j'avais découvert Sarah, j'aurais dû courir chercher de l'aide. Ç'aurait été si simple ! Au lieu de quoi, j'avais suivi ma propre trace jusqu'au fond du piège. J'étais maudite. Je m'étais maudite.

Je l'observai, en ombre chinoise contre la clarté molle de la lune. J'envisageai différentes possibilités. Courir de toutes mes forces jusqu'à la porte et m'enfuir pour ramener du secours. Impossible : il n'avait que trois pas à faire pour me barrer la route. Même avec l'avantage de la surprise, je n'avais aucune chance. L'attaquer, lui donner un grand coup sur la tête, l'assommer. Pourrais-je m'approcher de lui sans qu'il m'entendît ? Trouver un objet pour le frapper sans qu'il le remarquât ? Tout aussi impensable. Non, la seule solution était d'attendre et d'espérer qu'il s'éloignât pour quelques minutes, ou davantage. Alors, je pourrais tenter quelque chose.

Mais la seule perspective de rester silencieuse dans l'ombre me donna un intense désir de me laisser choir à plat ventre sur le sol sans me soucier de ce qui arriverait. J'étais fatiguée, si fatiguée... J'aurais voulu dormir, dormir encore. Peut-être n'avais-je pas vraiment envie de mourir, mais peu s'en fallait. Au moins, les morts ne savent plus rien de la souffrance ni de la peur. À quoi bon lutter encore ?

Et puis, presque sans en avoir conscience, je commençai d'éprouver des sentiments différents. À force de le regarder s'affairer nonchalamment près de cette pauvre fille ligotée sur de la paille, j'eus peu à peu l'impression de me regarder moi-même en train d'agoniser. Je me rappelai ces jours où c'était moi qui avais du fil de fer noué autour du cou et une cagoule sur la tête. Comme elle, j'avais été suspendue au bord d'un abîme, attendant d'être massacrée, et je me rappelais ce que j'avais ressenti. Oh ! oui, je me le rappelais. J'avais abandonné tout espoir de survie. Et j'avais fait des vœux pour qu'avant que tout fût fini une chance, au moins, se présentât de me jeter sur lui pour le griffer, le labourer, lui arracher un œil, un bout de chair avec mes dents. Lui faire du mal, n'importe quel mal avant de mourir. À présent, elle s'offrait à moi, cette chance. Je ne pouvais pas le vaincre, ç'aurait été un espoir absurde. Mais s'il me trouvait, je lui ferais du mal, beaucoup de mal.

Avec quoi ? Je faillis sangloter d'exaspération. J'aurais tout donné en échange d'un couteau, ou d'un simple bout de verre. Mais je m'interdis d'y penser. Si je n'avais rien, je pouvais chercher. N'importe quel objet lourd ou tranchant ferait l'affaire.

Mes mains commencèrent à tâtonner dans l'obscurité, très délicatement. Je priai pour ne pas renverser quelque chose. Ma main droite toucha un objet froid. Une boîte en fer, ronde, probablement une boîte de peinture à en juger par sa taille. Elle était vide et ne pouvait me servir à rien. À côté de la boîte, mes doigts frôlèrent une poignée. C'était a priori plus prometteur, mais je sentis bientôt que l'objet n'était qu'un pinceau, aux soies raides et durcies. Décidément, il n'y avait rien du tout. Pas de ciseau à bois, pas de tournevis, pas de barre de fer. Je me redressai et sentis mes genoux craquer. Comment pouvait-il ne rien entendre ? Attendre, me dis-je. Attendre qu'il partît, et puis courir appeler la police. Délivrer Sarah.

Il s'affairait toujours. Je ne voyais pas ce qu'il faisait, mais je l'entendais marmonner tout bas des mots inintelligibles. Il me rappelait mon père pendant les week-ends, les seuls moments gais de sa vie, quand il réparait une palissade, peignait une fenêtre, installait un rayonnage.

Il desserra le nœud coulant autour du cou de Sarah. Ah, oui, le seau. La petite silhouette cagoulée fut soulevée, son pantalon baissé, je la vis s'accroupir sur le seau tandis qu'il la tenait par le cou. Un bruit de liquide contre l'acier.

« C'est bien, ma beauté », dit-il en remontant son pantalon.

Avec l'indifférence procurée par une longue pratique, il resserra le fil de fer jusqu'à ce qu'elle ne pût de nouveau plus bouger, mais il semblait y avoir une tendresse dans ses gestes. Apparemment, il l'aimait plus que moi. Jamais il ne m'avait appelée « ma beauté ». Son langage avait toujours été empreint d'hostilité, d'une volonté de me briser.

« Tu as maigri, dit-il. Je crois que nous sommes prêts, maintenant. Tu es un amour, Sarah. Un amour. Pas comme toutes ces pestes. »

Il recula, pour mieux la contempler. J'entendis un raclement métallique, puis le craquement d'une allumette, et de la lumière se répandit dans la pièce. Il avait allumé sa lampe-tempête. Je me ratatinai derrière l'invraisemblable machine. Il examina Sarah avec des murmures approbateurs, tâtant ses bras nus, faisant courir ses doigts sur son ventre, comme on tâte un cheval pour vérifier qu'il n'a plus de fièvre. Il posa la lampe par terre et s'étira longuement, les mains croisées derrière la tête, comme un homme qui sort du lit. Il bâilla et commença de dénouer sa grosse écharpe. Ce fut une opération un peu compliquée, car il lui fallait défaire un nœud serré qu'il ne voyait pas, mais il finit par l'enlever, et, pour la première fois, à la clarté blanche de la lampe-tempête, je vis son visage.

Il ne me rappela rien. Je ne connaissais pas cet homme. Alors, brusquement, étrangement, ce fut comme si quelque chose s'était débloqué en moi, ou si un minuscule et fondamental ajustement venait de se produire. Car ma vision cessa d'être floue, les formes devinrent nettes et claires, même à la clarté tremblante de la lampe. Ma fièvre était tombée. Même ma peur s'était évanouie. Ce que je voulais, ce que j'avais voulu depuis le début, c'était savoir – et maintenant, je savais. J'étais sûre. Sûre que je ne me rappelais rien, que le visage de cet homme ne m'avait pas rendu la mémoire. Découvrir ses traits si quelconques, si fades, n'avait provoqué en moi aucun choc, aucune illumination. Mais je savais ce que j'avais besoin de savoir.

Au fond, j'avais toujours cru que j'étais moi-même à l'origine de tout. J'étais tellement embourbée dans ma vie démantibulée, mon travail imbécile et le désastre de mon couple, que j'avais cru, fantasmé, redouté que lui – cet homme à quelques mètres de moi – n'eût reconnu en moi ce marasme accepté. Cru que j'avais foncé tête baissée vers le drame, que je l'avais volontairement attiré sur moi. Et lui l'avait compris, en sorte qu'inéluctablement nous étions faits l'un pour l'autre, avions besoin l'un de l'autre. Parce que je voulais être détruite.

Mais à présent, je savais que ce n'était pas vrai. Peut-être m'étais-je laissée aller, peut-être m'étais-je montrée trop passive ou trop fébrile, peut-être manquais-je de l'assise et de la maîtrise nécessaires pour me construire une vie qui me satisfît ; mais si j'avais croisé son chemin, c'était entièrement et absolument par hasard. Sans compter que je ne l'avais peut-être même pas croisé. Certes, je ne pourrais jamais en être sûre, mais celle qui l'avait effectivement rencontré était probablement Jo – Jo, aveugle dans ses amours et désemparée par leurs échecs, Jo si vulnérable, enfiévrée et fragile, victime parfaite pour un tel homme. Moi, je m'étais inquiétée pour Jo et l'avais rencontré à mon tour, mais ce n'était qu'un concours de circonstances. Ce minable sadique devant moi n'avait aucun rapport avec ma vie. C'était le météore qui m'était tombé dessus, le séisme qui avait ouvert un gouffre sous mes pieds. Mais rien de plus, strictement rien de plus. Il n'était rien pour moi. Et, presque cocassement, en cet instant où j'étais recroquevillée dans l'ombre et me savais prise au piège, je me sentis tout à fait délivrée de lui.

Je ne me rappelais pas ce qui s'était produit ce fameux jeudi et je ne me le rappellerais certainement jamais. Pourtant, j'en connaissais l'essentiel. J'étais dehors, au pays des vivants, et par erreur je m'étais aventurée sur son territoire, son aire de jeu. On dit que, dans un combat, le vainqueur est toujours celui qui frappe le premier. Je crois que je devinais ce qui s'était passé. J'étais à la recherche de Jo. Cet homme si peu remarquable n'était qu'un élément du décor, un meuble. Soudain, il avait bondi à l'avant-scène et m'avait emportée de mon monde dans le sien. Son monde n'avait aucun rapport avec le mien, à ceci près que je devais y mourir. Je m'imaginai cet homme que j'avais à peine remarqué m'attaquant par surprise, alors qu'il était trop tard pour que je réagisse, trop tard pour que je l'empêche de m'assommer en me cognant la tête contre un mur, ou à coups de gourdin.

S'il me découvrait, que ferais-je ? Je m'obligeai à me remémorer ce que lui m'avait fait. Tous ces souvenirs d'épouvante que, pendant des semaines, je m'étais efforcée de ravaler, je les ramenai à la surface. Ils étaient comme une dent infectée et pourrissante qui faisait terriblement mal, et contre laquelle je poussais ma langue pour me rappeler ce qu'était la douleur. Puis je regardai cet homme, qui s'agitait autour de Sarah comme si c'était un mouton qu'il fallait faire rentrer dans son parc, lui donnant des claques, lui murmurant des mots tendres, apprêtant des outils. Il montrait tout à la fois la patience et l'empressement d'un amant et l'affairement dépassionné d'un boucher.

Sans doute résistait-elle à ce traitement, car il la souffleta légèrement.

« Qu'est-ce que c'est que ça, hein ? Qu'est-ce que tu as, ma chérie ? » demanda-t-il. Un son sortit probablement de sous la cagoule, mais je ne l'entendis pas. « Je te fais mal ? Quoi ? Qu'est-ce qu'il y a ? Attends un peu, ma beauté. »

Il lui ôta laborieusement son billon, en soufflant – et j'entendis son souffle, oh ! oui, ce souffle rauque que je me rappelais si bien.

« Eh bien, qu'est-ce que je vois ? grogna-t-il. Tu as essayé de te sauver ! »

Lorsqu'elle fut libérée du chiffon dans sa bouche, Sarah toussa très fort et longuement, respirant avec peine puis toussant de nouveau – et cela aussi, je me le rappelais bien.

« Allons, allons, ma chérie, fais attention à ton cou.

— J'ai failli étouffer, dit-elle d'une voix faible. J'ai cru que j'allais mourir.

— C'est tout ?

— Non. Non, ce n'est pas tout. »

Un soupçon commença de se répandre en moi comme une tache qui s'étale. Tout à coup, je sus ce qui allait se produire dans un instant ; et pourtant, je n'eus pas peur. J'étais déjà morte une fois, si bien que mourir n'avait plus d'importance.

« Alors, qu'est-ce que tu voulais me dire ?

— Je ne veux pas mourir. Je ferai n'importe quoi pour rester en vie.

— Ta gueule, petite conne ! Je t'ai déjà dit que je ne veux rien. De toute façon, ils n'ont pas payé la rançon. Tu ne savais pas ? Eh bien, c'est comme ça, ils n'ont pas payé la rançon. Et tu sais pourquoi ? Parce que je n'en ai pas demandé. Ha, ha, ha ! » Sa propre blague lui semblait très drôle.

« Si je vous disais quelque chose, quelque chose de vraiment important... Est-ce que vous me laisseriez partir ?

— Quoi ?

— Vous me laisseriez ? »

Il y eut un silence de quelques secondes. Visiblement, il était troublé.

« Dis-moi d'abord ce que c'est », murmura-t-il d'une voix plus douce.

Mais Sarah ne dit rien et laissa échapper un sanglot.

« Putain, tu vas me le dire ?

— Vous me promettez ? Vous me promettez que vous me laisserez en vie ?

— Parle d'abord, ordonna-t-il. Ensuite, je te laisserai partir. »

Un autre silence, beaucoup plus long. Sarah cherchait désespérément son souffle, et j'aurais pu compter ses hoquets en attendant les mots qu'elle s'apprêtait à dire, et que je connaissais d'avance.

« Il y a quelqu'un d'autre ici. Maintenant, laissez-moi partir.

— Quoi ? »

Il se redressa et regarda autour de lui, juste au moment où je sortais de l'ombre pour m'avancer dans sa direction. J'avais brièvement songé à m'élancer sur lui, mais ç'aurait été peine perdue. Il était presque à dix mètres et aurait eu tout le temps de réagir. Derrière lui, la porte – mais elle aurait aussi bien pu être entre Mars et Jupiter. Il plissa les yeux, s'efforçant de distinguer mon visage au fond de la pièce, que n'éclairait pas sa lampe-tempête.

« Toi ? » dit-il enfin. Il était si stupéfait qu'il ne referma pas la bouche. « Abbie. Comment diable as-tu... ? »

Je fis un pas de plus vers lui. Je ne regardai pas Sarah. Je ne fixais que lui, droit dans les yeux.

« Je vous ai trouvé, dis-je simplement. Il fallait que je vous trouve. Je ne pouvais pas faire autrement.

— Moi aussi, on peut dire que je t'ai cherchée ! » répliqua-t-il. De nouveau, il regarda autour de lui, visiblement déconcerté. Y avait-il quelqu'un d'autre ?

« Je suis toute seule », dis-je. Je tendis vers lui mes mains ouvertes. « Voyez vous-même. Je n'ai rien.

— Qu'est-ce que tu fous ici, hein ? En tout cas, je te tiens. La première fois, tu as filé, hein ? Mais maintenant, je te tiens. »

Je souris. Je me sentais calme, si calme... Rien n'avait d'importance. De nouveau, je pensai très fort aux interminables jours dans le noir. Ma langue contre la dent infectée. Pour me les rappeler. Les revivre.

« Que voulez-vous dire avec votre "je te tiens" ? dis-je doucement. Je suis revenue. Je l'ai voulu.

— Tu vas le regretter. Crois-moi, tu vas le regretter. »

Je fis un autre pas en avant.

« Qu'attendez-vous d'elle ? dis-je avec dédain. Je vous ai écoutés tous les deux. » Encore un pas en avant. Nous n'étions plus qu'à trois mètres, non, deux. « Je vous ai entendu l'appeler "ma chérie". J'ai eu le sentiment que je devrais être sa place. C'est drôle, non ? »

De nouveau, il parut se méfier.

« Non. Ce n'est pas drôle. »

Un pas en avant. Puis : « Vous m'avez manqué, murmurai-je tendrement.

— Manqué ? Tu t'es enfuie !

— Parce que j'avais peur, dis-je. C'est bête, la peur. » Un pas en avant. « Mais ensuite, j'ai pensé à vous. Vous m'aviez comprise. Vous me dominiez parce que vous m'aviez comprise. » Un pas en avant. « Personne au monde ne m'a jamais comprise comme vous. Maintenant, c'est moi qui voudrais vous comprendre. »

Il sourit.

« Tu es folle. Complètement folle.

— Ça n'a pas d'importance, dis-je. Je suis ici. Je suis entre vos mains. » Un pas en avant. Nous étions tout proches maintenant. « Il n'y a qu'une chose que je désire encore.

— Quoi ?

— Pendant tout ce temps où nous étions ensemble, vous n'étiez qu'une voix dans l'obscurité. La voix d'un homme qui me nourrissait, qui s'occupait de moi. Je pensais à vous sans cesse, je cherchais à imaginer votre visage. Juste une fois, est-ce que vous me permettez de vous embrasser ? » J'approchai mon visage du sien. Il sentait une odeur douceâtre et chimique. « Rien qu'une fois. Ça n'engage à rien. » De près, c'était un visage étonnamment ordinaire. Il n'avait rien d'effrayant. Rien de particulier. « Regardez-moi, dis-je en tendant mes mains, ouvertes et vides. Je suis là, devant vous. Laissez-moi vous embrasser. » Avant le contact, j'imaginai que sa tête n'était pas celle d'un homme, mais d'un mouton mort. Il le fallait. La tête d'un mouton mort, coupée et séparée du corps. « Rien qu'un baiser. Nous sommes des gens solitaires, vous et moi. Si solitaires ! » J'effleurai ses lèvres avec les miennes. C'était presque le moment. Presque. Lentement, lentement... « J'ai tellement attendu cela. » Un autre baiser, un peu plus appuyé. Je levai les mains vers son visage, frôlant doucement ses joues avec mes paumes. Attendre. Attendre encore. Tête de mouton mort. Dent infectée. Ma langue dans la dent infectée. Tête de mouton mort, tête de mouton coupée. Je reculai la tête et le regardai mélancoliquement. Puis j'enfonçai mes deux pouces dans ses yeux. Ce n'étaient que des yeux morts dans les orbites d'un mouton mort. Un mouton qui m'avait enfouie dans le noir, avilie, torturée, rendue folle. Mes ongles étaient longs. De mes autres doigts, je m'agrippai aux côtés de sa tête comme si j'avais des serres au bout des bras, et mes grands ongles étaient des gouges labourant ses yeux. En regardant mes pouces qui s'enfonçaient jusqu'à griffer ses orbites, je constatai avec intérêt que leur peau se mouillait d'un liquide aqueux taché de filets jaunes, comme du pus.

J'avais cru qu'il se débattrait, qu'il me saisirait pour me jeter à terre. J'avais cru qu'il me tuerait. Qu'il me mettrait en pièces, peut-être. Mais il ne leva pas la main sur moi. Quand je reculai et retirai mes pouces visqueux de ses yeux, un cri étrange surgit du tréfonds de lui, un ululement aigu. Il porta les mains à son visage, puis son corps de plia en deux et il tomba sur le sol, à mes pieds. Ce ne fut plus qu'une forme qui se tortillait, râlait, geignait.

Je reculai davantage pour être hors de portée de cette bête pareille à un gros ver, cette bête qui gigotait et couinait sur le sol. Je pris un mouchoir dans ma poche et essuyai mes pouces. Je m'approchai de la porte et respirai profondément, plusieurs fois, à pleins poumons. Je me sentais comme une presque-noyée qui vient de remonter à la surface et aspire avec félicité l'air pur de la vie offerte.

29

La lune flottait toujours dans le ciel, qui s'était parsemé d'étoiles. Le givre sur la surface de toutes choses brillait dans la pénombre. C'était un monde de glace, de neige et de silence immobile. Je sentais le froid coupant sur mon visage. Ma respiration était calme et régulière, et ma bouche se lavait d'un air neuf qui ruisselait dans ma gorge. Je regardais mon souffle se transformer en vapeur suspendue.

« Ooooh-oh-ooh-nu-nu... »

Sarah poussa un long cri de jeune animal, un piteux mélimélo de syllabes suraiguës. Je n'en compris pas le sens, mais entourai fermement ses épaules de mon bras pour la soutenir, et elle s'accrocha à moi en gémissant. Son corps contre le mien était minuscule, et je me demandai quel âge elle pouvait avoir. Seize ou dix-sept ans, pas davantage. Elle avait l'air d'une fillette morveuse et mal lavée. Elle se laissa glisser, la tête sur ma poitrine, et je sentis l'odeur de ses cheveux gras et de sa sueur âcre monter à mes narines.

Je glissai ma main dans la poche de ma veste et en tirai le portable de Benjamin. La batterie était presque à plat maintenant, mais la réception suffisante. J'appelai Police secours. « Quel service, s'il vous plaît ? » demanda une voix féminine. Il les fallait tous, pensai-je, sauf peut-être les pompiers. Je répondis que deux personnes étaient gravement blessées et qu'il fallait arrêter un criminel. Deux ambulances seraient nécessaires, et, bien sûr, la police.

Je remis le téléphone dans ma poche et observai Sarah. Son

petit visage un peu plat était d'un blanc effrayant, son front couvert de boutons et sa bouche enflée. Ses lèvres se crispaient dans un rictus silencieux et terrifié. On aurait dit un petit lièvre pris au piège. Son cou était bleu à l'endroit où le fil de fer l'avait enserré. Elle tremblait des pieds à la tête. Elle ne portait qu'une chemisette et un pantalon en coton, de grosses chaussettes mais pas de chaussures.

« Tiens », dis-je en ôtant ma grosse veste matelassée dont je l'enveloppai soigneusement. Je remontai le col pour que son visage fût protégé de l'air. « Tu portes ma chemise », remarquai-je en passant de nouveau mon bras autour de ses épaules.

Un son sortit de son corps tremblant, tellement inarticulé que je ne compris pas ce qu'elle cherchait à me dire.

« L'ambulance va bientôt arriver, lui dis-je. Tu n'as plus rien à craindre, maintenant.

— Pardonpardonpardonpardonpardon...

— Oh, ça ?

— Je n'étais... plus moi... J'étais folle... Folle... Je croyais que... j'allais mourir... » Je vis qu'elle pleurait à gros sanglots, et je la pressai contre moi. Elle se calma un peu. « Je savais que j'allais mourir, murmura-t-elle. J'étais folle.

— Oui. Moi aussi, j'ai été folle. Comme toi. Mais je ne le suis plus. »

Les gyrophares et les sirènes déboulèrent du haut de la côte. Deux ambulances et deux voitures de police. Des portières s'ouvrirent précipitamment, des gens descendirent et coururent vers nous. Des visages anxieux se penchaient, des mains nous séparaient. On posa des brancards sur le sol, et j'envoyai deux personnes à l'intérieur du baraquement. J'entendais Sarah qui sanglotait, sanglotait, jusqu'au moment où ses sanglots ne furent plus qu'un râle strident entrecoupé de hoquets et de paroles inintelligibles. Des voix s'élevèrent, apaisantes. Le mot « maman » retentit entre les hoquets. « Où est maman ? »

Quelqu'un m'enveloppa d'une couverture.

« Ne vous inquiétez pas pour moi, dis-je fermement.

— Vous devriez vous étendre sur le brancard.

— Merci, je peux marcher. »

Des cris résonnèrent à l'intérieur du bâtiment. Un des infirmiers en combinaison verte sortit en courant et murmura à l'oreille d'un jeune policier.

« Seigneur ! » s'écria le policier. Il me regarda fixement.

« C'est un tueur, dis-je.

— Un tueur ?

— Oui. Mais il n'y a plus aucun danger. Il n'y voit plus. Il ne peut plus faire de mal à personne.

— Montez donc dans l'ambulance, mon petit. » La voix était suave et lénifiante comme si j'étais au bord de l'attaque de nerfs.

« Vous devriez appeler l'inspecteur Jack Cross, continuai-je. Je m'appelle Abigail Devereaux. Ou Abbie. Je lui ai crevé les yeux. Il ne me regardera plus. »

On emmena Sarah la première, et je montai dans la seconde ambulance, la couverture toujours serrée autour de moi. Deux personnes montèrent avec moi : un infirmier et une femme policier. De loin, j'entendis une clameur grossir, des voix excitées qui s'interpellaient, la sirène d'une troisième ambulance. Mais de tout cela, je n'avais plus besoin de me soucier. Je m'étendis à demi et fermai les yeux, non parce que j'étais fatiguée – je ne l'étais pas du tout et me sentais l'esprit clair comme si je sortais d'un long sommeil réparateur – mais pour oublier les lumières et le remue-ménage alentour, et faire taire toutes les questions.

Que je me sentais propre et que j'avais chaud ! Mes cheveux étaient lavés, ma peau récurée, mes ongles coupés au plus ras. Je m'étais brossé les dents trois fois et gargarisée avec une concoction verte tellement parfumée que mon haleine sentait la menthe jusqu'au fond de mes poumons. Assise dans mon lit sous des draps raides et hygiéniques et de minces couvertures qui grattaient, vêtue d'une absurde chemise de nuit rose layette, je buvais du thé et mangeais des tartines grillées. J'en étais à ma troisième tasse de thé brûlant et bien sucré et grignotais mon pain beurré. Était-ce bien du beurre ? Non, plutôt de la margarine : il n'y a pas de beurre dans les hôpitaux. Un bouquet de jonquilles dans une petite cruche en plastique était posé sur ma table de chevet.

Un autre hôpital, une autre chambre, une autre vue, d'autres infirmières s'affairant avec leurs chariots, leurs thermomètres et leurs seringues, d'autres docteurs avec leurs clipboards et leur air fatigué, d'autres policiers qui m'observaient nerveusement puis détournaient les yeux. Mais toujours ce bon vieux Jack Cross, effondré sur sa chaise comme s'il était lui-même gravement malade et tenant sa joue dans sa main comme s'il avait une rage de dents. Il me regardait comme si je lui faisais peur.

« Bonjour, Jack.

— Abbie... », commença-t-il – mais il s'interrompit et sa main se déplaça un peu, de sorte que se doigts couvrirent sa bouche. J'attendis et il se lança de nouveau :

« Comment vous sentez-vous ?

— Bien, répondis-je.

— Les docteurs m'ont dit...

— Je vais très bien. Ils préfèrent me garder en observation pendant un jour ou deux, c'est tout.

— Vous savez, je ne sais pas par où commencer. Je... » Il s'agita sur sa chaise et se frotta les yeux. Puis il se redressa, prit une profonde inspiration et me regarda droit dans les yeux. « Nous nous sommes trompés. Nous n'avons aucune excuse. » Je le vis réfléchir à toutes les justifications qu'il pourrait mettre en avant, mais il y renonça. Tant mieux.

« Je n'arrive pas à croire que vous ayez fait une chose pareille », murmura-t-il. De nouveau, il s'affaissa sur sa chaise et prit son visage dans sa main. « Quel monceau de conneries du début à la fin ! Vous pouvez nous faire casquer des mille et des cents, vous savez ?

— Est-ce qu'il est mort ?

— Non, mais il est aux soins intensifs.

— Bon.

— Vous savez ce que vous lui avez fait ?

— Oui.

— Ses yeux... » Il avait prononcé ces mots dans un murmure. Je n'aurais su dire si son regard trahissait l'admiration ou bien l'horreur et le dégoût. « Vous lui avez enfoncé les yeux jusqu'au milieu du cerveau ! Je veux dire, merde !

— Oui. Avec mes pouces, dis-je.

— Mais, bon Dieu, Abbie, vous devez être...

— Je n'avais pas d'autre possibilité.

— Il faudra que nous prenions votre déposition. Mais plus tard.

— Quand vous voudrez. Et Sarah, comment va-t-elle ?

— Sarah MacAllister est en état de choc et très affaiblie. Comme vous l'étiez. Mais elle se remettra. Voulez-vous la voir ? »

Je réfléchis quelques instants.

« Non.

— Elle s'en veut terriblement, Abbie.

— Ah, vous savez ?

— Elle n'arrête pas d'en parler. »

Je haussai les épaules.

« Peut-être que j'ai eu de la chance, dis-je. Il allait la tuer. Il avait retiré son écharpe. Je ne sais pas ce que j'aurais fait. Je ne sais pas si je serais restée dans mon coin à le regarder l'assassiner. Personne ne me l'aurait reproché, n'est-ce pas ? Cette pauvre Abbie traumatisée !

— Je ne crois pas que vous seriez restée dans votre coin.

— Est-ce qu'on sait quelque chose pour Jo ? Il en a parlé ?

— Je doute qu'il parle avant un moment. Nous avons ouvert une enquête sur la disparition de Miss Hooper, soupira Cross.

— C'est trop tard. »

Il leva les mains, puis les laissa retomber sur ses genoux. Nous gardâmes le silence quelques minutes, puis une infirmière entra pour m'annoncer qu'on avait laissé des fleurs pour moi à l'accueil et posa un gros bouquet mouillé d'anémones sur ma table de chevet. Je les pris et respirai leur parfum. Elles sentaient la fraîcheur, et leurs pétales aux couleurs vives étaient semés de gouttelettes. Je les reposai et vis que le visage de Cross était gris de fatigue.

« Dites-moi ce que vous savez de lui, demandai-je.

— Nous venons à peine de commencer nos investigations. Il s'appelle George Sheppy. Cinquante et un ans, sans famille, une seule condamnation. Pour actes de cruauté envers des animaux, il y a plusieurs années. Il n'a écopé que d'une amende. Nous n'en savons pas encore beaucoup plus. C'est un personnage plutôt gris, apparemment. Des voisins nous ont dit qu'il vivait de petits boulots : transporteur, mécanicien sur les champs de foire, déménageur... Un type quelconque. Presque.

— Et Kelly, Gail et les autres ?

— Nous allons continuer nos recherches, bien sûr, répondit Cross. Mettre d'autres hommes sur le coup, pour voir si ces prénoms correspondent à des femmes disparues dans les coins où il a travaillé. Quand nous en saurons davantage, peut-être que... » Il s'interrompit et haussa les épaules avec impuissance. « En fait, je dis ça pour la forme. Il n'y a pas grand-chose à attendre. »

Ainsi, ces prénoms resteraient sans doute des syllabes marmonnées dans le noir.

« Est-ce que vous voyez quelqu'un ? demanda-t-il.

— Plusieurs docteurs sont passés, mais je me sens très bien.

— Non. Je veux dire quelqu'un pour vous aider psychologiquement. À qui vous puissiez parler, après ce que vous venez de vivre.

— Je n'ai pas besoin d'aide.

— Abbie, je viens de ce pas des soins intensifs. J'ai vu dans quel état vous l'avez mis.

— Je devrais être traumatisée, selon vous ?

— Eh bien...

— Je lui ai crevé les yeux. » Je levai les mains et regardai mes doigts. « Je lui ai enfoncé mes ongles dans les yeux aussi fort que j'ai pu. Mais ça n'a rien d'une expérience traumatisante, Jack. L'expérience traumatisante, c'était de me faire enlever. C'était de rester séquestrée dans une cave, avec une cagoule sur la tête et un chiffon dans la bouche, de sentir des yeux qui m'espionnaient dans le noir, des mains qui me touchaient dans le noir. Ça, c'était traumatisant. Savoir que j'allais mourir et que personne ne viendrait à mon secours. Ça aussi, c'était traumatisant. M'enfuir, et m'apercevoir que personne ne me croyait. Me retrouver en danger à tout instant, alors qu'on aurait dû me protéger. Ça, oui ! Mais ce que j'ai fait, certainement pas. C'était un acte de survie. Je l'ai fait pour rester en vie, Jack ! Alors, non, je ne crois pas avoir encore besoin d'aide. Merci. »

Il rentrait les épaules comme si je le bourrais de coups de

375

poing. Quand j'eus fini, il hocha deux ou trois fois la tête et partit.

Benjamin arriva à l'heure du déjeuner – à l'heure de son déjeuner, pour être claire. Dans les hôpitaux, on déjeune à onze heures et demie et on dîne à cinq heures. Ensuite, la soirée s'éternise jusqu'à la nuit et la nuit s'éternise jusqu'au matin. Il portait son superbe manteau flottant et, avant même de le retirer, il se pencha sur moi et m'embrassa gauchement sur la joue. Ses lèvres étaient froides. Il me tendit une boîte de chocolats, et j'en posai un sur l'oreiller. Il s'assit et nous nous regardâmes un moment sans parler.

« Je t'ai aussi apporté ça », finit-il par dire en tirant de sa poche un ravissant œuf sculpté, en bois, couleur de miel et veiné de stries plus sombres. « C'est du charme, un bois très particulier. Je l'ai sculpté pour toi hier soir, à l'atelier, quand j'attendais que tu reviennes. »

Je pris l'œuf dans ma main.

« C'est magnifique. Merci beaucoup.

— Tu as envie que nous parlions de... de cet homme ?

— Non. C'est trop tôt.

— Tu t'es rappelé quelque chose ?

— Non. »

Le silence s'installa.

« Je suis désolée, pour Jo, murmurai-je au bout d'un moment. Elle est morte.

— On ne peut pas le savoir. Pas avec certitude.

— Elle est morte, Benjamin. »

Il se leva et marcha jusqu'à l'étroite fenêtre, contemplant le ciel bleu par-dessus les toits. Il resta ainsi plusieurs minutes. Peut-être pleurait-il.

« Abbie, dit-il enfin en revenant vers le lit, j'étais fou d'inquiétude, tu sais ? J'aurais voulu t'aider, c'était insupportable de te savoir seule dans les rues. Même si cela t'a fait mal de découvrir ce que tu as découvert sur Jo et moi, tu n'aurais pas dû t'enfuir, comme si tu me prenais pour le meurtrier ou je ne sais quoi. Je sais que tu m'en veux, et je te comprends. Mais tu aurais pu mourir. Et cela, Abbie, ç'aurait été injuste. Je ne l'avais pas mérité.

— Benjamin, je t'en prie.

376

« — D'accord, d'accord... Écoute, pour Jo et moi, je suis sincèrement désolé. Désolé que tu l'aies appris de cette façon, non que nous ayons eu une liaison. Ça, c'est une tout autre affaire, et si tu veux, je t'en parlerai un jour. Je ne suis même pas convaincu d'avoir eu tort de te le cacher. Tout est allé trop vite, pour nous deux, rien ne s'est passé dans l'ordre. En principe, nous aurions dû apprendre à nous connaître, et puis, progressivement, nous avouer ce que nous avions à avouer. Nous nous connaissions à peine que déjà tu habitais chez moi, tu craignais pour ta vie, et tout était d'importance capitale, tout devait être révélé séance tenante. Je ne voulais pas commencer une vie de couple en te dévoilant d'emblée tout ce que j'avais vécu, tout ce que j'étais et tout ce que je pensais. Cela m'effrayait. J'avais peur de te perdre une seconde fois.

— Donc, tu as préféré commencer notre vie de couple par un mensonge, rétorquai-je.

— Ce n'était pas un mensonge.

— Stricto sensu, non, en effet. Moralement, si.

— Alors, pardonne-moi si j'ai menti. » De nouveau, il s'assit à côté de moi et je caressai ses beaux cheveux.

« Et toi, pardonne-moi de m'être enfuie sans rien dire, répondis-je. Prends un chocolat.

— Non, merci. »

J'en pris un à la liqueur.

« Tu sais, certains mots ont maintenant un autre sens pour moi que... que pour toi, par exemple. Obscurité. Silence. Hiver. » Je pris un autre chocolat. « Et mémoire », ajoutai-je en fourrant le chocolat dans ma bouche.

Benjamin me prit la main – celle qui ne serrait pas son œuf en bois. Il la pressa contre son visage.

« Je t'aime vraiment, tu sais ? dit-il.

— Je crois que j'ai été folle pendant quelques heures. Mais c'est fini, heureusement.

— Tu as l'air différente. Très belle.

— Je me sens différente.

— Qu'est-ce que tu comptes faire, maintenant ?

— Gagner ma vie. Laisser repousser mes cheveux. Aller à Venise.

— Et revenir chez nous ?

— Benjamin...

377

— Cela me rendrait très heureux.

— Non. Je ne crois pas que cela te rendrait très heureux de me voir revenir, même si c'est très gentil à toi de me le proposer. Et non, je n'en ai pas l'intention.

— Je vois. » Il reposa ma main sur le drap et caressa mes doigts un par un, sans me regarder.

« Mais rien ne nous empêche de nous voir, dis-je. De nous donner rendez-vous comme deux adolescents et d'aller voir un film. Ou boire quelques verres, ou manger des choses très chics dans des restaurants encore plus chics. »

Il me sourit de nouveau, passionné et incertain. Cela lui plissait joliment les yeux. C'était un type bien, vraiment. Tout le reste, je l'avais inventé.

« Et puis, le printemps n'est plus très loin, ajoutai-je. Alors, qui sait ? »

Plus tard, j'eus un autre visiteur. Oh, bien sûr, j'eus une foule de visiteurs : mes amis, seuls ou en groupe mais toujours bouquet de fleurs à la main, firent successivement irruption dans ma chambre, émus aux larmes, rieurs ou embarrassés. Je les serrai dans mes bras au point d'avoir mal aux côtes, et ma chambre parut abriter une fête de retrouvailles ininterrompues. Comme la fête que j'espérais à mon premier retour de chez les morts – mais celle-là n'avait jamais eu lieu, et j'étais entrée tout aussitôt dans un monde de silence et de honte. Et pourtant, j'avais maintenant l'impression d'être une étrangère à ma fête, de regarder toute cette gaieté de l'extérieur, de rire sans vraiment comprendre pourquoi on riait.

Mais quelqu'un d'autre vint me voir aussi. Il frappa à la porte, bien qu'elle fût à demi ouverte, et resta debout sur le seuil jusqu'à ce que je l'invite à entrer.

« Je ne sais pas si vous vous souvenez de moi, dit-il. Je suis...

— Bien sûr que je me souviens, l'interrompis-je. Vous m'avez dit que j'avais un excellent cerveau. Vous êtes le professeur Mulligan, l'homme qui sait tout de la mémoire. Et la seule personne que j'aie vraiment envie de voir.

— Je ne vous ai pas apporté de fleurs, s'excusa-t-il.

— Tant mieux, parce que je pars cet après-midi.

— Comment allez-vous ?

— Bien.

378

« — Bravo », dit-il.

Je me rappelais le sentiment d'assurance et d'approbation que sa seule présence communiquait, et cela me réchauffa le cœur.

« Jack Cross m'a dit que vous m'aviez défendue.

— Oh..., fit-il avec un geste vague.

— Vous avez quitté la réunion, paraît-il.

— Oui, mais ça n'a servi à rien. Avez-vous retrouvé la mémoire, si peu que ce soit ?

— Non, pas vraiment, répondis-je. Quelquefois, j'ai la sensation qu'il suffirait de peu de chose, que tous mes souvenirs attendent aux lisières de ma conscience. Mais je ne peux pas les atteindre, et dès que je tourne la tête, c'est fini. D'autres fois, je me dis que l'oubli est comme une marée qui m'a recouverte et qu'elle a commencé à refluer, mais son reflux est si lent que je ne peux même pas le sentir. À moins que je ne l'imagine. Ou peut-être que la mémoire va me revenir bribe par bribe. Vous croyez que c'est possible ? »

Il se pencha vers moi.

« Certainement, mais n'y comptez pas trop, dit-il. Tout est possible, mais tout est un mystère.

— Longtemps, j'ai cru que je trouverais une réponse, murmurai-je. Qu'il me suffirait de voir cet homme pour que tout me revienne, et que je retrouverais tout ce que j'avais perdu. Mais les choses ne se passent pas ainsi, n'est-ce pas ?

— Que vouliez-vous retrouver ?

— Je voulais retrouver le moi que j'ai oublié, répondis-je.

— Oh. Je vois.

— Mais je ne le retrouverai jamais, je suppose. »

Le professeur Mulligan prit un narcisse dans mon vase et le renifla délicatement. Puis il en coupa la tige et le glissa dans sa boutonnière.

« Ça ne vous ennuie pas ? » Je souris et secouai la tête. « Ne vous souciez pas trop des choses que vous ne vous rappelez pas. Pensez à celles que vous vous rappelez », dit-il en en se levant.

Les choses que je ne me rappelle pas. Il me semble que je peux les compter sur les doigts d'une main : j'ai quitté Terry, j'ai quitté mon travail, j'ai rencontré Benjamin, et Jo, et lui.

379

Car pour moi, il reste une créature sans nom : « lui », l'homme, une forme sombre, une voix dans le noir. Je ne me rappelle pas non plus être tombée amoureuse, ni cette semaine où j'ai été simplement et glorieusement heureuse. Je ne me rappelle pas m'être perdue.

Les choses que je me rappelle : une cagoule sur ma tête, un fil de fer autour de mon cou, un chiffon dans ma bouche, un sanglot dans ma gorge, une voix dans la nuit, un rire éraillé dans les ténèbres, des mains invisibles qui me touchent, des yeux invisibles qui m'épient, la terreur, la solitude, la folie, la honte. Je me rappelle la sensation de mourir, je me rappelle avoir été morte. Et je me rappelle le bruit de mon cœur battant, de mon souffle qui ne veut pas se taire, un papillon jaune sur sa feuille, un bouleau en haut d'une colline, une rivière calme, un lac transparent : des choses que je n'ai jamais vues et que je n'oublierai jamais. La vie. Je me rappelle la vie.

Composition et mise en page

NORD COMPO
m u l t i m é d i a

CET OUVRAGE
A ÉTÉ REPRODUIT
ET ACHEVÉ D'IMPRIMER
SUR ROTO-PAGE
PAR L'IMPRIMERIE FLOCH
À MAYENNE EN DÉCEMBRE 2003

N° d'impression : 58912.

Imprimé en France